MEMORY HOUSE
记忆坊文化

耳无尘事扰

上

The wisdom of
closed ears

苏小懒 著

江苏凤凰文艺出版社
JIANGSU PHOENIX LITERATURE AND
ART PUBLISHING

目录 CONTENTS

我希望你的未来再无尘事扰，心有玩云闲。
2021.6.13

The wisdom of
closed ears

真无事抗

提到缺点，家长们明显更踊跃了，简直就像是在开自家孩子缺点的吐槽大会。

「磨蹭、粗心、软弱、没有时间观念。」

「自私、贪婪、虚伪、耍小聪明、冷漠。」

「撒谎、偏执、野蛮、好哭。」

「胆小、吹牛、爱显摆！」

第一章
苦夏

1

鲁长均将大拇指放在木质门的指纹锁上，门应声而开。

倪好果然还在睡觉。

她不喜欢油烟味，在外面吃又嫌不干净，每次都是他做好带过来。皮蛋瘦肉粥、酥脆的油条、明黄鲜亮的芥菜丝让人胃口大开，即便鲁长均吃过早餐，将它们逐一摆放在餐桌时依然忍不住咽了咽口水。

站在倪好家的客厅，他觉得，自己可真是个幸福的人。

她常说，餐具也是很重要的，不能凑合，这体现了一个人的审美和对生活品质的要求。他虽然不明白，吃饭而已，拿什么吃不是吃？但还是尊重她的喜好，拿了影青瓷碗碟，那上面手绘的荷花灵动素雅，正是她的最爱。

客厅里乱糟糟的，零食、衣服、易拉罐、杂志、吃剩的水果……扔得哪儿哪儿都是。他早就见惯不怪，一边熟练地收拾，一边心里哼着小曲。

今天是个好日子。等倪好上午做完讲座，他便到学校接她，在西餐厅吃个情侣餐，就直奔民政局登记。因为心情愉快，客厅很快一尘不染。直到把卧室里她扔在地上的内裤和胸衣洗干净晾好，他才拍了拍她的肩。

她翻了个身，迷迷糊糊地问："几点了？"

他凑上去，亲吻她的额头："七点半，再不起要迟到了。"

他宠溺地扶她慢慢坐起来，像父亲哄心爱的女儿，声音温柔、语调悠长："起——来——喽！"

等她坐稳，他急忙递过去挤好牙膏的电动牙刷，一手拿着牙刷，一手拿着漱口杯，深情地看她刷完牙，又小跑着去厨房打湿毛巾，给她擦脸，当然不能忘记要细心地抹掉她眼角的眼屎。末了，拿起床头柜上的润肤露，轻轻拍打在她红扑扑的小脸上。

他拉她起来："你去吃早餐，我帮你找今天穿的衣服，要哪件？"

她伸了个懒腰，声音懒洋洋的："就昨天新买的那件黑色连衣裙吧。"

"好嘞。"

吃完早餐，鲁长均已经拖完卧室的地，洗好碗筷，还做完了垃圾分类，每个塑料袋扎紧系好放在门边。看到她坐在化妆镜旁，他匆匆洗过手，小跑着在她旁边站定，满头的汗也顾不上擦，只看着她笑。

深情的。

浓情蜜意的。

倪好长得可真好看。

她遗传了父母最优良的基因：爸爸倪大骏长得黑，又是一线天，小眼睛整日里眯着。倪好的妈妈翟娜倒是眼睛大，但塌鼻梁。倪好继承了爸爸的高鼻梁，妈妈的白。同样是单眼皮，却是单眼皮里眼睛最大的，眼窝略陷。他最痴迷她的唇，窄且上下厚度相似，唇峰像是怒放的桃花。

他第一次见她时，便觉得哪怕把她丢到人群，遮住上半边脸，他也能通过她那独特的桃花唇从千万人中将她认出来。

她穿什么都有她自己的味道，衣品和审美一直很稳。这件V领连衣裙很适合她，衬得她脖颈细长，领口下小三角形的镂空，似隐非隐地露着她平直且长的一字锁骨。腰带上缀着的大珍珠，与裙摆处的几颗小小珍珠遥遥相应，闪闪发亮。

她没有留意他的眼神，盯着镜中自己蓬松的头发，问："梳个蝎子辫？"

他忙不迭地点头："行。"

当年为了追倪好，他报过厨艺班、化妆班、形象设计班、十字绣班、恋爱培训班……没少遭到舍友的嘲笑。大家骂他是男人中的败类、叛徒，不要脸。

脸？谈恋爱要什么脸。他才不在意，学校男多女少，看准了当然要使出浑身解数努力追求。追求女生的成功率和效率，与男生的要脸程度，是成反比的。

除了不要脸，还要装备好。而他报的所有的兴趣班，正是他突破重围，从众多追求者中脱颖而出，成功夺得美人心的关键。

他麻利儿地给她编了个蝎子辫，自左侧松松垮垮地沿着发尾一路倾斜，随意搭在脑后，显得发量饱满又不刻意。

她很满意，用食指勾着他的下巴，调戏道："你可真贤惠。"

他笑："对啊，否则你能嫁我？"

"少贫。化个淡妆。"

他宠溺地在她的脸蛋上偷袭一口，不顾她的尖叫，迅速摊开化妆包，精华液、粉底液、腮红、高光闪粉、眼线笔、睫毛膏……她闭着眼，任他摆弄。

直到涂上黑管哑光的女王色唇膏，她睁开眼。镜子里的她妆容精致，皮肤吹弹可破，像换了个人，美得自然又极有心机。

他真的太会了。

想到下午就去做婚姻登记，倪好想，嫁人当然要嫁鲁长均。

她站起来，冷不丁右耳嗡的一声，像是耳道里有个微型轨道，有列火车在跑。

哐哐哐！

哐哐哐！

察觉到她的异常，鲁长均紧张地扶住她："又耳鸣了？"

她艰难地站稳。

"跟学校负责人请个假，讲座延后。我现在送你去医院。"他是真的担心，"说了多少次都不肯听，身体的事情，必须重视。"

倪好揉揉耳后根，耳鸣停了。

"明天，"她站起来走到鞋柜旁，选了双运动型小白鞋穿上，"讲座哪能说请假就请假，好多家长都是向公司请假特意过来的。"

鲁长均看她并无异常，拎起垃圾袋随她走出门，不忘叮嘱："明天上午请假，我带你去医院。不能再拖了。"

"啰唆。"她甩开他的手，又被他重新抓住，攥得紧紧的。

她的语气虽然嫌弃，但他知道，她心里肯定是甜的。

鲁长均是她的港湾，是她的依靠，是她裙下最忠诚的不贰之臣，是炎热的夏季里吹过来的恰好到处的凉爽的风，是她从众多追求者中考察了三年后才选定的有情人。

哪怕这个世界上所有的男人都出轨，有了异心。

他一定不会。

这么多年，他始终待她如公主。

2

正是早高峰，倪好家不远处有一所小学，校门口被送孩子们上学的家长围得水泄不通。鲁长均喇叭按得震天响，几百米的路程生生开了十几分钟，终于要上三环路，冷不防一辆红色的马自达转向灯都没打一下斜插进来，他一个刹车紧急避过，手机却从车载手机支架上滑出掉到倪好脚下。

他对别人可没有那么好的脾气，破口大骂道："你瞎啊，怎么开车的？"

对方留着短发，戴个宽墨镜，看不出性别，加大油门迅速驶离。倪好怀疑人家压根就没听见。

他还在气呼呼地骂。

她瞥了他一眼。

他迅速换个脸，笑盈盈地说："对不起宝贝，我有点暴躁，吓到你了吧。"

她眉头紧皱，正要说什么，脚下的手机突然"叮"的一声，进来条微信。他设置了锁定屏幕微信提醒，借着手机明晃晃的光，她一眼看到微信内容。

佑佑：我不管，反正今晚我在工人体育馆等你。不见不散。

——师佑佑回来了？

她不动声色，平静地把手机放回手机支架上。

上了三环路后一路畅通，鲁长均瞥了一眼手机，将它艰难地塞进后屁股兜，这才往倪好的方向转了转头："来得及吧？"

"刚刚好。"

他抓住她的手："中午我来接你。不过晚上有点事，你得一个人吃饭了。我帮你叫外卖吧，还是肉焖黄金豆？再来个杂粮馒头。还要奶茶是不是？热量太高了呀，换成红茶行吗？"

这语气有些急，生怕她拒绝似的，带着刻意的卑微与讨好。

"你，"她甩开他的手，直视着他，"晚上有什么事？"

"那个，那谁，嗨，还不是大川，他不是失恋了吗，非拉着我晚上喝酒。"

哦，他同事大川，销售部的。

倪好见过两次，人长得蛮帅，就是老出差，据说就是因为这个，女朋友出轨了，整日里要死要活的，闹了一周了。

想来也不可能是去见师佑佑。

她想，要见的话，几年前早就单独见了，何必等到现在。

她今天这是怎么了，居然会觉得满脸雀斑的跳梁小丑——师佑佑，是鲁长均今天情绪波动的原因，继而影响到她的心情。

几年前的大学校园，师佑佑对他展开了猛烈追求，大庭广众之下，他气急败坏，直骂师佑佑是跳梁小丑。那时她是小丑，现在当然也会是。

快到第三小学了，倪好拿上包准备下车："行吧，不用给我叫外卖，晚上我也有事。"

"哦，"他明显松了一口气，"好，那我去哪里跟你会合？"

她歪头想想："说不好，到时联系。"

"好。"

她在第三小学门口站定，目送他的车远去。

正是上课时间，第三小学门前，家长们鱼贯而入。

哐哐哐。

哐哐哐。

耳朵里的火车又开始响。

她揉了揉耳后根，冲保安出示工作证后，慢步踱进校园。

3

第三小学的阶梯教室并不算太大，但足够容纳整个三年级组400多名家长。负责接待的年轻老师侯丽丽早早等在门口，见倪好走向她，几乎是蹦着挥了挥手："倪老师，这边。"

倪好微笑着走近。

"可盼到您的讲座了，"侯丽丽是个自来熟，"我可是您的铁粉，您的周边产品我都买了，"她指指讲台桌下边印着两个小人拖着"慢下来"的帆布包，"看，够铁吧。"

倪好赶紧微微倾了倾身体，双手合十："衣食父母，衣食父母。"

她一直对幼教感兴趣，大学学的也是这个专业。从大二开始，她以原创视频博主的身份，自媒体做得风生水起，专做关于幼儿新教育的内容，"被小朋友打，要不要还手""给予孩子完整的爱""孩子小没办法接受他人的拒绝""父母总是打压式教育真的好吗"等一系列文章，通过三分钟以内的短视频娓娓道来，浅显易懂又引人反思，吸引了一大批年轻父母的关注，拥趸者众。

倪好妈妈的闺密熊雨，正是市教委督导室主任庞锐的老婆，发给主任一看，直接把倪好要到了市教委的支援与合作处，主做新教育的亲子培训和讲座。

这次讲座，正是市教委今年秋季开学后在全市小学召开的巡回讲座之一。

侯丽丽一直看着她笑，目光中满是崇拜："快来试试投影仪，笔记本给我呗。"

倪好把笔记本从包里取出递给她。她按了开机键，点开桌面上的一份文件，阶梯教室讲台两边的大屏幕上很快清晰地显示出今天的讲座主题——《如何与孩子理性沟通》。

时针指向八点五十。

——还有十分钟。

家长们陆陆续续在讲台前的桌子处签到，倪好站到门口透气，两手继续按压着耳后根，每按压一下便有股小小气流从耳朵里涌出，耳鸣的声音似乎也小了一些。

"请问，三年级的讲座是在这里吗？"

一个低哑的男声传来，倪好一眼瞥见声音主人脚下的那双与自己同款的小白鞋，冲着门口指了指，并未抬头："是，里面正在签到。"

啪嗒啪嗒的一阵脚步声后，那人一字一顿地念着——

"如、何、与、孩、子、理、性、沟、通……哈哈哈哈哈哈哈，"他一阵狂笑，踱到倪好身边，"你也是来参加这个讲座的？"

她只得放下双手转头看向他。

自从到了教委工作，她去各小学举办的讲座少说也有近百场。所有的场次，参加的人性别都以女性居多。更有几场，整个讲座大厅全部是妈妈，没有一位爸爸。网上说，中国的女人有四大悲：当妈式择偶、保姆式妻子、丧偶式育儿、守寡式婚姻。此前她并不相信，只觉过于夸张。而在经历了一场又一场一边倒，参加人数妈妈们远远大于爸爸们的讲座后，她开始有些愤愤不平。

每次讲座完毕，她都会要求参会的家长们填写一份反馈表，内容包括三大项：一、家庭成员基本情况；二、家长认为育儿过程中遇到的最大的难题；三、对哪方面内容的家长培训课程感兴趣。统计的结果中，以母亲牺牲自己的工作或事业居多，早晚接送、与班主任沟通、参加家长会、讲座……80%以上，全部是她们。

15%来自老人、保姆。

——剩下那5%，是父亲。

她能理解，每个家庭，但凡有了孩子，由于种种原因，女性在养育的投入上远远大于男性。但从未想过，这投入的差距会是如此之悬殊，如此之普遍。是以，曾经无数次，鲁长均跟她畅想未来，憧憬着生一个还是两个宝宝时，她都不吭声。

她并不反育。相反，她非常喜欢小孩儿，甚至觉得每个小孩儿都是天使。但如果让她像那些孩子的妈妈，牺牲自己的所有，工作、事业、爱好……时时刻刻所有大小事情均把孩子的需求放在第一位，那就是恶魔了。她当然也不反婚，见证了爸爸妈妈无比幸福的婚姻后，她越发渴望婚姻。尤其那个人是多年来如一日，无微不至照顾她的、恨不得每天把她捧在手心里的鲁长均啊。

鲁长均会在婚后，有了孩子，也像现在这样如同伺候公主一样无微不至地照顾自己吗？

"……女士？"

见倪好久久不说话，那人挥了挥手。

她回过神来。

这男人穿得清爽干练，白衬衫搭水洗天蓝色牛仔裤，只是细看稍显邋遢，白衬衫的袖口处有几道浅浅的米黄色，不知道是不是菜渍没洗干净。牛仔裤裤脚也有两个浅褐色的点点，像是洗过多次的红色染料或者血，看得出曾有人很努力地洗了又洗，奈何人家就是不肯退位，将就地褪了褪色。

难得有男性参加育儿讲座。

尤其是长得这么好看的男性。

她不由得多看了两眼。

他的头发左侧剪得极短，另一侧长至耳垂，打了发蜡斜斜翻上又自然地垂下。眼睛叫人过目难忘，清澈明亮，像是要把人整个吸进去。只是他瘦削的脸庞疲态备显，眼窝深陷，眉眼间距倒是刚刚好，似乎近一些便少了些深邃感，远一些又会显得有点压迫。高挺的鼻梁凸显得整张脸都充满了立体感，属于走在大街上偶遇，你会盯一会儿而不自知，越看越耐看的类型。

有这样一位帅气逼人的时尚潮爸来参加家长培训课，她的心情非常愉快。

她想起他的问题，哦，对，是不是也来参加这个讲座的，赶紧回道："是，我也是来参加这个讲座的。"

他看到她脖子上挂了个沉香木的平安扣，不知怎的多了几分亲切，想多聊几句，于是大方伸出右手："你好，我叫姜除寒。我家烤红薯是3班的，您呢？"

——烤红薯？

她听过孩子们传唱这首歌谣：

一年级的小豆包，一打一蹦高

二年级的小辣椒，辣死小豆包

三年级的烤红薯，烫死小辣椒

四年级的大年糕，粘死烤红薯

五年级的大馋猫，吃掉大年糕

…………

她伸出右手握了握："我是倪好。"

姜除寒愣住。

倪好耐心解释，"端倪的倪，水光潋滟晴方好的好。"

"哦……是，当然，"他反应过来，"倪好，好名字。"

"您的名字才是朗朗上口，非常好记。"

她刚要说自己便是这场讲座的讲师，不承想他是个自来熟，掏心窝子般跟她吐槽道："这讲座真是见了鬼了。"

"哈？"

见她一脸问号，他干脆竹筒倒豆子："这主题谁想出来的？一看就没有生活。如何跟孩子理智地对话，这就是屁话！"

屁话——

"谁家大人能跟孩子理智对话？我们家姜抗菌……"

姜抗菌？

这父子俩的名字可真够逗的。

一个除寒，一个抗菌……冬天倒是不怕感冒了。

"我们家姜抗菌，只要一说话，我就失去理智。不，不用他说话，他甚至看我一眼，我就想揍他！叫他起床，能磨蹭半个小时，本来起得挺早的，所有时间全部用来浪费了，每天都是起个大早赶个晚集。"

他也不管倪好听进去多少，继续抱怨道："每天书包也不整理，跟垃圾桶似的，破纸片、小石头、小木棍……要啥有啥。放学了呢，让他写个作业比登天还难，分分秒秒想着玩游戏……我跟你说，今天这讲座的讲师，肯定没孩子，孩子不听话怎么办？就得打！其他的，纯粹胡扯。要不是今天下午我还得出诊，我一定要找讲师好好谈谈……"

——出诊？看来，他是位医生。

她好脾气地听着，侯丽丽跑过来："对不起打扰了，我们的讲座，要马上开始了。请家长入座。"

他只得歉意地点点头："哎，不好意思，我们这就进去。"

她跟着俩人进了阶梯教室，心中五味杂陈。

全场座无虚席，只有第一排的正中间空着两个座位，姜除寒四下打量了好几遍，发现确实全都坐满了，他一路穿行挪到靠里边的位置，又冲倪好指了指外面的座位，示意她坐下。倪好尴尬地笑笑，顾不上留意他诧异的目光，继续站在近门口处。

侯丽丽已经走上讲台，拿起话筒："各位家长大家好，首先自我介绍下，我是咱们三年级教学组组长的助理侯丽丽。很开心和大家在这里相聚。今天我们的讲座主题是《如何与孩子理智地对话》，现在，就让我们用最热烈的掌声，有请来自市教委的、著名原创视频博主、著名教育专家、毕业于BJ师范大学发展与教育心理学专业的倪好老师！"

掌声雷动。

客气的、礼貌的、习惯的掌声。

或许，也还有诧异的掌声，譬如坐在第一排的姜除寒先生。

4

倪好在主席台后面的黑板上，用粉笔画了一道竖线，将大半个黑板一分为二。

左侧写——"我最希望孩子所拥有的优点"。

右侧写——"我最讨厌孩子所具有的缺点"。

"大家好，我是倪好。非常荣幸今天可以站在这里，和大家聊聊天，分享育儿过程中的酸甜苦辣。刚才侯老师用了一大堆后缀来表述我的身份，也许会有人觉得，你那么年轻，凭什么敢说自己是育儿专家。嗨，请大家不要在意，那都是为了宣传唬大家的，当不得真。"

台下哄的一声笑开。

"我虽然没有孩子，但我曾经是个孩子，也有着和诸位一样深深爱着孩子却并不明白为什么只要彼此一说话，就会激怒对方，不知道到底要怎么表达的父母。也正是因为这一点，我才坚持在大学时选择了发展与教育心理学这个专业。今天，我很愿意就我们育儿的各种问题，与大家聊聊天。"

倪好的目光不经意间与姜除寒相对，他的表情汕汕的。

她的声音提高一度："刚才我在黑板上写了这样两栏文字，现在请大家踊跃发言。我们先来看优点，有哪位愿意说说的吗？"

刚才还哄笑着的众人此刻鸦雀无声。

"不用站起来，也不用走到这里，"她冲侯丽丽示意，"大家可以直接坐在座位上，大声喊出来，麻烦侯老师帮我们逐一写在黑板上。"

这下大家放开了。

"开朗！"

"聪明！"

"积极、勇敢。"

"绅士。"

"阳光。"

"懂事！"

"有恒心。"

"坚强、勤奋、好学、谦虚、细心、自信、外向！"有个家长一口气说道。

"孝敬父母！"

…………

侯丽丽拿着粉笔逐一写上，"优点"这一栏很快写满了。

倪好环顾四周，朗声道："接下来，是缺点这一栏了，大家觉得，你最不能忍受、最不希望孩子拥有的缺点是什么呢？"

提到缺点，家长们明显更踊跃了，简直就像是在开自家孩子缺点的吐槽大会。

"磨蹭、粗心、软弱、没有时间观念。"

"自私、贪婪、虚伪、耍小聪明、冷漠。"

"撒谎、偏执、野蛮、好哭。"

"胆小、吹牛、爱显摆！"

…………

"缺点"那一栏也写满了。

但仍有家长没满足，还在不停地说着。

气氛非常活跃。

姜除寒自始至终没有说话，一会儿低头摆弄着手机，一会儿抬头看看她，目光里带着审视，带着不屑。

倪好看在眼里，暗自觉得好笑。

没想到姜除寒先生突然举手示意。

她伸出手，做了个请的动作。

马上有其他工作人员把话筒递给他。

他存心让她出丑，字正腔圆，沉声道："黑板上写了这么多，倪老师该不会自信到，今天听了您的讲座，我们在座的这些家长回去按照您说的方法对待孩子，就能铲除掉孩子所有的缺点，拥有上面所写的全部优点吧？"

全场哗然。

侯丽丽吊着一口气，几乎都有点不敢看倪好，甚至比她自己站在台上还要紧张。

"原来您这么想。"倪好一怔，站定身体，缓缓说道，"可能要让您失望了。"

姜除寒一副"看你狗嘴里能吐出什么象牙"的表情："既然要让我失望，为什么还要做这个讲座？"

他不服不忿地"哦"了一声，重重坐下，椅子发出哧啦哧啦的响声。

"我其实更想表达的是，"倪好微笑着，继续保持着应有的涵养，"我们在座的所有成人都算上，也包括我，有哪位做到了黑板上的这两点，左边的全部都有，右边的一个都不占？"

姜除寒呆住。

没想到人家是讲师，讲座前跟人家一顿狂侃，为了掩饰尴尬，更轻视、挑衅人家，结果倒好，搬起石头砸了自己的脚。

其他家长们也坐不住了，惊讶声有之，自嘲声有之，苦笑者有之，善意地笑着的也有，继而前后左右窃窃私语交流着什么。

倪好趁这会儿轻声道："如果我们成人都做不到，又有什么资格要求我们八、九、十岁的孩子有且必须有哪些优点，必须屏蔽掉哪些缺点呢？"

姜除寒与她的目光再次相对，脸火辣辣的。

他真想自己抽一巴掌。

怎么这么不稳重呢？

——大意了大意了。

要是他家姜抗菌知道了，肯定会说："你让我在学校怎么做人？我妈说，你出轨了，你们俩没办法继续过下去。虽然她一向讲话比较极端、夸张，我不见得信，但出轨是什么意思？你不说是吧，那我去学校问老师。我妈要和你离婚，虽然你对我不好，可我还是抛弃她，要跟你过呀。你就是这么侮辱我的吗？"

接着他就会"砰"的一声把门从儿童房关上，反锁。

你让他出来，他说不。

他说我有权利待在我的房间不出来。

你说大人的事情不是他想象的那样，不能听取单方面的意见。

他说那你倒是说说到底怎么回事？你不说就是你心虚，你们为什么离婚？

你大吼着说，你再不出来，爸爸要生气了。

他仍然不出来，同样大吼着："我认为你的情绪现在非常不稳定，请你冷静后再和我对话。"

…………

才三年级的孩子啊。

姜除寒觉得，当一个单身爸爸，说多了都是泪。

他还知道，不出三分钟，姜抗菌小朋友就会笑嘻嘻地从儿童房出来，装作宽宏大量的样子，从后面抱着他，撒着娇："爸，算了，你也不容易，让我玩半小时游戏，我就原谅你。"

如果姜除寒不为所动，姜抗菌小朋友还会拖着他的胳膊甩来甩去："爸，你别生气嘛，你是医生，明天还要做手术。孔伯伯说了，你可是你们科室的大神，没有你做不了的手术。他要我乖一些，说要是因为我导致您情绪不稳定，手术会出差错的。"

如果他继续不吭声，这小浑蛋就会找个他看得到的角落蹲下，抱头做痛哭状："呜呜呜，我一个即将在单亲家庭成长的小孩，命怎么这么苦呢……人家家里父母都那么恩爱，每天听同学们讲爸爸妈妈的事情，只有我把泪水往肚子里咽……"

…………

所以，跟孩子理智地对话？

理智你个头啊。

5

姜除寒想好了，绝不能在这里自取其辱，一会儿等倪好继续讲座时，他就找个时机从后门偷偷溜出去。反正来也来了，也签到了，虽然是学校组织的，但这种形式大于内容、脱离现实生活、浪费时间浪费生命的破讲座，不听也罢。

他不耐烦地看着手机，又看看后门，等待着好时机。

终于，他看到倪好弯下腰在讲台桌底下找些什么。

就是此刻！

姜除寒站起来，准备从离自己比较近的左侧穿过迅速撤退时，突然听到倪好说道："接下来，我们要做一个互动小游戏。我需要一个人扮演孩子的角色，十个家长扮演家长的角色。有愿意体验的，欢迎您直接走到台前来。"

姜除寒心说不妙。

果不其然，那个悦耳的声音越来越接近自己所在的方向——

"谢谢这位先生愿意饰演孩子的角色，来，请您坐在这把椅子上。"

谁？

饰演什么？

哎哎哎，坐什么椅子？

不了吧？

等姜除寒明白到底发生什么事情的时候，他已经被侯丽丽抓着胳膊，带到了主席台正中，接着被她使劲一按，一屁股便坐在了椅子上。

站在他旁边的倪好，正弯着眼睛，别有深意地冲他笑。

与此同时，台上还站了刚刚从台下走上来的十位家长。

倪好分给十位家长每人一张纸条，叮嘱他们："一会儿，请你们根据纸条上的内容，大声地念出来。准备好了吗？"

大家齐声回答："好。"

姜除寒有点蒙："啊？不好啊，我不要饰演什么孩子，我我……我是有事要走，我……"

"现在，请大家以这个饰演孩子的家长为圆心，站成一个圈，把他围住。"

姜除寒：什么？？？

家长们非常配合，十个人组成的人墙已经把他围得密不透风。

倪好发布了下一条指令："请念吧。"

第一位，一个穿着迷彩T恤和迷彩裤的爸爸拿着纸条，上前一步，对着姜除寒大嚷道："滚回到你的房间去！没有我的命令！不许出来！"

这位爸爸如果不是现役军人，就是已经退役，声如洪钟，吼得姜除寒虎躯一震，鼓膜差点破了。

第二位，穿着碎花及膝连衣裙的妈妈神情肃穆，紧紧盯着他："看看你干的好事！"

他的魂儿都快飞了。啊，这位妈妈，我跟你到底有多大的仇多大的恨，我又不是夏紫薇，你用阴森的眼神盯着我一副要拿针扎我的样子是闹哪出。

第三位，满头银发的大爷声色俱厉："我说了多少遍了！去洗澡！"

好可怕啊好可怕，不是都说隔代亲吗，这位爷爷，不就是饰演个角色吗，这么当真干吗，你跑我这儿来实现演员梦来了？这么喜欢演戏，你去横店啊。

第四位，身材高大的爸爸黑着脸，突然一声怒吼："你是不是欠抽？到底练不练琴！"

姜除寒还在努力从上一位爷爷里的怒吼声中调整自己，这个爸爸一出口，整座楼抖三抖，他几乎怀疑自己肝胆俱碎，这位壮士，你儿子是你仇人吗，你私房钱全被他偷了还是怎么着，再说下去你是不是要打死我？

⋯⋯⋯⋯

终于，第十位，也是最后一位，身材瘦小、长发飘飘的妈妈走上前，对着他轻声细语："宝贝，请问你多久可以写作业呢？"

他深受触动，震惊地看着她，头微微动了两下，鼻子一酸差点流泪。

——所有人都念完了，倪好示意大家重新站成一排，她则走到姜除寒面前，慢慢蹲下来，扶着椅子，直视着他，刚想说点什么，右耳那厚重的耳鸣声又来了。

哐哐哐。

她强撑着左手扶好椅子的扶手，右手轻轻按摩耳朵根部，暗自希望这要命的耳鸣声能好一些，却听到对面的姜除寒淡淡地问了一句："你，耳朵怎么了？"

像是不知道哪里袭来了一根针，以迅雷不及掩耳之势嗖地在她的耳根深处刺了一下又迅速闪离。

倪好没有任何防备，一个趔趄，直扎进姜除寒怀里。

哗——

台下台上的家长们面面相觑，整个教室静默了几秒后，像入了热锅的螃蟹般，乱成一团。

"什么情况？"

"我的天啊，这也太……"

"人家老婆要在的话，尴尬了。"

…………

姜除寒的身上有一股非常好闻的药水味道，淡淡的，却又沁人心脾。

倪好面色煞白，迅速支撑着自己起来，仍半蹲着，强打精神挤出微笑，向所有人解释着，也像是单独解释给姜除寒听："抱歉抱歉，这椅子扶手实在太滑。请大家忘记刚才的小意外，继续我们刚才的互动游戏。"

短暂的喧哗后，人群安静下来。

她定定神，用手在脸旁快速地扇着风，假装是天气热的缘故，接着迅速瞄了下那边目瞪口呆的姜除寒，转过脸对着主席台，放缓语速，真诚说道："请问这位小朋友，你可以告诉我，你现在的感受吗？"

感、感受？

——被、被、被扑到怀里的感受吗？

姜除寒本来勉强维持镇定，此刻听到这句话，嘴巴轻微地抽动着，强忍住嘴边的笑意，"很……"他顿了两秒，"一言难……尽。"

"呃，"她背过手，对着他双手合十，眼睛里全是哀求，语气却保持着适才的温和，"您可以具体说说吗？"

她不停地冲姜除寒眨眼睛，继而对着话筒："前面九位家长对您说的那些话，以及最后一位家长与您沟通时，您的感受，分别都是怎样的呢？"

他可没有忘记此前九位对着他咆哮的几乎要把口水全部喷到他脸上的家长。

——算了，不逗小姑娘玩了。

今天这是怎么了，姜除寒自问自己在医院、门诊抑或手术台上一向沉着冷静，怎么见了倪好，话多且躁，像是毛躁小子般如此沉不住气，甚至有点失控。

"我的感受是，"他深吸一口气，带着些苦涩，也许还有几分反思，"做小孩，真是世界上最痛苦最无助也最绝望的事情了。家庭成员都算上，学校里的老师都算上，谁都可以肆意地站出来，教训他，指责他，辱骂他，约束他……"

大人们口口声声说，他是独立的个体，但其实没有任何人，真的把他当作平等的、有尊严的、独立的个体去尊重他。一边倒地带着高高在上的、自以为是的、必须服从的绝对权威，命令着他。

2019年的秋天，姜除寒站在第三小学的阶段教室中，看着窗外金黄的银杏叶徐徐落下，自己的心似乎也开始有什么东西一点点地往下撒。他从未想过，此生自己居然会有一天，突然对姜抗菌小朋友有了些理解。

做小孩儿，着实挺难的。

6

倪好几乎是被侯丽丽搀扶着回到嘉宾休息室的。

已是中午，炙热的阳光穿透落地窗，照得地板上都是斑斑驳驳的影子。

"耳朵吗？"她恍然大悟，"难怪，你刚才整个人直接扎到那位爸爸怀里……吓我一大跳……"她的目光瞥到倪好尴尬的神色，识趣地闭嘴。

倪好双手轻按着耳朵两侧，假装没听到。

侯丽丽担忧地打量着她："耳朵疼不能轻视，尤其是耳鸣。我男朋友大陶就在人民医院耳科实习，我听他说，有很多耳鸣患者没重视，突然耳聋，过了72小时黄金治疗期，就只能戴助听器了。"

倪好愣住："是吗？这么严重？"

侯丽丽一拍手："我没吓唬你。他们科室大神的小孩就在我们学校上三年级。大神远近闻名，好多人从外地赶来找他做手术。没准今天他还来参加家长会了呢。你要不要去看看，我可以帮你挂号。"

讲座结束得很仓促，倪好第一次出现这么大的失误，她仍旧沉浸在懊悔和自责中，对于侯丽丽的建议完全没有听进去。

"什么？"

侯丽丽越发担心："走，我现在开车带你去医院。"

倪好回过神："不了不了。跟……朋友约好了。"

侯丽丽立马来了精神："男朋友吗？"

她笑笑。

侯丽丽意识到自己有点越界，毕竟没有那么熟，笑道："那我先走了。耳朵的事情不能大意，回头你需要我帮忙了，随时联系我。"

她塞了一张名片到倪好的电脑包里。

倪好感激地点点头。

已经过了放学时间，校园里人并不多，偶有下班晚的老师骑着自行车穿过。路旁的垂柳枝繁叶茂却又垂头丧气，没有风，这天儿，热得叫人窒息。

倪好漫步踱出校园，鲁长均订了西餐厅的，她掏出手机打给他，准备问他到哪儿了。

却见他在十一点发了条微信：

"好好，公司临时有事，我中午赶不过去了。你找家店吃点儿好吃的，我们下午三点在民政局直接见。记得叫专车啊，么么哒。"

还发了个666元的红包。

本来有点失望，倪好搜了下民政局附近的美食店，赫然发现有家小吊梨汤，便兴高采烈地叫了辆专车，直奔目的地。小吊梨汤清肺润燥，梨球果仁虾酸甜口，她还要了份椒麻排骨，吃得满嘴油乎乎的。

一个人吃得正欢，闺密游云打电话过来。

她的声音听上去，一改往日的大大咧咧，小心翼翼且带着试探："你……在哪儿？"

倪好吞掉最后一块排骨，声音含糊不清地说："在民政局呢，怎么了？"

那边明显舒了一口气："哦，你们登记完啦？哟，祝贺你从今天起就成为已婚妇女了。"

"我呸，"倪好笑，"还没呢，马上。不过，我就算是结婚了，那也是已婚美少女啊。找我有事？"

"没事，我这不是看见……"

"看见什么？"

"没什么。"

倪好越发疑惑，游云一向直来直去，今天这是怎么了？

"你有事瞒着我？"她存心活跃气氛，"怎么这么沉重，该不会是鲁长均劈腿了吧？"

那边停顿了几秒，支支吾吾的："你，有没有听说……师佑佑回来了？"

倪好叫来服务生买单，输完支付密码，心里没来由地"咯噔"了一下，这才回道："她回不回来的，跟我有什么关系？"

"我、我刚刚好像……好像看到你们家鲁长均，跟她……在一块儿。"

她呆滞了几秒："你……确定？他现在在民政局等我呢，我这就过去跟他碰头。"

"也许看错了。哎，我就说不可能嘛，两个人怎么可能手拉着手，像情侣似的。"游云又补充，"长得像的实在太多了。不说这个，晚上我和皮小翔过去给你俩庆祝庆祝。"

"明天吧，"她想了想，"我今天还有点别的事。"

挂了电话，还有二十分钟到三点。

倪好呆呆地在座位上坐了一会儿。

自从她和鲁长均在大三时建立恋爱关系，彼时身为她室友的师佑佑便一直冷嘲热讽的。

雀斑少女师佑佑长得黑黝黝的，留个板寸头，胸平得连胸衣都不屑于穿。从入学那天起，满楼卖面膜、内衣、牙刷、卫生巾……连避孕套、情趣用品她都肯挨个敲门推销。

对从小生长在温室的倪好来说，她只觉得，师佑佑可真是不害臊。

对，人家勤工俭学嘛。她也没有任何瞧不起的意思。大家不是一路人，再看不顺眼，表面也客客气气的。

没多久学院重新分宿舍，师佑佑被调到对面寝室，她都不明白这冷嘲热讽到底从何而来。她自问从未得罪过师佑佑，直到大四上半年，师佑佑对鲁长均发动了热烈而持续的追求。

鲁长均当然是果断拒绝，手机号码拉黑，电话挂断，礼物退回。

他说："好好你别多心，她在我心目中，就是个跳梁小丑。"

倪好当然不多心，论样貌论气质论性格论身材甚至是论成绩……她哪里能跟自己比？是个人都知道天上地下，师佑佑是该扔的那一个吧。

可师佑佑从不退缩，似乎拒绝得越无情，她越勇猛。

倪好和鲁长均牵手走在校园里，师佑佑拎着洗好的葡萄，高傲地递给鲁长均。

两人在食堂吃饭，师佑佑把炖好的排骨放在桌上，全然不顾周围人诧异的眼神。

篮球场上，她拿着毛巾和矿泉水痴痴等在一旁，眼睛闪闪发亮。

…………

每每她出现，鲁长均那帮室友便会看热闹不嫌事大地起哄，一会儿看看她，一会儿看看师佑佑，继而打着流氓哨，像一群野兽似的发出各种怪叫声。

她还知道，鲁长均宿舍的几个兄弟，对鲁长均和她在一起颇有微词。老大黄大雨还曾经为鲁长均在自己和师佑佑间，如此坚定不移地选择自己而百思不得其解。

他的原话怎么说的来着？

哦，"你要是选了师佑佑，虽然人长得难看点，身材差一点，但是人家爱你啊，疼你啊，跟她在一起，你就是你自己国土上的王。傻子才会选倪好，整个颠倒过来了，你就是实打实的奴隶。"

他们一直骂鲁长均是男人中的败类。

208宿舍的耻辱。

放着好好的人不做，非要当奴隶。

鲁长均对倪好无微不至百依百顺，为了能好好地且稳定地跪在她面前，无所不用其极。尤其宿舍其他兄弟的女朋友动不动就说"你看看人家鲁长均"，大家就恨得牙根痒痒。

这些事情，是她在大学里交到的唯一一个朋友，也是现任闺密游云告诉她的。

彼时住在她隔壁宿舍的游云，正和鲁长均宿舍的皮小翔谈恋爱，每天晚上宿舍的夜谈会，事无巨细，皮小翔什么都跟她讲。

呸！

倪好懒得回应。

周瑜打黄盖，一个愿打一个愿挨，关他们什么事？

师佑佑每天在鲁长均和倪好出现的地方拿着各种礼物向他示好，出尽洋相，她只想笑，师佑佑这么闲了吗？

不去卖各种小商品勤工俭学啦？

不背着大背包挨个宿舍敲门卖避孕套啦？

看来生意不咋地，否则哪有时间追男人。

鲁长均当然不敢收，为了表示态度坚决，看也不看她一眼，搭着倪好的肩膀，搂了又搂，面无表情地离开。

倪好从不说话。

本来就应该他出面解决，这样的烂桃花还需要她过问，未免太跌份儿了。

师佑佑用不同的手机号给鲁长均发过无数条短信，打过无数次电话，在鲁长均换了几次电话号码后，依然如故。不论他怎么换号，她总有途径打听到他。起初鲁长均还唠叨几句，后来倪好烦了，告诉他自己解决，不用事无巨细都跟她汇报。

鲁长均如遇皇恩大赦般点点头。

她的耳根至此清净。

…………

在餐桌旁呆坐了好一会儿后，倪好想起早上鲁长均手机里的那条微信。

难道，游云说的是真的？

"女士，对不起打扰了，请问餐盘我们可以收了吗？"服务生打断了倪好的回忆。

她点点头。

墙上的时针已经指向两点五十，她揉揉耳朵，拿上包，小跑着直奔旁边的民政局。

鲁长均还没到，打电话关机。

她隐约有点不安。

他求了两次婚，她才下决心嫁给他。

以为登记这天，他一定迫不及待早早等着。

没想到马上排到他们了，她连鲁长均的影都没见着。

她更没想到会在这里遇到姜除寒。

他身边站了位模特身材的女士，星空印花吊带裙外罩了件灰色的开衫，齐耳短发梳得整整齐齐，高挑眉毛，戴着副墨镜，气场强大，看不到真容。

同阶梯教室她见到的热情、武断的姜除寒完全不一样，此时的他黑着脸，一言不发。

她蹑手蹑脚地取了号，牛怕他发现。

那穿着制服的工作人员正熟练地整理着手头的资料，公事公办地问道："感情破裂？都想好了？"

墨镜女士冷笑一声："是，想得不能再好。"

姜除寒也哼了一声："迫不及待。"

工作人员没说话，敲着键盘，在证件上盖了章，很快递过来两份离婚证。

姜除寒拿过自己的那一份，正往外走，看到坐在长椅上的倪好，不禁一愣。

倪好犹豫着要不要打招呼，他身后的墨镜女士突然加快脚步走过来，不由分说对着姜除寒的脸左右开弓，上来便是两连扇。

这耳光打得过于突然和响亮，整个大厅寂静无声。

"这是你欠我的。"她搓了搓手，"还有，离婚协议里，房子卖了分你一半钱？你该不会以为我真的会给你吧？你个渣男，你也配？"

姜除寒被打得有点蒙。

墨镜女士盯着他，冷笑道："怎么着，觉得自己无辜？那天在门诊，报警说你性骚扰的女人打你时，姜医生是不是也觉得像今天这么无辜？"

"这件事我早就跟你解释过了，那是个误会……"

"少来这一套。"

这信息量太大，渣男？

性骚扰？

倪好瞪目结舌。

姜除寒反应过来时，墨镜女士已经踩着细高的高跟鞋离开。

"叮咚"一声，机械的女广播声响彻整个大厅："请19号到3号窗口。"

倪好听到提示，赶紧起身奔向3号窗口，等坐到位置上，才意识到鲁长均还没有来。

她结结巴巴的，仿佛刚才被打耳光的是自己："那个……呃……男方，呃，没有来，请问可以办理结婚登记吗？"

"您说呢？"工作人员似乎心情并不太好，没好气地说，"您是不是拿我开涮呢？根据中国《婚姻登记条例》具体规定，登记时，男女双方须持本人居民身份证、常住户口簿……"

她脸红了，打断他："您稍等，我打个电话。"

鲁长均仍是关机。

不过，他在五分钟前连发了三条微信：

"倪好，我不能过去了。"

"我们分手吧，非常抱歉。"

"不要联系我。"

看到第三条时，耳鸣声又突然响起，哐哐哐……接着针扎般的疼痛迅速刺向耳道深处，又来了。她木然地看着手机，一手按着耳朵，表情痛苦。

姜除寒不知何时又折返，站在她旁边，他探着身体，手伸向窗口旁边适才他落下的身份证，装到黑色的钱包里。肩膀无意间擦过她的头发，刚好看到她手机屏幕上的字，语气阴阳怪气的："哟，被新郎官甩了？结婚未遂啊。"

她抬起头，怒道："跟你有关系吗？我是不是还要祝你，离婚大吉？"

她满脸的泪，要喷出火的眼睛恨不得生剥活吞了他。

他心有不忍，却见她突然笑了笑，继而低头盯着地上，似乎在找什么东西。

末了，她咬牙切齿道："看来，刚才那位女士打得还是太轻了，居然没打得您满地找牙，真是遗憾。"

呵，踩到小姑娘尾巴，这是急了。

他不想拿小姑娘逗趣，正要走，却听到对方继续反击："能离我远点吗？姜先生是吧？刚才您前妻可是说了，有患者报警说您性骚扰，您这样有前科的人，莫非一点教训也不长？"

耳无尘事扰

仅上一周你就有五次投诉，

怎么着，这一年多，作为一名医生，

每个月稳坐患者投诉率最高的冠军宝座——你飘了？？？

还是想挑战下自己，有个新突破？

第二章

两眉相厌

1

人民医院耳鼻喉住院部八层。

三位胸前戴着"实习医生"铭牌的年轻人穿着白大褂，并肩而行。

走在中间偏瘦的男生叫蔡大勇，与戴黑色镜框眼镜的女生张静，今天是第一天转到耳科诊室进行临床实习。走在蔡大勇左侧的高个子看上去比两人年纪略大一些，虽不如二人那么青涩，却也眉清目秀的，毕竟在科里已经待过几个月，更熟悉耳科病房的环境，他不断地跟走廊里遇见的医生护士们打着招呼。

张静像个好奇宝宝般打量着来来往往的患者和医务人员，

033

问道："这么说，陶一然，你选择耳鼻喉科作为要学的二级学科，博士毕业前都得在耳科参加临床培训啊？"

陶一然点点头，摆出一副老大哥的姿态："是啊。"

"那除了培训，还做其他工作吗？"蔡大勇紧张地摸着胸口的铭牌，像是担心它会移动似的，使劲压了压。

三人正聊着，迎面走来一位四十来岁的医生，眼睛里喷着火，对谁都爱搭不理的。

陶一然拉着俩人往边上让了让，压低声音道："党支部孔书记，看这脸色不太好，估计咱们的姜除寒老师又被投诉了。"

蔡大勇和张静对视了几秒。

两人见习前，曾非常诚恳地在微信群里向师兄师姐们请教，没想到群里沸腾了，连万年潜水王群主都跳出来说话：

"竟然是传说中的姜大神？请让我仰天长笑三声！哈哈哈，恭喜！"

"听说路子极其野，性格极其古怪。"

"怎么……理解？"

"国际耳-颅底显微外科先驱和主要创始人、现代耳外科奠基人、耳神经科学之父、开创了7种侧颅底术式的王教授神秘的关门弟子。就问你，跪不跪吧！"

"王教授！！！"

"吓到了！"

"还不止，据说他祖上几代从医，看耳朵尤其一绝，远近闻名。姜大夫读初中时，就已经给爸爸打下手，十五岁考上北大医学院真不是盖的。"

"还不止，听说同样的手术，资历相当的，他做的手术效果都更好。"

"跪了跪了！"

"所以，小师妹，不论姜大神怎么怼你、挖苦你、嘲笑你，或指桑骂槐，或话里有话，或明嘲暗讽，或教学剑走偏锋，忍住！"

"抗压能力一定要强。你能学到远远比其他任何大夫那里更多更透彻的知识，且绝对让你印象深刻。"

"好久没有姜大神的传说，甚是想念。"

…………

群里讨论得热火朝天，张静问到底怎么个古怪法，大家商量好了似的打着哈哈，再追问，干脆就假装没看到了。

真是奇怪。

她整晚都没睡好，此时跟陶一然确认："真的有传说中这么邪乎？"

"为什么说，"蔡大勇还在琢磨着陶一然刚才说的话，"又被投诉？他经常被投诉吗？"

陶一然捏了捏鼻子，像是想起什么似的，忍住笑，轻咳两声："何止是又啊，听其他前辈说，持续一年多，每个月都稳坐全院患者投诉率最高的冠军交椅，让其他医生望尘莫及。"

"真的？"张静轻咳一声，"太夸张了吧？"

检查室近在眼前，陶一然做了个"嘘"的手势，示意二人闭嘴。

两人会意，敲敲门，鱼贯而入。

一个年轻男医生正面对他们，坐在耳显微镜旁带滑轮的靠背椅子上。听到开门声，冲两个新来的医学生点点头。灯光昏暗的检查室内，一股强大的气场扑面而来，张静不由得往后退了退。

"姜老师好！"她和蔡大勇异口同声。

"你们好！"姜除寒盯着两人的铭牌，一字一顿地读道，"张……静、蔡大勇是吧！"

不等二人回答，他转过头，朝陶一然伸出手。

陶一然是组里的住院医，见状赶紧把手里的一沓报告单递过去。

姜除寒一张张翻看着，刚入院的女患者已经坐在综合治疗台前的检查椅上。他的右手将显微镜推到眼前，左手拿着喇叭状的窥耳器轻轻放入患者的外耳道。那窥耳器呈尖细圆孔状，仿佛稍有不慎就可能把人的鼓膜[1]捅破，患者因为害怕肩膀不停地抖动着。

"别动，"他拍她的肩，又转向三人，"病人的诊断是什么，应该怎么治，你们仨说说吧。"

蔡大勇离得最近，接过报告单，看了又看，小心翼翼道："姜老师，病人耳闷堵，鼓膜完整，稍增厚，听力检查传导性听力下降[2]，CT显示鼓室可见软组织密度影，无骨质破坏。可能是分泌性中耳炎[3]，要做手术。"

张静偷瞄几眼姜除寒的脸色，怯怯地咬着嘴唇补充道："也可能是胆脂瘤，要手术。"

姜除寒起身走到窗户边的洗手池旁冲手："你们两个人说的，也对也不对。"

蔡大勇开心地冲张静挤挤眼睛。

"至少，"姜除寒继续说道，"至少后半部分是正确的——确实要手术，不然我为什么收她住院？？？"

这话说得非常不留情面，张静和蔡大勇面面相觑，场面颇为尴尬。

偏偏站在旁边的陶一然忍着笑，一声不吭。

这阵势让患者有点慌，说话都有些结巴："大、大夫、夫，很严重吗？"

"还行。"姜除寒重新坐到椅子上，"蔡大勇，我问你，如果是分泌性中耳炎，为什么鼓窦[4]和乳突气房[5]里没有软组织密度影？"

"可、可能……液体较少，"蔡大勇想了想，回道，"液平问题[6]……仅在鼓室[7]。"

"既然这样，你给病人做个增强核磁，亲自带她去，看看人家怎么做的。"

"姜老师，"蔡大勇不解，"呃，我这个诊断对吗？"

"做完检查，你来告诉我对不对。"

蔡大勇不敢多问，拿着检查单带病人走了。

姜除寒指指CT片子，问张静："胆脂瘤的好发部位[8]，是这个地方吗？"

——原来错在这里。

"哦，确实不是，"张静汗如雨下，"胆脂瘤好发上鼓室，病人在下鼓室。也可能……是罕见的先天性胆脂瘤或确实是分泌性中耳炎？这……嗯，姜老师，我、我，"她越发慌张，"我觉得蔡大勇的诊断是对的。"

姜除寒意味深长地看着她："既然这样，那你和他一起带病人做检查去吧。"

她有些茫然。

姜老师之前说，她和蔡大勇的意见——只有后半句是对的，也就是说，患者的病，既不是中耳炎也不是胆脂瘤。但为什么不告诉他俩正确的诊断，却叫她跟着蔡大勇一起带病人去检查？

难道，他俩的诊断，其实是正确的，或者，其实姜老师也不是很清楚，需要做进一步检查才能确定？

她冲旁边的陶一然使了个眼色，发现对方也是一脸茫然，吐吐舌头，只得领命而去。

陶一然其实并不赞成蔡大勇的诊断，正皱眉盯着检查单，突然听到姜除寒问："你的诊断呢？"

"姜老师，"陶一然说着，凑到电脑旁，"不可能是分泌性中耳炎啊，病人做CT、核磁，是躺着做的。躺着做的话，液平不应该这样。"

姜除寒赞许地点点头："我知道。我就是要让他们看病人躺着做检查时的液平，好亲自排除自己给出的错误答案，详细且深刻地知道自己是怎么错的。"

——原来如此。

虽然跟了姜老师已经有些日子，陶一然还是有些哭笑不得。

直接告诉他俩错了就好了嘛，这样做未免有些兴师动众，不但让患者多花了一笔检查费，搞不好还让蔡大勇和张静以为自己回答正确而欣欣然。

想到这儿，他放低姿态，狗腿请教："那么，姜老师，正确诊断是……"

"鼓室体瘤[9]，"像是看出他心里想的什么，姜除寒解释道，"放心，增强MR[10]倒也不会白做，可鉴别排除其他疾病。"

陶一然的脸火辣辣的，自己的这点小心思都被他老人家看出来，还没想好怎么解释，又听到致命一击："你回去看书，明天给我一份详细的报告，分析我为什么让他们去做增强MR。"

……分析报、报告？

不是吧？

适才还庆幸没去核磁室带着病人做检查的陶一然，认为自己是三人中稍稍聪明那么一丢丢、表现好那么一丢丢、心中喜滋滋一丢丢的陶一然，此刻非常羡慕蔡大勇和张静。

早知道这样，他也说是分泌性中耳炎，去放射科看病人躺着就好了啊。

写什么报告。

泪流满面。

2

看完所有病人，姜除寒正准备开溜，冷不防后脖领被人拽住，党支部书记孔成波正笑眯眯看着他："来我办公室。"

他挣扎了几下，未果，只得改变策略，压低了声音："哎哎，这么多人看着呢。"

整个科室谁见到他不尊称一声"姜老师"，唯独孔成波，他见了就躲着走。

孔成波比他年长十来岁，但一米九的大个头比他还高几厘米，眼见着小护士、年轻的医生们捂嘴偷笑，越挣扎只会引起更多注意，姜除寒只得放弃抵抗，任凭对方连推带搡地把他弄进了办公室。

孔成波的手里不知何时抓着一本装订成册的白皮笔记本，天气炎热，他一边用它不停地扇风，一边问："来，说吧，上周你都干吗了？"

姜除寒干笑两声，在他对面坐下："我能干什么，出门诊、做手术，兢兢业业，呕心沥血。"

孔成波扬起手，在姜除寒肩膀上使劲扇了一巴掌："脸皮越来越厚，还真敢用词。你？兢兢业业？呕心沥血？来来来，我给你读一读。9月2日，宋晓燕，急诊转入患者，拔出卡在喉咙里的鱼刺后，患者认为三十九元费用太高。"

姜除寒耸耸肩。

"姜除寒大夫说，嫌贵啊？嫌贵我给你放回去。"他把笔记本摔在桌上，"这是人话吗？你给人放回去？'放'字用得可真是巧啊，你真要'放回去'，就成了人身伤害，你从什么时候起会蠢到说这种话了？"

姜除寒挠了挠头："我就是说说，也不敢真那么做嘛。"

"愚蠢透顶！患者投诉你，说你没有医德，脾气暴躁，不配在人民医院这样的三级甲等医院工作。"

"这事……"姜除寒做沉痛状，"确实是我不对。"

孔成波见惯了他一副死猪不怕开水烫的德性，此刻居然听到他认错，惊得下巴差点掉了："有生之年我还能听到你认错？"

"我肯定错了嘛，"他的态度十分诚恳，"我当时就不应该给她取鱼刺，应该让她去做内窥镜[11]，那个便宜啊，才九百元。"

"我呸！"

"哎，孔书记，"他一副恨铁不成钢的样子，"我们都是文化人，您怎么能爆粗口呢。"

这家伙，还倒打一耙。

"少来这套！你还有理了？还有这个，"孔成波拾起笔记本继续念，"9月2日，张成，19号患者，诊断为耳前瘘管[12]，需做耳前瘘管切除，术前咨询：'我这个手术，是怎么做呢？'你给我说说，你当时怎么回的？"

"我就正常回的呗。"

"嘁！你说——这可是我的看家本领，我怎么能告诉你呢。"

姜除寒窃笑，轻咳一声，解释道："唉，赖我赖我……那天来医院的路上，接了个护士长的电话，绿灯时我起步晚了几秒，碰到个路怒症，路上一直别我车，我急着出门诊，也没办法真跟对方较劲。忍气吞声到了医院，又碰到这个患者磨磨叽叽的，没完没了问我问题……"

孔成波面色稍微和缓，继续念道："患者投诉，姜除寒没有耐心，对患者缺乏最起码的尊重。"

姜除寒眯着眼，咳嗽了两声。

孔成波叹口气："你就不能耐心地，好好跟病人解释下手术原理？"

"我解释他们听得懂吗？"他一脸无辜，"孔书记，您告诉我，解释完了，他们是能自己做手术，还是决定不做手术？万一他们听我讲完了能自己做手术，那以后还有谁来医院看病？我是不是得防着他们？如果他们决定不做手术，那我解释有什么用？再说了，真的住院了，还有管床医生详细交代……"

"呸！这是什么歪理邪说？"孔成波打断他，"患者不懂当然要问，将心比心，毕竟是个全麻的手术，总得问清楚。再说，解释清楚了患者心里会更踏实。你那是什么回答？看家本领——你以为练武呢，人家要跟你偷师？"

他耍无赖："那可说不准，万一呢！"

窗外的阳光通过玻璃窗直射进来，晃得他睁不开眼，他往孔成波面前挪了挪椅子，严肃道："再说，老孔，医生……也是个正常人，也有喜怒哀乐，并不是一尊时刻慈眉善目的欢喜佛，见谁都眉开眼笑的。他们也有遇到烦心事、情绪不稳定的时候……老让我们理解患者，谁理解我们呢？"

"起开！谁让你当神仙了，至少你别噎人家患者，是不是？"孔成波掀开下一页，继续念道，"还是9月2日，你从诊室出来往外走，碰到23号患者，问你去哪儿。你怎么回的人家？——还不允许我拉屎啊？"

他把手中的投诉笔记本摔在桌上："后边的还需要我念吗？仅上一周，就有5次投诉。怎么着，这一年多，作为一名医生，每个月稳坐患者投诉率最高的冠军宝座——你飘了？？？还是想挑战下自己，有个新突破？"

姜除寒见他真急了，不再造次，嘴里却小声咕哝着："医生难道连拉屎的自由都没有了吗？"

"你给我滚！有多远滚多远，别让我看见你。"孔成波挥着手，再谈下去怕是真的要吐血。

姜除寒站起来，依然是不服不忿地说："孔书记，我有意见。"

"你有意见，你有什么意见？"

"凭什么只能患者投诉我们，我们不能投诉患者？我还想投诉他们呢，一个个话多又磨叽，说一遍记不住，反复问，说了又不懂，脾气比我还差。碰见素质好点的还好说，前几天碰到个大脚丫子直接放我桌子上的，让他放下来，他就大吵大闹指着鼻子骂我。像这种，凭什么不能我投诉他，然后拉入黑名单，以后永远不能挂我的号？"

今天真的要被姜除寒气死了。

孔成波大口喘着气，本不想搭理他，想了想，转移话题道："……离婚手续办完了？还顺利吗？"

刘婕那突如其来的两个耳光，让他回家他冰敷了好一会儿，早上起床脸还隐约有些肿胀。想到这儿，他摸了摸脸，低低回了一声："嗯。"

"刘婕那暴脾气，"孔成波缓和了语气，"没再为难你吧？夫妻一场，又曾是同事，不要闹得太僵。"

"行。"

孔成波看得出他不愿意多讲："以后带着姜抗菌好好过，出门诊时，别胡闹了。有什么难处，需要大家帮忙的，你吱声儿。"

他点点头。

"还有，再有人投诉你，你到院投诉接待办自己解释去。滚吧！"

姜除寒撇撇嘴，刚溜到门外，又听到对方吼："明天的手术早点过来，不许迟到。"

"好嘞。"

他赶紧关上门，这次真的溜了。

3

旧书店有阵子没来，姜除寒意外淘到好几本心仪已久的书，直到手机设置的放学闹表响了，赶紧直奔学校去接姜抗菌。小家伙并没有站在班级的队伍里，而是被单独拎出来站在队列外班主任的旁边，其他见到家长的孩子们一窝蜂地冲出来，很快消失在学校门口。唯独姜抗菌像是犯下了滔天大罪，一动不敢动。

他心里"咯噔"一下，班主任殷苗笑呵呵地冲他招手，示意他过去。三言两语间，她把事情说清楚了，原来是姜抗菌知道爸爸今天要带他去木工坊玩，一天都没好好上课。

"倒也不是什么大事，"她歪着头，仍是笑，"这孩子，太兴奋了。板凳上像是有钉子，根本坐不住。今天的测试小卷错得有点多，您别忘记给他听写和预习，回头要考的。"

姜除寒忙不迭地点头。

姜抗菌这时倒是乖了，低头一声不吭。

坐上车，这贼孩子还是臊眉耷眼的。

他看得不忍："至于吗，你左耳朵进右耳朵冒不就完了？"

小家伙仰起头，狐疑地说："你不骂我？"

"多大点事啊，这就骂你？那你该骂的事情可多了去了。"

姜除寒握着方向盘，目视前方："我们小时候春游还不是整晚睡不着，这事赖我，以后再带你出去玩，不提前通知，省得你兴奋。"

这下小家伙高兴了，把书包甩到旁边的座位上，兴冲冲地说："爸，今天我做冲锋枪吧？"

不等姜除寒回答，他低下头，又摆出一副垂头丧气的模样。

姜除寒瞧见他眼圈都红了。

像是预料到肯定会被拒绝，他苦苦哀求道："爸爸，求你了。"停顿几秒，眼泪汪汪地说，"唉，肯定不行是吧？算了，你就当我啥也没说。"

这是以退为进了。

戏精，又来这一手博取他的不忍拒绝。

姜除寒笑笑："四百多块钱那个？"

他原本有些肉疼，但看着姜抗菌的表情，心软了。

已经不能给他一个完整的家，这事自己有不可推卸的责任。

终于和刘婕离婚，晚上做梦他都要蒙着被子，怕自己笑得太大声，把贼孩子吵醒。这几天他有心跟姜抗菌同学缓和关系，毕竟要正式开始单亲爸爸的生活了，他这辈子都没想过这孩子会选择跟他生活，于是爽快道："行，不说求，也给你做。"

——求，就言重了。

将来的将来，求人的事情何其多。

木工坊叫"入木三分"，老板娘穿着宽松的软牛仔背带裤，白衬衫，留着颇显气质的露耳短发。她的个头不高，走路时双肩挺拔，像当过兵，很是英姿飒爽。姜除寒常见她辅导学员，为人爽利，做事麻利儿，木工活非常出色。

整个木工坊是一套四合院的一个厢房，大概有一百来平方米，采取预约制。推门进去需要穿过一道十几米的走廊，两边墙上挂满了板凳、梳子、挂饰、火车、木偶、摩天轮……水曲柳、黑檀木、紫檀、桃木、黄杨木、黄花梨、樱桃木……应有尽有。这些手作因为材质、纹理、味道均不同，像是有了生命，列队欢迎着进店的客人。

大厅里放着十几个操作台，人不多，姜抗菌噔噔跑进去，指着挂在前台后面墙上的冲锋枪，几乎要跳起来："阿姨阿姨，我要做这个！"

姜除寒原以为躲在里间小屋玩游戏的小哥是木工坊的技术大拿，平时指导会员们的老板娘不过是个绣花枕头。直到今天他做诸葛连弩，弩臂怎么也装不进去。老板娘本来带着他家姜抗菌用线锯刚切出手枪的大型，转头看到他的窘状，甩甩头发就走过来，眯眼比画两下，将弩反转，抓着木锉飞快锉了几下，顺利挺进。

他惊得连谢谢都说不出口，对方声音一如既往地甜美："差了点精密度，"又眯起眼，"大概0.6毫米吧。这款对精密度要求特别高，直接影响击发能力。"

姜抗菌两眼直冒小星星，欢呼雀跃着拍马屁："游云阿姨好厉害！"

游云？

"这名字好。"姜除寒频频点头，"飘游云於泰清，集长风乎万里。"

依稀记得出自《二十四史》中的《晋书》——成公绥的《啸赋》，他当时看完了非常喜欢，没想到有人取它作为名字。

游云没太听清楚他的话，正要说话手机响了，按了接听她直接问："怎么还没过来？"对方不知道回了什么，她坚持道，"你先过来再说。"

挂了电话，她亲昵地摸着姜抗菌的头："走，继续做枪去。"

小孩屁颠颠儿地跟她走了。

不知过了多久，最后一道工序终于完成。诸葛连弩十连发，如风似电，伴随着铮铮的响声，齐齐穿透对面墙中央放置的纸箱，仿佛这阵子他心中所有的苦闷、疲惫、痛苦、辛劳……都跟着一扫而空。

姜除寒沉浸在完成作品后的满足与喜悦中，直到殷苗打来电话。

她的语气有些急："姜先生，请问您现在方便带着姜抗菌回趟学校吗？"

开玩笑，不方便。

这么想着，却也不好直接说，他问："有什么事情吗？"

"是这样的，您先别生气。班里有个男生叫王子辰，是姜抗菌的前桌。下午快放学时，姜抗菌用尺子在他的脖子上来回磨，脖子上肿了挺大一片，虽然不是很严重吧，但……但毕竟红了像是有点见血，王子辰在学校时没说话，回家家长看到了不干……来了学校正闹呢。"

他脑袋"嗡"的一声。

那边又在问："您现在能带着姜抗菌来学校，把问题解决下吗？"

在他操作台的右前方，姜抗菌正把玩着刚刚做好的冲锋枪，爱不释手，眼神痴迷。

心中的火苗"噌"地蹿起来，这小浑蛋，他怎么敢？

他大步走过去，揪着姜抗菌的衣领："姜抗菌！你下午在学校，都干什么了？"

小孩被他突如其来的举动和吼声吓到，整个人蒙住。

木工坊其他人也吓了一跳，齐刷刷看着父子俩。

他越发来气，脸上的肉几乎都在抖。

姜抗菌捂着脑袋，任凭他怎么问，都一声不吭。

047

那通电话，似乎抽走了他所有的理智，恨不得把眼前的姜抗菌整个撕碎。他强压着心头的怒火，打算先吓唬吓唬，扬起手作势便要打："说，你把人家王子辰怎么了？"

这招对姜抗菌一点用都没有。

他的眼神里闪过许多的害怕和慌张，但眼皮颤了几颤，依旧咬紧牙关。

姜除寒把手往上又扬了扬，怒道："老师电话全告诉我了，你还不承认？"

说时迟那时快，不知道从哪里跑出来个女生，一把抓过姜抗菌护在身后："这位家长，请你冷静下。"

这个人还真是阴魂不散。

他看了着躲在倪好身后的姜抗菌，又看了看倪好："怎么哪儿都有你？我教育孩子，干你什么事？"

同那天化着精致的妆容、穿着非常时髦的连衣裙的倪好完全不同，眼前的她随便套了件肥大的T恤长裙，黑眼圈深得吓人，不知道是没化妆的缘故还是哭过，整张脸浮肿得厉害，看上去仿佛老了四五岁。

她的手捂着半边脸，头发毛毛躁躁，不论是跟之前在学校做讲座的她，还是在民政局单方面想跟人结婚的她，都判若两人。

像是极不愿意管他的事，她强打精神道："先生，我在我的店，看到一位成年人即将对一位未成年进行暴力殴打、辱骂恐吓，怎么就不能管了？"

"你……的店？这明明是……"

正在前面指导学员做梳妆台的游云才反应过来，急急跑过来解释道："姜先生，呃，介绍下，这是我的合伙人。这里不方便，来来来，我们换个地方说话。"

姜除寒本想拒绝，却看到躲在倪好身后的姜抗菌露着小半个头，正在啃指甲。

这孩子一害怕、紧张，就忍不住啃指甲，也不知道什么时候染上的毛病，好像是幼儿园？上个课外班也是，老师叫他起来问个问题，站起来什么都不说，先啃一顿指甲。有时候在家里，不经意间问起他学校过得怎么样，也不说话，磨磨叽叽啃指甲。好几年了，他两手十指秃秃，比他裤兜都干净。

自己有几年没剪过他指甲，他就有几年啃指甲的历史。

姜除寒后悔了。

大庭广众之下冲着姜抗菌怒吼着实不妥，伤害了父子之情不说，也严重伤害了孩子的自尊心。此刻游云给了台阶下，他也就半推半就，跟着几人去了木工坊的里间。

里间内正玩游戏的那位染了一头黄毛的小哥被众人打断有点不爽。

"亲爱的。"游云冲他使了个眼色，听得旁边的倪好直起鸡皮疙瘩。

小哥虽然有点儿不高兴，还是站起来亲了游云一口，麻利儿地离开了。

姜抗菌笑嘻嘻地抱着倪好的胳膊，两人说说笑笑，很是亲密。

姜除寒不知道该如何形容此刻的感受。就他之前躁狂的样子，他说自己是贼孩子的爸爸估计没人信，但此刻如果有人说倪好是贼孩子的妈妈，肯定没人怀疑。

他冲着贼孩子伸出手，友好地、和蔼地说："走，姜抗菌，跟我回学校向王子辰道歉。"

贼孩子没动。

倪好说不清是职业病犯了，还是她单纯和姜除寒过不去，更或者，是姜抗菌过于可爱，她和这孩子有缘分？

她就是没办法看着眼前这个男人以那么简单、粗暴的方式管教小孩儿。

眼看姜除寒上前要强行拖走小抗菌，她一个箭步挡在他面前："你为什么不问问孩子的说法？"

"什么？问他？那还用问吗？"

"老师说了什么，你就全信。完全不找他证实，听听他的说法吗？"

"老师说的还能有假？"姜除寒虽然觉得自己没义务跟倪好解释，但熊孩子也在旁边听着，间接说给他也是好的。

"不管真假，不能听取单方面的说辞。即便是真的，也会存在片面的情况。你应该找他证实，给他解释与辩解的权利。"她据理力争，"而且，他也应该有这个权利。"

他一时语塞。

那天在民政局被他揶揄，她还在记仇？

不知道她哪儿来的这么大的火。

他隐约觉得她说得似乎有些道理，可面子上又挂不住。好在她没再搭理他，半蹲在姜抗菌面前："小朋友，我可以叫你小抗菌吗？"

小孩儿点点头。

"你好啊，我是倪好，是这个店的老板之一，也是一名新教育讲师。"

小孩儿对陌生人还是很有礼貌的，他鞠了个躬："姐姐好。"

倪好愣了愣，被"姐姐"这个称呼打动到，笑得眼睛眯着，语气越发温柔："抗菌好。能告诉我，你在学校发生了什么事情吗？"

姜除寒翻翻白眼，新教育讲师很了不起吗？

姜抗菌贼眉鼠眼地瞄亲爹："我……"

"请信任我们。我们不会评价你，也不会指责你。不论发生什么事情，我们都会站在你这边，帮你一起解决问题。你说是不是，姜……姜先生？"

姜除寒翻白眼翻得都快累着了。

他看着姜抗菌黑溜溜的小眼睛，声音变得柔和了很多："是，爸爸不会骂你、打你。"

鬼灵精哪里肯上当，鼓着腮帮子迅速反驳："你骗人，你刚才已经骂我了，你还想打我，要不是……要不是这位漂亮的姐姐救我，说不定我都被你打残了，正在救护车上呢。"

救护车？

姐姐？

这都哪儿跟哪儿？

好不容易冷静下来的姜除寒差点又引爆自己："你……别给脸不要……"

倪好拉了拉他的胳膊，摇摇头。

他识趣地闭嘴。

倪好换了条腿，仍是半蹲："小抗菌，你知道吗？其实我们每个人的心里，都住着一头小怪兽。"

姜抗菌狐疑地看着她："什么？"

"这头小怪兽呢，我们肉眼看不到，却非常重要。当我们情绪稳定时，小怪兽会很听话，很讲道理。可是……"她顿了顿，非常为难的样子。

姜抗菌听得正专注，急问道："可是什么？"

"可是，不论大人还是小孩，当他们情绪不稳定的时候，小怪兽就会从身体里跑出来。它吞食我们的理智，让我们无法冷静，扇风又点火，怂恿我们干坏事。"

小家伙认真地听着，眉头紧皱："坏家伙，这可不行。"

"更可怕的是，它还会让我们不像我们自己，伤害深爱的人，让我们做出错误的决定，更让整个场面失控。"

"得赶紧抓住它！"他挥了挥拳头。

"是的，我们要抓住它，我们要做我们自己情绪的主人。"

小家伙不断点头，眼睛越来越亮。

"我偷偷告诉你哦，姐姐身体里的小怪兽，叫小豹，每当它跑出来时，我会深呼吸30秒，对小豹说——小豹乖哦，赶紧回家啦。然后，不说话不做任何决定，直到小豹回去。"

姜除寒越来越搞不懂她要做什么，他的耐心已耗尽，尤其是殷苗又连发了好几条微信问他在哪里，一个箭步上前抓住姜抗菌的手："别跟我整那些有的没的，跟我去学校，找王子辰道歉。"

小孩儿挣扎着小小身体使劲儿往后退，高呼："姐姐救我！啊，亲爹要杀人啦，快帮我报警。"

游云歪头看着三个人，不说话，也没上前拦着，摆明了看戏。

倪好坚持着："小抗菌，请你告诉爸爸——爸爸，请管理好你身体里的小怪兽，等你恢复冷静后，我们再对话。哦，对了，你还可以给爸爸身体里的小怪兽起个名字。"

小孩儿眼睛一亮："那就叫小寒吧！"

——这个姐姐真好。

简直是他肚子里的蛔虫。

他在家就是这么搞定姜除寒的啊。

"我认为你的情绪非常不稳定，请你冷静后再和我对话。"这一向是他的制胜法宝。他早就记不清这句话、这样的处理方式是从哪里看到的了。电视上、平板电脑里，还是学校的讲座上？

这些都不重要。

他只知道，这句话非常好用。

他迅速重复了一遍，还补充了一句："小寒，你要乖哦。"

姜除寒快哭了。

今天出门应该查查皇历的。

倪好微笑着，再次发问："现在能告诉我们，在学校里发生了什么事吗？"

"我爸真的不会打我，也不骂我？"

"当然，"她冲姜除寒使个眼色，"是吧，姜先生？"

姜抗菌已进入全面防御、备战状态，继续威逼利诱下去恐怕事态更僵。念及此，姜除寒不得不点头。

一旦出现什么矛盾、纷争，他觉得，与姜抗菌的父子关系，就迅速变成了一匹死马。

倪好是新教育讲师？

行，今天就死马当活马医，交给她，看她能折腾出什么动静来。

见姜除寒面色缓和，小家伙终于开口道："今天下午自习，王子辰老用身体使劲撞我桌子，我没法写作业，就让他别动了。"

"所以你就用尺子磨人家脖子？"姜除寒的头发都竖起来。

"才没有。"小孩耸耸鼻子，"是王子辰说，你别写作业了，咱们玩个好玩的游戏吧？我问什么游戏，他说他新买了一个直尺，可锋利了，都可以用它来砍鸭子的头。"

倪好问："那你是怎么做的呢？"

"我说我才不信。他说不信你拿尺子拉我脖子试试。"

"然后呢？"

"我说我才不要。他就发飙了，说我是个胆小鬼，根本不敢。还骂我，你不敢用尺子拉我脖子，就是个孙子！"

游云忍笑忍得十分辛苦。

小孩又说："我不想当孙子。如果我当了孙子，那我爸就是儿子，我爸还得管王子辰叫爹。"

姜除寒的脸一阵白一阵红。

——养孩子，太难了。

他上辈子是欠了姜抗菌多少债，得以有幸当他的亲爹？

4

送走姜除寒父子，倪好像被抽走了全身的骨头，整个人瘫在沙发上。

游云手忙脚乱地从抽屉里掏出车钥匙，迅速搀起她："我送你去医院。"

她整个人几乎全倚靠在游云身上："这个姜除寒，是这里的会员？"

"嗯，办的三年年卡，超级大会员。平时话不多，听说是个医生，怎么？"

倪好的脑海里，居然又浮现出姜除寒前妻扇他耳光时的场景，他前妻说什么来着？

哦，想起来了，她说："报警说你性骚扰的女人打你时，姜医生是不是也觉得像今天这么无辜？"

真是人不可貌相。

"没什么。"倪好摇摇头。

"昨天下午长达医院的大夫给你掏了下耳朵，"游云问，"你就这样了？"

倪好整个人在抖，后背都是湿的，声音越发虚弱无力："医生说，可能是叮咛栓塞¹³，就用了个什么电动吸耳器，伸进我耳道吸。当时只疼了一下，并没有现在这么严重。"她重重吸口气，踉跄着跟着游云往外走，"医生开了瓶药水，让我点三天，说也许叮咛就软了，三天后再去找她。结果回到家，整个脑袋炸掉一样，像是孙悟空拿着金箍棒钻了进去，时不时上蹿下跳扎上一下子，半个脑袋都要疼死。"

游云的汽车就停在木工坊窗外，拉开后座的门，游云小心地扶她在后座躺平，直奔市第一医院。

市第一医院是三级甲等医院，比二级甲等的长达医院规模要大得多，离木工坊不过十分钟的路程。停好车已经是晚上六点，医生们早就下班，耳科诊室哪里还有人。两人直奔急诊，在护士的指引下，很快找到了耳科大夫。

那位穿着白大褂的男大夫认真地看过倪好带来的检查单，用仪器检查了她的耳朵，询问她用了什么药水，吃了什么药，有点爱莫能助："目前来看，长达的医生处理方式没问题。您再继续点上两天药水，再去找她。"

游云急了："医生您确定吗？她都疼得站不起来了。"

倪好强打着精神，眼泪要流下来："医生，我、我真的太疼了，快受不了了。"

男大夫为难地搓了搓手："我这里只能做些应急处理，比如昆虫进耳朵什么的。您这种病，我确实没办法。实在不行，给您开个止疼片吧？"

刚刚燃起的希望之光，就这样被浇灭。

倪好连谢谢都没有力气说，任凭游云扶着她坐到等候区的长椅上。

游云飞速赶到护士站补挂号、缴费，又跑去药房拿药。回来时，心细如她，还买了瓶矿泉水，拧开瓶盖小心地喂倪好吃止疼药。

倪好像个木偶人一样，任游云摆弄。

她想不明白。

为什么她疼得不成个人样，已经有濒临死亡的感觉，但三甲医院的大夫却觉得没什么？

是从小娇生惯养，她太矫情了？

是她对疼痛过于敏感了？

还是因为鲁长均悔婚，她悲痛欲绝，夸大了痛觉？

…………

也许是心理作用，也许是药起了效果，十分钟后，倪好隐约觉得耳朵不那么疼了，孙大圣用定海神针扎耳朵的频率似乎也不那么高了。

回家的路上，见她精神好一些，游云松口气，终于问了这一晚上她最想问的那个问题："鲁长均联系上了吗？"

"没。"倪好勉强坐直了身体，不躺着了。

游云直骂了句："这叫什么事？"

"我回家时人家的东西都拿走了，连刷牙杯都没忘。手机一直关机，微信还拉黑了我。想不到吧？"

游云深吸口气，没说话。

"大家老说不公平，说我太欺负他，我听够了你们说，将来别辜负了人家鲁长均。"倪好呆呆地看着窗外，苦笑道，"没想到是我被他甩了。"

"你没去他公司找找看？"

车子里有些闷，倪好把车窗打开，一股热浪袭进车内，也袭击着她身上的每个毛孔，又黏又腻。

"我……我还是有些骨气的，怎么可能去他单位找？亲朋好友们都知道我俩那天登记。我要是跟我妈说，他等我到了民政局才临时悔婚，她根本不信。她肯定觉得是我劈腿了，还把屎盆子往他身上扣。"

"你妈知道了？"

"还没顾上。她以为我俩度蜜月去了。不过，应该快了吧……"

车窗外车水马龙，人声鼎沸。汽车飞速驶过一座座高楼，那些亮着灯的房间，那些黑黑的房间……倪好不由自主地想，不知道他们是谁，叫什么名字，在哪里工作，有着什么样的性格，此时此刻在做着什么，又有着什么样的悲欢离合？

红灯。

60秒，59秒，58秒……

"说吧，你想怎么做？"游云盯着前面不住闪烁的红灯，扫见后视镜中的倪好没精打采的，越发心疼，认识她这么多年，什么时候见过她这个憔悴样？

"要是想杀了他，姐们儿帮你毁尸灭迹。"

"扑哧！"

这时候还有心情笑，游云不满地瞥了她一眼。

"我可不做违法违纪的事。我打算自暴自弃一段时间，好好疗个伤。具体什么时候好，将来还要不要再找个美娇郎，全看我今后的康复状态。"

"就这样？"

"不然呢？你走在路上被人捅了一刀，鲜血汩汩，伤口见骨，医生可以根据看到的伤口情况进行医治，止血、缝针、打破伤风针。可情伤怎么办呢？伤得有多重，别人都看不到，也不知道要采取什么办法进行急救，是不是？"

倪好说着，耳朵激灵一下，疼得她直咧嘴，孙大圣又开始玩绣花针了。

游云看在眼里，一个急转弯把车停在路边："又疼了？"

似乎，疼啊疼的，就有些习惯了。

她忍着疼："没事，说不定到家里躺会儿，就好了。"

一路畅通。

游云坚持送她上楼。

她不肯，只催促游云赶紧回去："你出来这么久，可没人看店。万一皮小翔跟客人打起来，可就麻烦了。"

"去你的。"游云笑，"他虽然不靠谱，但打架还不至于。你确定能自己上楼，那我真走了？"

她点点头，提着小挎包慢慢进了单元楼。

借着楼道里昏暗的灯光，她打开微信。

鲁长均还是没有消息。

也是，已经被他拉黑，难道她还在期待他发信息给她？

倒是大学校友，同她曾经在广播站一起做过播音员的老好人袁敏发了条消息——

"好好，看师佑佑的微博了吗？什么情况？"

她发了张师佑佑微博的截图。

配图是两个人依偎坐在海边的一块巨石旁。

虽然是背影，但倪好当然看得出那是鲁长均。

除了配图，还有一句话：

"我喜欢了六年的男人，我们终于在一起了。"

见她一直没有回，袁敏又问："之前听说，你和鲁长均不是要结婚了吗？"

5

姜除寒与殷苗解释了整个事件的来龙去脉后，王子辰和姜抗菌两个熊孩子互相道了歉。

对方家长也是通情达理的人，尤其是王子辰的爸爸，当着大家的面便要扇王子辰的耳光。

姜除寒拦住了："都是孩子，谁还没有个调皮的时候。"

两方家长说着客套话，客气、礼貌又恰到好处的疏离，抱歉的话说了一拨又一拨，俩孩子却勾肩搭背，聊起了"坦克世界"的游戏，争论着到底谁的坦克更厉害，嘻嘻哈哈地搂在了一起。

好不容易劝开依依不舍的俩熊孩子，回家路上又买了姜抗菌要吃的肯德基全家桶，终于平安回到家。

姜除寒把全家桶放在餐桌上，父子二人洗过手，一边大快朵颐，一边聊天。

姜除寒猛灌了一大口可乐，问："在入木三分木工坊，咱们要走的时候，那个阿姨把你搂到角落里，说了些悄悄话。她说了什么？"

"阿姨？"姜抗菌啃了一口鸡腿，"哦，你说倪好姐姐啊。她说，我们不能做伤害别人的事情，但也要保护好自己不要被别人伤害。"

哼，姐姐，姐姐，倒是叫得亲切。

"还有呢？"

"还有就是，我也没搞明白的一句话。"他似乎十分困惑，努力回忆着。

"什么？"

"姐姐说，不要因为别人的怂恿、激将，就改变了自己真实的想法。她说那不勇敢。还说什么，勇敢，是虽然害怕，但心里觉得对，即便害怕也要坚持着去做。"

这倒像句人话。

"这有什么不明白的？"姜除寒正要解释给熊孩子听，却听小家伙又补了一句："姐姐说，勇敢，有时候是做某件事。有时候是……有时候是，不做某件事。"

不做某件事？

有点意思。

熊孩子说完大嚷："爸爸，我要听《西游记》。"

姜除寒打开买给他的随手听，正播至师徒四人进了朱紫国，孙悟空为国王治病，猪八戒差点讲漏嘴，马……马什么……马兜铃！

小抗菌笑得前仰后合，没心没肺。

"姜抗菌，"鬼使神差，他突然问，"你说心里话，我和你妈离婚，你为什么会选择跟我生活？"

小孩完全没有防备，沉默了好一会儿，眨巴着眼睛："爸，你是想听真话，还是假话？"

他皱眉："当然是真话。"

"这可是你选的。"

小孩狠狠咬下一大块鸡肉，嘴里含糊不清地说："说实话，虽然你也很可怕，可你每次都是吓唬吓唬我，从来不会真的动手打我。"

"什、什么？"姜除寒呆住。

"以前放学都是妈妈接我，只要我被班主任告状了，她就打我。家里不是有个你买的打狗棒吗，你说小区里遛狗不戴狗链、养大型犬的人太多了，散步时用来防身。我妈一次也没用到过，她只用它来打我。"

窗外，几道闪电劈过，雷声滚滚，大雨倾盆而至。

姜除寒不知道自己应该说点儿什么。

说自己竟然一点儿都不知道？

说自己为了忙工作，疏忽了他，几乎从来没有接过他放学？

是问他为什么不告诉自己妈妈打他？

还是向他保证——以后的日子里自己绝不会动他一根汗毛？

看着他若无其事地继续啃着鸡腿，姜除寒几次想伸手摸摸他的头，几次又无力地缩回去。

雨越下越大了。

也许还下了冰雹，噼噼啪啪地打在窗户上，雨水透过纱窗浇到阳台上，溅得地板湿漉漉的。

姜除寒起身关好窗，小孩又说："所以你也不用有多感动，我选择你，不是觉得你可怜，也没觉得你是什么好爸爸，更不是什么父子情深。我不过是……"

姜除寒站定，直愣愣地看着他。

"我不过是，两害相权取其轻。"

两害相权取其轻？？？

换作往日，他会揪着小孩的衣领，问他知不知道这句话是什么意思。

在他的眼中，不论与亲妈还是与亲爹生活，竟然都是……祸事？

选择与爸爸生活，纯粹是因为——这是他仅能选择的两项祸事里，比较轻的那一项。

姜除寒曾经无数次幻想过他问姜抗菌这句话时的场景，本以为会是个父子紧紧相拥的感动时刻，没想到却是被雷电击中般意识混乱，一时间只觉自己生死不明。

——你见过被雷电击中的人吗？

姜除寒见过的。

那是在急诊室。

雷电击中人时，存在时间非常短，不过是刹那之间，但作用面积非常大。被击中的部位通常是头部，沿着头部往下，会在皮肤上形成雷击纹，是树枝或神经般的纹路。那纹路极其清晰、醒目，像是穷凶极恶的魔鬼在人类身上盖了个戳，宣扬着攻击时的进攻轨迹。

他说不清此时此刻，姜抗菌看似没心没肺地、打着"说心里话"的旗号却把自己多年对他的怨愤一股脑地发泄出来，父子两个，到底谁伤害谁的程度更深一些。

工作忙——就是借口了吗？

孩子妈妈管着——自己就可以当甩手掌柜了吗？

至少保证了你衣食无忧——就可以理直气壮了吗？

被他无意或刻意忽略的无数个日日夜夜，他忽略掉多少个小孩儿成长的瞬间呢？

…………

两害相权取其轻——就是那道击中在姜除寒身上的雷电。

从他的头顶穿过，行经全身上下每一道经络，每一条血管，每一个细胞。

不知道过了多久，姜抗菌慢吞吞地蹭过来，拉了拉他的小指。

"爸爸？"

"嗯？"

"我刚才说的话，是不是很伤人？"

这个问题，很难回答。

他沉默了。

"我身体里的小怪兽，"小孩儿尝试着解释，"叫小菌。我……我有时候也会控制不好它。就像你的、你的小寒……"

他再忍不住，一把搂过小孩儿。

小孩儿僵了僵，似乎有些不太适应，继而仰起头，长长的睫毛颤啊颤的："倪好姐姐说，我有解释和辩解的权利。我想写一份《父子同居协议》，周末的时候咱俩讨论下，到时要是没有什么异议，请您签字画个押。"

【注释】

北京301医院耳鼻咽喉头颈外科副主任医师刘日渊提醒您——以下注释仅作为科普参考，若有不适建议到正规医院耳鼻喉科或急诊咨询就诊。

1.鼓膜：位于中耳和外耳之间的一层半透明薄膜。与锤骨相连，起到声音振动的传导和防止异物进入中耳的作用。

2.传导性听力下降：声音通过耳郭、外耳道、鼓膜、听小骨到达耳蜗，从而产生电信号到听觉中枢产生听觉。而声音在耳郭、外耳道、鼓膜、听小骨由于病变导致传音系统出现问题的听力下降，称为传导性听力下降。

3.分泌性中耳炎：是以鼓室积液及听力下降为主要特征的中耳非化脓性炎性疾病。主要病因有咽鼓管功能障碍、感染和免疫反应。常见于上呼吸道感染。

4.鼓窦：是鼓室后上方的空腔，是鼓室和乳突连接的通道。

5.乳突气房：乳突位于鼓室的后下方，乳突在发育过程中气化形成的结构叫乳突气房。各气房彼此相通，与鼓室之间的鼓窦相通。

6.液平：即气体和液体形成的平面。分泌性中耳炎的中耳有积液，有些病例可以通过鼓膜看到气体液体交界处。

7.鼓室：是中耳最主要的结构，鼓室腔内含有听小骨、韧带、肌肉及神经等结构。

8.好发部位：指病变常见的发生部位。

9.鼓室体瘤：也称为颈静脉球体瘤、非嗜铬性副神经瘤、化学感受器瘤，是一种起源于化学感受器的血管瘤样肿瘤。主要通过手术治疗。

10.增强MR：即增强核磁共振检查，Magnetic Resonance的简写。

11.内窥镜：文中检查鼻子或嗓子的一类器械，耳鼻喉科给病人做检查时包括鼻内镜、纤维喉镜、频闪喉镜等。

12.耳前瘘管：比较常见的耳郭畸形，瘘口常见位置在耳轮脚前，有时轻轻压挤周围，小孔有少许微有些臭味的白色分泌物。无症状或无感染时可不处理，局部搔痒、有分泌物溢出或者有炎症感染病史者，考虑进行手术切除。

那时的他不懂，刘婕跟他抱怨，只是想发泄，并不是向他寻求建议。

她不过是想在抱怨中理清自己的思路，将一天天的不痛快发泄出来，日子总会好过些。

他也是在很久很久的以后，才明白：

即便是夫妻之间，如果对方没有直接向你请教，

而你嘴贱，动不动就提建议，是很讨人嫌的。

每一个你真心认为对他人好、擅自给出的建议，

都是一种你认为对方犯了错的冒犯。

第三章

过往

1

倪好的右耳似乎愈发严重了。

第一医院的医生开的止疼片，药效越来越短。止疼时长由原来的8小时，缩短到5小时、3小时，又不能多吃。自从孙大圣提着他老人家的绣花针钻进她的耳朵眼儿里上蹿下跳，便一直不肯出来。看着镜子中不成人样的自己，她不忘自嘲，想来生孩子的疼痛也不过如此。

长达医院的大夫让她三天后去复查，但对方那天却并不出诊。况且，原本只是几个小时疼一次，经由那位大夫掏了下耳朵，疼痛频率如此之高，倪好对她的信任全无。

向领导请了一个月的假，倪好坐在家中凌乱不堪的客厅，拿着手机研究本市三甲医院出诊信息。一周之内的号全部约满，打114也是徒劳。挨到第七天，意外地在一个医疗平台的APP上，发现本市蛮有名气、经常做客养生节目的耳科医生刘婕有号。

堪比当下年轻一代对星座的痴迷，用星座来指导人生、阐释人生，三句话不离星座——瑞城的中老年人同全国其他地区这个年龄段的人民一样喜欢看养生类节目，三句话不离瑞城电视台主打节目《健康有你》。刘婕曾做过几次嘉宾，主讲耳科知识。在这家医疗平台上，她是明星医生，关于她的从医简介放在焦点图首页，格外显眼：

刘婕（医学博士，副主任医师）：毕业于Z大医学部，硕士研究生导师。省耳鼻咽喉科分会耳外科学组委员，瑞城电视台《健康有你》常驻嘉宾。擅长各类耳科疾病：慢性化脓性中耳炎、中耳胆脂瘤、耳畸形的手术与治疗。

她就职的人民医院没有号，反倒是一家私立医院——名字叫"瑞大耳鼻喉专科医院"隔天有她的特需号。听上去像是本市最好的大学瑞北大学体系下的专科医院。网上说，这是一家以赚钱为主的莆田系医院："绝不是实实在在地帮你治病，而是利用给人治病的机会，想尽办法骗走病患的钱——在这个过程中，患者的病未必能治好，更有甚者，他们可能还会谎称你有病。"

那时的倪好低估了人性的恶，她所理解的莆田系医院，不过是价格更贵一些，毕竟在那里坐诊的可是全国闻名的各大三甲医院的大医生——

病，应该还是会得到及时、正确的治疗的。

出于对来自三甲医院医生的信任，倪好匆匆挂了刘婕隔天的号，三百元。价格不便宜，但钱能解决的事不叫事，眼下这个情况，哪还顾得上计较价格。

医院很好找，出租车司机一听这个名字，连导航都没开。虽然赶上早高峰有点堵车，走走停停，终于到了南四环。隔得远远的，倪好便看到那高耸的豪华的大楼，楼顶上红色的楷书"瑞大耳鼻喉专科医院"极其醒目。

虽然是私立医院，挂号大厅却人山人海。排在她前面的患者大概二十来位，有小孩耳朵畸形的，有老大爷耳聋的，有三十多岁的白领捂着耳朵说自己天旋地转的，有中学生因为经常戴耳机耳朵疼的……大家聚在一起认真地交流病情，翻看着彼此的检查单，候诊大厅竟像是菜市场摆摊儿般热闹。

轮到倪好时，已近中午。

刘婕医生留着清爽的齐耳短发，眉毛高挑，虽然戴着口罩，她仍然觉得似曾相识。

坐在13号诊室的板凳上，她快速地讲完自己这几天的经历。

对方专注地听着，时不时问上几句，态度温和。直到有护士过来请教问题，她摘下口罩与对方寒暄，倪好终于想起，这、这不是那天在民政局扇了姜除寒两个耳光的墨镜女吗？

姜除寒的前妻。

也是位医生？

倪好正惊讶，忽听她说道："先去拍个CT，不确定是耵聍栓塞[1]还是外耳道胆脂瘤。现在放射科还有人，您赶紧去。拍完后不要等结果，拿着片子直接过来。"

她眉眼弯弯，声音里带着笑："放心，我不下班，等你回来再走。"

倪好有些受宠若惊，这是她生病后去三家医院就诊，对她态度最好的医生。"良言一句三冬暖，恶语伤人六月寒"，不是没有道理。当下倪好肃然起敬，赶紧起身道谢，拿着检查单一路小跑赶去地下一层的放射科拍了CT，再忍着疼痛小跑着赶回来。

回来时已经十二点半。

刘婕没有失言，果然还在。

她拿过片子放在阅片灯[2]上看了又看："是外耳道胆脂瘤，得做手术，"又换了另外一张，"听骨[3]有一定程度的破坏，不确定要不要换人工听骨。"

倪好的脑袋瞬间变两个大，脚越发地软了："什么……什么瘤？"

"别紧张，"刘婕示意她坐下，"不是我们平时说的肿瘤。通俗点说，是一种由外耳道皮肤脱屑、胆固醇结晶堆积、上皮包裹所形成的囊性团块，属于良性病变。"

什么脱屑？

什么、什么胆固醇？

她甩甩头，想让自己听得清楚些。

"按道理讲，应该做手术取出来，毕竟你有症状。否则，不但会引起听力下降，还可能会引起颅内外严重并发症而危及生命。"

倪好听得云里雾里的。

不就是耳鸣吗？怎么、怎么就什么什么瘤了？

怎么就影响听力、危及生命了？

刘婕继续耐心解释道："目前您的耳道，已经出现皮肤充血、肿胀、狭窄的情况，耳显微镜可见大量肉芽，听骨也受到一定程度的损伤。手术肯定是要做的。"

她呆呆地坐着，没有任何反应。

刘婕轻咳一声："如果您不想做手术的话，也可以试试保守治疗。"

"怎么保守治疗？"这句话她听懂了。

不知道是不是倪好的错觉，她清晰地听到刘婕舒了一口气："可以先去诊疗室，让护士用冲洗器将胆脂瘤一次性冲洗干净，全部冲出来就可以了。只是……"

她察觉医生的右腿在抖。

是今天站久了吗？

她着实过意不去，害对方等这么久。

刘婕一副为难的样子，欲言又止。

倪好问："刘大夫，冲洗的话，可以彻底冲洗干净吗？"

"是……是的，这样的话，"刘婕沉吟着，"可能会对外耳道有一定程度的损伤。不过……"

"不过什么？"

"没什么，可以结合红外线烤灯，杀菌、消炎的同时，促进血液循环和组织修复，再打个点滴消炎。效果很不错。"

她顿了顿："您家里离这儿近吗？"

倪好老实回答："四十分钟的车程。"

刘婕皱着眉，全然为她考虑的样子："那不然这样，您先在我们医院把胆脂瘤冲洗干净，先吸出来，再问问离您家比较近的医院，看哪家可以给耳朵烤电，您就近选择。点滴的话，哪家医院都能打。"

真是位为患者考虑的好大夫。

倪好几乎泪流满面，再三致谢，直奔冲洗室。

刘婕给她的印象实在太好，尤其，这听上去比做手术好多了，不知不觉间倪好对她充分信任。

冲洗室的排队的患者挺多的，想着即将结束这恶魔般的疼痛，倪好的精神也恢复了大半。等到终于轮到她，穿着白制服的护士拿着一个类似高压水枪的东西，头顶上方高高悬着一个电子电视屏，可以清晰地看到她耳道内的情况。

通红的、肿胀的耳道内，堆积着白色的类似于脑浆般的碎块，伴随着一股强大的高压水流的冲击，倪好的脑袋嗡的一声，强烈的剧痛夹杂着巨大的轰鸣声，吸耳器伸进她的耳道，如同吸尘器般吸着她的耳朵。持续了大概十几秒后，护士将一小团白色碎块盛在一个碟子里，拿给她看："瞧，胆脂瘤可真不少。"

她几乎要晕死过去，许久才忍着疼问："全……吸出来、来了吗？"

"当然。"

"可是，这也太……疼了。"

"建议您去烤烤电，"护士边说边把碎块倒进垃圾桶，"红外线烤灯能减轻疼痛，效果特别好。"

倪好点点头，出了诊疗室迅速查看各个医院的咨询电话。

——这家医院并不如网上说的那么黑心，只知道赚钱。

还那么体贴，推荐她去离家近的医院。

看来，耳听为虚、眼见为实。

这样想着，却发现市第一医院和人民医院，甚至是长达医院，她家方圆十几公里医院的电话打遍，没有一家耳科诊室可以烤电，那就只能在这里了。还好没有离开，否则打车回到家，还得重新杀回来。

不幸中的万幸，刘婕被另外一名患者拦在了诊室，得知她的来意，不知是不是她的错觉，竟隐隐看到刘婕眨了眨眼，嘴边带着一丝诡异的笑容。那笑容一闪即逝，说不出哪里不对，倪好怀疑自己多心，仍旧是千恩万谢着，拿着刘婕开好的烤电检查单，跟跟跄跄地去了治疗室。

治疗室有很多盏奇形怪状的各种各样的烤电灯，迎接着不同年纪不同身份、得了不同的疾病的患者。有八九岁的孩子在烤鼻子，有不断咳嗽着的大妈在烤嗓子，有白发苍苍的大爷闭眼在烤脖子。

或躺或坐或趴……

有些滑稽，也有些庄重。

轮到倪好时，她已经迫不及待，侧卧在瑞大耳鼻喉的诊疗床上，护士给她戴了一个保护眼睛的眼罩，将长长的烤电灯扭转固定在她的耳旁。很快一股温热直直照进耳内。说不出地舒服和踏实，她缓缓睡去。

2

"入木三分"木工坊的北门朝着外环路，车水马龙，本来很普通，妙在南侧又开了个小门，穿过狭窄逼仄的胡同走二百来米，便是第三小学。有熟悉的老会员留意到这件事，便央求游云帮忙托管，接下孩子。

游云开始并没有这个打算，但她家占尽天时、地利、人和，问的家长实在多，尤其大多是些充值年卡的老会员，跟倪好商量后，便同意了。

一来可以增加收入，木工坊毕竟还是学生来得多，这就导致店里除了周末，基本只有下午三点以后才陆续有客人。而托管，只需要每天派店员把孩子们接到后院的大会议室，那里本来是倪好留给自己办公用的，名额控制在20名以内，给孩子们切点水果、叫份晚餐，倒不费事。

二来，作为新教育代表的网红大V、原创视频博主，倪好觉得自己也可以借机观察不同年龄段的孩子们，在征得家长同意的情况下，更有助于她工作的顺利开展和视频素材的录制。

三来，也是最终说服游云和倪好开设托管班最重要的一点，瑞城小学每天放学的时间都不固定，托管孩子们直到家长下班，可以保证家长们正常上班，不需要早退。

瑞城各小学每天的放学时间如下：

周一、周三下午三点四十分放学。

周二两点十五分。

周四是四点三十分。

到了周五，又变成了三点五十分。

对姜除寒来说，他无从得知是谁制定的这坑爹的放学时间，摆明了一个家庭如果家长还想继续正常上班，或者还想继续保证正常的收入，要么让老人接，要么必须牺牲爸爸妈妈当中至少一方的工作。你不得不长期早退，或者……全职带小孩儿。

离婚前，每天早上都是他和刘婕上班时开车送姜抗菌上学，放学时，由爷爷奶奶接回自己家。他手术多，又要经常值班，通常是刘婕下班后从爷爷奶奶家把孩子接回来。

刘婕的父母原本在杭州定居，自从他和刘婕结婚，就各种明示暗示丁克的好处，摆明了不想带孩子。后来，姜抗菌的姥爷刘航山加入了一个摄影团，月月有活动，三个月开一次摄影展。老头身体也是好，连南极和珠穆朗玛峰都去过。虽然只是到了珠穆朗玛峰的脚下，但也够他吹许久的牛了。除了吹牛，刘航山和姜抗菌的姥姥孙建夏感情破裂，老太太报了个古筝班，老头不在家的日子，每天去古筝班学古筝，一来二去，和一个美国老头对上眼儿了。

刘航山也顺势就交代了自己出轨一个女团友的事实。双双出轨，也没什么好互相指责的，俩人隔天就去了民政局办离婚。老太太要了80万存款，跟着美国老头去了华盛顿。

刘婕知道时，老头跟着摄影团的团友们已经在非洲大草原，去看野生动物大迁徙。孙建夏刚下飞机，倒时差的时候觉得难受，想起应该和这个独生女儿说一声，这才给她打了电话。

老两口唯一的一套房子倒是留给她了，让她自己看着处理。

那时姜抗菌刚出生。

姜除寒的父母姜解表、徐梅对亲家颇有抱怨，姜抗菌又着实难带，两岁前，晚上从来没有睡过整觉，说不清什么原因，常常花一个半小时把他哄着，睡不到半小时就哭得撕心裂肺。一个晚上闹上十几次，全家鸡犬不宁。毕竟是自己亲孙子，如果仅仅是这样，老两口也就忍了。

偏偏刘婕患上产后抑郁症，脾气极为暴躁，整天哭，情绪失控严重。见谁都不顺眼，谁说什么她要大吼大叫，觉得在针对她。有时徐梅抱下孩子，她都觉得处处硌硬，一会儿嫌婆婆脏，一会儿嫌动作慢，一会儿嫌说话太大声，一会儿嫌菜油了淡了咸了……

全家个个像奴隶，看刘婕的脸色行事：她说应该一天洗两次澡，就洗两次澡。说要分餐，就全家都分餐。她说孩子睡觉不踏实，其他人就走路蹑手蹑脚，个个似贼，连个电视也不敢开。

姜抗菌只喝了半个月的母乳，刘婕便不肯再喂了。十月怀胎何其不易，姜除寒是心疼媳妇儿的。为了让她的抑郁症有所好转，从断了母乳那一天，孩子晚上睡觉都是跟他睡。哭得厉害实在不能哄，徐梅便过来抱，徐梅不行，姜解表哄。挨到刘婕出了月子，姜解表心大，倒没啥事。徐梅抱着姜除寒哭，太憋屈了，从小到大没受过这么大的罪，老了老了有孙子了，天天被儿媳妇骂。他当然知道亲妈委屈，也几次私下里找刘婕谈，奈何她的情绪一直不稳定，心情好的时候说好好好，自己错了，下次注意。转头芝麻大点的事，便冲着老两口吼，彻底失控。

姜解表和徐梅仿佛老了十岁，姜除寒心疼父母，高价请了个育婴嫂，又带刘婕看医生，被诊断为产后抑郁症，开了药加心理治疗。医生指导他学会有效沟通，如何在家庭中创造和谐温馨环境，更叮嘱他多带孩子、多陪老婆，他一一应了。只是这病需要坚持复诊和评估，开始她还肯去，到后面磨破嘴皮，药也不肯吃了，不得不作罢。

刘婕的个人独立空间多了，状态越来越好，四个月产假休完也要回去上班。又不能单独留育婴嫂和孩子在家里，姜除寒在本小区贷款又买了套房子，好话说尽，终于说服父母留下来住。于是白天，育婴嫂带着孩子在爷爷奶奶家，晚上育婴嫂再带孩子回自己家。

八千块钱一个月的育婴嫂，一直请到姜抗菌读幼儿园。钱能解决的事就不算什么事了，老人不算太累，分开住没有太大的婆媳矛盾，相安无事了几年。

姜抗菌上了小学后，姜除寒和刘婕的矛盾开始急速上升。

刘婕不知着了什么魔，或者说受了谁的蛊惑，坚信"不能让孩子输在起跑线上"，盲目崇拜虎爸狼妈的教育模式，给姜抗菌报了一堆课外班，英语、奥数、大语文、写作班、钢琴、吉他、萨克斯、街舞……姜抗菌基本上就没有闲着的时候。

姜除寒开始还管管，但产后的刘婕似乎变了，从来不肯与他好好说话，莫名其妙的，只要他一说话，就触动了她暴脾气的按钮，如狂风暴雨风般来得快且急。或者说，刘婕并没有变，是姜抗菌的出生，放大了两个人在育儿理念、生活方式、家庭观念等方面种种不同的矛盾，也高频率地激发了她原本易怒、暴躁的性格。

为了家庭和谐，小孩儿学习的事情姜除寒只能甩手不管。但只有一个条件——严格教育孩子也行，绝对不能动手。

刘婕当时怪异地看了他几秒，点头同意了。

后来，他早上出门，姜抗菌在睡觉，晚上他回来，姜抗菌已经睡着，每天甚至每个月跟孩子交流的时间极其有限。

那时的他确实忙。

人民医院的排班，分为三排：一线二线三线，简单来说，五十岁以下的大夫，按照年资分为一线、二线和三线。所谓一线，是每天在门急诊处理病人。

二线大夫，是住院总医师，负责协助处理急诊，一线处理不了的事，由他来处理，并统管病房手术的安排。

三线的大夫值班，通常是不需要接诊病人的，就是每天事情比较多一些。需要负责全天24小时之内所有的一线、二线大夫处理不了的病人、病情。

三线是总负责，下面有事，一线处理不了的，找二线，二线处理不了，再找三线。

姜除寒那时刚被人民医院的院长萧亮宝贝疙瘩似的挖到人民医院，门诊、急诊、科室值班，排得很满。

如果单纯接放学，姜解表和徐梅是可以的。但刘婕给姜抗菌报了那么多的班，老两口都不会开车，只能挤公交车。转的线路多，老人腿脚又不好，再加上不能及时跟老师们沟通上课情况，刘婕便开始亲自接姜抗菌放学、上课外班了。

为了能让刘婕早下班接孩子，姜除寒不得不按照刘婕的吩呀，替她值班。除了正常出诊，医院里的急诊、科室值班，他都替她值了。

——反正在同一个科室，人家是夫妻，有什么不可以？

科室主任甚至是院长当然乐意。

姜除寒年轻，且精力旺盛，作为王教授的关门弟子，技术当然不是盖的，又有着祖上几代行医的渊源，科室里的老主任有时碰到疑难杂症，经常叫上他一起会诊。更别提科室里好几位大夫的耳外科手术都是他手把手教的。

人家有这个底气。

姜除寒是从什么时候开始发现，两人的感情不对劲儿的呢？

大概是有位患者突然来了大姨妈，只能推迟手术[4]。姜除寒难得闲下来半天，想给家人个惊喜，给儿子买了他念叨很久的平衡车和水弹枪，回到家却扑了空。而贴在姜抗菌床头的作息表上，清清楚楚地显示那天那个时间，并没有任何课外班。打电话给刘婕，说在上奥数。

母子俩直到九点半才回来。

姜抗菌是兴奋和惊喜的，抱着姜除寒亲了又亲。

刘婕的神色不是很好，有些嫌弃，有些躲闪。

或者，其实很早就不对劲儿了，只不过他没有察觉。

从那以后，刘婕就经常拿着手机，不知道是跟谁聊天，还是看了什么搞笑视频，整日里痴痴地笑。有次他半夜迷糊醒来，见她仍抓着手机，漆黑的夜里，手机的光照在她白皙的脸上格外刺眼，越发让他心生疑虑。

见他醒来，她若无其事地收起手机。曾经有无数次冲动，他想趁她熟睡看看她的手机，最终又放弃。

他怕看到什么。

又怕一丝证据也无，删得干干净净，彻底看不到什么。

刘婕在科室，表面上与同事们相处不错，跟护士、麻醉师也谈笑风生，唯独到他这里，动辄便没好气。他说什么，她都跟吃了枪药似的。她嫌弃他吃饭的时候吧唧嘴，嫌弃他在客厅看电视的时候把腿放在茶几上，嫌弃他送她的唇膏不好看，嫌弃他哄孩子时总是自己先睡着……

她讨厌他的武断，说他总是对她一副教育的口吻，从不懂得什么叫尊重，什么叫倾听，不论她抱怨什么，他总是先把她批评一顿。

姜除寒不这么认为。

她每天到家都是一通抱怨。医院事多眼杂，患者三教九流什么人都有，她能从换上拖鞋开始，说到睡觉前。当然最多的是抱怨同事，说他们看着人模狗样的，实际比谁都贼，到了关键时刻，就知道顾自己。

听听这话，幼不幼稚？自私是人的本性，同事同事，共同做事——人家不顾自己，难道顾你？你为什么要带着对父母对爱人的标准去要求同事？

那时的他不懂，刘婕跟他抱怨，只是想发泄，并不是向他寻求建议。她不过是想在抱怨中理清自己的思路，将一天天的不痛快发泄出来，日子总会好过些。

他也是在很久很久的以后，才明白：即便是夫妻之间，如果对方没有直接向你请教，而你嘴贱，动不动就提建议，是很讨人嫌的。

每一个你真心认为对他人好、擅自给出的建议，都是一种你认为对方犯了错的冒犯。

他承认自己有些自负。她粗心、忘性大，读书那会儿常常一知半解，更别提工作后了。耳科手术比鼻、喉科要精细很多，真真是"螺蛳壳里做道场"，大意不得。科室里有很多女大夫手术做得相当好，但刘婕更适合做耳内科医生。

家庭关系带到工作上去，是很难理智地讲道理的，他能教别人，却唯独教不了她。

在他一次次的批评和建议声中，她从抱怨、发泄、与他大骂，上升到他不尊重女性、过于武断的话题上来，接着便是彼此疯狂的人身攻击。

不能处理好与刘婕的关系，不懂得如何进行良性的沟通，他干脆闭嘴。

她也逐渐沉默。

很难讲，到底是谁先关闭了夫妻间沟通的大门。

她最讨厌的，是他不愿意辞职，不肯接受瑞大耳鼻喉专科医院给出的三倍薪水去那里开自己的工作室。

"你当医生当得，你一个人的脑子残了，拖累得全家都跟着过苦日子。"她常这样骂他。

苦吗？

他自问从未让她吃过苦，即便在国外的那些日子有些紧巴巴，可什么都紧着她来。至于回国后，日子是一天比一天好的，虽远远谈不上让她奢侈品闭着眼睛买，但有房有车有保姆，家务活几乎没让她碰过。工资卡、美容院、健身房……他哪一样没有满足她？

也许，是因为眼红科室那两位跳槽过去的老大哥吧。

老大哥跳槽过去后，除了三倍薪水，还不用加班，听说过得美滋滋。成立了自己的工作室，说白了就是挂靠在这家医院下，所有的资源，包括场地、检查、医疗器械……都从医院走，但牌子、响当当的名气是自己的。打开任何一个医疗平台——某某某著名专家工作室出诊信息……

有名有利。

姜除寒不敢苟同。

瑞大耳鼻喉专科医院的董事长，确实联系过他好几次。

条件非常吸引人。

但君子爱财取之有道。他家订阅了《瑞城都市报》，如果没记错的话，在最近半年里，他至少在上面看到过三次关于这家医院的医疗纠纷。若是普通的医疗纠纷也就罢了，他是圈内人，通过那篇报道，记者采访时患者讲述的治疗过程，便知道问题出在了哪里。

第三次时，他忍不住上网搜了下这家医院的口碑。

冰山一角，惨不忍睹。

莆田系医院，名不虚传。

赚钱为主，没病治成有毛病，小毛病治成大毛病，大毛病治得生不如死。

刘婕不这么认为，骂他老顽固、不识相、故作清高。

钱送上门了，傻子才拒收。

如果一直出事，还能开到现在？早被封了。

再说，就算出事，也有医院给你顶着，人家的法律顾问是干什么的？要相信资本的力量。

面对三观尽毁的刘婕，姜除寒也没有了任何沟通的欲望。

她早不再是他在大学里相识相恋、笑容明媚、纯粹美好的她。

他也不再是她在大学里意气风发唯独见到她却有些害羞也有些自卑的他。

　　当然，他不愿意去瑞大耳鼻喉专科医院，还因为当时人民医院的老院长挖他过来时，给他匹配了一百万的科研基金。那时他刚拜别王教授，根本没什么名气，老院长慧眼识珠，两人一拍即合。

　　老院长是他的伯乐。

　　他不能寒了老头的心。

　　后来刘婕偶然结识了《健康有你》的男编导吴成路，在他的盛邀下，她上了几次节目，在本地慢慢有了些知名度，对姜除寒越发横挑鼻子竖挑眼，两人更无话可说了。

　　姜除寒见过一次吴成路编导。油腻得很，脖子上挂着大金链子，手上戴串，大言不惭，说什么"只要给我钱，就是条狗也能上《健康有你》"，更当着他的面，一直色眯眯地盯着刘婕看。

　　他提醒刘婕离吴成路远点儿。

　　她说上节目就得指着他，别较真。再说，你管得真宽，有本事赚得跟人家一样多。

　　他无话可说。

　　离婚离得很是不堪。

　　姜除寒知道，刘婕对于姜抗菌没有选择跟她过，曾有着十万分的不甘心，但两人征求姜抗菌的意见时，他清清楚楚地说"我要跟爸爸，我肯定跟爸爸"，那时她又迅速决定接受——如果想要重新开始自己的新生活，带着姜抗菌，势必要牵扯大量的时间和精力。

她为这孩子付出了那么多，也对得起他了。冷静再三后，也就忍痛放弃了抚养权。

刘婕和姜除寒的婚房，也就是他们之前住的，是人民医院老院长把姜除寒作为人才引进，以远远低于市场价的金额特批分的房。当时房价还没有大涨，他和刘婕两人又分别在二环和三环全款买了套学区房。

两套房子，都是姜除寒出的全款。一套写了刘婕的名字，另外一套写了俩人的名字。

这是刘婕要求的。

那时夫妻感情正浓，姜除寒无所谓写谁的名字，况且人家又给生了个宝贝儿子，两套都写她的名字他都没意见。买房时他也没考虑太多，只想将来姜抗菌小升初时，可以划片划到心仪的学校。没想到小孩儿刚读到小学三年级，两人却离了婚。

说离婚离得不堪，是因为两人还没有明确表示要离婚时，姜除寒便意外发现刘婕偷偷转移了财产，两人的存款、写刘婕名字的房子，更开始偷偷卖写有两个人名字的那套房，她找了熟人律师帮忙出主意，差点成功过户。被发现后她恼羞成怒，两个人开始了艰难的谈判。姜解表和徐梅得知后，虽然并不是很喜欢儿媳，毕竟孩子那么大了，本着"宁拆一座庙，不毁一桩婚"的原则，每天苦口婆心劝。姜除寒身心俱疲，又不忍心父母在其中为难，便速战速决，应允了她的要求。

房子由刘婕代卖，卖出去的房款，在一周之内分给姜除寒50%。

离婚协议签了，离婚手续办了，没想到还没出民政局的大厅，她就露了原形。

他到现在都记得她的原话："房子卖了分你一半钱？你该不会以为我真的会给你吧？你个渣男，你也配？"

他怎么——就渣了？

就因为有人投诉他性骚扰女患者？

他的为人，她不清楚吗？

欲加之罪，何患无辞？

她从来没有想过信任他。

呵呵，夫妻间连最基本的正常沟通的大门都关上了，何谈信任。

再说，房子是他出的全款，怎么就不配了？

——扯远了。

离婚后，姜除寒懒得听父母唠叨，这么些年，老人也不容易，给他们报了国外国内的几个团，四处玩玩。彼时他已经在人民医院彻底站稳脚跟，虽然是副主任医师，他的业绩有目共睹，享受的却是正高级待遇，除了出门诊、专家会诊和手术，很少在医院值班了。

终于有时间给家庭，却闹得这副田地，找谁说理去。

所以当他看到游云的木工坊推出了托管服务，第一时间给姜抗菌报了名。现在只要他在晚上八点之前下班就可以了，单身爸爸的生活，似乎也没有那么难熬。

3

最后一名患者侧身进来。

"来，"姜除寒明显有些疲惫，"哪儿不好？"

男人表情痛苦，指着耳朵："医生，我左耳流脓流了二十多年，最近倒是不流了，但头晕。"他递过检查单，"晕了两年，片子也拍了，说是什么胆脂瘤。"

姜除寒看着旁边站着的陶一然。

市人民医院的很多主任医师同时均担任了瑞北大学的教学任务，教学风气严谨。姜除寒与其他教授一样，即便在诊室里忙得团团转，也勤勉务实，找尽机会倾囊相授。

陶一然秒懂，接过检查单详细看过，又用耳显微镜认真观察，只听姜除寒问："看到了什么？说说呗。"

"嗯，怎么说呢，他……这个地儿就特别特别……"

"把你看到的画个示意图。"

陶一然迅速画完。

张静和蔡大勇在一旁看着，啧啧称奇，不愧是师兄，画得就是好。

"好，现在说说你看到的。"

"他……这块儿，"陶一然用手指着，"里边看着……特别特别凹向里边。"

姜除寒皱眉："特别特别——凹向里边，是什么意思？"

"就是……"陶一然斟酌着用词，"它不是很正常，特别特别往里凹。"

"凹了两公里吗？"

陶一然泪流满面："没有。"

"你用的文字描述是错的，特别特别凹陷，没有这么说的，"姜除寒表情严肃，"要用医学术语。"

"是。"

"你觉得这个地方有穿孔是吧？还有这里，"他用手指着，"这些东西，都是你想象出来的，没看到，就不能画。示意图是把大概意思说出来，有些芝麻就不用画了，没必要。"

陶一然红着脸，紧紧盯着姜除寒指过的地方。

"这里能看出来是个鼓膜，但它往里内陷，到底有多深不知道，太深就穿孔了。如果把角度变过来，你能看到底，那就是内陷袋[5]。这样，"他拿过笔，轻轻画了几笔，"一个箭头，表示向上，内陷，这样就把意思说清楚了。"

陶一然鸡啄米似的连连点头。

"听力怎么样？"

"是重度的混合性耳聋[6]。"

姜除寒喝了一大口水："确定吗？用音叉[7]检查下。"

陶一然拿过操作台上的音叉，在手腕部敲击后放到男患者两边的耳朵边上。

男患者麻木地摇头："没有什么声音。"他抓了抓耳朵，"似乎有，又似乎没有。"

姜除寒敲敲桌子："音叉敲击后，我们首先听下是不是有声音。病人说没有，可能真的没有。确认之后给患者听，这点很重要。"

"明白。"陶一然拿着笔，在笔记本上飞速地记着。

"手术肯定要做的，"姜除寒转向患者，"因为你是胆脂瘤嘛。不过头晕不一定跟耳朵有关系，高血压、高血糖、高血脂也可能有影响。"

"我听您的。"

病人配合，没有多余的话，姜除寒蛮开心，熟练地开了住院单，叮嘱他等医院通知。看着空荡荡的楼道和正在收拾桌子的陶一然，他决定皮一下，边往外走边拍了拍陶一然的肩膀，步履轻快："走吧，两公里，吃饭去。"

什、什么？

他明显感到陶一然的后背一僵。

张静、蔡大勇也彻底石化，张大嘴巴看着他。

他忍住笑，经过三人身边时，轻飘飘地来了一句——

"毕竟，我是个不按常理出牌、叫人捉摸不透的男人啊。"说完故意板着脸踱着步子慢慢往前走。

今天一大早，他还在刷牙，就看到同事发来的微信截图，半开玩笑半认真地问他把陶一然怎么了。

"居然在群里吐槽，姜老师真是个不按常理出牌、叫人捉摸不透的男人。"

他不按常理出牌？

叫人捉摸不透？

不就是让他写了份为什么让另外两个实习生带病人去拍核磁的报告吗？

行。

那就让你好好了解下，什么叫真正的不按常理出牌。

看着旁边反应过来后笑得合不拢嘴的张静和蔡大勇，陶一然想死。

更让他没想到的是，自那以后，整个科室的人，再没有人喊过他的真实姓名。

大家跟商量好了似的，都叫他——

两公里。

4

倪好的妈妈翟娜站在倪好家门前，熟练地输入密码，伴随着开锁的机械旋转声，随之而来的却是一股难闻的恶臭。

一股不祥的预感袭上心头。

鲁长均一向勤快，哪天不把家里打扫得井井有条？

难道俩人度蜜月之前，忘记打扫房间了？

倪好早就与她说好，登记完就坐游轮度蜜月，请她和老倪不要通知任何亲朋好友，俩人不想大办。

翟娜本来不同意，可倪大骏投了赞成票。他说什么年轻人嘛，有自己的想法要多支持，再说这倒是省了很多麻烦事。这些年，两口子够累了，趁着女儿女婿出去玩，自己也单独旅行，快活快活去，挺好。

翟娜觉得，有道理。

临登记前一天，倪好说游轮上没信号，回来再发她照片，所以她才放心地跟倪大骏去了东南亚，也没留意倪好的任何信息。回国后老倪闹着要去杭州看战友，她急慌慌的，自己家刚打扫完，想着宝贝女儿这儿好些天没住人，便赶过来收拾。

这是没去成？

眼前的一切简直让她无法相信自己的眼睛：

客厅的白橡木地板上，堆满了衣服、鞋子、内衣，甚至是三角裤，根本没有下脚的地儿。茶几上，薯片、辣条、牛肉干、开心果，可乐、雪碧、果汁，像是被几百只老鼠袭击过，包装袋和果壳混在一起，一片狼藉。几瓶没喝完的啤酒东倒西歪地横在玻璃板上，往地板上滴滴答答地流着。

厨房更不能进，方便面、外卖盒、调料汁……盘子、碗堆满了洗碗槽，阵阵恶臭正从不知道多少天没倒的垃圾桶散发出来的。

翟娜捂着鼻子，扶墙蹚过满地的衣服走到卧室，差点没认出趴在床上的倪好。

彼时她正两手捂头，头发乱得像是被电过，身上的睡裙皱巴巴的，要不是低低的呻吟声时不时传来，往她背上插把刀就是凶案现场。

翟娜心惊肉跳，一个箭步冲上去，摸摸她的头，又摸摸肩，六神无主："好好，你不是去度蜜月去了吗？你怎么、你怎么……鲁长均呢，他没在家？"

鲁长均单方面悔婚，倪好没哭。

游云知情后安慰她，她没哭。

这些天耳痛生不如死，也没哭。

此刻见到了亲妈，倪好再也绷不住，扑到她的怀里号啕大哭。

翟娜有一肚子的疑问，只能强忍。倪好需要她，不论发生了什么，如果不能给予帮助进行本质上的改变，任何不合时宜的盘问都是火上浇油。

她识相地不问任何问题，任由女儿在她怀里痛快地哭着，只是轻拍女儿的后背，一下，两下，三下，像极了小时候倪好被小伙伴欺负时，回家抱她痛哭时的场景。

倪好哭得呜呜咽咽，上气不接下气，鼻涕眼泪齐流。她想去拿纸巾都被抱着不让动。

到底发生了什么事？

她盯着倪好胸前滴了不知什么脏东西的睡裙，干脆直接扯过去擦她的鼻涕和眼泪。

倪好任由她擦着。

她暗暗叹了一口气。

婚没结成？

女儿这么难过，难道竟然是鲁长均悔婚了？

她居然痛苦成这样：她什么时候居然爱他至此？

——在翟娜的眼里，鲁长均当然配不上自己的宝贝疙瘩。

倪好从小被她和老公倪大骏宠到大。

倪大骏认为：男人，要全心全意对自己的女人好，打不还手骂不还口。女人呢，生来就是公主、女皇，被人疼被人爱的，当然要找一个温柔体贴、百依百顺、骂不还口、打不还手的裙下之臣。否则何必来世上走一遭？

倪好从小到大，翟娜和倪大骏就是这样灌输她这些知识的。再者人家马云也说："男人不管多厉害，离开了女人，啥都不是。"话都说到这份儿上了，在手心上天天捧着，过分吗？

倪好没有让他们失望，她所选择的鲁长均也没有。

倪好属于小家碧玉的类型，一米六五的个头不太高也不矮，纤瘦的身材凹凸有致。翟娜从小送她学舞蹈，走起路来体态轻盈，英姿飒爽。

衣品和审美也好，翟娜自倪好幼时便带她看艺术大师画册、各大时尚潮流杂志，寒暑假国内外的美术馆、博物馆更是看了个遍。待她成人，干脆请熟人介绍的形象设计师，针对她的肤色、身高和气质给出详细穿搭方案。

倪好很上路，开始还依靠设计师的建议，慢慢穿衣风格自成一派。鱼尾裙摆的半身裙，她会搭一件配设计感比较强的荷叶边白色衬衫，性感又有一点点甜美。七分袖条纹衫呢，穿高开衩的背带裙最好不过，大方又不失活泼。中长款的H型半身裙，套件小马甲，精致而清爽，极显女人味。

颜色也是很讲究的，如果想端庄、大方，必须上深下浅；想要明快、开朗，就得上浅下深。冷色可以配冷色、中间色，不能配暖色；暖色可以搭暖色、中间色，纯色可以加纯色、杂色加图案，但图案千万不能加图案，杂色尤其不能配杂色。

翟娜知道的，宝贝女儿刚入大学，众多男生只看她的背影，便被迷得神魂颠倒的。更别提那双似笑非笑、深情款款的大眼睛，像是会发电，美目盼兮；皮肤吹弹可破，女生们嫉妒得个个假装没看到；睫毛浓密且弯长，她连睫毛膏都不屑于用；脸虽然有些婴儿肥，走在刻意追求锥子脸的众女生群中，倒是更夺目可爱。

听倪好讲，鲁长均在她大一报到那天，便开始追求她。追到大三时，同时期追求她的曾前赴后继的男孩们早就失去了耐心，纷纷偃旗息鼓转追他人，女朋友都不知道换了多少个。唯独他，三年如一日，当祖宗似的供着她，除了大学专业课，偶尔跟室友踢场足球，他把他所有的业余时间，所有的精力和热情，全部贡献给了她。

倪好小公主的一日三餐、奶茶、下午茶、点心……水果、零食、言情小说，甚至连各个牌子的卫生巾都是他买好了送过去。

翟娜和倪大骏，甚至倪好自己都说不清楚，鲁长均到底哪里好。

追求女儿的男生，比鲁长均脾气好的、穿衣有品的、长得帅的、家境富裕的、书香世家的……多了去了，可为什么偏偏是他？因为她挑来挑去选花了眼？他坚持得足够久？还是承他的情太多，被感动不好意思再拒绝，或者，只是习惯了……才在一起的呢？

也许，是因为任何时候见到他，他总是一副喜不自禁的样子，多么微小的事情他都开心得飞起，热情的、燃烧着的。如果说倪好是水，他便是愿意为了这杯水而变换成各种形状材质颜色的容器。

倪好说好累啊，哪儿都不想去。他高兴，太好了，今天可以宅在家里一整天呢！倪好想去逛街，他兴奋，真的可以吗，最喜欢商场热闹的氛围了。倪好想去蹦迪，他蹦蹦跳跳唱着就过来了，燃烧我们的青春吧！倪好想自己独处，他点点头，恋爱期间有自己的空间也是非常重要啊，那我们明天再好好计划啊。

他承载着倪好所有的喜怒哀乐。

爱情？

总归……

是有一些的吧。

大四毕业后，鲁长均跟着倪好开始了在瑞城的打拼。

翟娜早就给鲁长均打过预防针：我们家好好肯定是要留在瑞城的，你如果没有这么打算，不如趁早分了。

那是倪好跟鲁长均逛街，偶遇翟娜和她的闺密熊雨时，四人坐下来喝咖啡，翟娜对鲁长均说的第一句话。

鲁长均忙不迭地点头。他不傻，第一次见面，事发突然，他什么都没准备，他甚至没换件利落的衬衫，只套着个白T恤出来，居然就得到了未来丈母娘的首肯，别说留在瑞城，就是让他倒插门他也乐意。万里长征跑了九千九百九十里，翟娜这句话要求的，就是剩下的这十里。

肯定要连滚带爬地冲过去啊。再说瑞城本来就是俩人大学所在的城市，他早就有这个打算，算不上什么苛刻条件。

据说鲁长均说服他的父母，用了三天时间。鲁长均的爸爸鲁健打定主意和儿子断绝父子关系，亲妈杨久梅选择了绝食。鲁长均以毒攻毒，拉黑了亲爸鲁健的号，每天发自己日益消瘦的照片。

朋友圈里只限杨久梅可见：

我妈不吃饭我也不吃饭——配头发凌乱胡子拉碴的照片。

啊，血糖太低晕倒了，谢谢舍友帮我拨打120送医院急诊——从网上随便找了张输液图放上去。

一夜白了头，没关系，真爱无敌，死就死吧——这次他找艺术系的同学给化了个憔悴妆，染了白发，脸上的褶子比他爷爷的都多。

杨久梅哪见过这阵势，假模假样的绝食也不搞了，在家就给鲁健一顿胖揍，带着大包小包直奔瑞城。鲁长均掐指一算，亲妈要到了，妆也没卸，就等着来呢。待二老一到门口，他装腔作势要上顶楼天台，爸妈你们要不答应我就跳下来，妈妈，我对不起您老的养育之恩，下辈子咱们再做母子。

…………

就算鲁健还保持着理智，觉得儿子是在演，也架不住杨久梅哭得一把鼻涕一把泪，真是要了亲命了，把儿子紧紧搂在怀里，谁拉都不肯松手。

搞定了父母，鲁长均的工作也很快定下。彼时倪大骏退休已三年，还勉强有一些关系在，倪好的妈妈又托朋友帮忙，送鲁长均进了家药企做企划。

倪好呢，倒是让人省心，被直接要到了教委。

这几年，翟娜看在眼里，鲁长均宠倪好宠到叫周围人咋舌的地步：俩人在一起五年，倪好衣来伸手饭来张口的，连厨房都没进过，更别说洗菜做饭。打扫卫生、擦桌子、拖地、洗衣服，连她的丝袜、内衣都是他洗。

"我们家好好，是真正的公主，我跟她在一起，都委屈了她，怎么能让她做家务呢。"每每连倪好觉得有些惭愧，虚情假意想要分担一些家务时，鲁长均总是这么说。

每每这时，翟娜就会满意地点点头，语气里肯定中带着赞赏："哎，我们好好，可算是找对人了。"

倪好随着翟娜，尤其是鲁长均的习以为常，慢慢也变得习以为常起来：这本来就是男人应该做的啊。爸爸年轻时，还不是这样宠着妈妈的吗？

这些，翟娜都懂的。

反正也没有其他更合适的人，当鲁长均欢天喜地向她请示，把倪好嫁给他时，她和倪大骏都想不出什么反对意见。

女儿愿意，那就愿意吧。

翟娜没想明白，女儿的选择是不是受了自己和倪大骏的影响。

如果有，对倪好公平吗？

是好的积极的正确的……影响吗？

她比谁都清楚：倪好不过是懵懵懂懂，对鲁长均，也许感动，远远大于爱。

不，什么爱不爱的。

——她不过是选择了那个，对她最好最包容的人。

不知过了多久，倪好的哭声终于停了："妈，你怎么不问我，发生什么事了？"

翟娜从往事中回过神来："我在等你情绪稳定、准备好了，愿意开口讲时，才能问你啊。"

5

店员小艾带着十几名穿着荧光服的孩子们进了后院。

小孩儿叽叽喳喳的，很是热闹。大家脱了荧光服，在院子里玩了一会儿，小艾便招呼大家吃水果。

大家涌进会议室的门，长长的会议桌上，摆着切好的精心搭配的水果盘，有西瓜、葡萄、桃子，还有盒酸奶。

一人一份。

游云从卫生间出来时，手里拿着根验孕棒，远远听到孩子们的声音，低头看了看验孕棒，低低骂了几句，用卫生纸将验孕棒缠了好几圈，直到看不出轮廓，才扔到了垃圾桶。

小孩们正狼吞虎咽，聊得热火朝天，见她过来，一通乱喊：

"小云姐姐！"

"游老师！"

"阿姨好。"

她抿着嘴，从桌子上拿过一串葡萄："叫姐姐。"

"姐姐！"

大家都笑。

吃完了水果，小艾盯着大家写各科老师布置的作业。

写完便可以去院子里自由活动，做手工、画画、看动画片什么的。

小艾很靠谱，这个来自农村的姑娘勤快又细心，喜欢孩子，待人热情，又从不偷懒。这件事情交给她，游云很放心。

游云正要走，突然有人拉了拉她的衣襟。

姜抗菌穿着一身绿色的校服，正可怜巴巴地看着她。

"姐姐，你有倪好姐姐的电话吗？"

"你找她有什么事吗？"她蹲下来，"我不行吗？我也可以帮忙啊。"

小孩儿的长睫毛忽闪忽闪的："不行。这事得找她。QQ、微信都行。"

游云忍着笑，直接报出一组数字，小孩儿记下了，临走前还向她认认真真地鞠了个躬。

可爱。

要是自己也有这么个乖巧的儿子就好了。

游云慢慢踱着步子，进了小屋，手不自知地摸着小腹，屋子里的皮小翔依然在玩游戏。

——乖巧的儿子？

她叹气，还是算了。

"鲁长均跟你们寝室其他人有联系吗？"她问皮小翔。

他似乎没听到。

她迅速转了一万块钱，拿着手机屏幕上明晃晃的转账通知在他眼前晃个不停："买装备吧。"

他眼前一亮，站起来捧起她的脸一顿亲："还是我媳妇儿够意思。"

游云凝视着他，有些分神。

倪好常骂她是个色女，倪好看不上皮小翔——就像游云看不上鲁长均。

没错，皮小翔是没本事，大学毕业后一直没有工作，全靠她养。

可他长得真的很帅啊。脾气好，除了喜欢玩游戏，不吸烟不喝酒不嫖不赌，情绪稳定，甚至连个异性朋友都没有。你还求什么？

对男人要求不要太高。

关键游云自己喜欢，她有钱就好。

心情好，又给了钱，皮小翔的态度变得殷勤："群里看到他们说了几句，好像要跟师佑佑结婚了。"

"谁谁谁？结婚？"她惊得手机差点掉地上，"这么快？跟师佑佑？"

"说是婚礼定在了'双12'。"

她匆匆拿过电脑桌上皮小翔的手机，迅速查找着。

在名为"有福同享、有难退群"的微信群里，几天前，鲁长均发了张电子版的结婚请柬，点开后传来一阵悠扬的音乐，卡片背景，正是两人的婚纱照。

鲁长均穿着白色西装，手指正挑逗性地勾着师佑佑的下巴。

而师佑佑穿着露肩的法式婚纱，仙美耀眼。

两人眉目传情，郎才女貌，好一对狗男女。

众人迟疑了几秒后，终于爆发：

长均之焰：兄弟们，收份子钱了！

发际线保养协会：不是倪好吗？换人了！你终于翻身农奴把歌唱了吗！早几年哥们儿就让你甩了倪好，你非不听，现在迷途知返了？

男神培训班：恭喜！我早就说了，大均跟倪好不可能有好果子吃。

精神病院的伙食不行：恭喜恭喜。我一直看好师佑佑和均子，终于修成正果了。你就说你浪费了多少年吧。

长均之焰：过去的事情就别提了，年轻的时候不懂爱情。还好我家佑佑没有放弃，一直在等我。

学习使我快乐：恭喜大均从此过上了男人该过的日子。

发际线保养协会：恭喜恭喜！

皮皮：哦。

皮小翔的回复简单明了，事不关己高高挂起，他性格淡漠，在宿舍跟谁都不亲不近的。

游云知道，鲁长均整个宿舍的五个兄弟，谁都不看好鲁长均和倪好。为此她还跟皮小翔吵过几次架，让他少跟宿舍的几个人联络。皮小翔也没觉得倪好有多好，不过鲁长均跟谁在一起，跟他有什么关系呢。

能有什么联络，毕业后大家各奔东西，偶尔群里瞎聊几句，有那工夫不如玩游戏。

游云看到这里大怒，用皮小翔的微信直接回复：

皮皮：@长均之焰 你个王八蛋，单方面突然悔婚，让倪好一个人在民政局等了又等，只换来了你一个分手的微信。然后电话、微信拉黑，直接搬走。躲着不见人，我呸！见异思迁的王八东西，分手都不敢直接面对，没担当、不负责的混账玩意儿！

皮皮：年轻的时候不懂爱情？你还算个男人吗？当初是谁像个哈巴狗似的围着倪好转？你的工作是谁找的？没有倪好，你早滚回你老家了。怎么，找了小三，就懂爱情了，脸皮那么厚呢？还这么快带着小三拍了婚纱照，发结婚请柬，跟你爸妈浪费那几分钟要你的速度一样快啊！

皮皮：还有其他人，没有一个人考虑过作为受害人倪好的处境吗？好歹大学一场，虽然不是一个系的，一个个都喊恭喜，你妈改嫁、你妹被甩、你女儿被悔婚怎么就没见你们汪汪叫着喊恭喜呢？

几秒钟的沉默后，系统提示——

你被"发际线保养协会"移出群聊。

6

姜除寒的家中。

父子俩正坐在餐厅的餐椅上，吃着热气腾腾的面条。

姜抗菌一边吃，一边玩着儿童手表里的游戏。

伴随着一阵阵微信的提醒声，殷苗发来了一张图片。

姜除寒刚要点开，对方又发来一段文字：

"姜先生您好，请问您给姜抗菌默写了吗？那天放学时，我提醒过您的，不知道您是不是忘记了。"

图片是张田字格纸。

第一部分，默写生字：

20个词，姜抗菌几乎没一个对的：

曲长古短　饭饭知交　射记　厉孩　篮天　莫飞　交奥花办

冲高　葫卢　五黑　欧尔　心赏　没精打彩　颈追　付责蒸汽斗眼

流躺　形壮　姿是

在歪歪扭扭的姜抗菌写的词语后，有两行工整的红色字迹，显然是殷苗写的：

取长补短、泛泛之交、射击、厉害、蓝天、莫非、骄傲、花瓣、崇高、葫芦、乌黑、偶尔、欣赏、没精打采、颈椎、负责、争奇斗艳、流淌、形状、姿势

姜除寒看到"饭饭知交"那里，已然有些血压升高，一路过了"五黑、颈追"，到了"蒸汽斗眼"时，一股气冲到头顶。

再往下扫：

第二部分，照样子写词语：

黑乎乎（ABB格式）：　小宝宝　　白忙忙　　老太太

....

真的是怒发冲冠。

筷子一扔，碗一摔，他整个人几乎要炸掉，直接爆了粗口："你个小浑蛋上课都干吗了？"

【注释】

1.耵聍栓塞：耵聍通俗说法就是耳屎积聚太多形成栓子堵塞外耳道。可影响听力或诱发炎症，是耳鼻喉科常见病之一。

2.阅片灯：阅读X线片、CT片或者磁共振片的光箱。相比直接对着光亮处看的办法，阅片灯下更容易发现细微的病变。

3.听骨：即听小骨，是人体中最小的骨头，由锤骨、砧骨和镫骨组成，在上鼓室内借助韧带和关节相互连接，成为听骨链。它的主要作用是把声波传导到内耳，同时有很强的放大声波的作用，可以把很细微的声音放大十倍以上，以扩大听力范围。

4.大姨妈，只能推迟手术：月经期女性凝血功能会有改变，择期手术会考虑这个影响因素，所以会推迟手术。

5.内陷袋：鼓膜内陷形成的囊袋状结构，常见于胆脂瘤型中耳炎。

6.混合性耳聋：指患者耳部传音功能和感音功能均都受损的一种听力损失类型，长期慢性中耳炎可致。

7.音叉："Y"型的金属材质器材，通过敲击振动产生声音。耳科医生常用的初步检查听力的工具。

耳无尘事抗

她决心好好拍拍姜除寒的马屁，

管理好面部表情，生平第一次用自己都不敢照镜子的笑容谄媚道：

「对病人来说，医生就是救他们于水火之中的太阳啊，姜大夫，您给留个电话吧？」

没想到姜除寒挣脱她的手就往外走，

边走边用极其诚恳的语气说道：

「那你给太阳打电话嘛。」

第四章

英雄救美

1

　　一个幼小的男童穿着印有"人民医院"字样的白色病号服，雄赳赳气昂昂地坐在一辆耀眼的蓝色双人四轮越野车内。副驾驶上，姜除寒正侧身而坐，表情颇有些哭笑不得。只见小男孩双手扶着方向盘，目视前方，左脚刚踩下油门，越野车便一个前冲，伴随着"突突突"的电动声，朝手术室的方向匀速前进，轻而易举地把旁边抹着眼泪、微微有些秃顶的爸爸甩在身后。

　　与男人形成鲜明对比的，是跟着越野车一路小跑的年轻妈妈，此刻正泪眼婆娑地锁定着小男孩的位置，生怕一个眨眼孩子就销声匿迹。

姜除寒不动声色地打量着她。

天已经大冷，早上来医院时，他甚至穿上了薄款羽绒服。瘦瘦矮矮的她却只穿了件碎花衬衫和一件红白拼接的格子裤。她的手因为过于用力整个骨节发白，那是双非常粗糙的长满了老茧的手，手背上随处可见干裂的毛刺。

女人抹着眼泪，强挤出几丝笑意，边说边用手比画着："球球啊，要勇敢哦！妈妈就在这里等你，哪里都不去。"

原来是个聋哑儿。

叫球球的小男孩只是歪头看了看妈妈，似乎并没有太多的反应。

毕竟是小孩，关注点还停留在这款他从未看到过也从未坐过的车上，眼下他甚至可以当一名真正的小司机了。可以独立驾驶，同时得到爸爸妈妈和医生的允许，可以载一个客人穿过过道，甚至开到手术室去。

想到这里，他抿着嘴，朝身边的姜除寒瞄了几眼。

姜除寒被他逗笑，揉了揉他的小脑袋。

小孩得意之情溢于言表，越发憨态可掬。

很快到了手术室门口，早已等在那里的护士一把抱起小孩儿走向手术台。

姜除寒这才从车里下来。

这款儿童越野电动车，是科室为了安抚小患者，减少小患者对手术的恐惧情绪，年初购置的。目前为止，已经有160多名小朋友乘坐它进入了手术室，效果非常理想。

一般的小患者，会邀请妈妈坐副驾驶，其次是爸爸。唯独球球，想都没想，直接用手点了他。盛情难却，他只得在小孩父母愕然的目光下，在护士、实习医生们捂嘴偷笑的推搡中，半推半就地坐了上去。

手术室的门快要关上的刹那，鬼使神差般，他走到门口。

球球的妈妈见他过来，神色有些慌张："医生……有、有什么事情吗？"

"没有。只是……我听说，嗯，"他顿了顿，"球球是……弃儿？"

对方愣了几秒，双手不安地插到裤兜，轻轻回道："是，一年前……在村口的路边发现的。"

姜除寒默默听着。

"球球那时才……"她伸手比画了下，"这么点儿大。只是没有听力，就……"她说不下去，眼圈又红了。

她旁边球球爸爸抓着她的胳膊："姜大夫医术高明，咱孩子福大命大，不会有事的。"

这男人嘴里这么说着，腿却紧张地抖个不停。

"姜大夫？"

见他久久没有回应，这老实巴交的母亲忍不住喊了一句。

他点点头，答应了一声，额前的一缕头发垂下来，遮住大半只眼，越发加了几分痞气。

"幼童的耳蜗植入手术[1]……我每年大概会做70多台。术后只要好好进行语言康复，基本不会有语言障碍，您放心，球球，可以像正常孩子一样融入社会。"

夫妻俩点着头，连连鞠躬。

姜除寒欠欠身，进了手术室。

2

倪好收到师佑佑的短信时，正和翟娜在人民医院。

翟娜心急如焚。老倪在杭州还没回来，他这个人性子急，怕告诉他，心脏病再犯了。她从没想过耳朵能有什么样的疾病可以把人折磨成这个样子，疼的时候整个人恨不得跳起来，走路都不稳，人不人鬼不鬼的。持续两周的输液加烤电、清洗，却越治疗越严重。

更让翟娜惊慌失措的是，倪好的右耳几乎没有听力了。

站在她的右边，除非是大声喊，用跟老人说话的分贝，才能听清。只有站在她的左侧耳朵没问题的那一边，才可以正常交流。

短短一个多月的时间，何至于此！

瑞大耳鼻喉专科医院的医生根本就是个庸医。

什么狗屁专家！简直就是坑人专家！

还《健康有你》，根本就是上当有你。

翟娜一边骂庸医，一边给闺密熊雨打电话。熊雨通过她在市教委担任督导室工作的老公庞锐，联系了第三小学的侯丽丽。这妮子嘴甜、干活麻利儿，整日里在朋友圈高调晒恩爱，世人皆知她男朋友陶一然在人民医院耳科上班。

侯丽丽本就是倪好的粉丝，接到熊雨的电话时还在和陶一然吃早餐。听完熊雨的描述，陶一然判断这病确实有点急，便让侯丽丽晚点带着倪好直接去病房办公室找他。

今天是手术日，姜除寒不出门诊，差不多上午十一点多手术也就做完了，到时请姜老师帮忙看看。这点儿面子，他还是会给的。

侯丽丽格外热情，直接开车把倪好母女拉到了人民医院。

十一点多，倪好半躺在人民医院耳科病房办公室的座椅上。值班办公室空荡荡的，医生们的桌子上摆满了病例、文件。翟娜与侯丽丽寒暄着，倪好忍着疼，就这样看到了师佑佑发来的短信：

"我是师佑佑，你想见一面吗？"

倪好拿着手机敲了又删，删了又敲，即便是想见，想要个答案，也不应该是现在这副半死不活的样子。

许是见她一直没回急了，对方又连发几条：

"你不想知道，为什么鲁长均会逃婚，选择了我吗？"

"既然你想要一个答案，那我就给你。"

"怕了？"

"让游云用皮小翔的微信大骂我们这对狗男女的本事，去哪里了？"

"缩头乌龟。"

…………

游云？

倪好歪头想了好一会儿，打电话给游云，这才知道自己的好闺密气不过，微信单挑了鲁长均众室友的光辉战绩。

游云本不想瞒着，骂得那么痛快，她恨不得贴到微博贴到校友录，想给情感大V的树洞投稿……恨不得广而告之。只是那样做，倪好就知道了俩人结婚的事情，难免又在她伤口撒了一把盐。

"她竟然敢约你见面？这个就该浸猪笼的小三，谁给她的脸？"

隔着电话，倪好也能感觉到游云的愤怒。她瞥了一眼翟娜和侯丽丽，两人在门口聊得正欢。

"是瑞城乃至全国都数得上的耳科大神？"

侯丽丽笑得眼睛弯弯，像是在夸自己的偶像："对啊，我家大陶说了，姜老师虽然年纪轻轻，却是现代耳外科奠基人王教授的关门弟子，远近闻名，好多人从外地赶来找他做手术呢。"

翟娜紧紧握着侯丽丽的手："哎呀，多亏有你。"

"哪里，您客气。只是……"侯丽丽有点为难，"这个大夫，我听大陶说，脾气有些大，您到时多拍拍他马屁。"

"没问题没问题。"

倪好见二人并未留意她，对着手机轻声说道："游云，你别管了，我处理吧。"

"我怎么能不管？要不要姐姐给你找个大帅哥震震他们？还真是粪坑里游泳，不怕屎。当你是好欺负的？"

"我知道你是为我气不过，"又一阵疼痛袭来，倪好吸了口气，"这样，我还有点事儿，晚点儿我打给你，我答应你，跟你商量完了，我再做决定，这总行了吧？"

游云这才气呼呼地挂了电话。

倪好呆呆地坐着，精神越发地萎靡不振。

事情，是怎么突然变成这个样子的？

鲁长均在民政局放了她鸽子后，居然这么快就和师佑佑领证了？

一阵阵的耳痛再次袭来。

她已经去刘婕医生那里烤了四周的电，每次都说快好了，下周再来。她吃着止疼片熬了一天又一天，每周都指望刘婕可以救自己于水火之中，但一周推一周……一点没见好，反而更严重。

那疼痛，从耳根到太阳穴，再从太阳穴到脖子连接肩膀的地方。一会儿自上而下，一会儿自下而上，一会儿由浅及深，一会儿又由深及浅……她换了游云送的一款进口止疼片，才有足够的定力，克制住自己没有在地板上滚来滚去。

真是求生不得求死不能。

她甚至不清楚，到底是鲁长均结婚的消息让她更痛苦，还是一天比一天更严重的耳痛让她更绝望。

肉体的。

精神的。

到底要熬到什么时候呢？

她之前从来没有在任何书籍、影视剧或其他多媒体渠道了解到关于这个病的任何信息。精神稍好一些时，她无数次上网查询，发现说法不一。有的说洗一下就好，有的说必须手术，有的说点个药水就行……她现在如此严重，那个骗子刘婕，彻底辜负了她的信任。压死骆驼的最后一根稻草，是她无意中去瑞大耳鼻喉的贴吧转了转，发现众多网友在上面发帖，控诉医院把自己治得越来越严重。

有人耳朵本来只是有点痒，在经历了吸耳、点药水和烤电后，却越来越红肿，花了三万八在那里手术，流脓不止，托了各种关系去公立医院看，据说被该医院的老教授大骂缺德、胡闹！

有人只是去割扁桃体，声带却哑了。

有人有鼻炎，在瑞大耳鼻喉做了微创手术，从术后三天起，就呼吸困难，辗转多家公立医院，虽有好转后遗症却伴随终身……

有任何病，绝不能去莆田系医院。

还有更多的人，在起诉这家医院。

…………

倪好盯着手机屏幕，从头凉到脚。

所以当翟娜和侯丽丽拉她去人民医院时，她不敢有任何异议，再拖下去，恐怕真的小命难保。

3

巡回护士正在核对病人信息，准备手术器械包和药品，见姜除寒进来，说："您可以去做准备了。"

"好。"

姜除寒刷完手，穿好手术服，球球已经全身麻醉，心电监护、呼吸机都已经正常工作。心电监护"嘀嘀嘀"的声音回响在整个手术室，让他觉得踏实，又有些紧张。

小孩仰卧着，左耳朝上，右侧的耳朵下垫着头圈²以防被压伤，头用宽胶带早早固定好，左耳的耳道里还塞了一个无菌棉球。一助盖晓娴副主任医师——姜除寒的小师妹，正在给小孩进行耳部消毒。

陶一然是今天的二助，虽然跟姜除寒做了十几台手术，大体知道他的风格，还是没来由地紧张。他戴着手套把显微镜套上无菌塑料套，便坐在了小孩的右侧。隔着摆放手术器械的平车和器械护士，盖晓娴笑道："我们开始吧？"

姜除寒点点头。

手术开始。

手术刀在盖晓娴的手中极其灵活，沿着小孩的耳后切开后，露出皮下筋膜层³。

"牵开器⁴。"

"剥离子⁵。"

"双极电凝止血⁶。"

陶一然大气都不敢喘。

默默看着盖晓娴操作的姜除寒赞许道："又进步了。"

盖晓娴也没客气，接过器械护士递过来的磨钻[7]，回道："那是，也不看看是谁的徒弟。"

这几年，盖晓娴一直在姜除寒团队，二人既是师兄妹，又是师徒，说话自然更随意些。

"师父领进门，修行在个人嘛。"姜除寒微笑。

"那也得师父领着进了对的门，否则个人再怎么胡乱修行，也是不得要领。"

师徒二人进入互夸模式。

姜除寒被夸得全身舒畅，只听盖晓娴问："我听说，这孩子，是个弃儿？"

"嗯。"

"真够造孽的。"

陶一然忍不住说道："这孩子福气真大，误打误撞进了咱们医院，又这么顺利地享受到'国家人工耳蜗救助项目'。他养父母只出一万多块钱的手术费就好了。"

他说的"国家人工耳蜗救助项目"，是由财政部、国家卫生计生委和残联共同发起，由中央财政拨款四亿元，免费为贫困聋儿植入人工耳蜗、配戴助听器。人民医院是定点手术医院，姜除寒是这个项目的临床医学技术指导专家。

这对夫妻捡到球球后，很快发现了问题。他们并不知道这个救助项目，只是想着要来离家乡最近的最好的医院来检查，刚好挂到了姜除寒的号。

后面的事情就好办得多了，医院协助球球一家向残联提出申请，签署《项目知情同意书》《申请表》一系列表格，再由定点筛查机构将初筛检查上传到省残联项目办公室，省项目专家审核后进行七天的公示。

审核通过后，由监护人与定点康复机构签署《康复协议》。定点康复机构再向省残联项目办公室提交协议复印件备案。之后，还会进行一个复筛，通过后便可以在定点医院安排手术。

目前为止，"国家人工耳蜗救助项目"已经帮助到越来越多的贫困聋儿获得国家免费人工耳蜗救助。

姜除寒顿了顿："老天爷都不灭瞎家雀儿，何况是人。"

陶一然以前一直认为医生们做手术时，整个手术室气氛肯定极其严肃紧张，所有人大气都不敢喘，自然一句废话都不能说。跟得多了，慢慢长了见识，终于明白，做手术就是医生闲聊的最佳时刻。

这是为了缓和气氛，也是为了增进同事间的了解和配合度。

他想着女朋友的嘱托，赶紧问道："姜老师，我女朋友有个朋友，耳朵疼得厉害，手术完能麻烦您给看看吗？"

"两公里女朋友的事情，肯定得办好。"姜除寒不忘自己钦赐给陶一然的外号，答应得挺痛快，"让他们在办公室等着吧。"

陶一然欲哭无泪，这个外号叫了这么久，姜老师居然还乐此不疲。

他老人家的快乐还真是单调。

算了，由他去吧。

"准备开乳突，上钻头。"

手术有条不紊地进行着。

不知道过了多久，陶一然问："姜老师，一直想问您，您为什么很少进病房？好像您都是在检查室给病人换药、查看恢复情况。其他医生……"姜除寒还没说话，盖晓娴扑哧一笑："其他医生可热情了是不是？我师父特立独行呗。或者说，投诉的多了，觉得没劲懒得应付？"

"这样啊。"陶一然不敢像盖晓娴这么拿姜老师打趣，欲言又止。

盖晓娴又说："我师父是觉得，弄那些虚头巴脑的关心有什么用？可以保证手术100%成功零风险吗？可以让自己的医术突飞猛进救治更多患者吗？姜太公钓鱼——愿者上钩，我师父是——姜除寒看病——爱来不来。"

姜除寒默默地听着俩人聊天，仿佛是在谈别人的事情。

"我记得刚来时，我师父还是进病房的。可能奇葩病人遇到的多了，去得就少了。"

"换小一号钻头。"

"比如，病人会觉得你做手术失败了。可耳科手术，胆脂瘤术后复发了，或胆脂瘤没去除干净，那是失败了。鼓膜修补手术[8]，单纯鼓膜穿孔[9]，术后穿孔没完全长好，还遗留了一个穿孔，也算失败了。我师父以上问题可都没有。他曾经遇到过一种情况，手术没失败，但患者觉得效果不如预想中的好。"

陶一然歪着头，机械地问道："不如预想中的好怎么讲？"

"嗯。手术成功和失败是要跟预期相比的，有一些病人，术前你就预料到他听力不可能提高，甚至会降，术前也跟他说，听力保不了。但对方签了手术同意书，做完了抓着这点不依不饶，院投诉办投诉完了，去卫生局，打市长热线，向法院起诉……虽然医务处也明白不是他的责任，但那一段时间真的都快把他搞疯了。"

"所以，姜老师后来就不去病房啦？"

"嗯，倒也不是，只是比较少。你知道的嘛，咱们医院实行三级查房制度，从住院医师、主治医师到主任医师。按规

111

定，主任医师或者副主任医师每周查房1-2次，主治医师每日1次，住院医师对所管患者实行24小时负责制，实行早晚查房各一次。说到这里，必须要普及一个常识……"

陶一然睁大眼睛。

盖晓娴笑笑："所谓查房，包括查看病人的病情变化、询问病人一般情况、对病人服用的药物查漏补缺……所以，患者可能不知道，但我们医生清楚得很——不是说非要进到病房里查，才叫查房，对不对？查房和进病房可是两码事。比如说，把患者叫到检查室拆开绷带，全面了解术后情况，是查房。医生进到病房，站在患者床头进行口头问询，也算查房——咱们的姜老师，不过是更喜欢，或者说，更注重在检查室进行罢了。其他的，交给有资质的管床医生就可以了。"

陶一然迅速看了姜除寒一眼，如盖晓娴所说，这点姜除寒和别的主任医师或者副主任医师确实不一样，但凡是他主刀的手术病人，除非特殊情况，他一向每天亲自换药，查看患者的术后恢复情况。

盖晓娴像是猜到他想什么，接着说："术后简单的问询、病情处理，管床医生基本可以独立解决，你不是已经做了很多吗？如果有问题，你是会向上级医生汇报的。而上级医生视患者的实际情况，可以下口头指示，也可以亲自过来。"

姜除寒没说话，同事这么久，盖晓娴自然是了解他的。

病人术后的病情，医生需要了解出现哪些症状，要有针对性的处理，他确实可以进病房进行询问，但在检查室，不是可以做得更多吗？

他不愿意多讲，打断二人："该我了。换小号金刚石钻头¹⁰。"

"磨骨床¹¹。"

"准备开耳蜗。"

关键时刻，大家都屏住一口气，不聊天了。

"叫术中检测的人来。"

姜除寒将耳蜗植入体[12]放入耳后的骨床中，电极穿过面隐窝[13]插入耳蜗鼓阶[14]的造孔[15]里，再用小片筋膜[16]封闭造孔。

"电极阻抗[17]正常吗？NRT[18]怎么样？"

术中检测今天来的是个小姑娘，脆生生回答道："正常，NRT很典型。"

大功告成。

这小姑娘的声音，让姜除寒想起球球开车载他时得意的表情，也许，不需要太久，小家伙也可以开口说话了。

他的心中一暖，眼眸中无限柔情。

"好，缝吧。"

盖晓娴的心情也格外好。

她无意中捕捉到他的表情，惊呼道："师父你今天竟然去病房看球球，太阳从西边出来了？你刚才那是什么表情？这也……哎，被其他姑娘看到，会爱上你的。"

陶一然想笑又不敢，只得憋着。

"您大后天休假是吧？想好去哪里了吗？"盖晓娴哈哈笑着，全然不顾姜除寒刀子般的目光，"要不要取消休假，陪我们加班啊？"

姜除寒忍了又忍，直到缝合完毕，才吼道："滚！"

这个徒弟，越来越无法无天了。

4

倪好一行跟在陶一然身后，等他敲了敲病房检查室的门，听到有人喊了声"进"，才慢慢走进去。

检查室并不大，陶一然不好意思再带着侯丽丽，叮嘱她在楼道里等。

倪好被翟娜搀扶着坐在就诊椅上，彼时姜除寒刚洗完手，直到他转身坐下，她才认出来。

他的头上还戴着蓝色的一次性手术帽子，脸上的医用口罩也没来得及摘，她看不到他的脸，只觉得他的眼神越发犀利和深邃，那眼睛，像是有股强大的力量要把她吸进去似的，不由得呆住。

她深刻地感受到，穿着白大褂的他气场都不一样了，强大的、坚定的、高高在上的、权威的……在人民医院这个检查室的他，像个大权在握的王。

片刻的惊讶后，他显然也认出了她，语气却依旧是公事公办地说："哪儿不好？"

倪好还没说话，翟娜抢先说道："医生，我女儿她……"

"我没问你，"他皱着眉，十分不满，"她是患者，还是你是患者？"

翟娜本以为能进了这里，显然是天大的面子，医生指不定得多关照，没想到一瓢冷水浇过来，着实尴尬。

侯丽丽说他脾气比较大，她还没在意。

陶一然也有点面子上挂不住，表情讪讪的。

倪好侧了侧身体，将左耳对着姜除寒，总算可以清晰地听他讲话。

她倒没有介意，问诊问诊，医生当然是要问当事人。

她冲翟娜摇摇头，把自己如何耳鸣，如何像针扎似的疼痛，如何在治疗后越来越严重，如何听力越来越弱，又如何挂了刘婕的号简洁明了且迅速地讲了一遍。

姜除寒开始还只是默默地听着，听到刘婕的名字时肩膀僵住，原来跷着的二郎腿，突然间放下了。

"核磁拍过吗？"他问。

翟娜赶紧把检查报告递过去。

他逐一将片子放在阅片灯上，再看看倪好，重新又看了遍片子，很是不解："按理说，不应该啊。"

他指着耳显微镜旁的检查椅："坐！"

倪好赶紧坐过去。

"抬头！"

一根冰凉的手指伸过来，向上托了托她的下巴。接着，他的双手扶着她的额头，又向左转了转。

她的心倏地一下，差点漏跳了半拍。

她想起在民政局，她见证他和——现在应该叫前妻了吧——自己之前的主治医生刘婕离婚。

他目睹她被鲁长均逃婚，结婚未遂。

她想起他参加学校的讲座，她故意把他骗上讲台，让多位家长困住他，看他当众出丑。

大庭广众之下，她却因耳痛栽在他的怀里。

脸像火烧般腾地红起来。

他的身上依然带那股好闻的药水味道，依然那般沁人心脾，连带着让她的头脑都清醒了几分。

这是什么狗屁缘分。

不知何时，他已经拿着窥耳器尖细的探头深入她的耳内："别动！"

倪好当然不敢动。

风水轮流转，眼下，她为鱼肉，他为刀俎，只得任他宰割。

那探头，又细又长，像个吸尘器般在她的耳洞内嗡嗡嗡地不断吸着，十几秒后，姜除寒将一小团白色碎块扔到垃圾桶内。

倪好已经做过几次这样的检查，纵然内心有太多的不安和害怕，也稳稳坐着，一动不动。

翟娜是第一次见，早吓得魂不附体，急急问道："医生，怎么样？"

姜除寒没理她，转向陶一然："带她去急诊耳科诊室，补个挂号单，拍个核磁。拍完过来找我。"

"医生，我们这不是拍了吗？怎么还拍？"翟娜不明白。

姜除寒越发没好气，怒道："怎么，觉得我让你们多做检查，坑你们钱？"

翟娜赶紧赔笑道："大夫，我没这个意思。"

他瞪着她："外耳道胆脂瘤一旦发作，就会像滚雪球般越滚越大。你们这片子是一个多月前拍的，可能现在早不是之前的情况了。医保卡带了吧？"

"带了带了。"翟娜回。

"拍完片子来找我。你们这个，可能得做两次手术。"

倪好脑袋"嗡"的一声，差点昏过去。

翟娜的眼泪一下子流出来："医生，怎么、怎么就得两次手术呢？我们在瑞大耳鼻喉看，人家说烤电消炎就行了。"

"你们觉得瑞大耳鼻喉好，"他不屑地"哼"了一声，"那就继续去那里看呗。"

"这……"翟娜被怼得又心塞又难过，看着倪好，眼泪流得更凶了。

倪好忍着疼，还得安慰亲妈："妈，你哭什么，我没事。"

陶一然赶紧打圆场："姜老师，他们没有质疑您的意思，估计是被吓到了。我这就带她们去急诊。谢谢您了。"

"嗯。"

见姜除寒站起身要走，倪好忍着疼，有气无力地说了句："实在抱歉，耽误您吃午饭了。"

她不傻，姜除寒虽然在态度上表现得不怎么好，但这个时间了，人家本来也不出诊，却特意留下来等她的结果。

医者仁心。

她撑着额头，有气无力地说："大夫，我有个疑问，我的病怎么会……怎么会，变得这么严重？"

他凝视着她，目光犀利，像是要看透她整个人，没有一丝一毫怜香惜玉的意思，语气依旧冷冰冰的："我只负责治病，不负责考古。"

呵，好一个"只负责治病，不负责考古"。

这姜除寒还真是符合他在倪好心目中一贯的形象。

武断傲慢又固执。

脾气暴躁且古怪。

看来，这也是他看病的一贯风格。

倪好懂得人在屋檐下不得不低头的道理，眼下这病，说不定只有他能治。

她的耳痛从发作到现在，已经过去了45天。

这45个白天和夜晚，她像被丢下不见天日的万丈悬崖，又像是在铺满了刀尖的地面上行走。

时时刻刻，分分秒秒。

不知道什么时候能见到光，也不知道什么时候能见到平地，结束这噩梦也结束这疼痛。

只要能重新过上健康人的生活，哪怕让她跪下，她也愿意。

好女不吃眼前亏！

她拉了拉姜除寒的胳膊，做小伏低道："大夫，您看，我疼成这样，侯丽丽，哦，不，大陶说，您肯定能治好。"

她决心好好拍拍姜除寒的马屁，管理好面部表情，生平第一次用自己都不敢照镜子的笑容谄媚道："对病人来说，医生就是救他们于水火之中的太阳啊，姜大夫，您给留个电话吧？"

换成其他医生，可能态度马上就来个大转变。

她又提熟人，又拍马屁的，伸手不打笑脸人嘛。

没想到姜除寒挣脱她的手便往外走，边走边用极其诚恳的语气说道："那你给太阳打电话嘛。"

——那你给太阳打电话嘛。

倪好想哭。

翟娜眼见着女儿苦苦哀求，却屡遭拒绝，也赶紧赔着笑："医生……您看，这、这不是……"

陶一然虽然早就料到了可能姜除寒会怼人，但没想到是现在这样的局面，翟娜和倪好不了解：姜除寒是直接解决问题的思维，并不是不愿意帮忙，不过是懒得和别人多说任何一句他所认为的废话罢了。

看着翟娜比哭还难看的笑，陶一然直接问关键问题："姜老师，做完检查去哪里找您？"

"门诊。"

"那个，我要等报告的话，可能会有点儿晚……"

"拍完去门诊找我。"他头也不回地走了。

众人赶紧与楼道外的侯丽丽会合，带着倪好去急诊，等拍完核磁，已经中午十二点半。人民医院这点好，拍完了会第一时间把片子上传至患者个人账号，显示在医生的电脑上，也不用等报告。

待到了耳科门诊姜除寒的诊室，翟娜把倪好的社保卡递过去，姜除寒盯着电脑中的核磁片子，看向倪好时有些许怜悯和同情："中耳……已经满了，得赶紧手术。只是……"他的声音慢下来，"可能得做两次，第一次去除病变、消炎。大概一个月后变成干耳了，再做第二次，做鼓室成形[19]，重建听力。"

倪好有点儿蒙，好像听到了，好像又没听到。

"你们看这里，"姜除寒比画着，"听骨已经被破坏，有可能需要换人工听骨。外耳道感染肉芽形成，如果第一次手术恢复得不好，有可能外耳道狭窄，那就需要植皮[20]，大概需要……3厘米×4厘米的皮吧，到时看是从肚子上取，还是大腿根部取。"

翟娜吓得整个人直接坐在地上，在陶一然的搀扶下慢慢站起来："姜大夫，有这么严重吗？您别吓我。"

姜除寒喝了口水，将水杯重重地放在桌子上："我午饭都没去吃，您觉得我是闲着没事，跟您开玩笑呢？您有这闲工夫我还没有呢。决定好了，我给你们开住院单。"他的手指在键盘上快速敲着，目不转睛，"当然，如果你们想去别的医院，也可以。"

他说是这么说，其实已经打印了住院单，直接放在桌子上。

倪好在翟娜大呼小叫要给倪大骏打电话的混乱中，总算保留了一丝理智。

"好，我做。"

她拿过住院单，只见上面写着——

"倪好，外耳道胆脂瘤侵犯中耳[21]，住院类型：急。"

5

住院单虽然开了，但当天并没有病房。

姜除寒让倪好回家等通知，说是估计要等一周的时间。

几人千恩万谢，侯丽丽又开车将倪好母女送回家，到家按指纹锁刚开了门，侯丽丽还没走，却是大陶打来电话，说刚好有病人出院，让倪好收拾收拾东西，带上相关证件，赶紧去医院办理住院手续。

翟娜自然十分高兴，本想着让倪好先回家休息，她好赶紧四处找关系看能不能托人给姜除寒送个红包什么的，能提前做手术。她今天被姜除寒怼得真是心塞，看来大陶的关系根本不行。

她倒是没怀疑姜除寒的能力，毕竟，脾气这么大的大夫肯定本事也大——谁不知道医生的医术和脾气一向成正比？事情紧急，她再不敢瞒着倪大骏，赶紧把事情的始末详细告知。倪大骏第一时间买了机票急急往家赶，埋怨翟娜才告诉他。他在飞机起飞前连打了几个电话，七转八转，居然联系到了人民医院院长的大学同学那里。对方帮忙打听后，让倪大骏放一百个心："保守一点儿说，算得上国内权威，至少能排上前十。"

手术的事情，就这么定了。

于是下午三点多，倪好收拾完东西，又被侯丽丽带着去人民医院办理了住院手续。住院押金交了一万多块钱，倒是不多。

倪大骏到的时候是晚上八点。

彼时倪好已经换上了病号服，吃过了管床医生开的止疼片，那药要比倪好从前吃的好上太多，之前要命的疼痛竟短暂地停止了，是以见到倪大骏时，精神要好上很多。

翟娜是在倪大骏飞机落地后，才把倪好与鲁长均的事情告诉他的。她连速效救心丸都准备好了，就怕老倪一时挺不住。没想到，这老头镇定得很，相反，还有点儿高兴。

塞翁失马，焉知非福。

他觉得自己女儿嫁给鲁长均，着实可惜。

他捧在手心怕摔着、含在嘴里怕化了的宝贝女儿，永远值得更好的人。

年轻人嘛，让她爱让她受伤害。

总得在摸爬滚打中成长。

女儿乐意嫁给鲁长均，他这个当爸爸的愿意给她最大的自由选择权，哪怕婚后不幸福，随时离婚，她也依然是她自己。

不论单身、结婚、离婚、独身主义——都不会影响倪好——作为一个独立女性，存在于这人世间的价值。

只要她愿意，她想成为什么样的人，想过什么样的生活，都随她自己。

倪大骏乐观地想：婚事不成，倒是好事。

只要健康没问题，其他都是小事。

这个观点，自然惹得翟娜大骂，她原本指望着倪大骏可以找到鲁长均，骂他个狗血喷头，要么去他公司闹，至少闹得他把工作搞丢，多少出口恶气。

偏偏倪大骏一副好口才，甜言蜜语哄得她团团转，十分钟后她竟然也信了他的鬼话。

晚上倪大骏见到倪好，一米八几的大汉，说着"我宝贝疙瘩受苦了"，竟哭成个泪人。倪好想着后天就要做手术，觉得

121

有了盼头，这么多天里难得地开心。看亲爸哭成这样，想起自己这些天受的苦，也忍不住哭了一场。一家三口把病房的其他病友和家属吓一跳，还以为这如花似玉的姑娘得了什么绝症，待误会解开，众人笑得不行，又彼此互相安慰着，病房里很快洋溢着欢乐祥和的气氛。

没多久，陶一然作为管床医生过来找家属谈话，告知手术各种风险，签了手术通知书。按照医院的安排，倪好隔天需要做术前检查，抽血、胸片、心电图……所有检查结果都正常的话，后天便可以手术。

翟娜拉着陶一然到楼道里，那里没有摄像头，方便说话。她向他打听姜除寒的办公室在哪里，想把早就准备好的红包送出去。没想到他吓个够呛，叮嘱她千万不要有这种想法，否则他们有被开除的危险。

翟娜听了不以为然，暗想陶一然果然年轻，哪里懂得这些人情世故。她另外准备了一个五百块钱的购物卡直接往他白大褂的口袋里塞，塞得他满脸通红。翟娜塞完便往外走，他追出来，只见楼道里人来人往，若追上去十分引人耳目，也就半推半就收下了。

陶一然的购物卡送出去了，姜除寒的红包却是老大难。

但自从在诊室里见到他以后，倪好一家再未见过他老人家。护士们来了一拨又一拨，其他病友的主治大夫前前后后来了两三次，连麻醉师都找了他们谈话，唯独不见他。

医生办公室需要医务人员刷卡才可以进去，普通人根本没机会。

陶一然被翟娜磨得没办法，又不敢明目张胆地带人送礼，他在场的话，有诸多不方便，只得找了个姜除寒在的时间，偷偷刷卡让翟娜进了办公区。

翟娜早就拿好了一本夹了五千块钱信封的杂志在手里，进姜除寒办公室时，里面果然只有他一人。

她进去后直接把门关上，见他正对着电脑不知道忙些什么，毕恭毕敬地递过杂志，笑容满面："姜大夫，这本杂志上有我女儿的文章，您给指点指点。"说完便往外走。

没承想姜除寒速度比她快，一个箭步拦住她："这是要送红包？"

翟娜心想，这大夫怎么如此不按常理出牌。

——这事有必要说得这么公开吗？

你我心知肚明，不就完了吗？

她正想着怎么回答，听到他问："你包了多少钱？"

她怀疑自己听错，几秒的沉默后，他又重复了一遍——

"你包了多少钱？"

她迟疑道："五……千……五千块钱。"

他将杂志扔到她手里，仰着头，像是用鼻孔说话："如果低于十万块钱，那就免谈。"

这句话像在她的脑袋里扔了个炸弹，炸得她脑子四分五裂、精神恍惚。

——十万块？

红包的数目，不都是患者家属估计个大概的数吗？不太高，也不太低就行。

哪有医生主动开价，红包数目将近住院押金十倍的？

就知道他没有这么好的心！敢狮子大开口，说什么都要去投诉他。对，投诉他！这事没完。她就应该把对话录下来，到时发

123

到微博、抖音、快手上去，保管他连工作都丢了。

正愤怒得恨不得砸了他的桌子时，他却拉开门，做了个请的手势："您走吧。再有下次，别怪我连手术都不做了。"

楼道里，有医生行色匆匆。

有保洁阿姨提着拖把正在清洁地板。

有实习医生三两结伴，谈笑风生。

见姜除寒办公室的门打开，纷纷投来好奇的目光。

翟娜终于恢复了理智。

——他，这是在拒绝她的红包？

围观的人越来越多，她不敢再多做停留，拿着杂志灰溜溜地走了。

翌日。

倪好在医务人员的陪同下，陆续做了相关检查。

到了下午，为了方便手术，护士剃掉了她右耳周围四厘米的头发。她是中长发，将额前的刘海垂下来刚好盖住光秃秃的头皮，不细看很难发现。护士一边剃头一边安慰她。

她其实并不在意。只要能过上正常人的生活，别说是耳后，哪怕剃光头，她也乐意。

手术是全麻，据说大概要进行三个小时左右。

也许是因为住院后心里踏实了，也许是因为那止疼药片确实管用，加上输液消炎的缘故，倪好一点儿疼痛也无。

翟娜和倪大骏这两天几乎都没有好好睡觉，下午陪倪好做完了所有检查，麻醉同意书、手术同意书都签完了。

翟娜看着一项项的风险，吓得腿软，倒是倪大骏闭着眼睛一通签。他心中非常清楚，手术通知书的内容是越看越害怕，女儿这耳朵，是非做手术不可，既然选择了做手术，就要充分信任。

签完字，倪好便求着他们回家好好休息。

病房不允许陪床，除非做手术当天，允许陪那么一夜。

倪好叮嘱父母回家好好睡一觉，明天好有精力照顾她。

老两口听着在理，给护士站的护士们买了一堆零食、奶茶、水果，千叮万嘱后，便依依不舍地回去了。

时间还早，倪好躺在病床上百无聊赖地刷着微博，阴魂不散的师佑佑又发了短信过来。

"你确定不见面吗？嘻嘻，你还挺能坚持。是我小看你了。"

"我去找你吧，你在哪里？我们心平气和地沟通下。"

"我们后天就要去美国了，估计这辈子也不会再见了。"

"让游云骂我们，哪有你当面骂我们痛快，你好好想想。"

呵呵。

为了引她见面，师佑佑真是豁出去了。

见见就见见，倪好有些困惑，想要当面解一解。

既然鲁长均躲着不敢见她，那就见见他的——妻子也好。

真是可笑，本来这个身份，是她的。

医院对面有个茶室，是这附近难得环境比较安静一些的可去之处，倪好不再犹豫，发了个定位过去——

"晚上六点半。"

师佑佑很快回复："好。"

6

茶室闹中取静，在一个幽静的院子里，非常简约的中式装修，古木奇石、原木桌椅陈列其中，古色古香的。护士叮嘱倪好晚上十二点后禁食。她本来也没什么胃口，晚饭就没吃。住院后是不允许病人私自外出的，除非有特殊情况。倪好找了个护士不注意的时候，换了套衣服，偷偷溜了出去。

医院不远处有家美容院，她不想这般憔悴去见师佑佑，点了店里最贵的美容师，化了精致的妆容，只是那刮掉的头发碍事，甩个头便会露出光秃秃的头皮。美容师将她右侧的头发用电夹棒卷了个大卷，又将后面的头发往前梳，再别上店里卖的褐色毛线防滑发箍，配她身上的那件灰色毛衣裙倒也不失俏皮可爱。

她到的时候，并没有认出师佑佑。

印象中的师佑佑，永远是一副跳梁小丑形象，黑黝黝的，又瘦又小，满脸雀斑，顶着个板寸头，要胸没胸要屁股没屁股，套着不知道是她哥哥还是姐姐穿剩下的泛黄的某某二中的校服，像个刚从村里出来的假小子。

她转了一圈，没找到人，正想找个座位，却见斜前方的一位气质优雅戴着金属项链的女士冲她招了招手。

那女士穿着黑色的长筒靴，丝袜下的双腿笔直修长，米色的碎花短裙配的是V领针织衫，做旧的绿围巾自然垂在胸前，正要脱下她的黑毛呢及膝大衣，见倪好慢慢走近，露出大方自信的笑容。

健康的古铜色皮肤，雀斑依然爬了满脸，却像是经历了岁月的洗礼般，彰显着成熟和性感。她留了亚麻色长发，随意地用黑皮筋绑了个马尾，额前的头发垂在金丝边纯钛眼镜的镜框上。没有化妆，任凭粗犷的眉毛肆意生长着，连唇膏都没涂，整个人洋溢着说不清道不明的自信、优雅、乐观。

没想到出国后，她脱胎换骨。

倪好在心里重重地叹了口气。

她默不作声地在师佑佑对面坐下，故意忽略她伸出来的右手。

师佑佑按了呼叫铃，服务生应声而来："请问您喝点什么？我们这里有铁观音、普洱、老白茶、小青柑、绿茶、茉莉花茶……"

"小青柑。"倪好说。

"好的。"服装生转向师佑佑，"请问您呢？"

"我要杯普洱。"师佑佑打量着她，目光像刀子般将她全身上下扫了一遍，突然扑哧一笑，"这么多年，你倒是没变。"

"你也没变，"她反唇相讥，"即便是当别人的小三，也这么理直气壮，丝毫不觉得丢人。"

茶室的大厅，由多个木质的隔间组成，每个隔间挂了个蜡染的帘子与外面隔开。倪好说的这话声音有点大，却也不用担心周围有什么人听到好奇围观。

"倪好，这么多年，你一直觉得我是小三，"师佑佑并没有恼火，"你有没有想过，有可能，你才是小三呢？"

"我是小三？"哈，这可是她听过的最好笑的笑话，师佑佑真是长了大本领，连颠倒黑白的本事都学会了。

她鄙夷地耸耸肩，摇摇头，她不应该出来的。

师佑佑没有理会，继续说道："我和鲁长均是在8月25号认识的，我去学校报到早，和他同坐一辆接送的校车。因为还要等其他人，百无聊赖之际，发现他在用学校的宣传单叠纸飞机。"

她的声音柔和，充满温情："那纸飞机叠得非常漂亮，与我平时见到的都不一样。他用红笔在上面画了型号，机翼又宽又大，微微向下折，机头却特别尖。我和他就站在大巴车外的草坪上……那飞机飞得可真远啊，十米、二十米，或者更远？"

鲁长均，叠纸飞机？

倪好歪头想了很久，她只记得有次在家中，他叠了个纸飞机玩得不亦乐乎，她笑他"又不是小孩，居然玩这么低级的游戏"，自那以后，她再没见他玩过。

"我们很快熟络起来，那天其他同学来得参差不齐，等了三个多小时，才陆续凑齐人。接我们的师兄师姐不住地道歉，我们却一点儿都没有不耐烦。快走的时候，他又折了一只很特别的飞机，问我，你信不信它可以飞到检票口那里？"

师佑佑盯着桌子上的花纹，沉浸在美好的回忆中。

"我说不可能，怎么说也有三十多米吧。他冲我笑，露出洁白的牙齿，像个邻家哥哥，我记得，那天他穿着白衬衫，迅速地后退，阳光照在他的身上，我的目光追着他，就像是追着一束光。"

倪好静静地看着她。

"远远地，他看着我，说纸飞机的机头不宜太尖，那样的话阻力小速度快，但在空中停留的时间会短。接着，他冲我喊——如果这个纸飞机能飞到检票口那里，你愿意做我的女朋友吗？"

服务生把茶端上来。

师佑佑继续说："那距离根本不可能的，他这句话里有半句玩笑半句真，我想，谁怕谁呢？于是我点头，说，好啊。"

倪好听到这里，心没来由地一阵抽痛。

这么说——

"我后来才知道，他在这个圈子，还是很有名的，曾以

47.6米的直线距离破了全国10年以来纸飞机直线距离最远纪录，还拿到了三万元的奖金。”

茶室播放着悠扬的古筝声，宛转悠扬，绵绵不绝。

倪好侧耳听了听，是《高山流水》。

——高山流水遇知音，彩云追月得知己。

原来，原来……

师佑佑又问：“倪好，你们俩在一起那么久，你知道他的梦想是什么吗？”

鲁长均的梦想？

——他说，他说，他的梦想是……是娶到她。

曾几何时，鲁长均深情地、充满爱意地、无限憧憬地这么说着。

“他的梦想，是做出一架打破世界纪录的纸飞机，帮中国夺冠。”师佑佑知道倪好回答不出，接着说道，“你知道那年纸飞机的世界纪录是多少吗？56米，飞了13秒才停下。他说如果自己做不到，那他毕业后，就去办个纸飞机培训班，直到培养出这样的学生帮他夺冠。”

这样吗？

“当天晚上，我们俩就在一起了。只是没想到，这幸福来得快，去得也快。”她泪眼蒙眬，“我们俩确定恋爱关系的第三天，他在校园里遇到了你……他对你一见钟情，很快跟我提出分手，任凭我苦苦哀求，终是态度坚决。”

鲁长均至此踏上了追求倪好的漫漫长路。

“我们是彼此的第一次。把第一次给了他，我从不后悔。即便他后来遇到了你马上跟我分手，我也从来没有怨过他。爱情本来就是你情我愿的事，我付出，我给予，是因为我愿意，不是为了他承诺对我一辈子不变心。"师佑佑抿了一口茶，"也许是出于对我的愧疚，当时我勤工俭学，卖各种小商品，他是我的大客户。甚至，他送你的各种小零食、小玩意儿，都是从我这里拿的货。"

师佑佑不知道倪好到底听进去多少，理解多少。

能够有这样的机会，让她一吐为快，她期盼已久。

鲁长均在决定追求倪好之后，突然间就变成了另外一个人。

他所做的一切，所有的出发点，全部变成了倪好。

他对倪好的爱，无边无垠、辽阔灿烂，而他自己却越来越小、越来越小……慢慢，他的名字不再是鲁长均。

——而是倪好的追求者。

"我一直告诉他，爱情不是这样的，你们两个根本不合适。他只是笑笑，接着从我同桌那里套了我的话，得知我弟弟考上高中，学费还不够，汇去了一万块钱。"

他竭尽所能地补偿她。

"我愿意等他醒悟。我们总是要爱上不同的人后，慢慢学会如何传达爱，也如何接受爱。我们受伤，我们成长，我们慢慢懂得，什么才是真爱，什么才是真正适合自己的那个人。只要你们没有结婚，我和你——就是公平竞争。"

师佑佑紧紧握着杯子，继续讲述着。

大四毕业时，她凭借奖学金还有在蛋糕店兼职，终于攒够了钱去留学。临行前，她约鲁长均出来，问他，有没有改变心意。

他却喜滋滋地说已经见过倪好的父母，两人结婚在望。

他要去一家什么制药公司，做什么宣传企划。

她问他："你忘记了你的梦想吗？"

他愣了很久，才说："那是很久很久之前的事情了。不要再提了。"

她终于伤心离开，远赴美国。

…………

"够了！"倪好终于忍无可忍打断她，"你这么执着地约我见面，就是为了讲述你们俩的这段不了情，为了证明你不是小三？"

师佑佑回过神，神情中有丝丝落寞。好像是过了很久，她才听明白倪好这句话似的，瞬间变了脸，嘲讽地望着她："当然不是。我来这里，是想问你，你是不是一直不明白，为什么鲁长均会在民政局彻底放了你鸽子，最终选择了我？因为在我这里，他是鲁长均，不需要跪着，可以直立行走，知道是谁、自己骨子里想要做些什么，是永远有人尊重他的想法、有自由和梦想的鲁长均！"

她越说越激动："他拜倒在你的石榴裙下，就要一辈子不能抬头，给了你卖身契吗？你，你们全家，像赏赐了他一条命般，高高在上。你们家，有一个人真正把他当成人吗？没有，你们全家把他当奴隶！他下了班不论多么累，都要给你做饭、收拾房间。甚至在你爸妈家，也是他做家务。饭菜咸了淡了，你们全家人像下馆子般抱怨厨子不专业，训斥他。整天都得看你们家人的脸色。为什么你就不能下厨？为什么你就不能拖地，你是你爸妈从小宠到大的公主，他就不是爸妈的心肝宝贝吗？你没皮没脸，连内衣内裤都让他洗……你号称自己是独立女性，你独立在哪里？依靠剥削一个爱你的奴隶独立的吗？"

看得出，这些话不知在师佑佑心中埋藏了多久，这连珠炮似的一句句反问和斥责，让师佑佑像个抱着冲锋枪上战场的战士，对着她只管扫射：脑袋、脖子、胸腔、胳膊、心脏……扫得她全身上下都是窟窿，血流不止。

她竟不知，原来，他有这么多的抱怨。

他从来都不说。

倪好一直以为，他愿意。

曾几何时，深爱她的他，每每倪好问起，总说从不觉得苦："幸福都来不及，怎么会。"

说她愚蠢也好，说她高估了他对自己的爱也好，说她自私也好，说她爱情观有问题也罢，她竟从未怀疑过。

师佑佑的眼睛越来越亮："现在知道在鲁长均心中，你哪里不如我了？我回国一个多月，每天中午他都会过来找我，我做饭，他洗碗。我们家务分工，他拖地，我来切餐后水果。我倾听他工作中的烦恼，帮他分析其中的利弊。他帮我出谋划策，帮我理清工作上的思路。"

原来，他们早就……在一起了？

她竟没有一丝一毫的察觉。

"对了，你知不知道，最新的纸飞机世界大赛冠军，是一位'骨灰级纸飞机爱好者'，叫John Collins。他用了40多年折纸飞机，自学物理学、流体力学等知识，就为了折出世界一流的纸飞机。今年，他折出的纸飞机，能飞整整69.14米，成功打破纸飞机最远飞行距离的吉尼斯世界纪录，至今无人超越。我鼓励他，一定要重新做回自己，重新选择自己的人生。"

…………

倪好呆呆地坐着，她不知该自己应该回些什么，可以打击师佑佑的嚣张气焰。

她本来准备了一肚子的词，却发现全都不在扫射范围内。

师佑佑的话虽然字字刺耳，却句句攻击在要害，又快、又稳、又准、又狠。

倪好并没有爱鲁长均爱得死去活来，分手可以，不结婚也没问题，但至少你大大方方像个人一样，说清楚，避而不见是人干的事儿吗？

她原本想说，祝你们这对狗男女天长地久。

但此刻，怎么着，就突然好像全部都是她的错。

她强忍着发红的眼圈，准备站起来走，却被师佑佑抓住肩膀："别走，我话还没说完呢！"

两人对抗的过程中，倪好的发箍掉下来，露出了右侧耳后光秃秃的头皮。

师佑佑瞧见，发出"咦"的一声，缩回了手："你的头发……"

正在此时，却见门口急匆匆跑进来一个人："佑佑！"他喊着，加快了速度。

倪好从来不知道，短短一个多月，鲁长均可以整个人连气质都变了，以前他就是随便买两件休闲装穿，哪有什么穿衣风格。可眼下的他穿着一套西装，大方、得体、沉稳，连她都忍不住在心里暗暗叫好，只怕是走在街上，她都不敢认他。

也许是察觉到空气中剑拔弩张的气氛，他把佑佑护在身后："她没把你怎么样吧？"接着怒视倪好，眼睛里似要喷火般，"有什么，冲我来。"

——冲个大头鬼。

这是约好在民政局见面他放她鸽子后，两人的第一次见面。

倪好原本有很多话要对他说。

可是现在，已经不需要了。

她摇摇头，却见他牢牢盯着她右侧光秃秃的头皮看，眼睛里写满了问号。

也只是几秒，他迅速转过头，和师佑佑四目相对，两人甜蜜热吻，爱意浓浓。

倪好愿意相信两人只是情难自控，不是为了在她眼前示威。

她想起那时她还只是耳鸣，他一直强行要带她去医院。她想起他帮她收拾房间，满头大汗。她想起爸爸妈妈同意两人的婚事时他高兴得疯了似的抱着她在房间团团转……

才多长的时间，两人却可以成为陌路，当着她的面，和另外一个女生如此卿卿我我。

何其讽刺。

如果不出意外，这应该是此生他们最后一次见面了，她抓着挎包的背带，深吸口气，直视着鲁长均："关于你为什么最后一刻选择了她，刚才她已经说得很清楚了。我谢谢你，不，谢谢你们两个，还愿意亲自过来给我一个交代。"

她这话说得极有真情实感，听得师佑佑和鲁长均都有些怀疑自己的耳朵，不知道到底这话是虚情假意，还是真的发自肺腑。

"鲁长均，我问你——是我，还是我们全家让你做牛做马了？我们给你下了药了，还是绑着你全家老小性命以此威胁让你为我家卖命了？没有吧？你找工作找不到，我爸找关系的时候，你怎么不说没把你当人看？你跟客户喝酒来吐得满地都是，胃穿孔，是谁半夜背着你送医院的？这些事你怎么不和新欢讲？你妈脑动脉瘤，我爸四处找人，给你在北京找最好的医院最好的大夫紧急做了手术，手术费是我爸掏的，事后'还钱'二字你连提都没提过，那时你怎么不说我们全家都拿你不当人看？哦，你有梦想，谁有梦想都了不起，你和我说过吗？怪我不了解你的梦想，还是怪我不是你肚子里的蛔虫，没有把你藏在骨子里的梦想挖出来？"

师佑佑等待羞辱她的这一天太久了，而她又何尝不想在知道真相后一吐为快？

"是，我有公主病，我娇生惯养，你在认识我追求我时，都不知道吗？亲密关系里有哪些不舒服不自在不能接受，你随时都可以说出来，进行讨论。这么多年，我是剪了你的舌头剥夺了你发言的权利吗？我是砍了你的腿不让你滚了吗？便宜好处都让你占完了，现在有个愿意鞍前马后地伺候你的人能让你继续占便宜了，怎么着，就想起自己还有两条狗腿了？呸！"

鲁长均的脸红了又白白了又红，支支吾吾不声不吭。师佑佑看不下去，指着倪好鼻子："你呸谁呢？"

"我呸你们俩这对狗男女了，怎么了？我还没说你呢！"她转向师佑佑，"你还大言不惭地说什么'爱情本来就是你情我愿的事'，怎么着，在你那里是你情我愿，在我这里，就是奴隶主在奴役奴隶了？你也配谈爱情？"

她慢悠悠地从包里掏出张湿纸巾，擦了擦手，扔在桌子上，冷笑一声："你刚才的话，真是狗屁不通啊，师大小姐，你真以为鲁长均是什么好东西？可别给自己脸上贴金了，真不要脸。大学报到他见你好睡，就直接睡了，主动送上门的他能不要？隔天见到好的马上就把你甩了。刚才那破故事里，把你感动成那个德行，养了这么多年的备胎，你俩都不容易，我从没见过小三上位，如此嚣张找原配耀武扬威的。"她上上下下打量着二人，故做恶心状，"婊子配狗，挺好的，祝你们长长久久，不要祸害其他人啊。"

鲁长均结结巴巴："佑佑，你、你、你别听她，她……胡、胡说！"

师佑佑瞪了他一眼，上前对准倪好的脸便要扇，倪好哪肯示弱，干脆一把扯住师佑佑的头发，两个人很快打作一团。

两人打得正激烈，忽觉有个人拿着手机对着她俩拍。倪好定睛一看，竟然是……姜除寒。

他的身边还站着姜抗菌。

这要在言情剧里，姜除寒会像个从天而降的英雄般环抱住她，帮她毒舌攻击那对狗男女，帮她出气。接着保镖、豪车……拥她离开。

高傲地。

闪闪发光地。

让她像个被无限宠爱的公主一样，不受任何伤害，有很多很多的宠爱，耀眼夺目。

很可惜。

倪好不是自带光环的女主角，眼下只要他不当众怼她，不训斥她住院了还偷偷溜出来，她就心满意足了。关于她的一切，她最难堪、最狼狈、最不希望任何人看到的时刻，他……好像都在场。

这个晚上，已经倒霉透顶。

现实世界中，受伤的女生都只能独自舔舐伤口，黯然离开吧。

她正暗自慨叹，万万没想到，姜除寒一改在医院里见谁怼谁的暴躁模样，带着笑，不断地变换位置对着二人继续拍摄。

　　师佑佑停下对倪好的攻击，骂道："你丫谁啊？"

　　"哦，"见二人停下，姜除寒十分不满，"你们继续，不要被我影响。我……我是个……"他迅速转了转眼珠，末了又看看倪好，"我是个呃……原创视频博主，正愁没素材呢，刚才你们的对话我都录下来了，谢谢你们啊，我一定好好剪辑，发到抖音、快手、微博啥的，肯定能火。"

　　"你神经病啊，干你屁事。你把视频给我删了。"师佑佑一把推开倪好，伸手便抢姜除寒的手机，奈何他足足高出她大半个头，将手机举得高高的，她像个跳梁小丑似的蹦上蹦下，哪里够得着。

　　"鲁长均，你死了吗？还不过来帮忙？"师佑佑没好气地冲着鲁长均吼，却见鲁长均不知何时已经躲在了一根柱子身后。

　　倪好也发现了，嘲笑道："啧啧，你看，这关键时刻当逃兵，是他最擅长的技能。不过没关系，你俩真爱嘛，你好好适应，一定也会习惯的。"

　　鲁长均见姜除寒已经收起了手机不再拍摄，这才慢腾腾地挪过来："别、别打架……这个、这个可能会被认定为互殴，要拘留的。再说……真传到网上……我们……"他看着师佑佑，不说话了。

　　也许他骨子里，也是理亏的吧。

　　师佑佑气急，上去对着鲁长均便是两个耳光，适才没有在倪好身上占到的便宜、下的毒手，此刻在他身上全使了出来。

　　"你要是抢手机，她肯定会报警，到时我们吃不了兜着走，搞不好还得被拘留，算了算了。"鲁长均努力地说服着师

137

佑佑，"再说我真打不过他。万一人家把视频发出去……我们……我们名声也不好。"

师佑佑气得变形的脸慢慢恢复了正常，虽然鲁长均的话说得非常难听，但……确实是实情。

她不甘心地问："那就这么算了？"

鲁长均知道她不会再闹，远远地，冲着倪好和姜除寒嚷了一句："这件事……就、就算了，你们得保证，绝不能发视频出来。"

倪好笑得流出眼泪。

谢谢他在民政局放她鸽子。

谢谢师佑佑约她出来。

这可太好了。

解了她的心结，又让她除了一口恶气。

末了，她的目光落在一脸无辜的姜除寒身上。

她明白，他是想帮她，还原创视频博主，真亏他说得出口。

今天的他穿着某品牌的黑色褶皱丝绒西服，左边鬓角的头发剪得极短，另一侧蓬松、整齐有型。他的眉毛那般直挺，眼睛那么亮。

她这才想起来整理自己的头发，适才那头发被师佑佑抓得乱蓬蓬的，她正整理着，他却走过来，修长的手指帮她将好头发，如此儒雅、谦谦君子，像个从天而降引得无数女生尖叫、呐喊的英雄，还是个帅气得把鲁长均比到要扔掉的英雄。

此刻，这个英雄嗔怪地刮着她的鼻子："你说，我们是今天连夜发视频，还是明天好好剪辑再发？起什么题目好呢？"

他捡起掉在地上的发箍，深情地注视着她。

倪好整个人傻掉，张大嘴巴看着他，一动不敢动。

她又闻到他身上那股好闻的药水味道。

心脏像是有人拨乱了跳动的频率，怦怦怦的，几乎要从她整个胸腔里跳出来。手心全是汗，甚至连呼吸都开始变得困难。

这是怎么回事？

她从未像现在这样如此害怕，又如此期待那个男人站在自己身边，不要离开。

在诊室中，无情地说着"那你给太阳打电话嘛"的那个见谁怼谁的医生，此刻看也不看旁边那个气急败坏的女人，缓缓揽过她的肩膀，像个等了太久的怨妇，亲昵道："你还要让我们父子俩等你多久啊？"

父子俩？

倪好大脑失去了控制，晕乎乎的，被他带着，步履踉跄。

同样穿着宝蓝色西装的姜抗菌此时小跑几步，站到她另一侧，手挽着她的胳膊，晃了又晃，撒娇道："妈，你不是说今晚上要给我烤比萨吗？你要再说话不算话，就是小狗。"

他冲倪好挤挤眼，又朝姜除寒扬扬下巴，似乎在邀功。

此言一出，不只是倪好，连被鲁长均拖着走的师佑佑都被电击般戳在原地，倒吸了一口凉气。

——怎么着，就就就，叫妈了？

这小崽子是谁？

而这对戏精父子，从头到尾都没有看那两位一眼。

【注释】

1.耳蜗植入手术：人工耳蜗植入术是指重度或极重度耳聋的患者，通过利用一个内耳的替代装置——人工耳蜗，使其听力接近正常并经过训练达到语言交流目的的治疗方法。先天性耳聋患者，两岁以前做该手术效果最为理想，此时大脑中枢的可塑性更好，更利于术后的适应和学习。

2.头圈：耳科手术常用的垫于患者头部的环形软垫，用以固定患者头部，外观像个大的甜甜圈。

3.皮下筋膜层：人体组织由表及里的顺序大致如下：表皮>真皮>皮下组织（脂肪）>肌肉>筋膜（包裹肌肉的那层白色的膜）>骨骼。筋膜所在的那层就是筋膜层，有明显的韧性和光泽标志。

4.牵开器：外科手术常用的器械，牵拉撑开切口或者组织，暴露手术区域。

5.剥离子：外科手术常用的器械，起剥离组织的作用。

6.双极电凝：常用的止血器械，其原理是电极分别接在镊子两端，通过电凝起止血作用。

7.磨钻：此处指耳科手术研磨骨头所使用的一种电钻钻头，其磨骨的速度较快，但也比较容易引起邻近组织（如神经）的损伤。

8.鼓膜修补手术：用以修复鼓膜穿孔的手术方法。

9.鼓膜穿孔：由于某种原因（常见于中耳杂症、外伤）所致的鼓膜永久性穿孔。

10.金刚石钻头：此处指耳科手术研磨骨头所使用的一种钻头，其头部由金刚砂构成，其磨骨速度较慢，但也相对安全。

11.骨床：人工耳蜗植入手术中，需要研磨出放置植入体的凹槽，称为骨床或骨槽。

12.耳蜗植入体：人工耳蜗分为两部分——外挂机和植入

体，植入体即需要植入人体内的那部分，包括磁铁、线圈和电极。

13.面隐窝：大致指外耳道后壁与面神经之间的解剖部位，人工耳蜗手术需要打开这个部位的骨质，才可以暴露圆窗，进行余下的手术步骤。

14.耳蜗鼓阶：耳蜗分为三部分——前庭阶、中阶和鼓阶。

15.造孔：人工耳蜗植入手术中，需要打开圆窗或者中阶，从而植入电极。这个人工开放的孔称为造孔。

16.筋膜：位于肌肉表面的组织，分为浅筋膜和深筋膜。

17.电极阻抗：人工耳蜗植入后，需要测试电极的阻抗值，以查看回路是否通畅。

18.NRT：人工耳蜗植入术后进行的神经反应遥测，neural response telemetry的简称。

19.鼓室成形：鼓室成形术是中耳手术中对鼓膜进行修补或者听骨链重建的手术过程，目的是恢复或者改善中耳传音功能。

20.植皮：文中指耳科医生对胆脂瘤患者进行乳突根治手术时，如果病变范围较大或切除病变后缺损范围大，需要通过移植身体皮肤覆盖创面。

21.外耳道胆脂瘤侵犯中耳：原发于外耳道的胆脂瘤病变，早期一般局限在外耳道，若突破鼓膜可进入中耳，痛感强烈，可引起听力下降、耳鸣、耳流脓流水等症状，一旦有症状请及时就医。

耳无尘事抗

我是一个独立的生命，

我有我的想法，希望你可以尊重我，

像尊重你的同事、朋友、领导那样尊重我。

凡事以商量的口吻和我说话，

比如：请问、我可不可以、你愿意……

第五章

助攻

1

已是深秋，冬天像某个王朝当了多年的太子，迫不及待要提前继位似的彰显着自己的力量，风寒刺骨。

倪好与姜除寒并肩走在瑞城的大街上，另一侧，姜抗菌紧挨着她，紧紧握着她的手，那小手热乎乎、胖嘟嘟的，又嫩又滑。

道路两旁的梧桐树不断有巴掌大小的树叶落下，半青半黄的、刚刚转为鲜黄色的、彻底枯萎已经卷边的蔫黄蔫黄的……姜抗菌蹦跳着踩在树叶上，也跟着一跳跳的，可爱极了。

姜抗菌执意要送她回医院。

她再三拒绝，未果。

143

于是就形成了现在这样的局面。

她边走边琢磨，该怎么向姜除寒表示谢意。

对倪好来说，面对鲁长均和师佑佑的咄咄逼人，她直接离开是最好的处理方式。虽然姜除寒父子俩演的那一出"好戏"，势必给这对新婚夫妻带来更沉重的打击和刺痛，但这俩人，保不齐会去校友群里打探一番，没准又掀起一股腥风血雨，不知道会有多少人来找她这个八卦当事人打听。

这么犹豫着，就到了住院部楼下。

倒是姜抗菌先开口："倪好姐姐，"他挺着胸脯，"英雄必须得救美。那都是我应该做的，你不用客气。"

她被他逗笑，原来竟是他的主意，这才符合常理，姜除寒怎么可能有这么好心帮她？赶紧前倾身体，摸了摸小家伙的头："必须谢谢我们的小抗菌啊，你是姐姐的英雄呢。"

无意中瞥到姜除寒不屑地掉转头，想着明天的手术，她转向他："也……谢谢姜……姜大夫。"

他双手插兜，似笑非笑："也谢谢你非常勉强……"他刻意加了重音，"非常勉强的谢意。"

她的脸红得发烫，有这么明显吗？

就知道他不会好好说话，果然谢他都多余。

她尴尬地往住院区的大厅走，姜抗菌突然拉住她的手："姐姐……"他眼睛偷瞄着姜除寒，一副为难的样子，冲着大厅里电梯口指了指，"你方便到那边说话吗？"

"姜抗菌，你不要胡闹。阿姨明天还得手术呢。"姜除寒瞪着他，表情严肃。

倪好不满地瞥了他一眼，叫"姐姐"有什么不好，他非要刻意纠正。

"才不，"小家伙不以为意，"我刚才帮了姐姐，她报恩的时候来了。"

报、报恩？

倪好啼笑皆非，话说得这么重，哪有不同意的道理。看来是姜除寒在他不方便讲。她任凭他紧攥着自己的手，走到电梯口旁边的角落。

"姐姐，你能帮我写个《父子同居协议》吗？"小家伙知道时间宝贵，单刀直入。

她不解："父子同居协议？"

"就是，嗯，我爸妈离婚了你知道吧？"小家伙解释着，"我被判给我爸了。但我俩……相处得不……不是很好。以后要长期单独和他相处，肯定麻烦越来越多。"

电梯口正对着的挂号窗口一侧，那里放着几台自助挂号机，白天时总站满了排队的人群等待挂号缴费。这个时间点自然没有什么人，挂号机的指示灯忽明忽暗，照着小抗菌胖乎乎的脸，如此真诚又如此亲切。

从什么时候起，自己和这个小家伙建立起这么大的信任呢？

"姐姐，我想请你把我和爸爸两个人该有的权利和义务，公平公正地写下来，你那么有文化，又是新教育讲师，我信得过你。"

这孩子，还真是跟他爸一样，一旦选择了竹筒倒豆子，就倒得十分彻底。他把自己家的事情全部说出来，又夸了她一顿，人家刚才还"英雄救美"来着，她找不到借口拒绝。

她问："还有别的诉求吗？"

"哦，有。就是你不要写得太严肃、正规，稍微……稍微

145

模仿我的语气写，幼稚一点儿没关系的，别让我爸看出来是我找大人写的。"

这个要求并不过分，她以为是让她代写作业，本来已经准备好了一肚子的反驳和说教，一句没用上。这个请求她还……挺喜欢的。单是想到姜除寒看到后气得怒火攻心头顶冒烟的表情，她就有点儿跃跃欲试。

"对了，尤其要加上，如果违反的话，怎么惩罚。双方啊，"他眨着眼睛，"你可别只写怎么惩罚小孩，要知道，你们大人更喜欢说话不算话，既然公平，就得针对双方进行不同的惩罚。"

这孩子，算得真清楚。

"嗯，那我试试……"她问，"什么时候给你？"

小孩儿把袖子往上撸了撸，露出一个天蓝色的儿童手表，说："你QQ号多少？咱们加个好友呗？"

倪好报出一组数字，小家伙熟练操作后指了指她装在裤兜的手机："你赶紧通过下。"

倪好照做。

"你写完传我就好。哦对了，你的手机号我找游云姐姐要了，如果有急事，我就打你手机。但你放心，"他的眼睛亮闪闪的，像极了姜除寒，"我不会打扰你的。"

她微笑着点点头。

不远处，姜除寒正不耐烦地踢着脚下的石子。

"你赶紧回去，你爸等急了。"

"行。"小孩儿似乎不太放心，叮嘱道，"今天在茶餐厅听到的一切，我不会跟任何人讲的，他也不会。如果他敢泄露，"他挥着手，做了个向下砍的姿势，"我就弄他！"

这个夜晚本来已经够倒霉了，冒牌公主被人扔到了河里成了落汤鸡，被姜除寒父子全程围观，只怕日后少不了被对方揶揄嘲笑。

她哭笑不得："行。"

"还有……"小孩靠过来，突然双手环抱着她。

这小小的人儿，给了她远比成人所给予的更多的温暖和力量。她有些惊讶，又有些感动。

"姐姐，那个男的抛弃你，是因为他瞎。你不差的，要加油，好好生活。"他毛茸茸的脑袋蹭着她的腰，"我爸虽然单身了，但并不适合你。你放心，我不会让他打你主意的。"

这突如其来的恨不得叫人当场石化的关怀，倪好完全找不到合适的话来应对。她几乎要怀疑自己的职业是不是选择错了，自诩非常擅长和小孩打交道的她，怎么遇到姜抗菌就束手束脚的，完全没有发挥的余地？

小孩冲她挥挥手，跑了。

这个晚上发生太多事情，被姜抗菌父子这么一搅和，脑子越发乱，她泄气般将头抵在墙上，一下下撞击着，只觉自己要自闭。

一阵急促的脚步声传来，反正也不会有人认识她，她干脆破罐子破摔，继续撞着墙，又颓又丧。

"这么撞下去，"那熟悉的声音传来，"明天得请脑外科保驾护航了。"

姜除寒的声音识别性太强，低沉中带着凌厉，她还有什么更狼狈的样子没被他看到呢？她索性继续用头顶着墙，省得四目相对，越发窘困。

他在她旁边停下，敲敲紧挨着她脑袋的墙，像敲一道门似

147

的：“你现在最不愿意见到的人，就是我吧？”

他原本可以带着小抗菌回家，在茶餐厅接受记者的采访时就应该装作什么都没看到，也许是姜抗菌哀求的小眼神让他无法拒绝，也许是倪好过于倒霉的遭遇让他生了恻隐之心。胆脂瘤整个中耳都灌满了，比分娩还要疼痛百倍，她居然能忍那么多天。

在民政局她被对方放鸽子，竟然是对方早已出轨。纵然一段失败的感情里各有各的错，也许有人会认为表面看她的错更多，但那两个人得了便宜还卖乖，明明是一个出轨一个当小三，是应该被谴责的人，却颠倒黑白地对她进行道德审判，未免欺人太甚。被迫听完整个故事的他，竟油然而生出一种强大的“居然敢有人如此欺负我的患者”的愤怒感。

她仍然没有离开那面墙，仿佛它是她此刻最大的依赖和支柱，只要有那面墙在，一切困扰和麻烦也就不在。

他看在眼里，强忍着笑：“喂，有人在吗？”接着敲敲自己的胸口，“是这里疼，”又指指她的耳朵，“还是那里更疼？”

从倪好与鲁长均分手、她的耳病发作以来，这是第一次有人问这个问题。她的眼泪夺眶而出，吸吸鼻子，哽咽道：“耳朵，耳朵更疼。”

“每段失败的感情里，双方都有责任，没必要把所有错误都归在自己头上。今天的事情，我不会说出去的。这个，鲁……什么，叫鲁长均的，配不上你。”他侧身靠着墙，摆明了在邀功，得意之情溢于言表，“对了，今晚，请叫我雷锋。”

倪好微信的提醒声响个不停，因怕倪大骏和翟娜有急事找她，不得不拿出来看。却见几十条信息不停地闪，游云、广播站的朋友袁敏、室友、同学纷纷发来了慰问。尤其大学群里一直在刷屏：

"倪好同学，出来走两步，你什么时候连儿子都有了？"

"看不出啊，暗度陈仓这手玩得可真绝。"

"听说都八九岁了，这么多年，鲁长均居然一点儿都没发现？"

"啧啧，我说什么来着，潜伏得还挺深。"

"呸，真恶心。"

有正直的男生出来替她说话："道听途说，你们就这么说倪好，不太好吧？大家都是同学，何必如此恶毒？"

结果遭到了对方的群起而攻之——

"啧啧，心疼了，该不会是也跟倪好有一腿吧。"

"老情人这是急了。"

…………

想来是鲁长均和师佑佑见没占得便宜，心有不甘，干脆搅搅浑水。

呵呵，他们就不怕姜除寒把录下的视频放出来吗？

还是鲁长均赌了一把，觉得她不会？

不过，这种杀敌一千自损八百的事情，她确实做不来，不是她的风格。

倪好在班里独来独往惯了，人缘并不是太好。尤其曾因竞选学生会主席，得罪过一个女生。更有苦苦追求她的男生曾简单粗暴地拒绝了某女生的告白，某女生迁怒地和她结了仇。此刻，她们拉拢着关系不错的同学，像是苍蝇闻到了屎味儿，明知道她就在群里的情况下，站在道德制高点，抱团怼她。

游云打了几个电话，她都没接到，此刻又发起了语音呼叫。

偏偏姜除寒依然不识趣，笑嘻嘻地等她答谢。

见她久久不回应，他正要催她，瞧见她头顶不知何时落了一小块碎树叶子，正伸出手，却见她把手挡在额前急急后退了几步，怒目而视。

从倪好的角度来说，他不提鲁长均还好，她就当这事他压根儿不知道。此刻看到微信里的内容，攒了一肚子的火没地方发，偏偏他硬往枪口上撞。她一时愤怒战胜了理智，恶狠狠道："你离我远点儿！我跟你有那么熟吗？你一个有性骚扰前科的人，不懂得跟人保持安全距离吗？"

这是她第二次说类似的话。

看着他由诧异转为恨不得将她烧为灰烬的眼神，她说完就后悔了。

"我……其实，不是……姜大夫，你、你，"她结结巴巴的，懊悔不迭，"我不是那个意思……"

这话太伤人。

她不过是在民政局无意中听到他前妻说过，没有求证，不知原委，跟今天微信群里恶毒攻击她的女生们又有什么分别呢。她甚至忘记了明天他就要给她做手术，即将结束噩梦般的生活，她千不该万不该在此刻得罪他。

但晚了，那句话像把利刃，直插在两个人中间，插出孙大圣一个跟头的距离。

他讪讪缩回手，铁青着脸。

她赔笑解释："姜、姜大夫，我我我，我是脑速快过语速，刚才……真的不是那个意思。"

他重新戴上了拒人于千里之外的面皮，恢复了陶一然带她去诊室面诊时的漠然："是那个意思也没关系。"接着按了电梯上行键，面无表情，"上去吧，明天你是第一台手术。"

2

隔天早上不到六点，护士来查房，倪好睡前吃了止痛片，被叫醒时睡眼蒙眬的，护士叮嘱不能穿内衣，反穿病号服，她一一照做。她本想早上见到姜除寒，再好好解释，但医务人员来了一拨又一拨，独独不见他。

体检时，耳鼻喉尤其耳朵是最被大家忽视甚至无视的项目，谁能想到耳科会有这么多甚至会要了人命的疾病？这次住院，倪好真是长了见识。

病房是三人间，她是12床。11床也是上午手术，天津某大学的大三生。除夕夜11床与大两岁的哥哥在院子里放烟花。天寒地冻，她把羽绒服的帽子竖起来戴着，拉好拉链，在院子里欢呼雀跃。哥哥本来是与她开玩笑，拿着钻天猴对她晃了几晃，没想到那钻天猴直直朝她飞来，好巧不巧直钻入她的帽子里，整个脑袋和钻天猴被锁得死死的，伴随着一股巨大的砰砰声，她便什么都不知道了。

等到她醒来时左耳已经没了听力，据说鼓膜已经震碎，去瑞大耳鼻喉做了两次手术，花了十万多块钱依然没有好转。除了没有听力还流脓，整日里臭烘烘的。这次是看到论坛里介绍人民医院耳科靠谱，便来了这里。她的主治医生昨天就开始嘘寒问暖，来了好几趟。今天一大早，又来病房给她打气，叮嘱她不要紧张。

又是瑞大耳鼻喉，不知道他们到底坑了多少人。

气愤之余，倪好有些羡慕。昨晚本想拍拍姜除寒的马屁，没想到弄巧成拙，不欢而散，以后怕是越发难以解释清楚了。从她住院那天起，他根本没进过病房。手术方案、术前谈话什么的，都是陶一然。倒不是说陶一然不好，他应付倪好爸妈提出的问题绰绰有余，但相比较还在实习期的管床医生，谁不希望主刀大夫关心下呢。

10床是个五十多岁的阿姨，她的病情相对来说有些重——中耳胆脂瘤[1]，自述没有任何症状，就是耳朵有点流脓，来医院做常规检查，结果听骨破坏得差不多了，病变也破坏了前庭[2]骨质，可能要进行半规管[3]填塞，因半规管主管平衡，会造成术后眩晕，所以手术时间会比较久。她的主治医生是位女教授、博士生导师，身后跟了好几位学生，呼啦啦进病房探望，更亲自讲述手术的流程和治疗原理，少不得一番鼓励，加油打气。

同样都是耳科病房的病人，待遇相差好大。

好在进手术室之前，游云抱着一大束鲜花来了。

陶一然刚好从病房出去，与她撞个满怀。

待游云发现是谁后，脸煞白煞白的。

陶一然的表情也有些诡异，直愣愣地盯着游云好一会儿，才往另一侧让了让，失魂落魄地走了。

几天不见，游云的气色很差，黑眼圈极重，像是几天没睡好，有气无力的。她是格外注重自己形象的人，大学时，不知道多少女生排着队找她帮忙化妆、搭配衣服。女生出门倒个垃圾，多半穿着睡衣、蓬头垢面地去了，唯独游云从不。你任何时候见到她，都是一副精致的妆容，一丝不苟。

一见面她便递过来一个沉香弥勒佛挂坠。

"我新做的。"

佛祖喜笑颜开，刻得活灵活现，从哪个角度看，都冲着倪

152

好笑。

倪好满心欢喜地收了，翟娜帮她塞在床边的枕头底下。

趁着翟娜和倪大骏在外面和医务人员寒暄，倪好拉着游云的手："如果……嗯，我是说如果，我要是进了手术室没出来，你可得帮我照顾好我爸妈啊。"

游云气得直嚷："我呸！你说的什么丧气话。不就是一个普通的小手术吗？发什么神经。"这么说着，她的眼圈却红了。

倪好也跟着流眼泪。

"对了，你的主刀大夫姜除寒，我昨天见到他了，他来木工坊接孩子，人家是这个，"游云帮她抹掉眼泪，比了比大拇指，"听说全国都排得上名。你这小手术，委屈人家了。"

倪好想起昨晚，叹了口气。知道她是为了宽自己的心，勉强笑道："我干吗了，还委屈他……不过，你看上去怎么状态这么差？哪儿不舒服？"

她抓着倪好的手，按了按手心："我大姨妈推迟了好多天，前几天看了医生。"

倪好从病床上翻身坐起来："怀孕了？"

她点头。

"几周？"

"……昨天流了。"

"昨天？"倪好又急又心疼，"那你不好好在家里养着，我这边这么多人，你赶紧回去。"

"等你进了手术室。"

倪好朝病房外看了又看："皮小翔没陪着你？"

"他不知道。"

她以为游云说的是自己做手术这件事，刚"哦"了一声，突然觉得不对，"你的意思是，你流产，他不知道？"

游云低着头，不置可否。

倪好非常非常非常讨厌皮小翔。读大学时就烦他，好在游云也烦鲁长均，两人心知肚明，很少约四人局。男生所有的缺点里，油头粉面、懒、抠门，倪好最不能忍受的三大项皮小翔都占了。倪好在金钱上，是从没亏过鲁长均的。鲁长均送她苹果手机，她便赠他同等价位以上的手表。他送她真丝围巾，她便给他买心念已久的运动鞋。他给她发红包，她便在那个基础上添个两三百回过去。

可皮小翔仗着游云喜欢他，这么多年两个人的相处模式，除了金钱，跟倪好与鲁长均来了个对调。平日里所有开销，吃、穿、用，连游戏买装备的钱，都是游云出。除了每天给游云做做饭，之外所有时间恨不得屁股长在床上、沙发上、椅子上……游戏是他爹、是他妈、是他整个世界。

他也有优点：嘴甜。

每天把游云夸得云里雾里的：云云你今天又漂亮了，你是不是瞒着我做了热玛吉？你不是想甩掉我啊？啊，这款唇膏好衬你，新出的款吗？我女朋友的腿可真长，你这几天练瑜伽出效果了。亲爱的你今天可真美，有什么特别的事吗？这连衣裙昨天新买的？比模特穿好看多了。咦，你烫了头发？这大卷烫得既优雅又性感……

他的夸绝不敷衍。观察得认真，每天游云装扮不同，哪里有了细微的变化，他都能觉察到。同绝大多数不懂风情的钢铁直男有着本质的不同，他是下了功夫的，夸到实处，夸得详细、到位，绝不重样。

游云吃他这一套。但除此之外，两人并没有什么共同语言，除非聊游戏。她平时鬼精鬼精的，一到了爱情上，脑子里就剩糨糊了。

皮小翔同游云谈了有七八年的恋爱，游云原来在一家外企做销售，攒了点钱，她爸王洪路不知道动了哪根善念，竟然同意将这套四合院暂时借给她。对，说好的暂借，十年后要还给她同父异母的弟弟的。好在倪好赞助了三分之一的钱，四合院进行了简单的装修后，终于开了她梦寐以求的木工坊。

游云开店，皮小翔就天天在店里打游戏，实在忙不过来时，打打下手。这么多年，完全靠游云养着。木工坊开始盈利的第二年，他求过一次婚。在一家西餐厅，他掏出枚戒指，单膝着地。其他就餐的客人跟着起哄，她笑嘻嘻地搀他起来，嗔怪地说："谈恋爱谈得好好的，求什么婚。不许开这么大的玩笑。"

据说皮小翔眼见着求婚无望，也就笑呵呵收回戒指，没忘记夸她"连拒绝人都这么美"。

是，游云虽然遇见爱情时脑子里都是糨糊，但架不住原生家庭的影响太大，再丧失理智，也绝不会动了结婚的心。

王洪路和游佳越失败的婚姻是她童年时就开始的噩梦：她始终不明白，爸爸为什么总是打妈妈。妈妈被打得全身是伤，爸爸喝多了会打，脾气不好时会打，甚至高兴了也会打。爷爷奶奶也是帮凶，奶奶在爸爸动手时从不来拦着，只说"打得少，女人就是要打"，爷爷呢，虽然瘫痪在床，他会用板凳砸妈妈……别人写作文时写妈妈，总是慈祥的勤劳的美丽的温柔的知性的优雅的妈妈，她只能胡编。曾几何时，只要闭上眼，都是妈妈用窗帘抹眼泪、累得直不起腰的身影。她无数次看到妈妈躲在无人的角落里抹眼泪，在她睡着时喃喃自语："如果没有生你早走了，自杀也好、远走他乡也好，哪里不比现在是个活死人强呢……"

所有的这些，她都记得。

父爱是什么，她从来没有感受过，哪怕片刻的温暖。这也许是成年后的她，极度渴望被异性宠爱的原因所在。她是那么、那么地渴望来自异性的肯定、赞扬、关心、惦记、陪伴……

只是。

谈恋爱可以。

想结婚就是你太没礼貌太不懂事了。

…………

倪好与游云拉着手默默无言，护士来了。

"12床！接病人的来了，躺上来吧。"

游云扶着倪好往楼道走，倪好刚躺上手术病人转运车，倪大骏和翟娜也围上来，俩人又开始抹眼泪，好像倪好进手术室就出不来了似的。游云在一旁安慰着，直到倪好进了手术室才离开。

3

手术室只有三位护士，并不见姜除寒。有位护士拿着病历本跟倪好核对信息，她一一回答。接着有人将一个氧气面罩罩在她的脸上："大口呼气。"

她吸了几口，便不省人事。

不知过了多久，一个甜美的声音在耳边不断响着："起来了！"

手术室头顶的光刺得她有点儿睁不开眼，整个人迷迷糊糊，头上缠了一圈圈绷带，被包得跟个粽子似的，又麻又酸又涨。除了喉咙疼，并没有太大的不舒服。

待被人推出了手术室，一直守候在外面的倪大骏和翟娜赶紧围过来。回病房后，护士把早就准备好的心电监护的贴片挨个贴好，叮嘱着："插了喉管，喉咙可能会有些疼，没关系的。让患者保持清醒，两个小时内不能睡着，术后六个小时后可以正常饮食。还有，"她帮倪好的输液瓶挂好，"看着点儿，液没了叫我。"

倪大骏和翟娜点头如捣蒜。

麻药的劲儿还没过，倪好只想睡觉，奈何翟娜和倪大骏一直拉着她聊天。见她昏昏沉沉，一会儿捏捏胳膊，一会儿摸摸头，要么就挠挠脚心，困意彻底没了。没多久11床和12床也做完手术被推了回来。两位主刀大夫一小时内探望了两三次，不外乎是"手术非常成功，请安心调养"之类。

翟娜看到酸溜溜地说："这个姜除寒，刚才在手术室门外我问他手术做得怎么样，他爱搭不理的，说有人会告诉我的。你听听，这像什么话？"

倪大骏也有些不满："是啊，态度太蛮横了，我们又不是乞丐，整得我们欠了他十万八万似的，做手术我们交了钱的好吧。"

"术后也不来看看，这什么嘛。"翟娜撇着嘴，看着倪好被纱布裹得严严实实的大半个脑袋，"我们好好受苦了。"

倪好想起昨晚有点心虚，加上是真的晕乎乎的，干脆装作什么也没听到。

正聊着，陶一然来了。

"手术非常成功，放心吧。"他走到倪好病床边上，"耳道口糜烂、水肿严重，我们去除阻塞的肉芽后，发现耳道内有大团的胆脂瘤上皮堵塞，耳道深处四壁已经受到破坏并扩大，鼓膜也有一定程度的内移，考虑炎症较重……"

别的地方翟娜没听懂，听到"炎症较重"，一把抓住他的胳膊："那怎么办？"

"您别急，"陶一然补充道，"先好好养，等干耳后，再做二期鼓室成形术[4]，时间我估计……"他想了想，"在一个半月后。"

倪大骏问："所以，还是得做第二次手术是吧？"

"肯定啊，"陶一然耐心解答，"简单来说，就是这次手术只能清除病变，但彻底治疗，恢复听力，恢复正常的生活，还不行。"

"明白了，谢谢您。"倪大骏不住道谢。

翟娜不满地问："怎么不见姜大夫？"

"他还有手术。"陶一然看着心电监护的屏幕，"您有什么事，阿姨您有我电话，随时找我。"

翟娜不高兴地撇着嘴，却也勉强道谢，送陶一然出了病房。倪好挨到两个小时，终于沉沉睡去。

姜除寒去木工坊接小抗菌时，已经是晚上九点。别的孩子早被家长接走了，只剩下小家伙跟游云说着话。只见游云躺在会议室的太妃椅上，身上盖了个厚厚的羽绒被。坐在小板凳上的姜抗菌正趴在她的膝盖上，说："倪好姐姐这么厉害啊，神速！我就说嘛，她肯定行。"

迟到这么久，姜除寒过意不去，将手中的一箱苹果放在桌子上，歉意地说："游老板，实在抱歉，耽误你下班了。"

游云勉强打起精神："哪里，您客气了，小家伙陪我说话，挺有意思的。"

也许是错觉，姜除寒第一次从姜抗菌的眼神里看到惊喜，猛地扑过来抱住他，声音里是掩饰不住的兴奋："爸，你可来了。"

像是父子分别了很多年后才团聚。

他顾不上管这些，问："书包都收拾好了吗？走吧。"

小家伙点点头，背上书包，懂事地冲着游云鞠个躬："谢谢姐姐帮忙看管单亲家庭的我，要是没有您，我指不定在哪里流浪呢。"

姜除寒假装没听到，心中忍不住骂了一句：小浑蛋，真是什么都敢说。

游云"扑哧"一声笑了，听倪好抱怨那么多次关于姜除寒的性格，今天一看，这孩子说话还真是随他爸。

"倪好手术顺利吗？"

"嗯。"他点点头，"小手术。"

姜抗菌逮到拍马屁的机会，哪能错过："游姐姐，我不是说过吗，这种小手术对我爸爸来说，就是小菜一碟。"

姜除寒尴尬地把小家伙拖到自己身边："打扰了，我们走了。"

"姜大夫，"游云叫住他，"我最近有点儿事，要关店一周，所以很抱歉，从明天开始，不能托管了。刚刚我们在微信群里通知过了，怕您没看到，再提醒您一次。"

姜除寒抓着姜抗菌的手，示意他不要乱动："我看到了，还没来得及回复。刚好我从明天开始休假，一周后再托管。"

159

他欠欠身："这段时间给您添麻烦了，谢谢您的关照。"

姜抗菌眨巴着大眼睛，有点惋惜："啊，我一周都不能过来了吗？"

游云微笑："一周很快的，我们下周见！"

直到父子俩的背影消失不见，游云冲着隔壁房间喊："大皮！小翔！皮小三！"

连喊了三声，皮小翔伸着懒腰过来了。他熟练地锁好店门，拉下防盗窗，回到她身边，摸摸她的额头："没发烧啊！要不要去医院看看？"

她摇摇头。

"我妈有点儿事，要过来住一周。店里我得关上几天，你看你是留下，还是……"她的手放在小腹上，一副若有所思的样子，"要不然，委屈你搬到酒店住几天？"

皮小翔站了一会儿，回道："那我也回趟老家吧，省得老太太看我碍眼。再说，正好我爸打电话，说想我了。"

"也行。"

游佳越烦皮小翔，他是知道的。

每次老太太来，鼻子不是鼻子，眼睛不是眼睛的。

嫌他吃软饭，嫌他胸无大志，不但吃软饭还没眼力见儿。开始老太太顶多摔摔锅摔摔碗，到后来看到他就扭过头，连他热情打招呼也懒得回应。游云劝过几次没什么效果，他满脸堆笑讨好老太太有一段时间，见没什么改善也就放弃了。反正他喜欢的又不是游云她妈，最关键在于：关于老太太讨厌他的一切——他一点儿也不想改。游云都没逼着他改变，老太太凭什么介入他俩的生活？到后来只要老太太过来，他就避开一段时间，等老太太走了再回来，免得大家不愉快。

晚上十点多，皮小翔便打车走了。他家在邻市的农村，刚好晚上有趟特快火车，四个小时，出了车站再坐一个多小时的黑车也就到家了，还算方便。

游云关了木工坊的灯，慢慢挪到正房。

这套四合院是游云的福星，亏得有它，否则以她的本事，到哪年哪月才开得起木工坊。临街的东厢房做木工坊刚刚好。正房是两室一厅，平时她和皮小翔晚上就在那里住。西厢房改建成了会议室，也算书房，放了游云的藏书。托管的孩子们接来后就在会议室学习。倒座⁵做了库房，放些木料和其他杂七杂八的东西。

晚上十一点多，游佳越拉着个银色的旅行箱到了。不知道老太太最近有什么喜事，居然破天荒地穿着火红色的呢子大衣，里面套了件灰色羊绒收腰高领毛衣裙，身材保持得比游云还要好。她新烫了头发，满头银色的发丝，配上脖子上戴的珍珠项链，红光满面的。

游云从小到大，从未见过妈妈穿暖色系的衣服，她一向只穿黑色和白色。除了衣服，她还化了妆，破天荒地抹了大红色的唇膏，整个人透着一股子喜气洋洋的气息，除了自己考上大学那一年，多少年没看到老太太这么快乐过了？

游佳越一进院子，不住地打量着，撇着嘴："啧啧，小白脸又躲出去了？"她从来不叫皮小翔的名字，一向叫他小白脸。

"是啊，"游云不动声色，"您老人家来了，他哪里敢留下来。"

母女俩进了客厅，游佳越脱掉外套，哼了一声："还没打算分手？"

"反正也不结婚，也没找到更好的，凑合过呗。"

"长得帅能当饭吃？换个口味不好吗？"老太太是真嫌弃，"哪怕出去打个零工，赚个千八百块的，那也好听。现在算怎么回事？我可真服了他，脸皮那么厚，一点儿都不臊得慌？"

游云显然听惯了这一套，没接茬。

"要不我给你介绍一个？人家在央企，工作稳定，长得也挺帅。"她比画着，"听说有一米九呢。"

"也行。"游云这回答应得挺痛快，"明天就把婚事办了，您高兴不？"

"嘿，你这死丫头片子，诓我呢是吧。"老太太听出她在说反话，"得，我不说了。随你去吧。反正别结婚别生孩子，你爱谁谁。"

游云放在小腹上的手往大腿上挪了挪，心脏某个角落，止不住地一阵抽痛。

老太太从行李箱里拿出睡衣和换洗的内衣，冲完澡出来，见游云已经躺在沙发上，身上裹着厚厚的大毛毯，干脆自己也在茶几对侧的沙发上躺下。

"怎么，不舒服？"沙发上有条同款大毛毯，银色的羊羔绒披在身上十分暖和。她一边问着，一边扯过一个靠枕放在扶手上，伸个懒腰。

游云放下手机："没，就是有点儿累。您累了吧？去屋里睡，我新换的床单、枕头罩，都是您喜欢的颜色。"

游佳越半眯着眼，仍蜷缩在毯子里："聊会儿天。"

刚好游云也不想动，顺势躺下，母女俩隔着一张茶几，躺着的姿势都是一样的。暖气还没来，天气又冷，空调的暖风刚

162

打开，热度还不够。

　　老太太往沙发里靠了靠，声音懒洋洋的，但游云还是轻易地从她的眉目中捕获几丝喜悦："本来应该坐起来，跟你正式地说，但这几天你老娘我累坏了，就躺着说吧。"

　　游云笑："嘻，您跟我客气什么，还整这么正式。"

　　"毕竟是大事，"游佳越想了想，还是坐起来，"小云，我正式通知下，你爸他……前天过世了。"

　　游云没反应过来，待发现自己没有听错，腾地坐起来，毛毯整个掉在地板上："您、您说什么？"

　　"前天的事了。凌晨……大概是……"游佳越皱眉想了想，"一点多，醉驾翻下了高架桥，连同小三儿和跟那个儿子，车毁人亡。被发现捞上来时，都是早上九点多的事情了。"

　　游云后脑勺不知道哪根神经突突地狂跳着，似疼非疼，格外难受。

　　"小云，苍天有眼，看我这个老太太实在过得太难，他的报应到了。"

　　难怪她今天少有地穿了红色大衣。

　　好一会儿，游云问："那……"

　　"嗯，我这次来，就是告诉你，前天已经火化了。火化完，我就把骨灰撒郊区的一个臭水沟里了，那地方适合他。不用你送葬，你也别找我问人葬在哪儿，他不配。"

　　游佳越重新躺下，找了个舒服的角度闭目养神。似乎刚才那些话用尽了她全身的力气。游云便是在这一刻发现老太太强撑着的疲态，她累坏了，从进门那一刻就在强撑。

　　"有吃的吗？两天没吃饭了。"

"我，"游云强忍住心中的震惊，"我……给您煮碗面。"

她打着火，灶台上坐锅加水，冰箱里有她昨天买的海鲜，挑了虾线清洗入汤，再倒切好的鲜玉米粒、午餐肉，水烧得滚开滚开的才下面条。没多久香气弥漫整个厨房，游云想了想，烫几片油菜，又打了枚鸡蛋。

游云端着那碗丰富的鲜虾鸡蛋火腿面出来时，游佳越已经睡着。她睡得极沉，小呼噜此起彼伏的，游云把毛毯往上拽了拽，她的手耷拉下来打在沙发上，发出"砰"的一声也没醒。游佳越睡眠极轻，游云家住六楼，半夜保安巡逻时的脚步声，都能把她惊醒。她从不打呼噜，除非特别累，或者游云生病时熬通宵，才会如此。

游云默默坐了一会儿。

对于亲生父亲王洪路，她只有恨。

但冷不丁听到他的死讯，好像也不会高兴。

这个消息来得太突然太惊悚，她不知道自己应该说些什么做些什么，才不会刺激到亲妈脆弱的神经。

偏偏此时她的手机铃声突然大作，她打了个激灵奔过去按断，游佳越已经醒来。

面条很好吃。

游佳越端着大海碗，大口吞咽着。

游云仍没有想好说什么。

直到游佳越喝了一大口汤，满足地打了个饱嗝，这才说："我跟你爸是未婚先孕。你姨姥姥是介绍人，你爸当时长得算是百里挑一。我那时懂什么啊，怀孕了就仓促结婚，原来我在市新华书店做售货员，你爷爷奶奶身体也不好，我只能把工作辞了。"

妈妈居然是未婚先孕，游云只知道俩人是相亲认识的。

"生下你没多久，你爸就调到外地去工作，我要照顾你，还要照顾两位老人。有些苦，可以忍。可还要承受你爷爷、奶奶对我不上班的嫌弃。你爷爷瘫痪在床，每天吃一大把药。你奶奶呢，每天出去打麻将，回来饭也不做，就等着我。我一做饭你就哭，抱着大腿让我跟你玩。我只能狠着心，任凭你哭，直到把饭做熟。我不明白，你奶奶明明可以搭把手的，怎么就能眼睁睁看着我那么累，看着你哭得撕心裂肺的，就是不肯哄哄你，哪怕她抱一下你呢。"

餐桌上方的三盏藕色圆头灯错落有致，游云用食指卷着睡衣的衣襟，一圈一圈又一圈，直到勒得紧得不能再紧，又松开，如此反复。

"你爸一周回来一次，每个月工资两千块，只给我六百块。剩下的钱去哪里了？给谁花了？怎么问都不肯说。回来就找碴，把我贬得一文不值，说在家什么都不做，每天就靠他养着。那时我想，活着怎么那么难呢？想工作，没人帮我分担孩子和家务，又担心找工作受挫。当时我整个人处于崩溃状态，这状态也确实不适合找工作。"

游佳越抹了把眼泪，接着说："无数次想死了算了。可我死了你怎么办呢？带着你一起死？我实在狠不下心，我有什么权力决定你的生死呢？离家出走？你外公外婆早早过世，一个女人，没有工作，带着个孩子，哪里有我的容身之地？"

往事一幕幕在脑海里浮现。

王洪路一拳打在她的眼眶上。

小游云抱着他的大腿，哭得撕心裂肺，大喊"爸爸你别打了"。

他踢她的胸、肚子、头……肋骨断了三根。

胳膊、大腿上一个个肿包，处处淤青。

他更凶残的地方还在于：如果他的亲生女儿游云敢替妈妈求饶或者动手拦着，他会连女儿一起打。游云躲到一旁乖乖待着不出声，或者偷偷哭也行，只要她不介入，他便不会对她动手。

"那个小三儿，从你读小学时，就开始不断打电话过来。我熬到那两个老东西相继过世，你爸的生意也做得有模有样，终于调回本市。我以为终于可以过点儿好日子了，小三儿天天过来闹，你爸不肯离。那时他的工资只肯给我那么点儿，敢情都是给小三儿了。"

游佳越盯着天花板，陷入遥远的回忆。

那一年，游云读小学三年级，乖巧得很。

不用伺候老人，她的身体也好很多，整个人也不再紧绷、神经兮兮的，终于可以鼓起勇气主动跟王洪路提离婚。没想到那个浑球冲进厨房，拿把菜刀就架在她脖子上："你要敢再提一句，我先剁你，再去剁你女儿。一个丫头片子，反正留着也没什么用。"

她吓得魂不附体，整个人瘫在地上，差点小便失禁。她相信，他敢的。她想不明白，既然有了别人，为什么不能放过她们母女？她再没提过离婚，从那以后，她的名字叫"游云的妈妈"，她只为了女儿而活。

没有了老人的挑拨，女儿大了不在家时他依然会打她。女儿在时，多少收敛一些，但喝多了还是会动手。好在随着小三儿的儿子出生，他来这边的时间越来越少，一年不过那么十来天。熬了这么多年，她也慢慢习惯，本以为一辈子也就这样了。

苍天有眼，让他横死，连同小三儿和小三儿生的儿子一起。

她终于，可以作为游佳越自己——过上作为一个人，一个女人，应该过的日子。

…………

游云再听不下去，走过去抱着老太太："妈，都过去了，都过去了。"她拍游佳越的背，眼泪汪汪的，"我发誓，我以后绝不让你吃一点儿苦。"

母女俩抱头痛哭。

人类真是奇怪的动物，无论多么大的痛苦，一旦在情绪得到最大程度的宣泄后，似乎再大的伤口流了再多的血，都能够在这宣泄中得到治愈。

游佳越这么多天从未流过一滴眼泪，见到了游云眼泪决堤般滚落，仿佛要把这么多天，不，这么多年无人可诉的背负、艰难、痛苦、绝望……全都哭出来似的。像传说中中了巫术腹胀的人得到魔咒的破除，随着这号啕大哭吐出了所有的肮脏之物，整个胸腔都跟着瘪了下去。

哭够了，游佳越仔细端详着游云，将她额前垂下的头发掖到耳后。

"小云，"游佳越笑中带泪，"妈知道这么多年，苦了你。你不用再像以前，总想着怎么证明自己，该争取的不争取，总是退而求其次。"她搓了搓脸，似乎在赶走所有的疲劳和困意，"我不知道你到底看上了皮小翔哪一点，如果是图他长得帅，你可以跟他分手，找个更帅的。"

167

游云被她的话逗得哭笑不得："妈，您说什么呢。"

"这么多年，王洪路的生意赔得七七八八，除了咱们之前住的小三居，就剩下你现在这个四合院和十几万存款。现在这个四合院，"游佳越的目光巡视着整间屋子，"彻底是你的了。你现在是个有钱人，在爱情上可以胡作非为……不，"她按住游云的手，"你可以任性、自由、独立、没有任何顾忌地好好谈场恋爱了。"

4

一路上，姜抗菌极其古怪，一会儿捂嘴偷笑，一会儿边捶车座靠背边笑，一会儿跺脚笑。姜除寒透过后视镜观察着他的异常，忍不住问："什么事这么高兴？"

小家伙贼眉鼠眼地说："回家再说。"

到了家，父子俩在淋浴房里洗完澡，边看电视边聊天。

只见姜抗菌偷瞄着姜除寒，问："倪好姐姐的手术挺顺利的吧？"

"嗯。"

"你现在心情好吗？"

姜除寒漫不经心地回着："还行。"

"我明天真的不用上学了？"

"嗯，我休年假，算上周末两天，刚好攒个十天。带你去新加坡怎么样？"

他难以置信地盯着姜除寒，好一会儿，欢呼雀跃着："耶！太棒了！我终于可以出国了！"

说来惭愧，现在条件好了，姜抗菌的同龄人，哪个没被家长带着出过国？近点儿的东南亚，远点儿的欧美、中东、非洲，有的连南极都去过……小孩子们聚在一起，说起自己去过哪里，一个个眉飞色舞。唯独姜抗菌，只去过北京和广州，还是刘婕出差时带他去的。

姜除寒早就办好了签证，规划好路线，看着他兴奋的样子，有些动容。

高兴劲儿过去后，小家伙又有些沮丧："那我的课怎么办？"

"就你们小学三年级那课程，我闭着眼睛都能教会你，有什么担心的？别忘记，你爸爸当年可是学霸。"

姜抗菌又蹦又跳："耶！我要出国了！爸爸我爱你！啊啊啊啊！"接着拿儿童手表，挨个通知自己的好朋友。

"小齐吗！我要出国了！去仙本那！新加坡。"

"尼尼，我要出国啦！"

"小飞，告诉你个好消息，我明天不上课，哈哈哈哈，去吉隆坡、兰卡威、滨城！"

…………

姜除寒暗自觉得好笑，毕竟是小孩儿，只要讲究点儿方式方法，增进父子感情、正面管教，还是很容易的。但他高兴得有点儿早。因为姜抗菌挨个通知完好朋友们自己即将出国的消息后，像是准备好了似的，从书包里掏出一张纸递给他。

那是一份打印好的协议书——

《姜除寒与姜抗菌父子同居协议》

为了促进父子关系的和谐发展，确保双方的权利和义务得到更好的保证，特签订本协议。

第一、我保证独立完成的：

1、每天上好闹钟，六点五十分起床，七点整洗漱，七点

169

十分早餐，七点三十分上学，二十一点整洗漱，二十一点三十分准时上床睡觉。

2、在学校写作业，完不成的回家写，不需要爸爸督促。

3、在家爱护室内环境，不乱扔垃圾。

4、自己的房间自己收拾。

5、保证在学校讲道理，遵守学校的纪律和各项规则。认真听课，快乐玩耍，不欺负同学，也保护好自己不被欺负。

6、信任爸爸，发生任何事情，如果需要帮助，会及时求助。

7、在家中，分担部分家务，扫地、拖地、擦桌椅板凳、洗碗、做饭（我会学的）。

8、关于我的任何事情，请先和我商量，得到我的同意后再决定（包括且不限于课外班、买衣服、鞋袜等）。如果我拒绝得有道理，也请你心平气和地接受我的拒绝。

第二、我的要求：

1、每周两次游戏时间，每次三十分钟，在我完成作业的前提下，时间由我自由决定。

2、不经过我的同意，不可以进入我的房间。如果我在，请敲门。

3、每周零花钱一百块钱（包含书和零食）。

4、每天看一集动画片，每周去电影院看一次电影。

5、爸爸不许打人、骂人。有任何问题，请你想办法发泄，冷静后再和我沟通。如若违反，我会随时报警。《中华人民共和国未成年人保护法》第十条，"父母或者其他监护人应当创造良好、和睦的家庭环境，依法履行对未成年人的监护职责和抚养义务。禁止对未成年人实施家庭暴力，禁止虐待、遗弃未成年人。"

6、希望爸爸可以信任我，不论发生任何事情，有人告状，请向我求证，听听我的说法。

7、希望爸爸每天可以拿出三十分钟的时间，不看手机，精心陪伴我。你可以选择聊天、分享新闻、读书或者一起看动画片并和我讨论。

8、你可以交女朋友或再婚，我也不指望对方会喜欢我，但必须保证我的独立空间。

9、不可以当着其他任何人的面批评我。有什么事情，请单独和我讲。

10、我是一个独立的生命，我有我的想法，希望你可以尊重我，像尊重你的同事、朋友、领导那样尊重我。凡事以商量的口吻和我说话，比如：请问，我可不可以，你愿意……

11、当我休息、写作业、看电视或者玩游戏时，请不要打扰我，或突然让我做其他事情。

12、爸爸做错事情要向我道歉。

以上协议，双方遵守公平、公正的原则，请严格遵守。任何一方，如有违反，必须严惩。

最后两行是手写体，歪歪扭扭的，一看就是姜抗菌的笔迹：

"如果姜除寒违反以上任何规则中的任何一条，则姜抗菌获得一小时的游戏时间。如果姜抗菌违反，则罚扫地、拖地一天。"

这份文件标题是二号字，宋体。

内文小四，首行缩进，1.5倍行间距。

非常专业的排版，即便对方尽量用孩子的语言撰写这份协议，姜除寒还是一眼看出这是谁的手笔。

一股凉意，从他的头顶直蹿到脚心。

农夫与蛇。

东郭先生和狼。

姜除寒和倪好。

以为那晚她对自己产生误会，说的那句话已经是重击，没想到还有如此一记重磅在这里等着他。

他默默看完，发现姜抗菌突然站得离他远了一些。接着，贼孩子小心翼翼地问："爸，你看完了吗？"

"嗯。"

"我告诉你一个秘密，"他说着，又退了两步，"妈妈让我不要告诉你，可你是我亲爸，我必须站在你这边。"

姜除寒困惑地望着他。

"我妈其实早跟吴叔叔结婚了。吴叔叔还给我花三千多块钱买了个机甲大师，我没要。我才不稀罕他送的破玩意儿。"

吴叔叔？

——吴成路？瑞城电视台《健康有你》的编导？

"哪天……结的？"

姜抗菌歪着头想了想："就是你回来特别晚的那天，好像是……就是你跟我妈去民政局离婚的第二天。"

这个夜晚，充满了惊喜。

他早就知道刘婕和吴成路关系暧昧，但刘婕八面玲珑，谁有利用价值她便和谁深交，他以为不过是逢场作戏。他猜到过她会很快再婚，只是没想到会这么快。

也就是说——

俩人早就搞在一起了。

姜抗菌气呼呼的："爸，他俩还商议着什么卖房子的钱，一分钱也不给你。太坏了。"

房子？

在民政局门口办完离婚手续俩人往外走时，刘婕曾表态，那套他全款买的、房产证写了两人名字的房子，不会分给他一分钱。离婚协议上写的那套房子算夫妻二人共同财产，她把房子卖掉后房款到账一周内，支付他50%的房款。

他以为她不过是生气，过过嘴瘾，没想到居然来真的。

他正要问细节，小抗菌却卸下所有的防御，猛地扑到他的怀里，声音哽咽："爸，我以后会好好跟你过的，如果没有人爱你，你还有我。"

姜除寒的鼻子又酸又胀，一股说不清道不明的气流从他的鼻子直往眼眶顶，小家伙全身心地倚靠着他、拥抱着他，踏实的温暖的。只是犹豫了几秒，他紧紧搂住眼前小小的人，嘴巴抵在他的脖子上。

如此温馨时刻，贼孩子往他的怀里拱了拱，问道："爸，刚才那份《父子同居协议》，要是没有什么异议的话，你签个字呗？"

5

每天早上八点都有医生过来给倪好换药，虽然她的听力依然弱、耳朵沉闷，但孙大圣他老人家似乎在这次手术中彻底被赶走，再没有出现过那种上蹿下跳几乎叫人晕过去的疼痛感。

陶一然说再有两天就可以出院。姜除寒给她开了第二次住院的通知单，差不多在一个半月后做第二次手术，植皮、换听骨，还要做什么鼓室成形术……届时耳朵的听力才有可能彻底恢复。

经历了这么久人不人、鬼不鬼的生活，倪好其实觉得，什么恢复不恢复听力的，只要耳朵不再疼已经感恩戴德。

别的病友，依然是每天都有主刀大夫亲自探问，再到检查室换药。而姜除寒就跟彻底消失了似的再没出现过。倪好每天眼巴巴地等着他来，想要亲自道个歉，再表示下谢意。但她就像是被抛弃的寄人篱下的孩子，赶上谁值班，谁顺便给她换药。翟娜和倪大骏每每来探望，看到这个场景，都忍不住一顿痛骂。

倪好不知道怎么解释，索性沉默。

倒是游云听完来龙去脉，笑得肚子疼，直嚷着她和姜除寒是冤家，没准将来能成一对。气得倪好一直挠她痒，直到她哀求着说"不敢了"为止。

病房的生活非常简单，一日三餐、换药、输液……

直到有天换了个笑嘻嘻特别热情的、名叫盖晓娴的医生，她偷偷问倪好："你们跟姜大夫是不是认识？"

得到否定的回答后，盖晓娴诧异极了："我来这里六年了，要知道，我师兄——姜大夫只在周一和周四手术的。他本来周四要休假，为了你，单独在周三申请了一台手术。而且，你的住院通知单都是写的'加急'，你不知道吗？"

休假？

难怪一直没见到他。

倪好犹豫着："那可能，是我们认识陶医生的缘故吧……"

"陶一然？"盖晓娴摇头，"这可是单独加手术，不太可能。"

虽然这次手术姜除寒的态度始终很暴躁，但整体来说还是比较顺利。

倪家一直认为是陶一然从中使了很大力气，但他毕竟还是小实习生，估计也没那么大的面子，尽力了嘛。听盖晓娴说完，一家三口面面相觑，倒是倪大骏猜到了什么，冲翟娜和倪好摇摇头，示意她们听盖晓娴继续说。

盖晓娴翻查着手中的病例报告，若有所思："不过，你是外耳道胆脂瘤侵犯中耳，病得有些重，比较急吧。姜大夫常说，外耳道胆脂瘤一旦发作，就像滚雪片一样，越滚越大。"她想到什么似的拍了下手，"我想起来了，去年上半年，我们科室曾经接过一个跟你有点相似的病例，也是个女孩，读大四，但她没有重视，一直忍着，直到晕倒被室友送到我们医院，可胆脂瘤已经破坏颅底骨质，引起严重颅内感染……"

"那，"倪好结结巴巴的，"她、她后来怎么样了？治好了吗？"

"怎么可能，"她叹气，"当时那女孩的爸爸就在这个楼道里跪在地上求姜大夫救救他女儿……但送来得那么晚，再厉害的大夫也没有回天之术啊。"

因为每天要打消炎的点滴，护士给倪好埋了个软针，这样拔输液管的时候把软针留下，用胶条粘好，既不影响她用手，也不需要每天重新扎针。盖晓娴看着倪好手背上用圆珠笔写的日期，掰着手指数着，说："今天是第五天了，一会儿叫护士把软针拔了吧。"

倪好听得眼睛发直，全身的汗毛都起来了，手摸着做手术的右耳，脸色苍白。

盖晓娴吐吐舌头："哎呀，吓到你了吧。你远远没有那个女孩严重，别怕哈。再说你有福气，及时来我们医院就诊，又碰到咱们姜大夫。"

倪好只知道自己病重，但并不知道病重到什么程度，此刻有了完全不一样的感受。"盖医生，"她咬着嘴唇，"这个姜大夫到底是什么样的人呢？"

"我师兄怎么说呢，"盖晓娴眨着眼睛，"特立独行，比较怪。但是不用担心他的技术，"她竖起大拇指，"我们科，乃至瑞城，他是NO.1。全国的话，我不敢说，但前十是没问题的。"

"这么厉害？"

盖晓娴听着跟夸自己似的，得意地笑："当然了。"

"呃，我听说，他经常被人投诉？"

"哈哈哈，必须啊，每个月全院患者投诉第一名，"盖晓娴饶有兴趣地看着她，"你怎么知道的？"

倪好悄悄把她拉到角落："我每次见到他，都被怼上一顿。现在想想，他对病患的态度，应该跟他手术水平成反比吧。"

"你总结得相当到位。"

倪好欲言又止。

"怎么，还有啥疑问？没事，你说。"

"嗯，有个问题困惑我很久了，就是，我听说，曾经有患者投诉他……性骚扰女患者？"

盖晓娴揶揄她："这你都知道？"

她无法回答。

"少听别人胡说八道。那天我就在姜大夫隔壁出诊，护士说来了个特别奇怪的女人，神经病似的，走路畏畏缩缩，老用手挡着头，像是别人都要害她似的。"盖晓娴义愤填膺，"在护士台大闹，说没挂上号，进了好几个诊室找人加号，都被拒绝了。姜大夫看她可怜，同意加了号，结果进去没到一分钟，她就跑出来，喊性骚扰，连哭带号的，还报了警。"

"啊？还报警了？"

"耳科诊室那天好几个专家出门诊，本来病人就多，她这么一喊，越发围得水泄不通。警察来了，就对姜大夫和她分别进行了询问。女的说，姜大夫碰她的脸……废话，医生检查患者耳朵，碰脸那是常有的事。再说，耳朵对着耳显微镜的角度不对，我还经常直接抬患者下巴调整角度呢。咱们的姜老师呢，就说了三个字——神经病。"

"后来呢？"倪好问。

"不了了之了呗。"

…………

盖晓娴、倪大骏和翟娜什么时候离开的，倪好并不知道，她整个人浑浑噩噩躺在病床上，关于姜除寒的一切，一幕幕浮现在她的脑海。

原来，有时候眼睛看到的、耳朵听到的，并不一定就是事情的全部真相。

你一定要给自己也给对方时间，看一看听一听问一问——给自己冷静客观分析的时间，给对方平静解释事情原委的时间，或许也可以给自己找到目击证人、围观者从第三方还原事情真相的时间……天色渐黑，正是探望时间，病房里的人进进出出，热闹极了。倪好摸着那只被包裹得严严实实的右耳，恨不得扇自己嘴巴。

滴水之恩当涌泉相报，她都做了什么呢？盖晓娴的话一遍又一遍在她的耳边回响着，强烈的愧疚感一刻比一刻重。爸爸妈妈一直都在抱怨他脾气暴躁，做完手术不过来探望、从不亲自换药……严重时倪大骏甚至直接骂他"不负责任"，她也从未想过替他辩护几句。更过分的是，她还在气头上骂他有"性骚扰的前科"……

此刻真相揭晓，简直无地自容。

她没有任何一刻像现在这样，如此迫切地想要见到他。

那个晚上折返而来的他，其实是想要安慰她的。

她最不堪最狼狈甚至人不人鬼不鬼的样子，他都见过了。

遭遇了鲁长均和师佑佑排山倒海般的攻击时，他帮她将好头发，甚至假扮夫妻救她脱离困境。他安慰她："谁不是在受伤中成长，让自己变得更好的？没必要把所有错误都归因在自己头上。"

他不仅想治好她肉体的病痛，更想抚慰她精神上的痛苦。

而她好心当作驴肝肺，用最刻薄最恶毒的语言侮辱他。

眼下的每一分每一秒，她是那么想要见到他，想闻他身上那股熟悉的沁人心脾的药水味，想见到他那双看穿一切的眼睛，想念他见谁都没好脾气的暴躁样，想握一握他骨节分明白皙的大手……想站在他面前，发自肺腑地说上一句"谢谢"。

在病床上捂着脸来回翻滚着，她终于鼓起勇气找游云要了他的微信。没想到他的名字居然就叫"姜除寒"，头像竟然真的是一块生姜。个性签名：道是生姜树上生，不应一世也随声。倪好记得，这是宋朝诗人刘克庄的《丁未春五首》。后两句是："暮年受用尧夫语，莫与张程几个争。"

她哆嗦着点了"添加到通讯录"，"发送添加朋友申请"——快速敲下：

姜大夫你好，我是倪好。

直到她出院，他都没有通过她的好友验证。

【注释】

1.中耳胆脂瘤：是鳞状上皮脱屑物异常积聚的良性病变，发生在中耳，称为中耳胆脂瘤。会对中耳听力结构和相邻颅骨进行破坏，甚至可能引起面神经病变面瘫、前庭病变眩晕、颅内感染等危害极大的并发症。患者确诊后，应尽早进行手术治疗。

2.前庭：即前庭器官，人体耳朵中主管平衡功能的器官，位于人耳的内耳部分，是人体对自身运动状态和头在空间位置的感受器，包括三个半规管、椭圆囊和球囊。

3.半规管：参考前庭。

4.二期鼓室成形术：部分中耳炎或者胆脂瘤的患者，在清除病变后，需要推迟听骨链重建手术，称为二期或者分期鼓室成形术。

5.倒座：读作"dàozuò"，是四合院跟正房相对的房屋，通常坐南朝北，用来当客房使用。

耳无尘事扰

无数个这样的时刻，在客厅沙发的后面，在厨房，在卧室……

小小的她，看着爸爸妈妈不断把舌头送出来，

吸溜吸溜地喘着气，一副辣得受不了的样子，便真的相信了。

是的，纵然那些有着精美包装的东西看起来像是糖，也肯定不是糖。

否则爸爸妈妈怎么会辣成那个样子呢。

这样的把戏持续上演，直到她读小学，开始识字。

第六章
小欢喜

1

飞机是凌晨两点多起飞的。

签了《父子同居协议》后的姜抗菌着实让人刮目相看。或者说，其实签不签，他都有这份能力，只是愿不愿意主动做的问题罢了。

他早早收拾好了行李箱，查了当地的天气，将五套夏装、内裤、袜子、泳衣泳裤叠得整整齐齐，另外带了电动牙刷、防晒衣，还有一套厚点儿的卫衣卫裤防止天气突变。人家还先当医生的亲爹一步，装好了急救包，里面创可贴、驱蚊膏、碘伏、治便秘的、腹泻的、感冒发烧治咳嗽的、有助消化的……应有尽有，他连缓解鼻炎、过敏症状的氯雷他定都带上了。

181

小家伙随身带了双肩背的书包，里面飞机U型枕、眼罩、耳机一应俱全，为了打发时间，放了画画本、铅笔两支。另有几本书：《苏军坦克装甲车辆》《二战巅峰对决虎王VS斯大林-2》《猫武士》。最加分的是，他还在背包侧兜各放了一包湿纸巾。当姜除寒收拾完，问姜抗菌需不需要帮忙，得到否定的答案后，小家伙还提醒他iPad充电器和手机充电器没带。

姜除寒狼狈地收拾好，暗暗告诫自己下次绝不能输。

因是凌晨，也许最近实在太累，登机后他很快昏昏入睡，直到有人拽了拽他的胳膊——

"姜除寒，到了。"

之所以叫全名，没叫爸爸，是因为姜抗菌签了协议后，说以后父子二人就以彼此姓名来称呼对方，以彰显身份的平等。姜除寒本来不同意，但看着双手掐腰义正词严的姜抗菌，不知道动了哪根善念，想继续看看他还能作出什么妖来，倒也不失为一种乐趣。

早上八点半飞机经停吉隆坡，父子俩紧锣密鼓地办了入境手续，从吉隆坡国际机场到达斗湖机场时已是下午三点半，坐上小巴开了四十多分钟便到达了父子出游真正意义上第一站——仙本那。

仙本那原本是个无人知晓的小渔村，随着旅游业的发展，逐渐成为网红打卡胜地。眼下虽然不是旅游旺季，但时不时有操着各地方言的中国人路过，颇有一种还在国内某五六线小渔村的错觉。好在绿松石般的海水清澈明亮，渔村独有的海腥味扑面而来，恨不得叫人直接飞身入海。

但姜除寒并不因为它是网红打卡胜地才选择了这里。

曾经有位患者是出版社的编辑，复诊时带了一袋子儿童绘本给他，有一本最得姜抗菌的喜欢，来自童书作家彭懿的摄影图画书《巴夭人的孩子》。

在那本书中作者还原了漂泊在海上的被称为"海上吉卜赛人"——巴夭族人的生活。他们家家户户住在海水中搭建的木屋里，以打渔为生。小孩子们与海水融为一体，更像是大海的孩子，他们乘着简陋的小船光着屁股爬树、跳水、打闹……无拘无束、快活自由。

家中那么多书，唯独这本书让当时仅有三岁的姜抗菌看了再看，只要他回到家就爬上他的膝盖，央求着"爸爸给我讲讲吧"。

"有这种事吗？"姜抗菌听闻，嘻嘻笑着挠了挠脑袋，"行吧，这份情意我记着了。"

这都什么词儿？

姜除寒搂住他的肩膀，父子俩嘻嘻哈哈走在被海水包围迎接着潮起潮落的狭窄小路上。

"等你长大，爸爸也老了，到时你带爸爸过来，所有机票、住宿费，你出啊。"姜除寒掏出手机手臂前伸，按了自拍模式，"来，笑一个。"

姜抗菌在姜除寒即将按动快门的刹那，突然出拳击向他的脸，他没防备下意识地将脸偏向一旁，整个人差点摔进海里，手机刚好捕捉下这精彩一刻。接着，熊孩子抢过手机翻看着照片，边看边蹦跳着笑，像只得了块肉骨头兴奋得停不下来的撒欢的小奶狗。

姜除寒整理着被浸湿的裤脚，冲着姜抗菌吼道："胡闹！"

小孩还在翻看着手机，满不在乎地回："姜除寒，请你控制好你的情绪！你可别忘了咱俩的协议。"

——又来这套！

来来往往的游客们从这对父子身边走过，间或有那么一两位心领神会地笑笑，又迅速离开。

姜除寒夺过手机："你赶紧见好就收，别把我逼急了。"

姜抗菌吸了吸鼻子，仰着头："姜除寒，你和你同事、朋友也这么说话吗？能不能不要总是一副高高在上，一副我领导的样子？我还是个孩子，不是你的下属，更不是你的仇人，你要干吗啊？"

"你……"姜除寒气结。

"在公众场合或其他任何第三人在场的情况下，"熊孩子眯着眼，一副死猪不怕开水烫的样子，"不可以当众批评我。有什么事情，请私下单独和我讲！"

姜除寒牢牢盯着他，随即行李箱一扔，背包也放下来，将手机和钱包艰难地从后屁股兜拿出来塞进背包中，接着后退几步，一个直扑搂住姜抗菌的双肩向沙滩上一倒，父子二人抱作一团，不顾众人诧异的目光在海滩上滚来滚去。

"救命啊！谋杀亲生儿子啦！"

"你闭嘴！"

"人贩子拐卖了！帮我报警啊！"

"还敢说，你还敢说！"

被海水包围着的小渔村沙滩洁白纯净，海水蓝莹莹、绿汪汪的，拍打着岸边大小不一、错落有致的礁石，一座座复古的木屋漂浮在水面上，充满诗意和浪漫，让人觉得自在又逍遥，像是不经意间闯进了童话世界。

父子俩很快滚得全身湿透。

看着拼命和自己扭打的姜抗菌，姜除寒开怀大笑。

这是他从未有过的畅快时刻。

2

出院当天，陶一然给倪好换了药，清点着出院开的拜复乐、擦耳朵口的棉球、酒精等一袋子药品，又叮嘱了一番注意事项。

游云本想过来接她，被她严词拒绝，这太兴师动众，再说游云刚小产，当务之急自然是养好身体。

倪大骏和翟娜提着大包小包先下楼，叮嘱倪好等他们把东西放到汽车里面后，再回来接她。她口头上答应着，见二老下了楼，便也赶紧换好衣服下楼。亲爸亲妈总觉得她虚弱，恨不得租个轮椅推她，但她其实不需要谁搀扶。

陶一然也是够意思，一路陪着她到住院部门口，等候二老的工夫，突然不由分说塞了个东西进她的口袋。

"这是？"

倪好不解地看着他，手伸进口袋，竟摸出张五百元的购物卡。

"阿姨之前给我的，你做手术她慌里慌张的，我不收吧，怕她不踏实。现在你出院了，终于可以还了。"他解释着，"回家后认真换药，记得仔细看患者手册里的'五步换药法'。有什么问题，随时联系我。"

"这……给您，您就收下吧，这次真是帮了大忙。"倪好把购物卡往他手里塞。

他吓得整个人跳开："别别别，这可都是有摄像头的，这不逼着我犯罪吗，都是朋友别见外，丽丽可是叮嘱我好几次了。"

她见他并不是做做样子，笑着将卡片重新放进口袋，说："行，等我回头给你寄好吃的。"

他若无其事地低着头，突然问："上次来的那位年轻女士……是你朋友？"

"游云吗？对啊，我闺密。"倪好警觉地竖起耳朵，"怎么，你认识她？"

"哦，没有，"他极不自然地别过头，"就觉得、觉得……很、很有气质，因此印象深刻。"

"是吗？喂，你可是有女朋友的人。"

他越发不自然，双手插兜："没有，嘻，你想多了。"

她正要细问，却见倪大骏的黑色奥迪驶近，见她站在住院部门口，翟娜赶紧下车，嘴里埋怨着："好好，你又不听话。不是说好了，我们上去接你吗？"

她只得结束谈话，冲陶一然欠欠身钻进汽车。远远地，看到陶一然冲他们挥着手，转身进了楼。她想起那次游云来看她时，陶一然和游云见面时怪怪的样子，不知道是不是她有点多心，竟然觉得陶一然的身影似乎格外地寂寞、孤单。

翟娜紧紧搂着她："终于回家了，等妈妈给你做好吃的。"

倪好依靠在亲妈的怀里，把购物卡递给她："好了，物归原主。"

"哪儿来的？"翟娜也有点蒙。

待知晓了原委，她满意地点点头，把卡收进钱包，笑道："这小子还不错。其实他收下也没任何问题，毕竟还是出了不少力的。"

倪大骏也跟着附和："对，小伙子挺好的，找个机会请他吃顿饭，请他帮我们邀请下姜大夫。要没人家姜大夫，你还指不定在哪里疼得转圈圈呢。人家还那么负责，连第二次手术单都开好了。之前真不该误解人家。"

倪好长叹一口气，心想这怕是难了。

翟娜问："下次复查是什么时候？唉，他脾气那么古怪，就怕他不赏脸。"

"三天后。"她懒洋洋地回答，"不知道会不会拆线。耳朵里好像塞了好大一团纱布，沉闷得很。"

"不疼了对吧？"倪大骏问。

"嗯。"

"那就好，慢慢来。比做手术之前好，就说明是对的。"

倪好点点头，昏昏沉沉睡着了。

醒来时车已在自家停车场停了半个多小时。倪大骏和翟娜没舍得叫她，两人在车里聊天，直到女儿醒。因怕回到倪好家里触景伤情，夫妻俩没敢回她所住的小区，径直回了自己家。倪好愣了一会儿明白过来，装作不在意地跟着上了电梯。

回到娘家的感觉很好。

自从工作后她便搬出去住，周末才回来。有时候工作忙了，一个月也不见得回来一次。她都多大了，这里还布置得像个公主屋似的，窗帘、床罩、衣柜、墙壁……除了洁白的书架和书桌，均是淡淡的粉色，像是她从来没有搬出去过。书桌上一尘不染，地板更是亮得可以照人。

翟娜放下大包小包后便去厨房做饭，倪大骏敲了敲门。

倪好已经换好睡衣躺在床上，赶紧坐起来："爸，进来吧。"

他拎着个米色的帆布袋，里面似乎放的杂志，或者书？他把帆布袋放在脚下，咳嗽两声，开口道："你……联系上鲁长均了吗？"

她低低应了一声："嗯。"

察觉到女儿并不愿意多谈，他表情黯然。

她看在眼里，故意轻松地笑着："爸，你想说什么就说吧，没关系的。"

"我、我就是觉得……"他自责得很，"现在时代不一样了，看新闻啥的，天天都在宣扬男女平等，也许你们俩的事，我、我……我和你妈给了你错误的引导。"

"爸，我和他的事……"她苦笑着，"跟你们真的一点儿关系都没有。"

"怎么会没关系呢，"他愧疚得甚至不敢与女儿对视，"哎，你记得我和你妈是怎么认识的吧？"

从小吃狗粮长大的她当然记得。

倪大骏认识翟娜时，还是个穷小子。

那时他大学毕业没多久。

八岁时，倪大骏父母带他和爷爷奶奶开车去郊游，被一个开着大货车的醉驾司机撞上，纵然倪大骏父亲有多年驾龄，终是没有躲过。千钧一发之际，倪大骏的母亲紧紧把他护在了身下，即便如此，他还是在ICU躺了三个多月才捞回一条小命。

他外公去世得早，外婆听到噩耗，心脏病突发，在去医院的路上人就已经不行了。他醒来时只有伯父在床边，之后便成了他唯一的监护人。倪家所有的财产全都在伯父手里，很快被败得精光，两套房子也连哄带骗地被夺走。伯父伯母有两个儿子，分别大他五岁和八岁，倪大骏度过了一段非常难熬的寄人篱下的生活。

好在他们没有彻底坏到骨头里，还是让他读完了大学。大学毕业，他凭借优异的成绩得到了瑞城一家广告公司实习的机会。即便他勤奋有加，情商也高，但毕竟是新人，又没有后台，脏活累活没少干，整日里被指派来指派去，没少受气。

如果仅仅是这些，他当然能熬下去，有时候压垮骆驼的，仅仅是一根稻草。

他记得非常清楚，那天他直属上司弄错了方案，让他背锅。大老板在全体员工大会上指着他鼻子骂，就差当时直接开除他。他忍着眼泪挨到下班，赶上同事过生日，同事的父母居然亲自来公司送上了生日蛋糕，更有水果、点心、巧克力……一人满满一大份。末了邀请大家去当地最有名的海鲜店吃自助。临走时，更不断地向大家鞠躬说"感谢大家对犬子的照顾"。

二十二岁的倪大骏拒绝了同事父母的盛情邀请，走出公司的大门，在公交车站牌下哭得泪眼滂沱。

大家都说，成年人的世界，没有一个人是容易的。

但为什么，唯独他如此不容易。

过往的路人像看疯子一样打量着他，很快又行色匆匆地走了。

大街上车水马龙，站牌下一辆辆公交车来了又去，去了又来。有那么一刻，鬼使神差般，脑子里突然有个声音对他说：不如放弃吧。

坚持实在太难。

只要使劲一冲就好。

……对，只要迈开脚，一个猛冲撞到车上，就能见到爸爸妈妈了。他们还能认出自己的宝贝儿子吗？会的，一定会。

那该是多么幸福、快乐的时刻。

只要迈出一步……

恍恍惚惚中，他竟真的站起来，就在身子微微倾斜的刹那，突然有个女生拉了拉他的胳膊，然后——他听到来自这世界上最温柔的声音："哎，366路怎么好久都没来？"

他一怔，重新坐回到等候椅上，木然回答着："这站366不停的，得……得走差不多半站路才有站牌。"

"哦。"女生大失所望的样子，默默在他身旁坐下，递给他一包纸巾，还有一杯热乎乎的豆浆。

他明白，女生问路是假，看出他要轻生是真。

…………

一晃二十多年过去，两个人的女儿都长这么大了，他仍记得那天她穿了什么颜色什么款式的衣服，她身上淡淡的茉莉花香，她带着真诚的关爱和担心，忽闪着大眼睛，向他露出世界上最甜美的笑容。她递给他的那杯醇厚浓香的豆浆，后来他跑遍大街小巷，再没有喝到过。

少女翟娜是那么单纯、善良，她担心彼时还是陌生人的他出什么事，强行陪他吃了晚饭，强行与他交换了联系方式，强行与他成了朋友。

此后一路他顺风顺水，两人没有任何悬念地相爱，他用了六年的时间自立门户，娶妻生子。翟娜是他的救命恩人、是他的福星、是他的爱妻，是倪好出生前他唯一的亲人，是他愿意把心捧给她的人。

他宠着她爱着她，把这么多年早逝的父母没来得及给他的爱，把这么多年他从未得到过的来自亲人的信赖、依靠、温暖……所有美好的事物全部都热气腾腾地呈给她。

他和翟娜的故事过于特殊，倪好——他日日夜夜恨不得天天捧在手心里的小月亮，是世上哪个男人都配不上的小公主，美好、纯真、完美……身为女儿奴的他，在知道鲁长均悔婚后，彻夜难眠，开始反思自己的教育，反思他和翟娜对女儿爱情观错误的影响。

不全怪人家鲁长均。

现在的青年男女，倡导自由平等，尤其婚恋生活里，彼此平等，互相尊重，才是长久和谐共处的首要原则。什么爱她就要宠她一辈子，什么网络上流行的为了考验直男朋友是否真的爱女朋友而流传的一系列求生欲、送命题……不过是闲来无事时看看的笑话罢了。

婚姻不是笑话。

它是柴米油盐酱醋茶，是一箩筐的鸡毛蒜皮，是随时随地因为一件特别小的事情就会产生的情绪失控，是两个家庭包括七大姑八大舅在内的没有边界的疯狂试探，是冰冻三尺非一日之寒……是曾经象征着圆满、美好、包容、甜蜜、圆润的爱情之石被磨了又磨，充满了尖锐和攻击。

…………

倪好默默听着，心如惊雷。

自师佑佑和鲁长均找她摊牌后，她曾无数次地反思，无数次地掀开刚刚长好的伤疤，让自己从当事人的角度跳出来，力求客观公正地审思在那段不堪回首的恋情里，她和鲁长均的对与错、是与非。

只是她没想到，原来倪大骏也这么做了，而且他把所有的责任都归咎到了自己头上。

看着倪大骏那般自责，她抓着被子的手慢慢松开，强迫自己挤出笑嘻嘻的表情："爸，怎么算也赖不着您啊。我是成年人，又不是三岁小孩。"

倪大骏痛苦地摇着头："好好，你听我说……"

"不。"倪好拉开床头柜的抽屉，从里面掏出一个装满了糖果的玻璃罐子，那糖果五颜六色的，煞是好看。

她拿出两颗，一颗剥好塞到倪大骏的嘴里。倪大骏哪里会想吃糖，本想躲开，看着她坚持的目光，只得张开嘴。看着倪大骏宠溺的笑，她这才把另外一颗含在嘴里，边吃边含糊不清地说道："您还记得我小时候，总是喜欢吃糖吗？结果有了太多虫牙，偏偏妈妈也喜欢吃。于是你们两个常常偷偷躲起来吃，被我抓到了，你们俩结结巴巴的，骗我说，那不是糖，是辣椒。"

无数个这样的时刻，在客厅沙发的后面，在厨房，在卧室……小小的她，看着爸爸妈妈不断把舌头送出来，吸溜吸溜地喘着气，一副辣得受不了的样子，便真的相信了。

是的，纵然那些有着精美包装的东西看起来像是糖，但肯定不是糖。

否则爸爸妈妈怎么会辣成那个样子呢。

这样的把戏持续上演，直到她读小学，开始识字。

骗小孩子一时，很容易。

骗她一辈子，难上加难。

"爸，小孩子……迟早会长大，迟早会有自己独立的思考和见识。是不是？"

倪大骏语塞。

如果说，之前是父母的言谈举止误导了她，那是父母的责任。可是，每个人成年人都要承担自己应该承担的责任。付出了什么，收获了什么，有什么代价——所有的所有，清清楚楚刻在每个人的心上。

　　别扯什么有的人一生都在治愈童年，什么原生家庭根深蒂固的持续的影响力。

　　科技高速发展的互联网时代，你通过网络，可以买到各类社科、哲学、心理类的专业书籍，你可以直接上国际国内的公开课，哈佛、耶鲁、牛津、麻省理工学院、清华、北大……你有着众多的渠道可以选择治愈童年，修复、完善、提升自我。你可以去医院进行心理咨询，更有众多心理咨询平台可以进行线上咨询……退一万步说，你不知道这样的渠道，个人领悟能力也很差，原生家庭的影响就是你终生无法摆脱的噩梦，但你有同龄人，你有眼睛看向外部的世界，大是大非上总要自己明辨和审思。

　　倪好不想给自己开脱。

　　事有今日，她咎由自取。

　　父女俩干巴巴地坐了一会儿，倪大骏从脚底下的帆布袋掏出本书递给她。

　　那书有着非常简洁大方的封面，白底、淡黄色的底纹，像是某种布的材质，左侧是醒目却并不张扬的酒红色，柔柔软软的，像小牛皮，摸着格外舒服。书的名字叫——《在说"我愿意"之前，必须要问的100个问题》，作者是美国的苏珊·皮维尔。

　　倪好抬起眉毛："这是……"

　　"哦，"他搓着手，"从网上看到的，说是什么婚前必读神

193

书。还有人建议，说民政局应该在每一对新人登记结婚时，强制他们做完这100道题。我想……可能、可能对你有用。"

"哦。好，我一定……我一定好好看。"她轻轻说，"爸，其实我没事，真的。你别太担心……我没有你……想象中的那么爱鲁长均。"

她说的是实话。

"嗯。"倪大骏点点头，这话他是信的。

无数次告诉自己，塞翁失马焉知非福，也许女儿没有与鲁长均结成婚，是好事。未来的事情谁说得准。可是看着女儿如此的憔悴、狼狈，和她单独相处的每分每秒，都像是有人拿着匕首一下一下地扎他的心。他狼狈地站起来，不敢再看倪好，匆匆用手背抹去眼泪，要使劲向上昂着头，才能把眼泪逼回去。

"我去看看你妈需不需要帮忙，"他走到卧室门口，"你再睡会儿，饭熟了我叫你。"不等倪好回应，背身把门关上了。

倪好知道刚才倪大骏在哭。小时候听妈妈讲，她平生唯一一次看到倪大骏哭，是倪好出生，彼时还是个帅小伙的他抱着倪好半蹲在她床边，哭着说"老婆你受苦了"。今天，看着他为了自己的这点儿破事难过成那样，她苦笑着想，自己可真不孝。

呵呵，真好，她还可以自嘲，说明状态不错。

困意已去，百无聊赖之中，她干脆拿起那本"神书"，认真地翻阅着。

作者从家、金钱、工作、性、健康和食物、家庭、孩子、社交活动和朋友、精神生活等九大方面，囊括了情侣或者夫妻们，即将成立一个独立家庭时，必须且不得不面对的，共计100个振聋发聩的问题：谁做家务、生几个孩子、谁养育投入更多、金钱管理、性生活的频率、变心、与对方家庭的相处……都有着非常详细、全面、深入而缜密的讨论：

我们怎样决定花钱的方式？有没有设定一个开支限额（比如五十美元、五百美元、五千美元）超过这个限额的开支就要事先讨论一下？

我有什么志向，你有什么志向，我们彼此对对方的志向感觉自在吗？

对于目前的性生活频率，我们感到满意吗？当我们的性需求不同拍时，我们如何处理？我们性生活过少还是过多？每晚、每周、每月、每年，还是更久？

如果我们当中的一方迷上了别人怎么办？程度不深时怎么办？深深迷恋别人时怎么办？

你与我的家庭目前关系怎么样？你喜欢这样的关系吗？你希望他们与你多一些亲近还是少一些亲近？他们希望你多亲近他们吗？你与我的父母和兄弟姐妹相处愉快吗？

如果我们决定不要孩子，我们彼此对这一决定都可以完全接受吗？如果他（她）改变了主意，那该怎么办？

我对我的伴侣与我的朋友的交往方式是喜欢还是憎恨？在我现在的朋友关系中，有没有对我的伴侣似乎特别好，或构成威胁的？

…………

这100个问题，是年轻的情侣们摸到婚姻的大门前，必须要跨过的——陷阱、迷雾、地雷、荆棘……是无数个绝不能被忽视、急迫得越早解决越好、剖开胸脯直见人心的血淋淋的现实。

可惜的是，这100个问题，绝大多数从未有人与她提及，从未有人教过她，学校、老师、父母……周围的同龄人更不懂，她也从未主动探寻过，所以更别提和鲁长均进行深度讨论。

在书中，苏珊·皮维尔发出对灵魂的沉重叩击："每一个答案，都包含着重要的信息：你和他/她，到底是怎样的一个人，有怎样的想法，你们在怎样的环境中长大，以及你看重什么。"

——鲁长均到底是怎样的一个人，有着什么样的志向，更看重什么？

——她呢？

她不恨师佑佑，即便没有师佑佑，也会有别人。

只不过，师佑佑把导火索提前点燃了。

她看得入迷，直到睡着。

3

游云在床上躺了一周，皮小翔回来了。

其间她几次问老太太王洪路的骨灰到底撒在了哪里，纵然他有再多的不是，好歹是她亲生父亲，她想过去烧点儿纸，点上几炷香，就当是送他一程。奈何老太太一提这事就翻脸，母女俩相处不到两天，老太太便气呼呼地拉着行李走了。

算了，那就这样吧。

她浑浑噩噩地躺了几天，饿了就点外卖，吃了睡睡了吃，估摸着有点儿劲了，不那么虚了，皮小翔也说在家里待腻歪了想回来。她说好，他便连夜坐车赶回来。

几天不见，皮小翔瘦了一些，说是在家里吃不好。

游云叹气。他家在农村，穷得叮当响。母亲早逝，上头还有两个好吃懒做、没钱娶妻的哥哥，靠在县城里给人刷漆勉强度日，兄弟俩跟着亲爹一家三口挤在破破烂烂的两间房，朝不保夕的。皮小翔呢，爹不疼哥哥不待见的，每次回去要么被俩哥哥压榨干活，要么被父亲数落要钱，总会吃点儿苦头。这次他回家，游云给他转了五千块钱，他说除了买了些吃的，俩哥哥一人转了一千块钱，亲爹两千。

游云难得看到他买了好大一袋子的肉和菜。

她只说感冒，躺在客厅的沙发上休息，流产的事情，并没打算告诉他。

皮小翔一边做饭，一边有一搭没一搭地跟她聊天。没多久便摆好了四菜一汤：油焖大虾、蒜蓉空心菜、红烧肘子、蘑菇炒肉，都是她爱吃的。汤是小青菜炖冻豆腐，热腾腾地冒着香气，餐桌上的天花板很快起了一层雾气。

这才是人过的日子啊，游云食指大动。

他像哄小孩子一样扶她起来，一个公主抱把她抱至餐桌前，盛好汤，把汤匙递给她，这才坐下，含情脉脉地看着她。

"哎呀，我们家云云这几天都瘦了，是不是想我想得没好好吃饭饭？"皮小翔的语气宠溺，"快好好补补。"

游云笑，默默吃着。

虾的火候刚刚好，也没老，虾线也都挑干净了，入口爽滑鲜嫩。空心菜他加了点儿乳腐，极其下饭。红烧肘子用香料腌制了半个多小时再小火炖了四十多分钟，肉紧致而易嚼，浇上点儿汁在米饭里，哪怕没有菜游云都可以吃两碗。蘑菇炒肉已然分不清哪个是蘑菇哪个是肉，菌香席卷着猪肉独有的香气，

197

她吃得狼吞虎咽的。

酒足饭饱，皮小翔麻利地收拾好碗筷，打开电视，两人半躺在沙发上。

他的手指缠着她的头发，似乎漫不经心地问："云云，我爸……我爸问咱们什么时候结婚？"

等了一会儿，见游云呆呆的，似乎听到了，又似乎没听到，他怯懦着，又说："我爸说，我们兄弟三人，一个都没娶上媳妇儿，在村里根本抬不起头来。我爸说，今年年底，咱俩把婚事办了，在村子里好好办个酒席。否则……否则……"

"否则怎样？"

"否则……他就不让我进家门。"

他不敢看游云。

这次回去，皮小翔本是不情愿的。但游佳越来了，看得出母女有要紧的事说，他再不懂事也知道这个时刻最好回避。本来想找个网吧或者小旅店，凑合待上几个晚上，奈何亲爹打了好几天的电话要他回去，他推了好几次，亲爹翻了脸，说如果他再不回去，就带着大哥、二哥找过来，他顶不愿意游云见到他家人，只得连夜买票。

窗外是急速闪过的黑乎乎的一团团黑影，有楼房有树木有田野……戴上耳机，Justin Timberlake熟悉的声音传入耳内：

If you miss the train I'm on

You will know that I am gone

You can hear the whistle blow a hundred miles

A hundred miles,a hundred miles

A hundred miles,a hundred miles

You can hear the whistle blow a hundred miles

Lord,I'm one,Lord,I'm two,Lord

I'm three,Lord,I'm four,Lord

I'm five hundred miles away from home

Away from home,away from home

　　这首*Five Hundred Miles*是皮小翔的最爱，难过、压抑、沮丧、焦虑……所有的负面情绪混在一处乃至生无可恋时，能最大限度地安抚到他狂躁的心。它是他的安抚剂，也是止疼片。

　　皮小翔的亲爹叫皮大奎，老头对于自己的后代有着非常执着的安排：老大必须是个女儿，老二只能是弟弟。这样的话，女儿听话、能干，可以帮全家做家务，种种地、做做饭，把弟弟抚养长大。将来大了，出去打工赚钱，还可以给弟弟们赚大学的学费。待到了嫁人的年龄，再拿到婆家一笔彩礼钱……算上夫妻俩攒的钱，儿子娶媳妇盖房子的钱，都有了。

　　试问谁家不想要这么个小棉袄呢。

　　皮小翔的妈不过也只是个农村妇女，她讲不出更多的大道理来，只隐隐觉得这样做对女儿何其不公平。想了再想，也只是问他："这样的话，谁敢投胎到咱们家？"

　　皮大奎气得吹胡子瞪眼："女儿嘛，是贴心的小棉袄，村里老赵家、大邢家还有小朱家，不都是这样吗？日子照样过得红红火火。"

　　可天不遂人愿，老大就是个儿子。

　　他唉声叹气一年多，想着算了，没关系，女儿是老二也行，哥哥妹妹差不了一两岁，好好教育的话，妹妹也能做姐

199

姐。没想到盼星星盼月亮，老二还是个带把儿的。

他气得把那贼婆娘打了一顿，肚子也太不争气了。谁能想到她竟然赌气一个人跑到镇上做节扎，他直接撵上扛了回来，还砸了医院的门。回家揍了她一顿，又连哄带骗，说只要生个女儿绝不再生了。再说，有了闲钱，剩下的都给女儿嘛，不会彻底亏了她的，毕竟还指望她养老呢。不知道是被打怕了，还是认了命，她没有再跑。

怀老三时，他带着媳妇儿去了黑诊所，医生盯着B超上的屏幕再三保证是个女儿，他欢天喜地地带媳妇儿回家养胎。奈何计划生育，街道天天查，只得东躲西躲。临产时医院也不敢去，只能继续去那家黑诊所，没想到老三是个臀位，难产，好不容易生出来，媳妇儿却产后大出血，连个遗言都没留下。

皮大奎真是一把屎一把尿把仨儿子抚养长大，还好有两边老人帮忙，兄弟三人磕磕绊绊总算长大了。兄弟三人，只有皮小三，也就是皮小翔脑瓜子灵，考上了好大学。老大天生脑袋里少根弦，做啥事情都慢一拍，考试从来没有及过格，勉强读到初中就退学了。老二呢，倒是不傻，可从小学五年级就开始跟街上的一帮小混混们鬼混，天天逃课，初中都没上。

老大老二慢慢长大，也不能天天鬼混，靠着亲朋好友介绍，偶尔做些杂工，加上政府扶贫，养些猪、鸡、鸭什么的，其实也能攒点儿钱。但那些牲畜稍微长大一点儿，就被父子三人打了牙祭。父子三人又个个懒得生蛆，今天喂明天不喂的，死的死病的病，哪还能剩下啥，只能全家省吃俭用，加上皮大奎打工赚来的钱，勉强够皮小翔上大学。

皮小翔自小被父亲管得严，又常遭两个哥哥欺负，饿一顿饱一顿的，他常常想，是哪里来的动力让他考上的大学呢？是一定要离开那个破破烂烂两间瓦房的力量，离开那个穷困潦倒家的力量，绝无其他。

到了繁华的市区，皮小翔才知道人与人之间差距有多大。

很多事情，并不是你刻苦就能够改变的。

大学里读书总觉得力不从心，乡村教育和一二线城市的教育相差甚远，他连英语都不敢大声读，一张嘴，大家就笑他。看着室友们一个个穿着名牌衣服、鞋子，几乎人手一套笔记本电脑加平板，食堂里打饭、买奶茶跟不要钱似的……不像他，下午没课就去奶茶店打工，早上一袋牛奶一根油条，中午一盘炒菜，米饭不限量，到了晚上就干脆饿着。大学倒是可以申请贫困生补助，班主任找他谈了两次，他抹不开面子，怕宿舍的人知道了更加看不起他。

自从上了大学后，也不知道谁给皮大奎出的主意，老头三天两头打电话，希望他赶紧"找个条件好的姑娘，谈恋爱"。

老头说："小三啊，你听爸的话，一定要找个家里有钱的，这样家里就有指望了。"

他没想到老头能这么直接。

可能老头也看出来指望他短期内成功致富是不可能了，只能寄希望于他的外表。

是，皮小翔长得帅。

可帅在大学里显然当不了饭吃。

跟姑娘们在一起他连水果都买不起，人家上上下下打量他几眼，哪个不明白是怎么回事？老头等了几个月，皮小翔这边一点儿消息都没有，气得来了趟学校，这次说的话就更直接了："要不你经常去夜总会转转？我听说很多小富婆都喜欢长得帅的。"

见他不吱声，老头照着他的脑袋就是一巴掌："你想想你两个哥哥是怎么打工赚钱省吃俭用给你拿学费的？他们后半辈子咋过？"

皮小翔不知道是该生气，还是该暗自庆幸自己不是个女孩子，否则可能早就不知道被卖到哪里去了吧。

他一直自卑，家里条件差成那样，他哪里敢追求女生？那不是拉着女生往火坑里跳吗？喜欢上游云，其实挺偶然的。那是一次下了公开课，下楼梯时他发现鞋带开了，想也没想蹲下来系，突然伸出一只手抓住他的胳膊往墙边上拉了拉，他回过头便看见游云清澈如水的眼睛。

"同学，这儿太危险了，后边的看不到会把你撞下台阶的。"

她冲他笑笑，转头走了。

他像是被电击般很久没动，游云的鼻子以上，好像妈妈。家中保留着妈妈唯一的一张照片，因为之前的都被两个哥哥撕掉了。他怕这唯一的一张也被破坏，宝贝似的用一块不知道从哪里捡来的破布头，擦干净后包起来，小心翼翼地放在墙上一块活动的可以抽出来的砖头里面，想妈妈时就偷偷拿出来看。

她的气质也像妈妈，眼睛最像，笑时抿着嘴角，无数次在他的脑海里回放……或许，她并不像妈妈，她不过是皮小翔接触的所有异性中唯一的一位——给予了他所能接收到的最大善意的人。

自此之后，他便千方百计打听关于游云的一切。

可他不敢明目张胆地追求。

他所能表达的爱也卑微得有限。

打听到她所有的课，提前占好座位。知道她喜欢吃释迦

202

果，他买不起太多，花三十块钱买上一个，再加一个两块钱的棒棒糖。他找老师申请了贫困生补助，又去一家手机店兼职卖手机，总算不那么窘迫。他喜欢看她每天戴不同的发带，商场里最便宜的也要一百二十块钱，他狠了狠心，买了一个送她，还请求老乡父母来学校看老乡时折了一枝怒放的桃花，塞到她怀里就跑。知道她喜欢胡歌，拜托了打工店里的老板七托八托要来了签名……他曾想过，哪怕她说出一句"请你以后不要这么做了"，他便再不在她眼前出现。

没多久有个外校的男生火热追求她，他以为自己终将与她失之交臂了。没想到，她竟然接受了他的告白，甚至在那人面前与他甜蜜热吻，激动得他当即抱起她转了几个圈圈。

那个男生终于黯然离去，再没有出现过。

真是老天爷不灭瞎家雀儿。

游云看上去就像个富家女。

这点，皮小翔从来没有否认过，这可能也是他当初下定决心追求她的一个重要因素。

甚至之后两人开玩笑，游云问他："你到底喜欢我哪一点啊？"他还曾经大言不惭说："喜欢你是个有钱人呗。"

她咯咯笑着，很是没心没肺。

她还那么善良、善解人意。吃饭时，她怕他难为情，怕他伤自尊，总假装自己点多了，把好吃的肉菜往他面前塞。更无数次，偷偷把钱塞到他的书包中、裤兜里。

是爱吗？也许是，也许不是。也许更多的是当时困苦不堪的生活里，突然从黑暗里投进来一道光。

是的，她是那道光。

要是真的，能够娶到她……就好了。

无数次，皮小翔曾发自肺腑地这么想。

…………

游云没想到皮小翔又开始变着法子地求婚。她默默看着皮小翔，不知道他想些什么，在心里哼了一声，挣脱他的怀抱，往边上躺了躺："我以为，我早就拒绝过你了。"

他从回忆中回过神来，奋力辩解着："我以为是你觉得我表现不够好，这几年我其实……"

"小皮，"游云打断他，"我说我是不婚主义者。你当时，是接受了的。"

"但你不可能一辈子不结婚吧？"他振振有词，看得出提前做了各种试图说服她的准备，"我以为你就是说说。再说，你不想结婚，是因为你爸妈过得不幸福，可我绝不是那种人啊。这么多年，你又不是不了解我。而且，云云，我发誓，我绝不会出轨，如果我做了任何对不起你的事情，我不是人！"

他半蹲下来，从屁股兜掏出枚戒指，那戒指小小的、亮闪闪的，而他深情款款地说："给我们彼此一个机会，好不好？"

她歪头打量着他，他真是长得又帅，又真的蠢，说的话槽点太多，她一时竟不知道从哪里反驳。

见她没有像之前那般直接拒绝，他眼中闪过一丝惊喜，继续道："我爸说，结婚的话，可不能挤在小破屋里。但年底就办事的话，怕是现盖也来不及。刚好他有个朋友着急卖房，三层的小楼，我爸问过了，才66万。要是我们付全款的话，价格还能再谈。"

他边说边察言观色，游云的脸除了有些苍白，也许是没吃好睡好的缘故吧，看不出悲喜。既然没有像往常那样提到结婚就翻脸，应该是有机会的吧。他犹豫了几秒，又说："……有了楼房，我爸说，我大哥二哥也能娶上媳妇，以后村里没有任何人瞧不起我们了。"

他往她跟前蹭了蹭，低头便吻上去。游云想躲，被他用手从后面托住头，那吻从嘴角探到她细腻的脸、眉毛、再到耳朵，他闭着眼，意乱情迷地，拿着戒指的手神不知鬼不觉地将戒指往她无名指上套。

她一个激灵，从他身下闪过，半蹲着躲过他的身体，整个人差点儿跪在地上。她强撑着站好，斜倚着墙，冷漠地看着他。

——呵，他怎么可能蠢呢。

他不过是故意装蠢，迎合着她，积蓄力量等待时机罢了。

只是，她不明白的是，到底是他高估了她对他的爱，还是他低估了她的情商，抑或智商？

回他们老家办婚礼？

穷得连买内裤的钱都管她要，是谁给的他自信和底气，觉得她肯嫁给他？肯给他们全家花六十多万买楼房？

既然他那么爱演戏，索性大家一起演好了。一个计策突然涌上心头，她关了电视，用手掩住脸："我妈这次来，你知道是因为什么吗？"

把戏被人识破，他倒是不演了，站起来把戒指重新塞回口袋，不屑地"哼"了一声："能有什么事，叫你跟我分手呗。"

"但……这次，"她皱眉道，"可能我说完，你就不会那么着急求婚了。"

"什么？"他心不在焉。

"我爸公司资金周转出了点问题，消息不知道被谁传出去，债主纷纷上门，资不抵债，现在已经申请破产了。这个四合院……估计过不了多久，就要被收回去进行清算。"

她语速缓慢，生怕他听不清似的，换了悲凉的口吻："他老人家一时悲愤，吃了安眠药，虽然紧急送到医院，但太晚了，脑部严重缺氧，一直没醒过来，医生说很有可能成为植物人。ICU一天就得好几万，我这几天已经把所有的积蓄全都转给我妈，给他治病了。"

这个消息信息量太大，对皮小翔的打击着实过大。他难以置信地瞧着她，嘴巴都在抖："你……你说的、说的都、都是真的？"

她别过头，再看向他时，流着眼泪，没点头，也没摇头。

——原来我也可以有如此精湛的演技，她默默在心里给自己鼓掌。

他信了。

整个人如丧考妣，所有精气神儿都被她的话抽走似的，像是只要用手轻轻推一推他，便会如一棵枯树般轰然倒下。

她装作没看到，走到餐桌前给自己接了杯热水，喝了大半杯，为难地说道："这个店，我估计法院的人很快就来查封了。所以你看……你那里还有钱吗？能不能转我点儿救急？"

换她在他面前蹲下，哀求着他："这些年我没少给你钱，你能不能先还我一部分，等我赚钱了，再补给你，好不好？"

4

这次旅行，本来姜抗菌还故作乖巧地拿了语文听写本，被姜除寒拿掉了。

玩，就痛痛快快地玩。

学习，就踏踏实实地学习。

好不容易父子单独旅行，带什么听写本，才三年级，大不了回来再补嘛。

没有了学习的压力，每天就是吃喝玩乐，父子关系自然亲近很多。

姜抗菌其实挺省心的。

不乱跑，人多的时候紧跟着他，所有的游玩项目都愿意试一试，勇于冒险，绝不娇气。他去买饭姜抗菌乖乖占着座，等他回来了才下筷子。不挑食，有什么吃什么，也懂得照顾他的口味。晚上回到酒店，他处理工作上的事情，熊孩子就乖巧地趴在桌子上看书，或者画画、看电视，偶尔吵着用他手机玩游戏，除此之外很少烦他。

在仙本那探岛、潜水、游泳，见到了小孩儿心心念念的巴夭族的孩子……停留了几个晚上后，他们从斗湖机场直奔亚庇，看漫天萤火虫。然后直飞新加坡，环球影城主题公园、滨海湾花园、摩天观景楼、夜间动物园……处处留下了父子二人的欢声笑语。

飞瑞城的前一晚，父子二人在酒店的房间玩枕头大战，打得不亦乐乎。打累了两个人瘫倒在床上，姜除寒忽然看到了班主任发来的微信，说是学校正在举办作文大赛，希望姜抗菌可以趁着这次旅行写篇作文，优秀的文章还会推荐到校报发表。

他觉得不是坏事，于是转头对姜抗菌说道："咱们出来这么多天了，什么事情印象深刻？你写篇作文呗。"

小孩不是很情愿，嘟囔了几声。

姜除寒怒道："你爸我挺够意思的。当初你还要带语文听写本是吧？怎么，让你写篇作文，练练笔，委屈你了？你听没听过一个教育家说的话，"他边说边从背包里拿出本横线本放在桌上，"好像是……好像是叫……王人平，对，王人平，他说一个孩子阅读和行走的范围，就是他的世界。你得把你的世界记录下来。"

这话是他早上刷微博时，看到一个同事转的，现学现卖。

"再说，"他摸了摸小孩的头，"能发在校报上，据说还有稿费。"

小孩本想用同居协议里的内容进行反抗，但在脑袋里搜罗了几圈，发现自己找不到理由反驳，只得垂头丧气地坐在桌前，一边咬着铅笔头一边写。

姜除寒满意地点点头，还不忘叮嘱："记住，要写出真情实感。"

一个多小时过去，他处理完邮件，发现小家伙把本子、笔扔在了床上，正津津有味地看书。

"这么快就写完啦？"他躺到床上，伸手去够横线本，"你啊，就是每次把困难放大。这不挺快的嘛。"

作文不长，小家伙语句凝练，字迹也还算工整，就是错别字太多，有些字他要反反复复看好几遍，才能明白什么意思。

（作者注：因为错别字太多，为了方便大家阅读，下文已经将错别字改好）

《我的爸爸是个害人精》

我的爸爸是个害人精。

什么？我怎么能这么说自己的爸爸？呵呵，朋友们，这是因为你们不了解他。你听我细细道来。

这几天，爸爸带我去马来西亚仙本那的一个小岛潜水。没想到一时大意，错选了一个水特别浅、海胆贼多的地方，可是已经来了，有什么办法呢。

我换好了泳衣游泳，觉得很无聊，就留意起海水里的海胆：它们有的在海水中滚来滚去，有的安静地躺着，还有的随着海水的晃动而不停舞动呢。

我正专注地观察着，突然游过一头大海龟，说时迟那时快，我爸爸冲上去就用相机拍照，但他忘了我还在旁边站着，一个猛冲就把我撞倒了。是的，他拍到了完美的照片，而我的身体却失去平衡，直直倒向海水里，脚直接踩到一个全身都是刺的大海胆上，就像踩在了刺猬身上，瞬间钻心的疼痛袭来。

我抬脚一看，发现脚底扎满了密密麻麻黑黑的刺。

爸爸可真是个害人精！

我都怀疑我是不是亲生的了，为什么掉下去的不是他！我本来在那里好好地站着，我招谁惹谁了？哼，出发前，他还说，会好好照顾我，他也不怕风大闪了舌头！他不害我就不错了，我还能说什么？我都担心，我是不是能够平安回到家里。

唉，我痛得要命，赶忙爬上船，在大家的帮助下，一点点把刺拔掉了。我爸爸还一直笑，丝毫没有一点儿疼惜的心。

哼，敢情疼的不是他。

要知道，有些刺特别顽强，怎么拔也拔不掉。我可怜的脚啊！我真想从海里抓一个海胆甩到我爸爸身上。

导游叔叔说，他有个好办法，把尿涂在伤口上，能让刺变软，还可以止痛止痒。

尿？我怀疑自己听错了。没想到导游叔叔说完，我爸就飞一般上了厕所，接着笑嘻嘻地端着个接满了尿的纸杯回来。他全然不顾我怀疑和嫌弃的眼神，按着我便把尿强行抹在我的脚上。

话说也真是神奇，抹上去的瞬间痛痒便消了大半，但我还是很生气。

我爸说："你怎么不说谢谢呢？要不是我贡献自己的尿，你指不定多疼呢。"

我说："对，要不是你，我还掉不进海里，不会被海胆扎呢。"

他哼了一声，没理我了。

你们说，我爸是不是害人精？

··········

姜除寒的心在滴血。

姜抗菌笑得十分得意，就差学大猩猩捶胸口了。

姜除寒骂道："你个小浑蛋，我带你玩得这么开心，你就记着这个了？你怎么不写环球影城门票就要一千八百块钱，你知道这次旅行花了你爹我多少钱吗？我上辈子欠你的，你写这个？给我重写！"

"是你要我写出真情实感的！"小家伙把床当蹦蹦床，在上面跳来跳去，"我才不重写呢！再说，我刚才已经用儿童手表拍照，发给殷老师了。"

——殷老师？班主任殷苗？

就、就这么发过去了？

姜除寒抓着头发，想给姜抗菌跪下。

他不是姜抗菌爸爸。

姜抗菌是他爸爸才对。

5

倪好出院后的第一次复查是在周二上午，人民医院针对出院的患者在办理出院手续时，医生便已经把号提前预约上了。

她是2号，极为靠前。复查那天，她独自拎了个帆布包，在挂号机上付款、取了号，便坐电梯上了三楼耳科诊室。

姜除寒的诊室非常好找，紧挨着护士站，16诊室。

候诊大厅乌泱泱地坐满了人，她拿着社保卡和挂号单，找个角落坐下来。连她自己都说不清该如何形容那一刻的心情：有些焦虑有些紧张，有些迫切也有些迟疑。希望他老人家今天心情不错，希望他可以大人不记小人过、宰相肚里能撑船，希望他能忘记那天她对他的无礼和粗鲁，希望他没有被姜抗菌拿她起草的《父子同居协议》折腾……

在复杂的心情中等了又等，不知道姜除寒故意还是系统出了问题，叫完了1号患者，竟直接叫了3号，接着像是故意跨过她似的，4、5、6、7……慢慢叫到15号，依然没有叫2号的意思。

她几次站起来探着脑袋往里看，只见穿着白大褂、戴着口罩的姜除寒要么在咨询病情，要么在给病人进行检查或治疗，只得讪讪退下。

她是带着恨不得负荆请罪的态度来的。哪怕被他讥讽、惩罚一番也是好的，即便人家拒诊也是人之常情。接受了这一点就不那么难受了。好在手机有着足够的电量，她默默刷着手机，时间飞速流逝，叫到26号时已经是十一点四十五分，眼看着候诊大厅没几个人，倪好急了。

故意跨过她没问题，最后一个看也没有问题，怕只怕被姜除寒彻底无视。微信里，翟娜、倪大骏、游云，甚至是侯丽丽都发来了微信，问她复查怎么样。她正要上前敲门，突然一个杀猪般的叫声传来。

"哎哎哎哎哎，亲娘啊，哎哟！"

"医生，医生！救命啊！"

"妈呀！疼死我了！"

一位四十来岁的男人捂着耳朵，身体向左侧斜着，骂骂咧咧一步一晃地从电梯口走过来。他穿着件黑色的加棉外套，那外套看起来有点旧，也许因为材质的问题，沾了什么动物的毛。头发乱蓬蓬的像是很久没有洗，一手紧紧捂着耳朵，脸因为疼痛极度扭曲着。

护士站的值班护士匆匆赶来："先生，您怎么了？"

男人依然歪着头，手指疯狂地掏着耳朵眼儿："蟑螂，蟑螂进去了。"他哭丧着脸，"医生呢，快点儿帮我找个医生。"

他这么说着，一眼瞧见了离着护士站最近的姜除寒的诊室，不由分说横冲直撞地推开门，见姜除寒正给一位女患者检查耳朵，几乎要哭出声，直接瘫坐在姜除寒脚下："医生，救命啊，蟑螂！求求你，还在……啊……我问候你祖宗！还往里钻。"

那女患者吓一跳，赶紧站起来紧靠在墙边。

"姜大夫，"护士也跟进来，"您看，是您处理下，还是……"

姜除寒戴着一次性的无纺布医生帽和医用口罩，只露着两只眼睛，倪好看不出他的表情，只见他犹豫几秒，说："没事，我处理吧。"继而冲着地上的患者，"来，坐好。"

男人小心翼翼地挪过去，似乎那蟑螂在不断往里钻，他疼得龇牙咧嘴的："医生，我疼啊，求你救救我。"

"坐好，深呼吸，不要乱动。"

男人侧着身体屁股刚挨着板凳，嗷一声整个人跳起来："天哪天哪天哪！医生，它……又往里钻啊，啊啊啊……"

"蟑螂再动，你都要忍住不动，否则，"姜除寒无奈地摊开手，"我只能等到你能配合时再处理。"

"能能能，医生，我能配合。赶紧处理吧求求您了，"男人紧闭着眼睛，"我能。"

"侧头把耳朵眼儿朝上，我往里面滴点儿麻药，直接取它会不断往耳道里钻，到时更疼。"

男人忙不迭地答应着："好的好的，只要您能让它出来，我都听您的。"说完他左耳朝上，两手紧抓着桌角，仍咬着牙，跟要大刑伺候似的。

倪好也跟着捏了把汗。

姜除寒轻轻扶住男人的头，右手不知何时多了个小药瓶，对准男人的耳道，正要点进去，余光中不经意间看到倪好，手一哆嗦药水滴了个空，直落在地上。

倪好讪讪地举起左手，讨好地冲他挥了挥。

他像是没看到，漠然地低下头，捡起那小药瓶重新对着男人耳道滴进去。伴随着男人嘶嘶吸凉气的声音、"哎哟"叫喊的声音、两脚使劲往地上跺的声音……大概有几秒，也许十几秒，男人露出惊喜的表情："神了。"

他晃晃头，跟打了胜仗向将军报喜的小兵似的，喜气洋洋的："不疼了，大夫。嘿，它不动了，也不钻了。"

"现在只是将蟑螂麻晕了，"姜除寒取过一旁的额镜[1]戴在头上，"别动。"

男人老老实实坐着，蟑螂不往里钻，他的配合度更高了。很快，姜除寒用镊子将一只褐黄色的蟑螂夹了出来。接着仔细看了他的耳道，说："鼓膜完整，不过有些划伤，开点儿滴耳液吧。医保卡给我。"

"哦哦哦，好，"男人毕恭毕敬地把卡递过来，"医生，我家三口人，您说这蟑螂怎么单往我耳朵里钻呢？"

姜除寒接过卡，一本正经："运气不好。"

男人嘿嘿笑着："运气？嘻，瞧您说的。"

姜除寒打了几张单子出来，并没有理会他："去缴费吧。"

男人拿过单子边看边往外走，走到门口处却突然折返："医生，您是不是搞错了，才取个小虫子，就收六十六块钱？你们医院想赚钱想疯了吧？"

他一改刚才求诊时低声下气的语气，目露凶光。门外围观的四五个人，包括倪好，都有些惊讶地看着他。

姜除寒是副主任医生，挂号费六十块钱，医保报销二十，六十六减掉四十的挂号费，二十六块钱的检查费、药费……如此短的时间内，将蟑螂取出来，让刚才鬼哭狼嚎的他现在终于恢复成正常人，这钱显然并不多。只是听这男人的意思，他并不是很想交。

姜除寒倒没多大反应，像司空见惯一般，语气淡淡地说："你觉得贵，能理解，按我说的做，钱可以不用交。"

男人一听不用交钱，惊喜地："真不用给钱？"

"对，蟑螂刚才只是被麻晕了，一会儿就能醒，我再重新放进去，也不收你钱。这事就当没发生过，好不好？"

男人一时没听懂，待琢磨过味儿来，当即变脸："你这医生什么态度，我要投诉你！你们领导呢，我要找你们领导！"他咆哮着，也许为了泄愤，也许为了表达自己的态度，一脚踹在检查椅上，那椅子直飞出去摔在墙上发出"砰"的一声。男人不顾众人惊讶的目光，摔门而去。

众人哪里敢拦，纷纷让出一条路来。

倪好只觉气血上涌，等她醒悟过来时，已经站到了过道中间，拦住了男人的去路。

　　也许她的确有几分热血豪情，也许是为了将功补过，给姜除寒留下个好印象，让他对自己的认知有个改观，也许是因为她相信不会有太大的危险——毕竟，在医院这样人潮拥挤的公共场合下，绝不可能有太大的人身安全问题。

　　男人打量着弱不禁风的她，冷笑着："呵，怎么着，你这是要拦我？"

　　"对，拦你怎么了，"她强行给自己壮胆，"这位先生，您刚才情况紧急，大夫不由分说第一时间为您治病。您钱没带够可以直接说，哪能不讲道理呢？您去饭店吃饭也吃完了嫌贵，不付钱转身就走的吗？"

　　"怎么着，我欺负你相好的了，男的窝囊不敢吱声，派你这个老娘们儿出来了吗？你算哪根葱！"

　　姜除寒心说不好，刚站起来，便听到啪的一声，等他追出去时，男人早没影儿了。倪好半弓着身体，头发凌乱，一手捂着耳朵，表情痛苦。

　　他叹口气，走过去扶她起来，气急败坏地问："打的哪边？"

　　她的心一动，这声音着急中透着关切，他的目光如炬，看得她从脸一直红到耳朵根，像是刚刚徒步爬上了一个直上直下的大陡坡，心跳开始怦怦怦地加速。他的眼睛清澈明亮，那般深情和专注，目光像是锁在她身上般，有着道不尽的担心。

　　这样似曾相识的目光，在大学校园里，追求者众的她随便走到哪里，都会收割一拨又一拨。她对自己的美貌，还是很自信的。这么多年，即便是工作以后，她的身边也不乏追求者。

更何况，今天她特意找了化妆师上门给她化了个极有心机的伪素颜妆，精致清爽，明亮水润。

她正胡思乱想，却见姜除寒认真地检查着她耳后的伤口，皱眉道："我得提前说好了，如果打的是做手术这边的耳朵，你可不能迁怒于我，说我医术不精。"

呵呵。

倪好想扇自己一个耳光。

原来是她在自作多情。

她错了，她不该这么自信。

只是，连她自己都不清楚为什么，得知他在乎的只是他手术的"杰作"有没有被毁，竟隐隐有种莫大的失落。

为了维护他还挨了打，没想到他不但不领情，还担心被人质疑他的医术，又白白等了那么久，倪好越想越委屈，眼泪说来就来，当即挣脱掉他的手，怒道："不用你管。"

"行，不用我管。"他松开她，待看清她捂着的耳朵并不是做手术的那侧，松口气，"你什么时候来的？"

他不提这个还好，她气呼呼地说："我八点就到这里了，就算……"她咬着牙，"就因为我之前误解了你，口出不逊，所以故意不叫我的号？没想到你这么小心眼儿，你是不是还打算拒诊？"

他一脸疑惑的样子，似乎没听懂。

她越发生气，拿出手中的挂号单："我是2号，你从1号直接跳到3号、4号，一直到刚才的26号，本来8点多就能看上，结果一直等到中午，你不是故意是什么？"

他不气反笑，抓住她的胳膊："来，你来！"

她挣扎着不肯，却被他拖着走，围观的人诧异地看着他俩，议论纷纷的。她不敢再激烈反抗，踉踉跄跄地跟在他身后，直到护士分诊台他才停下，指着电子屏上的一行大字"请所有患者到护士分诊台扫码报到后，等候叫号"——说道："你不扫码报到，我怎么叫号？"

——扫、扫码？

原、原来是要报到的啊。

呃……

太丢人了。

他哼了一声，拿过她手中的挂号单递给护士："小赵，扫下码。"

护士询问的目光看了眼倪好："姜大夫，这是……您朋友？"

"不是，"他一脸嫌弃，"一个不识字，也没见过什么世面的患者。"

倪好无语。

护士捂嘴偷笑，以为倪好是他的熟人，麻利儿地扫了码，将挂号单还给他："正要问您呢，刚才那个患者，要不要报警？"

他沉默几秒，低声问："需要报警吗？"

她摇头。

最近发生的倒霉事实在太多，她不想再生事端。

他凝视着她，目光像是把火，落在哪里，哪里便被引燃似的，看得她整个人都在发烫。

终于，他说："跟我来。"

她低着头，乖乖跟在他身后重新回到诊室。

大厅里的患者已经看完病离开，已是中午，哪里还有什么人。

她默默地坐在检查椅上，那个无赖男人一巴掌扇在了她的左耳上，连着头皮、半个脑袋加半张脸，都火辣辣地疼，但此刻，顾不得这些了。她为自己再次误解姜除寒而愧疚。

他身上好闻的药水味像是一股安抚剂，她偷偷地闻着，脸似乎不那么疼了。

"恢复得不错，"他说，"把头转过来。"

她一惊，以为他发现了自己偷嗅的秘密，哪里敢看他。

一根冰凉的手指不由分说往上托了托她的下巴，她的肩膀一颤，竟不由自主地往他相反的方向躲了躲。

他不满地："刚才不是挺胆大吗？无赖都敢拦。怎么，现在怕我了？"

她仍红着脸不说话。

"一会儿可能要疼下，不要动。"

"好。"

他先用酒精棉球在她的耳周消毒，接着一手轻轻按在她的脖颈，另一只手拉住堵在她耳道外的纱布头，刚动一下，她忍不住"嗷"了一声，动还是没敢动的。他瞥了她一眼，试探性地又拽了拽。

一只手仍按在她的大半边脸上，另一只手拽着留在耳道口外部露出头的纱布，只听呼哧几声，伴随着一股钻心的疼痛，一条浸满了血的纱布条从她耳道拖出来，温热的血从耳洞里汩汩流出。

她闭着眼，咬着牙，仍是一声没吭。

他赞赏地看着她，一边拿工具掏她耳朵里凝固的血块，一边问："《父子同居协议》是你帮姜抗菌写的？"

她心里咯噔一下。

姜抗菌这个叛徒，果然把她出卖了！

请她写时嘴可甜了，拍着胸脯，说什么"姐姐你放心，就算是我爸把刀架在我脖子上，我也绝不会出卖你"。

呸！

就知道不能信那熊孩子的话。

眼下，她为鱼肉，他为刀俎。

他似乎故意在这个她动也不敢动的节点问她问题，耳朵在汩汩冒着血，她整个人似被点了穴道般全身僵硬，企图装糊涂蒙混过关："什、什么父子同、同居协议，没、没听说过。"

他笑笑，没再难为她，拿酒精棉球按了一会儿她的耳朵，直到没有血流出，换了新的酒精棉球进去，这才松开。

"回去继续每天消毒，"她没有鬼哭狼嚎，他很满意，随即递给她几张检查单，"缴完费把第二张单子拿给我，下周准时复查。"

"哦。"

很快，她缴完费将他要的单子放在桌上。

他没抬头，只说："可以走了。"

她答应着，却并没有离开。

好一会儿，他整理完电脑桌，像才意识到她没走似的："有事？"

"嗯，就是，就是……"她结结巴巴的，"那个……我、我、我……"

他不说话，意味深长地看着她。

"那个，"她低头看着地面，"我……我再次为之前的粗鲁和无礼，向您道歉。我、我想、我想……我们全家，想请您吃顿饭，您看可以吗？"

219

“吃饭吗？”他成心揶揄她，“怎么看上去跟要奔赴刑场似的？”

她打定主意，不论他今天说什么，她都要忍，于是仰头迎上去一个大大的笑脸，只是那笑容着实勉强，看得姜除寒心中有点发毛。

“饭就不吃了。再遇到类似的情况不要那么莽撞。没多少钱，犯不着跟无赖较劲儿。”

她不服气：“那就任由他不付费，直接走人？如果每个人都这样，医院还怎么开，谁愿意当医生？”

他愣了几秒，似乎不太相信这话出自她的口，好一会儿，才说：“我竟不知你还有这么强烈的正义感。如果每个人都这样……”他重复着她的话，“那我就赌——绝不会有那么一天，也绝不会有那么多人都这样吧。”

她呆呆地看着他，深受触动。

“请问姜除寒在吗？”一位快递小哥穿着工作服，手捧一大束鲜花和一个蛋糕盒敲了敲诊室的门。

“在，我是。”姜除寒收拾完桌子，准备往外走。

“这是您的鲜花和快递，请您查收。”

“我的？”他有些意外。

“您手机尾号是2679吗？客户刚才还一直催我，让我抓紧，怕您下班找不到您。”

“嗯，是。”

“麻烦您在这里签收。”

姜除寒默默签完字。

那鲜花用一个精致的小藤筐装着，进口的公主香、郁金香、桃红玫瑰、洋甘菊、向日葵、蜡梅、洋牡丹……看得出价格不菲。另有一个精致的卡片插在上面，姜除寒拿过来，只见上面写着：

姜大夫，谢谢您，妙手回春救了我的命。请您吃蛋糕！

您的患者——莱莱

他脸上的表情，倪好永志不忘：柔情的、灿烂的、宠溺的、惊喜的……

她痴痴地看着，他说得对，绝不会有那么一天，也绝不会有那么多患者都是无赖。

是的，绝不会。

她看得正出神，他已经拿着鲜花和蛋糕往外走，经过她身边时瞪了她一眼，继续刚才的话题："……而且你拦那个无赖，我也不见得就会感激你、领你的情。"

她可怜巴巴地跟在他身后："没关系，都是我自愿的。"说完继续狗腿，"那，今天能赏脸吃个饭吗？

"没空。"

"明天？"

"没空。"

"后天？"

"没空。"

"那，留个电话？加个微信？"

"不留、不加、不吃。"

他的步伐极快，她要小跑着才能跟上，两人行至电梯口处。她还想再试图说服他，却见他斜倚着墙，边看电梯下降的楼层边说："你给姜抗菌写的《父子同居协议》挺好的，太有才了，真的。你放心，我是个有职业道德的人，就算你再装可……"

221

他眯着眼，换了个词："再……道听途说、是非不分、恩将仇报，就冲那份《父子同居协议》，我也会知恩图报的。"

她手捂着额头，没脸看他，即便如此依然感受到他灼热的目光，恨不得找个地缝钻进去。余光中瞥见他将鲜花中的卡片小心翼翼放入口袋，手中的鲜花往她怀里一抛："送你吧，姜抗菌对花粉过敏。"

她狼狈地接过，电梯来了，眼睁睁看他上了电梯。

【未完待续】

【注释】

1.额镜：耳鼻喉科医生常用的查体工具，中央带孔的凹面反光镜。

图书在版编目（CIP）数据

耳无尘事扰 : 全2册 / 苏小懒著 . — 南京 : 江苏
凤凰文艺出版社 , 2021.8
ISBN 978-7-5594-6072-1

Ⅰ . ①耳… Ⅱ . ①苏… Ⅲ . ①长篇小说 – 中国 – 当代
Ⅳ . ① I247.5

中国版本图书馆 CIP 数据核字 (2021) 第 120899 号

耳无尘事扰（全2册）

苏小懒 著

特约策划	暖 暖
特约编辑	王 婷
责任编辑	白 涵
营销编辑	杨 迎
封面设计	80 零·小贾
封面绘图	周佳怡
内文绘图	阿 星
版式设计	段文婷
出版发行	江苏凤凰文艺出版社
	南京市中央路 165 号，邮编：210009
网 址	http://www.jswenyi.com
印 刷	环球东方（北京）印务有限公司
开 本	880mm×1230mm 1/32
印 张	13.5
字 数	300 千字
版 次	2021 年 8 月第 1 版
印 次	2021 年 8 月第 1 次印刷
书 号	ISBN 978 - 7 - 5594 - 6072 - 1
定 价	65.00 元（全二册）

MEMORY HOUSE

记忆坊文化

耳无尘事扰

下

The wisdom of
closed ears

苏小懒

——著

江苏凤凰文艺出版社
JIANGSU PHOENIX LITERATURE AND
ART PUBLISHING

目录 CONTENTS

"我喜欢你如此真挚、持久、无畏、勇敢、热情地喜欢着我，
我喜欢你给我时间和机会，让我看清自己的心，
我也想要真挚、持久、无畏、勇敢、热情地喜欢着你。"

The wisdom of
closed ears

真元事抗

也许是心情好，球球妈妈深深地看了倪好一眼，打趣道：「姜大夫真宠女朋友，上班都要带着呢。」

正在喝水的姜除寒差点喷出来，水直呛到嗓子眼儿。

倪好急得摆手：「不不不，不是的，我们……」

「啊，不是女朋友，那一定是老婆了。我就说嘛，」

她微笑着，「姜大夫医术高明，器宇轩昂，怎么可能没结婚。」

第七章

喜欢

1

从新加坡回瑞城第二天，姜除寒就去上班了。

不过出去了十天，孔成波天天微信、电话轰炸，这位大哥似乎对姜除寒有什么误解，始终不相信他是带熊孩子出去游玩，总疑心他工作上有了异心，隔三岔五非要跟他视频。

姜除寒哭笑不得，直到回了科室，才知道孔成波的焦虑从何而来。

盖晓娴和另外一个男主任医师卢镇被外院挖走了。

盖晓娴藏得也是严实，从未和他透露半句。这几年，他和她亦师亦友，将自己毕生所学倾囊相授，虽然在医术上她还有不足，但她有着一颗虚心求学的恒心、一股认真钻研的韧劲儿，更有着对患者永葆热情的真诚，假以时日，一定会成为独挑大梁的全国闻名的耳科医生。

另一位也是孔成波的心头肉，卢镇——主任医师、教授，在姜除寒来之前，是人民医院的学科带头人。他擅长耳鼻咽喉头颈外科各种疑难疾病，特别是耳硬化症[1]周围性面瘫[2]以及听神经瘤[3]等疾病的治疗。

他老人家医德高尚、医术精湛，每每姜除寒胡闹，孔成波管不了，就会找卢老帮忙，卢老与姜除寒的爸爸交情颇深，他自然要给卢老面子。卢老之前业余时间都在瑞大耳鼻喉出诊，这是很多公立医院医生的现状，待遇不尽如人意，有的要么退休后去接受私营医院的返聘，要么周末出诊。不知道对方给了什么条件，居然说动还有几年就退休的卢老彻底离开。

不过，说实话，姜除寒也能理解。

卢老家里俩儿子，老大生了三胞胎，都是男孩，挤在50多平方米的小两居里，每天鸡飞狗跳。三个男童是什么概念，比三千只鸭子还要吵破坏力还要强。一日三餐加三顿辅食，请阿姨的薪水从四千提到五千、六千，还是留不住人，走了七八个，给多少钱人家都嫌累。除了做饭做家务，主要是看孩子压力大，稍不注意，一个跑太快撞桌子上了，一个打了另外一个的眼睛，眼球差点儿出来。另外一个呢，趁着大人们不注意跑到卫生间拉屎，拉完了手伸进马桶直接把屎搅和得那叫一个均匀……卢老的爱人着实心里苦，亲家在外地，年纪大身体又不好，还要照顾儿媳妇的奶奶，不能过来。三个孩子只能是她和儿媳妇轮流带，小区里见到谁都一把辛酸泪，太苦了，太难了。

卢老的二儿子呢，工作不好，又眼高手低的，一直娶不着媳妇……经济压力着实有点儿大，老头每天来上班，愁眉不展的。

225

至于小盖，去了另外一家口碑还算不错的民营医院，姜除寒也是听孔成波转述的，说是小盖的妈妈前一阵体检时身体不太好，在卫生间里洗澡摔了一跤，差点没抢救过来，跟她大闹了一场。小盖是单亲家庭长大的，从小和妈妈相依为命。她每天在医院忙得昏天暗地，怕亲妈日后真的有什么三长两短遗憾终身，才做了这个决定。只是她不知道怎么和姜除寒交代，又怕影响父子旅行的兴致，索性对他只字未提。

姜除寒默默地坐在办公室，看着盖晓娴和卢镇空荡荡的桌子，心里着实不是滋味。出诊时心情也不是很好，直到看了最后一位病人——

那小女孩儿活泼可爱，即便是冬天也穿着粉色的公主裙，好在有宽松舒适的羽绒服，戴着毛茸茸的兔子耳朵耳罩，倒是也不冷。姜除寒注意到她的脸上有伤，像是指甲划的，好几道，有轻微的红肿。

他沉吟着，陪同女孩一起来的妈妈会意，正欲开口，小女孩却抢了先："叔叔，我是不是很难看？同学们都叫我一只耳。"

她摘掉耳罩，侧过头，姜除寒这才看到她原本耳郭的部位只有歪歪扭扭的一个小肉团，典型的外耳畸形[4]。

"谁叫我一只耳我就扑上去揍谁，打到他们害怕为止。"小女孩举着拳头挥了挥，接着摸摸左耳的那个小肉团，黯然地说，"老师也不喜欢我，她揪我的右耳，说信不信揪下来，让你一只耳朵都没了？"

女孩儿妈妈心疼得直掉眼泪，一把搂住她："米米对不起，妈妈不知道，让你受委屈了。哪个老师，妈妈找她算账去！"

原来是叫米米。

姜除寒也两眼冒火："老师还敢打动手打学生？直接找

教委投诉，这样的老师不配为人师表！中国有《未成年人保护法》，你们受国家法律保护……"

话说到一半他愣住，这话怎么这么耳熟？依稀记得，有次他气得想打姜抗菌，熊孩子就是搬出倪好教的这句话，语气一模一样。

他的脑海里迅速浮现出倪好的脸。

那天他听班主任殷苗说熊孩子把同学的脖子用尺子拉红了，气得整个人要炸掉，揪着姜抗菌的衣领便想来个"五指山"。

是她拖过姜抗菌护在身后，想必那时她的耳病已经犯了吧，他记得她坚定、闪亮的眼神，她说什么来着？

"先生，我在我的店，看到一位成年人即将对一位未成年进行暴力殴打、辱骂恐吓，怎么就不能管了？"他苦笑着摇头，没想到受她影响如此之深，大白天的出着诊，居然想起她来。赶紧定神，一边认真检查着小女孩的耳朵，一边说："下次再发生这样的事情，叔叔帮你教训她。"

米米笑得露出豁牙："真的吗？叔叔，你能帮我把耳朵治好吗？我请你吃糖。"她的小手伸进口袋，臃肿的羽绒服显得她的动作很是笨拙，掏啊掏的，终于掏出来一颗粉色包装纸的水晶糖。她的小手熟练地撕开包装，整个递到姜除寒的面前。

姜除寒用手接过，见她仍紧紧盯着自己，大有不吃不罢休的劲头，于是别过头，迅速摘下口罩，将水晶糖挤进嘴里，又戴好口罩。

水晶糖甜滋滋的味道在舌尖迅速弥漫，他夸张地咂了两下嘴："哎呀，真好吃，这是我吃过的最好吃的水果糖了，就冲着这水果糖，我也要把你耳朵治好啊。"

米米瞪大眼睛："叔叔，你不骗我？"

227

"骗你是小狗。"他看着旁边抹眼泪的女人，比画着米米的耳朵，"她的耳内轮廓不清楚，你看这个三角窝、对耳轮……我们需要取一个肋软骨，把它雕刻成耳朵的形状。然后在耳朵这里做一个切口，把软骨移植进去。""

"医生，"她问，"这个，有风险吗？成功率高吗？"

碰到其他病人，可能姜除寒不会有什么好气，任何手术都不可能零风险，医生不是神。

可能米米给他留下的印象太深刻，一时间有了恻隐之心，他笑了笑，对着米米说："你放心，叔叔一定给你治好！"

他伸出小指，米米愣了一会儿，马上也配合地伸出小指勾了勾："拉钩上吊，一百年不许变！"

"不许变！"

女人欲言又止。

"没事，您有什么问题直接问。"

"医生，嗯，您说米米为什么会……"她支支吾吾的，"为什么耳朵会这样呢？"

"怎么说呢，"姜除寒看出她的顾虑，"先天性小耳畸形的发病原因并不十分清楚，跟遗传、孕期的饮食、作息、疾病等都可能有关系，但并没有明确的证据。也不能说是父亲或母亲一方的问题，所以……"他斟酌着用词，"夫妻之间也不用互相猜忌埋怨。"

"爸爸说，都怪他，是他在妈妈怀我时抽烟抽的，他就站在门口，说自己没脸进来。"米米指着门口，气鼓鼓的。

还好。姜除寒松一口气，看家长的神情，他还以为男人因为老婆生了耳畸形的孩子，而对老婆有抱怨，对亲生孩子有嫌弃……

给米米开了住院单，姜除寒在诊室里默默坐了很久。

医生仅仅治愈病人身体上的疾病是不够的，还要关注由此给患者带来的心理上的痛楚，尽可能多地给予他们最大支持，帮助他们达成身体、心理上的彻底治愈。

2

倪好的讲座一向受欢迎。自她生病以来，讲座本来全部取消了，但效果太好，家长们过于热情，学校纷纷致电教委询问什么时候还能继续举办。消息传到市教委担督导室主任的庞锐那里，他乐得合不拢嘴，小姑娘确实有两把刷子，不枉他力排众议将她招到这里来。

在电话关心了倪好的病情之后，庞锐觉得，反正距离下次手术还有一段时间，如果身体允许的话，问她能不能适当地来教委开通家长大讲坛热线，或者由教委给她腾出一间办公室，接待育儿过程中颇为苦恼寻求帮助的家长们。

倪好倒是愿意的，只是手术后耳朵还有些沉闷，听力还未彻底恢复，不得不委婉拒绝。庞锐也能理解，提出了最后一个请求：第三小学强烈要求倪好作为嘉宾出席学校的话剧节活动。上次她在第三小学做的关于《如何与孩子理性沟通》的讲座震惊全场，过去几个月了，家长们提起来还念念不忘。

盛情难却，倪好只得同意。她的右耳早就拆了纱布，散着头发，耳后头皮也长出了短短一截，倒不怎么明显，于是换上美美的毛衣裙，裹上深蓝色毛呢及膝大衣直奔第三小学。侯丽丽早早在门口等着，两人一见面自然免不了一阵寒暄。

"爱你哟！"侯丽丽一边说着，一边和她来了个热情的拥抱。

她留意到侯丽丽的脸色不太好，昔日明艳动人的脸苍白得有些病态，寒暄过后，谈话兴致也不高，似乎在勉强支撑着。

倪好忍不住拿她打趣："这是怎么了，失恋了？"

她不说这话侯丽丽还能保持着常态，这么一说，被刺到了痛处，眼圈红了。

倪好自知失言，赶紧挽住她的胳膊："陶一然欺负你了？我帮你讨伐他去。"

"没，"她擦着眼睛，别过头，"我们分手了。"

分手？

"怎么可能，你俩甜得到处撒狗粮，恨不得撑死单身狗，是不是……有什么误会？再说，小情侣吵架，谁不闹分手，吵啊吵的，就习惯了。"

倪好这么说着，其实连自己都不太信。

陶一然和游云见面时二人都有失态，这俩人要是没什么事，她名字倒过来写。

"需要我抱抱你吗？"倪好张开双臂，"来，姐姐疼你。"

侯丽丽嘴一咧，直扑过来，眼泪啪嗒啪嗒往下掉。

倪好轻轻拍着她的后背，像哄小孩似的："想哭就放声大哭好了，我陪着你。"

侯丽丽从口袋里掏出包纸巾擦眼泪："是不是妆都花了？"

是，睫毛膏、眼线……糊成一片，倪好找了个没人的角落，掏出化妆镜给侯丽丽，经过一番整理涂抹，终于恢复了精致的妆容。

两人并肩走在去礼堂的路上，倪好问："陶一然什么时候提出的分手？"

侯丽丽诧异："为什么会这么说？"

"你这么伤心难过，自然……"倪好停下，"这么说，是你要分手？"

她叹口气："是。"

"那……"

主动提出分手的那个人，当然也有权利悲伤。

不管出于什么原因决定不在一起，都无法把曾经的感情全部抹掉。

倪好决定不再妄自下结论，默默听着。

"我跟大陶本来是邻居，住楼上楼下，老在电梯里遇见，后来我喜欢上他，就疯狂追求他。确定恋爱关系的那一天，我们签了一份《恋爱合同》。"侯丽丽说。

恋爱合同，这倒是第一次听说。

"可能……受我妈的影响吧，我妈至今都不肯结婚，说自己这一生遇到了不少渣男，从我懂事起，她就鼓励我，一定要多谈恋爱，谨慎结婚。"

原来如此。

"虽然她后来认识了叔叔，两人也同居多年，但两个人约定做不婚主义者，倒是一年比一年感情和睦。我觉得这样也很好。"侯丽丽寂寞神色一闪而过，"等我谈恋爱，便也这么效仿了。不过我有改良，我和每一任男朋友都会签订《恋爱合同》，确定恋爱关系后，会尽双方最大努力，好好爱对方、珍惜对方、尊重对方。我们在恋爱过程中划分了非常明晰的彼此的权利和义务，所有一切AA制。如果一年后感情依然良好，则再续约。如果在这一年的过程中，任何一方觉得有问题，则随时可以提出解约。"

倪好像在听天书。

——还可以这样吗？

"陶一然本来反对，耐不住我软磨硬泡，只得妥协。"

没想到侯丽丽会这么……这么先锋，倪好想，真没看出来。

天空湛蓝如洗，没有风，也没有一片云，偶有穿着表演服

231

的小孩们匆匆走过，向日葵、小乌龟、小白兔、小鸡、小鸭、小刺猬……屁股一扭一扭的，可爱极了。

倪好莞尔。

"昨天我们合同一年期满，我提出了不再续约。"

"哦。"她应了一声，"后来呢？"

"他开始不同意，但在我说明原因后，平静地接受了。我们其实不太适合，陶一然这个人，怎么说呢，优秀是非常优秀，也是个好人，但不适合我。他似乎对什么都提不起兴趣似的。或者说……能够点燃他爱情的人，不是我？"

"哦，怎么说？"

"你知道吗，我们之间最大的问题，其实是他不玩游戏，连个共同话题都没有。你说男人怎么可以不玩游戏呢？这样活着，人生能有什么乐趣？"

倪好满脸问号。

这……

"他甚至都不喝酒，连啤酒都不沾一口。我带他去酒吧见朋友，就他一人不喝，太尴尬了……

"太冷静、理智，我跟人吵架，他总觉得我不对，我幼稚，我无理取闹，从来不会抛弃所有原则站在我这边，就像个铁面无私的裁判。喂，女朋友难道不是用来宠的吗？

"吃饭也吃不到一起，一口辣的都不吃。不放辣椒，饭菜哪还有味道？

"生活太简单了，除了偶尔看看电影，下班到家就是钻研他的医学书籍……无趣。

"他和同事聚餐，带我去，我完全插不进一句话。"

…………

"但……"倪好斟酌着用词，"即便是你提出的分手，你还是很难过？"

侯丽丽惨笑："是，我还是很喜欢他，恨不得天天在朋友圈晒恩爱，可是骨子里又知道，其实彼此并不合适，倒不如早点儿分手早让彼此解脱。如果有天遇到能点燃他的人，肯定比跟我在一起开心啊。那样的话，我也会真心祝福他的。"

倪好不知道说什么。

侯丽丽沉默一会儿，又说："我一向主张遇到喜欢的人就去大方告白，被拒绝了也没关系。被拒绝总比错过好。在一起后不论因为什么原因分手也没关系，总比没试过强。"

她活得可真通透。

文学作品里，影视剧中，脍炙人口的情歌里，结婚时亲朋好友的祝福语中……关于恋爱和婚姻，都是些关于长长久久的吉祥话：百年好合、永结同心、长相厮守、不离不弃、终身之盟、爱情永固、螽斯衍庆……这实际上是在传达一种导向：爱一定要天长地久、永不相弃，否则就是失败的。

可问题的关键在于，情侣们会由于各种不同的原因互相吸引坠入爱河，但也会由于各种原因走不到最后的终点，初恋的成功率也不过千分之三。彼此暧昧时谁不是把自己最好的一面表现出来，慢慢过了热恋期，开始现出原形。彼此的性格、耐心程度、情绪稳定程度、对恋人的包容度……都是严峻的考验。除此之外，还有双方的原生家庭带来的影响，双方父母的涵养、学识、处事方式……生儿育女后，两个家庭在育儿理念和生活习惯、饮食文化上的碰撞……你很难说清楚到哪个节点上，突然就无法继续下去。

可结束就是失败吗？

不，只是遗憾而已。

没有人，生下来就会谈恋爱，在恋情里太多的事情需要学习：学习如何表达爱，如何接受爱，在或积蓄已久或突如其来或和风细雨或狂风骤雨般的现实与理想的一次次对抗中，学会辨别到底什么才是爱情，什么样的人才适合自己。什么必须坚持，什么只能妥协，什么终将无奈放弃。

不论真相多么赤裸裸，人们还是喜欢听吉祥话。毕竟，你总不能在新人的婚礼上大放厥词，说什么祝你们好好磨合，如果发现不合适，就要及时离婚，以免耽误彼此……不被人打出来才怪。

所以，要像侯丽丽这样啊，曾经热恋的情侣经过一段时期的磨合后，面对再也无法容忍下去的彼此，能够及时地跳出来，快刀斩乱麻，不耽误别人，不委屈自己，着实难得。

很快到了礼堂。

戏剧节很热闹，不同年级小孩们的表演作品各有各的精彩，倪好作为教委的嘉宾代表上台给大家颁奖。她没想到姜抗菌是三年级6班的学生代表，从她手中接过奖状时，不断地冲她抛媚眼，还悄悄补了一句："爱你哟！"

今年这么流行说"爱你哟"？

待到话剧节结束，校领导邀请嘉宾参观学校。她心中有事，慢慢落在了最后面，等回过神来，发现自己正站在三年级6班玻璃橱窗的宣传栏处，迎面展览的居然是姜抗菌的作文——

第三小学第十三届"童心杯"作文大赛一等奖：

《我的爸爸是个害人精》

作者：姜抗菌

倪好笑得肚子疼。

…………

爸爸可真是个害人精！

我都怀疑我是不是亲生的了，为什么掉下去的不是他！我本来在那里好好地站着，我招谁惹谁了？哼，出发前，他还说，会好好照顾我，他也不怕风大闪了舌头！他不害我就不错了，我还能说什么？我都担心，我是不是能够平安回到家里。

…………

要知道，有些刺特别顽强，怎么拔也拔不掉。我可怜的脚啊！我真想从海里抓一个海胆甩到我爸爸身上啊。

…………

评委老师点评："小作者语言鲜明，叙述风格充满童真，让人忍俊不禁。通过讲述父子二人的旅行故事，将一大一小两个顽童的性格描绘得淋漓尽致，也充分反映了深厚的父子之情。"

——深厚的父子情？

这位老师可能对"深厚""父子情"有什么误会。

她迅速拿出手机拍照，给姜抗菌留言："小菌小菌，帮姐姐个忙。"

小家伙直到下午四点多放学才回她："咋了咋了？"

"我找你爸爸有事，但他不肯加我微信。一会儿我重新加，你找个机会，拿他手机通过一下呗。"

"小事一桩。"

十分钟后，倪好的手机显示：

姜除寒——我已经通过了你的朋友验证请求，现在我们可以开始聊天了。

她心中一阵狂喜，二话不说就给姜除寒报喜：

姜大夫您好，我正在第三小学，看到了姜抗菌的作文，得了全校一等奖呢，真为他开心。恭喜您，也恭喜小抗菌！

点击照片——上传。

哈，她笑得打滚，真希望看到姜除寒现在的表情。

一整晚她都在等他的回复，但迟迟不见任何动静。她担心自己被删除好友，问小抗菌，只说爸爸似乎看到了，什么也没说，他还趁爸爸洗澡时偷偷看了手机，也没删她好友。

这么说，被……无视了？

真没劲儿。

当你主动挑衅敌人，遭到对方猛烈的反击固然杀伤力十足，但杀伤力最强的，是敌人压根儿不理你。

她闷闷不乐地睡着了，直到早上六点多，被微信的提示声吵醒。

敌人反击了。

敌人发来了一张照片。

照片的背景是第三小学的阶梯教室，她因耳痛发作不小心栽倒在他的怀里，照片中的她一头秀发，半蹲着，头紧紧贴着他的胸口，看上去非常像一对热恋中的情侣。

他还做成了表情包，上书："你好！"

你好，倪好……

他是故意的。

她臊得不敢看第二眼。

这是哪个好事者拍下来，发给了他？

她想不通。

总不会是他去调学校的摄像资料了吧？

再说这都过去多久了。

——这个男人太可怕。

她躺在自己宽松舒适的大床上，用被子蒙着头。

她输了。

有了这张照片，她怕是一辈子都没办法在他面前抬起头。

她为什么要招惹他？

果然还是不加微信的好。

简直自取其辱。

姜抗菌的家中。

姜抗菌一边吃着爸爸买来的豆浆、油条，一边打量着时不时看着手机憋笑的姜除寒。

他隐隐觉得，爸爸哪里变得有些不一样了。

自从从新加坡回来，他就不太开心。

但这几天，突然变得爱笑了。

不那么严肃、古板了。

不再长吁短叹、沉默黑脸了。

自己用《父子同居协议》大谈特谈权利和义务时，要求他"你现在情绪不稳定，请你情绪稳定时再和我对话……"他不再暴跳如雷，甚至会在姜抗菌故意气他说出极其过分的话时都能保持冷静，温和愉快。

熊孩子隐隐觉得，有情况！

该不会……

该不会是……爱情的力量吧？

他将姜除寒最近的异常描述给倪好听，末了幽幽地问："你说我的判断准确不？估计……估计喜欢上了哪个小护士？我听说，耳科新来了一个护士姐姐，长得可漂亮了。完蛋，我可怎么办，马上就有后妈了，呜呜呜呜呜！我妈那么快再婚了，没想到我爸也很快这样了，呜呜呜呜呜……我马上就要成为孤儿了。要不你收留我吧，当你干弟弟好不好？"

见倪好没有回复，熊孩子又发来一条，似乎下了很大的决

237

心才自降身价似的——

"实在不行，我愿意屈尊被你领养，当你干儿子。你看行吗？"

"那……你不回，我就当你默认了啊！"

"妈！"

"妈妈！"

"妈妈！我是你失散多年的儿子，小菌菌啊！"

…………

这这这，什么脑回路？

倪好看着姜抗菌发来的消息，哭笑不得，敲好的字一遍遍删除。

似乎说什么都不对。

"应该不会吧，你别多想。"

这话显然没能起到安慰的作用，小家伙发了个不以为然的表情。

她不知道到底哪里不对，这一整天她的情绪都起起伏伏的，仿佛姜除寒是她情绪的遥控器，关于他的任何消息，都可以让她的情绪频繁换台。

心脏像被什么叫不出名字的小动物咬了一个角，空落落的。

有些疼，有些酸，有些不爽和不甘。

——难道真的如姜抗菌所说，他这么快就有女朋友了？

3

游云是在第二天早上醒来时，发现皮小翔不见的。

他带走了她最贵的那款行李箱，他的衣服和贴身内衣、笔记本电脑、Switch、苹果的蓝牙耳机和一个大iPad、所有的运动鞋……店里有几个镇店之宝是黄花梨老料摆件，也不见了踪影。总之，但凡值点儿钱的，都不见了。

她料到他会走，只是没想到他会走得这么匆忙这么彻底这么无耻。

如果他愿意留下来，甚至从他的钱包里哪怕掏出那么几千块钱给她，她可能都会摇摆一下，深刻反思下自己是不是小人之心，对他过于提防。

夫妻大难临头还各自飞，她怎么能奢求他会愿意留下来陪她"共渡难关"，虽然这难关是她胡诌出来的。不过早点分开也许是好事，只是可惜了那几个黄花梨摆件，加起来，也小二十万了。

游云着实肉疼。

还好他不识货，不知道仓库里放的那几块大木头也是黄花梨老料原木，否则跟外面来个里应外合，找辆小货车拉走……那她真的倾家荡产。

店员小艾和小苗如期上班，这俩姑娘聪明伶俐，察觉到店里有点儿不同，也不多问，勤快地打扫着，忙完了手头的活，就过来等着老板娘吩咐。

游云只简单交代了一句，说俩人分手了，别的没有多提。又叮嘱小艾叫换锁公司来，把所有前门后门的锁彻底换上一遍，指纹锁也全都改了。

小艾——照办。

没有了皮小翔的生活，虽然偶尔有点儿无趣，但并未对游云的生活产生什么大的影响，日子倒还算充实自在。直到一周后，皮小翔偶然听人说这木工坊还在，并未按照游云说的被法院查封进行资产清算，才幡然醒悟。

原来人家是在试探他……

大意了。

在败光了游云给他的钱之后，他直接大摇大摆找上门来。

小艾和小苗哪里拦得住，被他推搡着一路到了后院。

彼时，游云正躺在太妃椅上，悠哉地啃着苹果。

她没想到他居然敢回来。

小艾在后面用手示意，要不要打110，她摇头。

他吊儿郎当，一副破罐子破摔的样子："你从来没有信过我是不是？"眼睛直勾勾地盯着她，阴森森地说，"你一直都瞧不起我，对吧？"

瞧不起倒谈不上。

游云不知道怎么说出来，才能让他相信。

对她而言，他曾经是让她十分踏实和心安的、像永远满格电的充电宝一般的存在。

读大学时，游云曾作为校辩论队代表，参加全国大学生辩论赛，凭借着缜密的逻辑思维、超强的临场反应能力，以及段子手式的幽默爆笑风格一路过关斩将，让对手闻风丧胆，没有任何悬念地杀到决赛。

她就是在那里遇见陶一然的。

他长得眉清目秀、穿着白衬衫、泛白的蓝色牛仔裤，留着并不起眼的小平头，从从容容站在她对面。坦白来说，他长得并不帅，至少，绝不是迎面而过，惹得少女心中一阵悸动、浮想联翩的帅。

他胜在气质。

像个古代的秀才，文质彬彬、仙气飘飘，叫人忍不住想要仰视他、尊敬他、亲近他。他不像她说话那么咄咄逼人、铿锵有力，也不会撒泼、打岔，甚至不会开玩笑，可他温文尔雅，旁征博引，笃定从容，同样的字词句，经他的口仿佛有了不一样的含义，如春雨滋润万物，如阳光普照大地，你无法控制地想要迎上去，和他并肩，或者……或者哪怕可以跟上他的脚步，默默走在后面追随也好。

那是游云有史以来打得最差的一场辩论赛，也是她打的最后一场辩论赛。

她方才大乱，忘词、忘梗、忘记论点，甚至辩着辩着一度站到了对方那一阵营，还好她没有彻底迷糊，在最后两分钟结辩时恢复了理智，勉强圆了回来。

他夺得了那次大赛的最佳辩手。

游云认为，实至名归。

辩论赛结束后，不知道他从哪里要到了她的联系方式，开始了猛烈的追求。

她受宠若惊，觉得自己何德何能，竟然能够得到他的青睐。

任凭他表白的话说了一遍又一遍，任凭他表达心意的礼物送了一次又一次，她始终无法正视，唯有逃避。

是的，唯有逃避能够让她轻松一些，让她不再强烈地否定自己，让她不要那么惊慌失措，陷入一轮又一轮心惊肉跳的自嘲和反省中。

她觉得他在哗众取宠。

她认为他有可能是和某个同学打赌，只要成功追到她，他就有可能得到某个他向往已久的赌注。

她断定他不过图一时的新鲜罢了，即便真的有点儿喜欢她，也不过是刹那的情绪，转瞬即逝。

她怀疑他被当时激烈而残酷的辩论赛制搞昏了头，失心疯了才会喜欢她，他不过是喜欢辩论。

她猜测他可能缺乏母爱，所以喜欢她这种强势、犀利的女生……

她绝不相信他说的——看了她所有的辩论赛，发自肺腑地喜欢她整个人。

不真诚。

开什么国际玩笑。

她不配。

…………

为了躲避他的追求，让他死心塌地，她很快与同样猛追她的皮小翔热恋，她故意在他的面前放大她对皮小翔的热情，与其甜蜜热吻，激动得皮小翔当即抱起她转了几个圈圈。

他终于黯然离去，再没有出现过。

时隔多年，游云不懂当时的自己，为什么会做出那么愚蠢而莫名其妙的举动。

与皮小翔在一起那么久，她无时无刻不在想着陶一然。

是的，陶一然。

他是她的梦。

她的男神。

她的精神支柱。

无数个午夜梦回，他就站在那里，含情脉脉地、深情地望着她，她流着眼泪走上前，说：好，我愿意。

为什么明明内心那么期待那么爱，却偏偏选择了逃之夭夭？游云是在和皮小翔分手后，才慢慢想明白了一些。这么多年，游佳越痛苦的婚姻生活是多么大程度地影响了她的恋爱观啊。妈妈被打得遍体鳞伤的场景历历在目，她在妈妈的哭声中长大，每每放学回到家，妈妈都在哭泣，用手绢、衣襟或者是窗帘擦眼泪。

爸爸呢，总是在打妈妈，酒瓶子、锅碗瓢盆、板凳、扫帚……她永远不会忘记年幼的自己一次又一次跪在地上哭着喊："爸爸求求你不要打妈妈了"……

在这样的环境中长大，她怎么敢谈恋爱。

她……怎么配谈恋爱。

只是一个人待久了，确实会孤寂的啊。

相比较陶一然，显然农村家庭出身，条件差、帅气无脑、性情温和，甚至有点儿自卑的皮小翔，更容易被她掌控，对她唯命是从，不会对她家庭暴力让她身陷囹圄。

如果一定要恋爱，他是不二之选。

——这样，再不用担心爸爸妈妈的悲剧重演。

她可以一直占据主导而强势的地位。

所以皮小翔自有他的好。

不想上班，就想让她养着——她愿意也养得起。

没有什么深邃的思想，草包一个。吃喝玩乐就能满足——不会控制她，牵制她。

长得帅——这个不用多说，哪个女生会不喜欢帅哥？

如此没有安全感的她，不论忙到多晚，只要回到家，永远有明亮的灯和他——是真的让她觉得踏实、满足、内心平静、情绪愉悦的啊。

如果没有他爸爸和两个哥哥的贪心，说不定他们会一辈子这样过下去。

连亲妈游佳越都看出了端倪，叮嘱她，不要"像以前，总想着怎么证明自己，该争取的不争取，总是退而求其次"。

她太自卑，太敏感，又太自负。

…………

"听着，我不跟你磨叽，"皮小翔见她久久不说话，不耐烦地嚷道，"给我一百万青春损失费！"

游云的回忆被他强行打断，她抬起眼。

"我听说，你爸不但没破产，还把这四合院给你了。没想到你跟我玩这一出，成为小富婆，就一脚把我踹了？我告诉你，"他冲着游云挥挥拳头，"你要是不给我一百万，以后就别想有安生日子过。"

一百万，亏他说得出口。

他还有如此硬气的一面，着实没想到。

"如果我不给呢？"她将身上的流苏披肩往上提了提，"你这个样子，我倒是第一次见，难为你伪装这么多年了。"

"呵，不过是逢场作戏，彼此彼此。这几年，大家觉得你在养我，都羡慕得不得了，说什么你对我是真爱。别恶心人了，"他冷笑着，"我就是个替身，替代你在辩论赛认识的那个小白脸，是不是？你隔三岔五在梦里喊他的名字，叫什么来着，陶、陶一然是不是？你可真喜欢他啊。那么喜欢就去找他啊，怎么不敢？"

他上前几步抓着她的衣领，热气直喷在她的脸上："我告诉你，姓游的，你要是敢差我一毛钱，"他松开她，使劲儿一推，"老子跟你同归于尽。"

她本来小产没多久身体还有些虚，身体一个趔趄，直往墙的那一头栽，在小艾的尖叫声中，一个结实有力的怀抱接住了她。

待看清来的人是谁时，游云的脸变得煞白。

她心中企盼过无数次重逢时的场景，却唯独在她最不愿意最狼狈的时刻见到了他。

这么多年过去，陶一然那张笃定从容的脸，一点儿都没变。

4

庞锐通知倪好去教委签两份新下来的文件。

见到她，他的眼睛眯成一条线："小倪啊，第二次手术是什么时候？"

他一向待她和蔼有加，像见了自己亲生女儿似的，倪好笑着："主任好，下周一复查后没问题，应该就差不多了。"

"我听你阿姨说了，太惊险了，还好遇到了好医生。"

"是，"倪好说，"让您和阿姨担心了。"

"我们之间还说这个，客气。我还等着你早日康复赶紧上班呢。咨询室我们还是要抓紧办起来，反正有地儿嘛。你不知道那些家长，电话打到我这里，都快疯了。这育儿路漫漫，"他摇头，"快把大人们逼疯了。"

"哦，好。听您的。"

一代又一代，家长们不再像我们这代人的家长动辄对老师们说："老师好，孩子就交给您了，您该打打，该骂骂，千万别客气。"

最近几年，虐童事件新闻频出，有越来越多的人重视儿童养育问题。养育，自然包含教育和养育——作家珍妮·艾里姆说："作为孩子人生领路人的父母，缺乏正确的家教观念和教子方法是很可怕的。"

倪好深以为然。

三百六十行，各行各业都有要考且必考的证书，医生有医生资格证，教师有教师资格证，会计、建筑、金融、法律、心理、物流、翻译、计算机、编辑……甚至咖啡师、美容师也都要考资格证……

唯独父母没有"父母资格证"。

2020年5月，全国政协委员、南开区政协副主席许洪玲建议在社区举办家长课堂，她提议，"要建立'家长教育指导工作室'，面向适龄儿童家长，聘请第三方或者有教育经验的志愿者作为老师，针对准备入小学的家长开展相关课程教育，颁发'合格父母'上岗证。"

多么可喜的进步。

简单粗暴的育儿方式沿袭多年，时至今日，有越来越多的家长们开始主动探索，寻求更科学的、更理性的、更尊重人性的管教方式。

倪好感慨，家长们愿意学习、愿意改变，就是好事。

庞锐问她："文件都签了？就差你了。"

"签了，赵老师都拿给我了。"

"好，还有个事。"

"您说。"

"我有个朋友的小孩儿，最近跟爸爸妈妈闹绝食，三天没吃饭。家长打也打了骂也骂了，都不行。这眼看着……这这这……都要打120了，"他抓了抓头，无奈地说，"实在没辙了，托人找到我。你有没有办法，帮忙和家长、小孩谈谈？"

"就在这里吗？"

"可以吗？"

"我试试，但不敢保证效果。"

"没事，你随便和他们聊聊就行。"

庞锐很快带着那对母子进来。

那是一个七八岁的小男孩，浓眉大眼的，穿着某某小学的校服。从一进房间开始，他便警觉地看着倪好，带着他这个年龄段不该有的过于成熟和戒备的目光，挑剔而满不在乎地打量着整个房间。

陪同她进来的，是一位年轻的妈妈。倪好留意到她宝蓝色外套的衣襟上不知道沾了一团什么东西，像是肉渍，颇为突兀。她看上去很是憔悴，双眼无神，戴着副金丝眼镜，即便如此，倪好依然能察觉出对方身上掩饰不住的气质。

看到倪好，她修长的手指轻轻敲了敲孩子的肩："去，去把你这几天的事，跟老师谈谈。说说你这些天你都做什么了？"

男孩往后退了几步，不吭气。

女人气得刚要再推男孩，倪好赶紧拦住她，拉到房间外面，悄声说："这位女士，请问怎么称呼您？"

"您叫我小翔妈妈就好。"

不知道有多少女性在生子后，名字便被"某某妈妈"所彻底代替。

倪好有个朋友，生小孩之后，总是叮嘱她，送礼物给有孩子的女性时，最好送一些小孩喜欢的玩具：汽车、手枪、坦克、布娃娃、乐高、电子琴什么的。原因很简单，小孩儿高兴，大人也跟着高兴。

但倪好从来不这样。

她仍坚持送女性朋友们自己用得着的东西：唇膏、睫毛膏、腮红、闪粉、粉底液、定妆喷雾……她叮嘱并鼓励已生育的女性朋友多花时间留给自己，把自己放在第一位。固然她们更多的家庭角色变成了妈妈，但绝不能因此就彻底失去了她曾有过的美好而闪亮的少女时代。

送已育的女性朋友一份她本人能够用得上的礼物，其实是以此提醒、强调、重视，或许被她忘记也被周围人忽视但实际上——她本应该一直在的、应该享受的永远是少女时代的生活。

倪好坚持着："请问您贵姓？"

女人虽然不解倪好的坚持是什么，还是好脾气地回道："免贵姓程。"

"原来是程女士，您看，让孩子先去别的房间待一会儿好

247

吗？我们不能当面议论孩子的任何事情，第一，这事关孩子的自尊心，第二，不能让他对您产生不信任感。"

程女士愣住。

两人回到房间，倪好对着小男孩说道："小朋友好，我是倪好，请问你叫什么名字？"

等了又等，男孩没吱声。

程女士尴尬地说道："叫……叫郑翔。"

"原来是小翔，旁边有个小图书馆，里面有很多好书，《武器大全》《二战》《百鬼夜行》，还有很多漫画。我带你过去好不好？"

小男孩本来还在犹疑，听到书的名字，眼前一亮，屁颠颠跟在倪好身后。

待她与图书馆的值班同事打了招呼，这才重新回到办公室。

程女士的情绪已经平复，见她回来，急忙从凳子上站起来。

"您坐您坐，"倪好说，"咱们随便聊聊天，看看我怎样能帮上您。"

她重新坐下，还是有点拘谨，两手抓着衣襟说："我是个钢琴师，老公常年在外工作，一个月就回来三四天。家里平时只有我和郑翔。我早上拜托邻居送他去学校，下午放学他自己回家。每天下班回来都来不及收拾就赶紧做饭，生怕他饿着冷着。"她心酸至极，"每次问他，写完作业没有，他都说有。我还给他备了个手机，方便他联系我。"

原来是钢琴师，难怪倪好一见她，便觉得略有狼狈的装扮不过是表象，她身上有着一股说不出的优雅。

程女士咳嗽几声，继续说道："我每次回来，看到他都在写字台前老老实实写作业，再累也觉得踏实。我一直担心他玩游戏，可他手机上特别干净。前几天老师说，这孩子上课老打瞌睡，是不是睡眠不足？让我多监督他写作业，说是持续一段时间没写作业了。我心说不能啊，然后我就多了个心眼，偷偷在房间里装了个微型摄像头……"她掩住脸，"这才知道，这家伙一直都在玩游戏，每天夜里玩到两点多，直玩到睡着。"

倪好前倾着身体，确保自己听得更清楚。

"他每天早上起来，把所有游戏都删掉，下午放学回来重新装上，等我回家，又把游戏删掉。单元测试，语数英三门课，没有一门及格。二年级，那么简单的内容，他能门门儿不及格，您说气人不气人？"她气得脸变形，"我一气之下，把他手机摔了，还扇了他两个耳光。当然……也……也骂了他很多难听的话。我知道打孩子不好，可真的控制不住了……"

程女士越说越激动："结果这孩子就开始绝食，不吃饭，也不和我说话。不论我是冷嘲热讽、威逼利诱还是苦苦哀求，他都不理我。每天倒是正常上学，听老师说，在学校里也不吃饭，说胃不舒服……"她别过头，抹了把眼睛，"我开始还没在意，心想小孩儿毕竟是小孩儿，看他能扛几天。没想到……他能那么死倔，眼看着三天没吃饭，这是要逼死我啊！"

倪好叹气。

"他爸在外地工作彻底指望不上，每个月回来那么一次，恨不得把儿子含在嘴里，带着买买买。听我念叨烦了，实在受不了打孩子一顿。转头坐火车走了，烂摊子还是我一个人收拾。我……不瞒您说，我之前都被气得耳朵聋了一只，突然间就没了听力，说是……什么突发性耳聋。"她哽咽着，肩膀不住地抽动。

竟然这么严重。

倪好愕然。

同样都是耳疾患者，她不由得多了几分同情。她抽了几张纸巾递过去，程女士接过擦着眼泪，惭愧地："好在碰到一位好大夫，现在听力恢复了。唉，让您见笑了。"

"没有。"她摇头，"我理解，您一个人既要上班，又要照顾孩子，双重重担压在您的身上，换成别人，可能早崩溃了。发生这样的事情，您一定难过又委屈吧？"

程女士本来还在强行控制着情绪，倪好的这番话，再次让她的眼泪决堤。

倪好默默地拍着她的肩，等她恢复平静，才问："我能帮您做些什么？"

"我听庞主任说，您特别有方法，想向您请教，先解决眼前这个事，怎么能让他吃饭？第二，日常生活中，我应该怎么和他沟通呢？"

吃饭的问题不难解决，难的是第二个问题。

如何通过三言两句把这件事讲清楚，讲清楚之后如何遵照这个落实，并坚持下来，养成每日照此沟通的习惯并形成良性循环——这点很重要。

"这样吧，我推荐您一本书，"倪好想了想，"美国托马斯·戈登的《P.E.T.父母效能训练》，这是一本专门向父母传授与孩子有效沟通技巧的书，非常实用。"

程女士拿出手机，从打开网店，迅速搜索："是这本吗？"

"没错。这本书是真正的育儿宝典，您如果闲了，就拿出来看看。"

"好好好，我听您的。"她点头如捣蒜。

"然后与孩子相处的过程中呢，我建议您，嗯，怎么说，不要打骂或进行其他任何形式的冷暴力，批评、指责。我知道这很难，"倪好清清喉咙，"但请您尽量试试。还向您推荐马歇尔·卢森堡的《非暴力沟通》。在书中，他提出了非暴力沟通的四要素。"

这本实操性极强的书，倪好几乎能背下来。

"一、客观说出观察到的事实；二、说出感受；三、提出需要；四、说出请求。您可以把这四个步骤写下来，贴在家中各个房间，每每控制不住脾气想要爆发时，都按照这个步骤沟通。"

程女士迅速下单："哎呀，谢谢您，我一定好好学习。"

"然后您目前和小郑翔的冲突，可能需要两个人坐下来，平等地交流，您需要把他当作朋友、同事，与您一样有着独立人格的个体去沟通。最终要实现的目标是——激发孩子内在的自律，而不是依靠父母监督做任何事。"

内在的自律？

"比如，你们母子两人可以一起制定家庭规则——他的义务是什么，比如您需要他做到的，按时完成家庭作业、帮忙打扫家务、整理房间。然后在这个家中，他有权利做什么？比如一周两次游戏时间，每次不超过半小时？这需要两个人共同讨论，严格遵守。如果不同意，那么理由是什么？可以说服彼此吗？"

程女士听得愣神。

"游戏一定对小孩有坏处吗？也不见得。第一，他周围的同龄人，肯定也在玩。大家聊天，唯独他不玩会落伍，和同学们没有共同话题。第二，有些游戏设计得非常巧妙、高级，画面也精美，通过玩游戏学会的知识，甚至不比书本少。第三，有时候我们大人需要和孩子一起，筛选优质的高级的游戏，起点高了，"她说，"那么小孩对低劣的暴力的刺激性强的游戏就没了兴趣。"

"啊，"程女士喃喃地说，"原来是这样。"

"这是我的个人之见，也不见得全对，欢迎一起探讨。"

今天的信息量太大，程女士有点乱："哎呀，听您一席话，胜读十年书，刚才要是把您的话录下来就好了，我可以多听几遍慢慢消化。"

道理有了，方法有了，能够接受、消化和熟练运用，需要一个长期的过程。

倪好说："没关系，您的需求我大概了解，我一会儿过去找小郑翔聊。在我离开的这段时间，您可以先做个小练习，写下冲突事件中，他玩游戏、绝食的过程中，您观察到的事实、感受、需要和请求。一会儿他过来，您直接对他说。记住，千万不要评价、指责。"

倪好递给她一张纸和一支笔。

"我举个例子，比如您看到他在客厅吃橘子，满地的橘子皮，那么您可以说——宝贝，我看到地上满是橘子皮——我非常生气——我希望家里能够保持干净整洁——所以，你可以把地板打扫干净吗？"

程女士诧异地张大嘴巴，激动道："原来是这样！原来还可以这样沟通！如果每次出现冲突都这么说，就既不会让孩子反抗、排斥，又能合理地表达我的诉求，和平解决问题。"

倪好微笑，这位妈妈不愧是钢琴师，领悟能力极强。

她走到门口，眨眨眼："大人要勇于向孩子道歉，有时候，反而能够得到小孩儿更多的谅解和尊重哦。"

他三天没吃饭？鬼才信……不不，只有那位每天都处在情绪崩溃点的程女士才肯相信。

那小孩肚子鼓鼓的，衣服上还有着饼干屑，少不了偷偷用零花钱买零食吃。再说，他那满面红光的样子，哪像三天没吃饭？倪好找到他，一番诚挚的谈心后，小孩儿心防顺利打开，表示愿意和解。

待回到办公室，程女士郑重向小孩儿为自己之前的打骂，为所有的暴力举动真诚道歉，母子二人抱头痛哭。

临走时，程女士忍不住抱着倪好又哭了一场。

"如果可以的话，"倪好实在是没忍住，"看看能不能和孩子爸爸商量，改变两地分居的生活。我这知道这很难，也许我站着说话不腰疼，但错过小孩子的成长，错过家庭生活中原本应该承担起的丈夫和爸爸这两个家庭角色，不论对谁来说，都是莫大的损失。"

她拍拍程女士的胳膊："那两本书，如果可以的话，也让孩子爸爸看看，他不能这样一直当甩手掌柜。"

程女士忙不迭地点头，泪水几乎没停过。

没多久母子俩告别倪好，小郑翔突然想上大号，教委的卫生间在最里面，母子俩一路七拐八拐总算找到。一路上，他悄悄伸手抓住程女士的手，却故意不看她，装作什么都没有发生似的看着窗外的风景。

程女士吓得好半天没有动，好久才转过头，看了看身边的儿子。

回去要做儿子最喜欢吃的炸鸡块才行啊，母子关系说不定就能彻底修复了呢。对此，她丝毫不怀疑。

看着男孩进了男厕，她给姜除寒打电话："哎，您好姜大夫，对，是我。哎呀，太感谢您了，这位倪好老师太神了，我跟小翔和好了，这孩子也吃饭了。母子关系得到了最快速度的修复，感谢您的推荐。"

电话那头的姜除寒不知道说了些什么，她又说："您别客

253

气，怎么都是您应该做的呢。要不是您，我可能现在还有一只耳朵聋着呢。我知道您是不忍心……才那么帮我。"

即便没有见到姜除寒，讲电话的她依然毕恭毕敬的："治标不治本？哪里，这根本不是您的职责所在。我都明白的……是是是，谢谢您那么为我着想，小孩的教育不能急，要讲究方式方法，我现在彻底明白了。多谢您还特意托人帮我找教委的领导说情……"

不远处路过的倪好无意中听到姜除寒的名字，心中一怔。

这么说，这对母子——是姜除寒介绍来的？

她直接去办公室找到庞锐，说明来意。

庞锐倒是爽快承认了："已经走了？哦，是人民医院院长萧亮介绍来的。前几天我和萧院长在一个饭局上刚认识，你不是还得第二次手术吗？我还再三拜托他们一定好好给你做手术。你别有压力，手术一定没问题。"

原来是这样，倪好再三感谢。

看来是姜除寒托了萧院长来找她。

他对患者，倒是真的有一颗仁心。

倪好心生敬佩之情的同时，还是有一丝疑虑。

奇怪，这么点儿小事，为什么他不亲自找她？

5

又到了倪好复查的日子。

人民医院16诊室，倪好默默坐在检查椅上。

姜除寒的声音听起来冷漠又有些疏远："头转过去一点儿。"

她微微转了转。

他不满地"啧"了一声，一手托着她的脸往左后转了转。

今天他身上那股好闻的消毒水的味道似乎淡了很多，取而代之的是淡淡的洗衣液的味道，也许是洗发水，像柑橘又像菠萝。他的动作很轻，她慢慢闭上眼。

"恢复得不错，下周就可以进行第二次手术了。"姜除寒站起来，走到洗手池旁洗手。

她点点头，给自己做了很大的心理建设，才说道："嗯，姜大夫，我……已经见过程女士了。"

"哪个程女士？"

"就是……郑翔的妈妈。"

他沉默。

"我开始不知道是您介绍的，是在楼道里无意间听到她打电话给您，"她停一停，"您……为什么，嗯，就是您为什么不直接找我呢？"

"直接找你吗？"他一本正经，"我怕被你说有性骚扰前科的人联系你，是为了跟你套近乎嘛。"

倪好被噎得恨不得扇自己耳光，顿了顿，才道："事情的真相，盖医生已经和我说过了。我再次向您郑重道歉，是我道听途说，误会并伤害了您。"

"所以，如果盖医生不说，"他看她一眼，"你还是会误解我？"

她窘得抬不起头："不、不是的，我也曾被人误解过，被羞辱，被网络暴力……知道其中的滋味和痛苦。当时故意那么说是为了气您，是为了发泄，以……"她的声音越来越低，"以维护自己的自尊心。"

他摇摇头，不再为难她："没直接找你是怕你误会，觉得我过于势利，仗着给你加急做了手术，就可以随便找你帮忙。"

他们之间的误会已经太多。

255

"我很愿意帮忙，这……"她鼓足勇气，"是我的荣幸。"

她没说出口的，是没想到他只是看上去对患者很暴躁，实则……像程女士，他原本完全不必管她的病因。

而他没说出口的，其实是：想找你，是因为觉得你对儿童教育确实有那么一手，我信得过你。

这段时间，虽然他最初对她多有排斥和埋怨，但他和姜抗菌的亲子关系，在这段时间里，确实得到了很大程度的修复。

就算有些问题处理起来很棘手，但来日方长。

两个人默默对视着，空气中弥漫着一种微妙的暧昧。

最终还是姜除寒打破沉默，说道："伤口还要继续消毒，酒精和棉球还有吗？"

她摇摇头。

他拿着她的社保卡试了又试，偏偏不知道出了什么问题，电脑就是不识别。

"见鬼，今天第三次出现这样的情况了。"他抱怨着，"这样，你先在旁边等一会儿，"他冲着左侧板凳的方向努努嘴，"等我看两个患者，再重新试试。"

"哦，好。"她赶紧站起来，小心翼翼坐过去。

他将鼠标移向电脑里的"工作站"，点击"叫号"，熟悉的女声响起："请9号患者赵球球到16号诊室就诊。"

进来的是一对夫妻，一个两三岁的小男孩被妈妈抱在怀里，小孩虎头虎脑的，十分可爱。他的耳后别了一个类似耳机的东西，还连着一根线，有个像吸盘一样的接收器正紧紧贴在他的脑后。

见到这一家三口，姜除寒简直像是开启了另外一种诊治风格，热情奔放，还刻意拉长了声音："哎呀，是球球啊！恢复得不错吧！"

怎么就不见他对她这么友好,她不满地瞥了他一眼,身上直起鸡皮疙瘩。

"是是是。"女人冲着姜除寒深深地鞠了个躬,见身边的男人木讷地站着,冲他使了个眼色。男人领会,赶紧也跟着鞠躬。

"一个多月了是吧,行,今天我们开机,看看接收情况。"

叫球球的小男孩此刻突然感觉到某种危机似的,使劲往妈妈怀里躲,伸出一只手朝着爸爸的方向使劲够着,嘴里发出"啊啊啊啊"的声音。

竟是聋哑儿,倪好心中一动,看来那小机器是人工耳蜗。

男人见状赶紧贴过去,弯着腰,紧紧抓住球球的手,一家三口紧紧相拥着,男孩渐渐安静下来。

姜除寒伸手将开关键推上去,又轻轻在小孩儿耳朵上挂好。

倪好的心也跟着提到嗓子眼。

"电极位置非常好,运行也正常。"

他一边说着,一边拿过桌上的矿泉水瓶,轻轻地敲了几下:砰!砰!砰!

小孩儿吓了一跳,像只在河边喝水的小鹿,忽然察觉到不远处有鳄鱼即将来袭。

姜除寒这次加大了敲击的力度。

砰!

砰!

砰!

小孩儿的身体止不住地颤抖,难以置信地紧紧盯着姜除寒手中的瓶子,突然号啕大哭,使劲挣脱着妈妈的怀抱,东晃西晃,声音凄厉而惊恐。妈妈一时没抱稳,一个趔趄,倒退几步,眼看就要撞到她身后的倪好。

说时迟那时快，姜除寒外侧的腿伸出，直接钩住倪好坐的板凳，一使劲连人带凳子直接钩了过来。倪好没防备，身体失去平衡，整个人斜着倒在他的怀里，脸紧紧贴着他的颈窝。她温热的呼吸掠过他的脖子，痒痒的，麻麻的。

短暂的沉默后，二人如触电般迅速分开，倪好不敢去够他脚下的板凳，只得靠墙尴尬地站着，她本来就长着一张娃娃脸，此刻的样子看上去像个犯了错的小学生。

姜除寒暗骂自己今天的失态，可看着她恼羞成怒、又气又急完全不敢看他的样子，隐隐又有点愉悦。

谁让她嚣张地把姜抗菌的小作文发给自己，还"报喜"……不是挺能吗？现在老实了？

多亏他有一张很久之前陶一然从女朋友处得来的照片，那个误会……他当时是想删掉的，只是一瞬间，觉得还蛮……好看，就存在了手机里。

球球咳嗽几声，在妈妈肩上小声抽泣着，不再奋力挣扎，也不像之前那么恐慌了。

这对夫妻安抚着小孩儿，笑中带泪。

姜除寒笑笑，没有打扰他们，等了好一会儿，才说："球球第一次接触有声音的世界，难免没有安全感，受了惊吓，这都是正常的。一定要坚持进行语训，我相信，只要半年到一年的时间，他就可以正常生活。"

夫妻俩再次鞠躬，等姜除寒交代完注意事项后，含泪往外走。

也许是心情好，球球妈妈深深地看了倪好一眼，打趣道："姜大夫真宠女朋友，上班都要带着呢。"

正在喝水的姜除寒差点喷出来，水直呛到嗓子眼儿。

倪好急得摆手："不不不，不是的，我们……"

"啊，不是女朋友，那一定是老婆了。"她微笑着，"我就说嘛，姜大夫医术高明，器宇轩昂，怎么可能没结婚。"

俩人笑呵呵抱着孩子走了。

倪好红着脸，不知道自己是要继续等，还是离开比较好。

刚才的场景，着实让人震撼，失聪儿童也听到声音、继而慢慢能够开口讲话。倪好震惊于科技进步与医生的伟大中，眼前的姜除寒大夫身高两米八，光芒万丈。

不知道过了多久，只听姜除寒咳嗽一声，她抬头，见他目光如炬，正盯着自己。

只听他问道："你这么……崇拜我？"

"啊？"

她终于意识到自己一直花痴地盯着人家看，不由得面红耳赤，结结巴巴地解释着："没、没有。"

他很惋惜的样子："我这么……妙手回春的大夫，刚刚你直勾勾地盯我看，如果不是崇拜，那我可能误会，你是单纯地喜欢我。"

倪好脑袋嗡嗡的，听到前面姜除寒帮她否定了"不是崇拜"，瞬间觉得他非常贴心，竟然如此主动愿意帮她化解尴尬，心中感激得不要不要的，根本没听清他后面说了什么，急急回道："对对对，不是崇拜，哈，你说得没错，我就是单纯地喜欢你。"

看着姜除寒一脸震惊的神情，她总算反应过来自己讲了什么。

也许是受那天侯丽丽和姜抗菌的影响，也许她过于着急否认，也许语速快过了脑速，她急得摆手："不是，我乱讲。我的意思是，你医术精湛，心有大爱，"她绞尽脑汁解释着，"……所以患者、患者们和我一样……都很——爱你哟。"

姜除寒无语，这、都、是、什么不过脑子的话？

就算是拍马屁，也拍得太过火了吧？

她眼睁睁看着他再次在她面前失态，水杯送到嘴边好半天都没见他动，像是时间停止了一般。

她捂着额头："呃，那个……我、我……我去药店买酒精和棉球好了，不麻烦您开了。"

她落荒而逃。

他把水杯放在桌旁，看着桌子上她落下的医保卡，卡片上她的照片那么清秀稚嫩，像个还在读书的高中生。他尽力掩饰着唇边的笑意，忍不住伸出手指，轻轻放在倪好的脸上擦了擦。突然有人敲门，来的却是孔成波。

他做贼心虚地把她的医保卡塞进口袋。

只见孔成波满脸的汗，见到他就急吼吼问道："刘婕出事了，她联系你了吗？"

【注释】

1. 耳硬化症：较常见的耳部疾病，其病理是骨迷路原发性局限性骨质吸收，而代以血管丰富的海绵状骨质增生。常见症状有听力减退、耳鸣、眩晕、韦氏误听（在一般环境中分辨语音困难，在嘈杂环境中听辨能力反而提高）等。

2. 周围性面瘫：常见者为面神经核以下面神经因各种病变（炎症、肿瘤、外伤等）所致的面瘫。常见症状是闭目露白，龇牙时口角歪斜，鼓腮漏气。急性期可到神经内科就诊，若保守治疗效果不好可到耳鼻喉科行手术治疗，大部分患者可以治愈。

3. 听神经瘤：即听神经鞘瘤，起源于前庭神经鞘膜的良性肿瘤。主要症状有听力下降、耳鸣、眩晕及面瘫。可根据症状不同进行观察、手术治疗和立体定向放射治疗。

4. 外耳畸形：即耳郭畸形，可伴有或不伴有外耳道狭窄，大部分是先天性的，如遗传等。后天因素如耳郭外伤、感染等也可造成严重耳郭畸形。耳郭畸形的种类繁多，主要包括：无耳、小耳、副耳或多耳、招风耳、巨耳等。此外，还有猫耳、猿耳、隐耳等。可采用手术方法进行治疗。

5. 语训：言语康复训练，人工耳蜗植入术后的病人需要进行言语康复训练，以更好地适应耳蜗和提高言语能力。

真无尘事抗

「经过这段时间与你的接触，我对你的感情，

由之前简单的病人对医生的感激、尊重、崇敬……逐渐变成了男女之间的爱慕之情。

对，我深深地喜欢你、迷恋着你、爱着你。我过来就是问问你……」

她抠着手指，看到他瞪大的眼睛，

突然有点气短：「对，我就想问问你、问问你……明天我的手术你打算怎么做？」

第八章

月洁心昭

1

"刘婕？"看着孔成波火急火燎的样子，姜除寒不动声色地问，"怎么，她再婚的事情终于被你这个老好人知道了？"

孔成波愣住："她再婚了，什么时候的事？"

"不是这个？"他心一沉，"那是？"

"唉，"孔成波关上门，"摊上官司了。"

"怎么？"

"我托人打听，说是一老人有慢性中耳炎[1]病史，头痛难忍突发面瘫，挂了刘婕的号。要说老人和家属也有错，不想做手术，就想先保守治疗。瑞大耳鼻喉反正就这个路数，赚钱嘛，你对手术有排斥，我就给你输液、烤电之类的……暴利啊。老

263

人烤了四次，他们就等着拖得更严重些说服病人做手术。没想到发病急，病人没挺住直接在医院晕过去了，送到市第一医院时，人早不行了……"

姜除寒心中咯噔一声："这……怕是颅内感染²。"

孔成波眉头紧皱，点点头："应该是的。唉，人家家属不干，每天扛着横幅去闹，又申请了医学会鉴定和司法鉴定，虽然结果还没出来，但……家属每天去医院门口堵刘婕，警察来了，他们撤，警察走了接着来。对方还联系了媒体，微博、快手、抖音短视频……我听说她已经两周没露面了。瑞大耳鼻喉呢，直接甩锅说是医生的问题，已经把医生开除了，把自己择得倒是干净。"

该来的总是会来。

姜除寒打开手机，媒体的报道已经铺天盖地。

家属拿着横幅、遗照、花圈……在瑞大耳鼻喉专科医院的门口，看热闹的人围得水泄不通。

他额上的青筋暴起："瑞大耳鼻喉着实荒唐，这几年出的医疗事故已经够多，我劝过她，没用。"

"她没跟你说？"孔成波问。

"这又不是什么光彩的事。再说，我们……很久没联系了，她有事都是直接找孩子，让孩子转告。"

自离婚后，他俩甚至没见过面。

姜抗菌去过她那里三次，每次都是他送到楼下，看着小孩儿上楼，等收到儿童手表发来的消息"进门了"他才离开。

有什么好见的呢？

要不是因为孩子，他真希望一辈子都不再有任何联络。

相信她也是这么想的。

孔成波继续劝他："要不然你给她打个电话？毕竟夫妻一

场，同事一场。"见他不为所动，又说，"毕竟是孩子妈妈，你不为她着想，也为孩子想想不是？"

"行……吧，"姜除寒犹疑片刻，"我回头打一个。"

"回什么头，现在就打，我看着你打。"孔成波抢过他的手机，"来，拨过去。"

真是咸吃萝卜淡操心。

刘婕当初进人民医院，孔成波是推荐人，老大哥眼里没坏人，见不得谁不好。

他只得照办。

电话响了四声，就在他想挂断时，她接了。

"呵，太阳从西边出来了，你居然主动给我打电话？姜抗菌怎么了？"她说话还是那个样子，阴阳怪气的。

也是，他俩如果有什么事情必须沟通，只能是贼孩子出了什么事。

他耐着性子说："你的事情，我听说了。"

孔成波朝他竖了大拇指，鼓励他继续。

"哦，您老人家打电话，是专门来嘲笑我的，还是准备批评教育我？"

他被噎得想挂电话，偏偏插裤兜的手摸到给姜抗菌买的乐高钥匙扣，一时心软，忍了再忍："你想躲到什么时候？"

"跟你有什么关系？还有事吗？没事挂了。"

"等下，"他克制着，咬咬牙，"这样吧……那套房子的钱，我不要了，你……赔给逝者家属。"

电话那头很久没有声音。

"喂？"

"喊！姜除寒，我倒没想到你能有这么大的善心。你想多了，这笔钱本来我也没打算给你。"

265

"如果我起诉，这笔钱未必要不回来。"

"好，"她一字一顿，"那、就、欢、迎、你、去、起、诉。"

可怜孔成波一个劲儿地对他作揖。

姜除寒尽量保持着冷静："算了，我不想和你吵。我只是不希望姜抗菌对他的妈妈失望，不希望……关于这次事件的视频被他的同学看到，问他……这是怎么回事。"

听到姜抗菌的名字，她的声音软下来："我没想到会……这样，真的，我没想到会那么快发作……"

他沉默着。

"我现在在华盛顿，在我妈这里。短期内不会回国。嗯，也许……也许他们会去找你，如果可以的话，你也尽量躲一躲吧。"

姜除寒听出来了，如果他不说卖房子的钱不要了，拿去赔给患者家属，怕是她也不会好心提醒他。

只是，跟他有什么关系？

"找我？他们找我干吗？"他嗤笑了一声，"我为什么要躲，有什么可躲呢？"

"我以前做节目时，有提过你和王教授。"她似乎不想说更多，"总之，叫你躲，你就躲躲。照顾好抗菌。"

她直接挂了电话。

孔成波问："她怎么打算？"

"没说，人不在国内。但跑了和尚跑不了庙，这事本来瑞大耳鼻喉就有着不可推卸的责任，人家患者家属也不傻，肯定会起诉医院的。"

孔成波叹气："唉，造孽啊。公立医院的待遇和福利确实远远不如私营医院，这么些年，咱们医院走了不少好大夫，但我们也在尽力逐步改善。不论谁离开，我都能理解，谁不希望加班少一些压力少一些？即便单纯为了钱，也没什么可诟病的，谁不喜欢钱？"他感慨着，"只是不论在哪里，总要有基本的操守。"

姜除寒摇摇头。

以前两人还没离婚时，她曾百般游说他去瑞大耳鼻喉。

她说——

"钱送上门了，傻子才拒收。"

"如果一直出事，还能开到现在？早被封了。"

"——就算出事，也有医院给你顶着，人家的法律顾问是干什么的？要相信资本的力量。"

钱送上门了，没有任何人傻——人家图你什么，你又图人家什么，大家彼此的底线在哪里，总要算清楚。

没有什么是突然间发生的，一次又一次的医疗事故就是滴水穿石，如此下去瑞大耳鼻喉离被吊销执业许可证也不远了。

资本的力量，也包括一旦发生问题，总会找到最合适的劳动者为自己甩锅的力量。

姜除寒心情沉闷地回到家，姜抗菌居然做了一锅皮蛋瘦肉粥等着他，小少爷哪次不是吃现成的，看着小孩儿笑眯眯的脸，他颇有些受宠若惊。

虽然那锅粥水放得有点多，香菜没有切，整根扔了里面，肉也太大块还有些老，皮蛋是切的半个，盐也有些多，可他吃了三碗。

对刘婕的事情毫不知情的姜抗菌一脸满足地看着他吃，眉开眼笑："爸爸，有这么好吃？"

他点头："当然。"

"爸爸，妈妈好像一个人去美国了。"

"吴……"提到这个人真让他觉得恶心，但姜除寒并不愿意在小孩儿面前表露出来，他咳嗽了两声，接着说，"吴叔叔没去？"

"妈妈说他不愿意去，还要跟她离婚。"小孩儿皱着眉头，"你们大人，真是让我费解。一会儿结婚，一会儿又离婚的。"

他不知道怎么跟姜抗菌解释，头疼得厉害。

小孩儿又问："你们大人，结婚更开心，还是离婚更开心？还是两个都不开心，或者都很开心？"

姜抗菌一口一句"你们大人、你们大人"的，搞得身为大人的姜除寒生平第一次如此讨厌自己大人的身份。

他把碗放在桌子上，看着姜抗菌稚嫩却又认真的小脸，心情缓和不少。

都说夫妻本是同林鸟，大难临头各自飞。刘婕出了事，他早料到吴成路会急着跟她划清界限。尤其今天跟刘婕通电话时，关于吴成路她只字未提。此刻经由小孩的嘴巴说出来，他心中说不出是什么滋味。

"要不要和我一起洗碗？"

小孩儿按住他："你别动，我来。"

"服务这么周到？"他都有点惊喜了。

"对，今天就要你好好享受下什么叫作亲情。"小孩儿笑嘻嘻地收拾着碗筷，走到厨房将碗筷放到洗碗槽里，踩着小板凳，笨拙而认真地洗着。

洗碗槽内外水花四溅，地上都是水。厨房一片狼藉：垃圾桶外面满是菜叶、泥块，灶台上油乎乎的，洒满了黏糊糊的粥，酱油、耗油、醋瓶子东倒西歪的，知道的是小抗菌做了一顿饭，不知道的还以为什么不明生物曾经来袭。

他哭笑不得地手把手教小孩怎么收拾，半个多小时后，瓷砖闪闪发光，他一时玩心大起，抬起湿漉漉的手对准姜抗菌的脸便是一顿拍，小孩被溅了满脸满身的水，哪里肯干，尖叫着也洗了手，父子俩随即打起了水仗。

直到晚上九点半，两人洗过澡躺在床上，姜除寒伸了个大大的懒腰，看着身边笑得没心没肺的小孩儿，问："你是不是，有点儿想妈妈了？"

小孩儿点点头："有那么一点儿，但我不喜欢吴叔叔。"

"没关系，"他揉了揉小孩儿的头，"你当然可以不喜欢他，没有任何人强迫你去喜欢他。"

"你将来也会跟别人结婚吗？"

"呃，"这个问题有点儿难住他，"说不好，也许会，也许不。"

莫名地，他的脑海里突然浮现出倪好的脸，她像个被老师罚站的小学生，紧紧贴墙站立大气都不敢喘。他心一惊，赶紧晃晃头。

姜抗菌托着腮："那我不喜欢她，也可以吗？"

"当然，你如果不喜欢她，爸爸也不喜欢她，好不好？"

"这样是不对的，倪好姐姐说，"小孩儿一板一眼地说，"每个人都有自己的喜欢和坚持，爸爸不强迫我，我也不能强迫爸爸。"

哼，又是倪好。

她的话你倒是听。

心里这么腹诽着，他的心里还是暖的。

"你那么喜欢倪好？"

"对啊，她从来都不把我当小孩儿，特别尊重我，而且不论什么事我找她帮忙，她都不会拒绝我。说真的，爸，"小孩儿往他身边靠了靠，"我之前看新闻，有医生加班猝死，还有个什么民航总医院的阿姨，遇到坏蛋……用刀割她的脖子……爸爸，你、你上班时，要保护好自己。"他眼睛红红的，却使劲吸着鼻子，不让眼泪掉下来。

姜除寒好一阵心疼，也眼泪汪汪的，一把揽他在怀，对着他的小脑瓜亲了又亲。

"不会的，爸爸不会有事的。你放心。"

"嗯，我也这么觉得。"他往姜除寒的怀里拱了拱，"如果万一有事，我觉得倪好姐姐会愿意领养我的。"

姜除寒无语。

这贼孩子，每每朝自己示好，令自己感动得恨不得把心掏出来时，他从来不会让你失望，一定马上说出能把你气死的话。

真是一会儿天使一会儿恶魔。

2

倪好因为生病的关系，很久没有心情更新微博。

晚上想起来打开，成百上千条信息，都在问她做什么去了，为什么突然失联。

按照之前的计划，她是想度蜜月时甩上一张婚纱照，与大家直接分享结婚的消息。

事到如今只觉恍然如梦，还好没有发，她暗自庆幸着，否则现在就得解释结婚未遂的事情。她一边想一边笑，能如此云淡风轻地面对那件事，说明彻底放下了。

难得心情好，她试着画了个涂鸦发布。长发飘飘的女孩仰望月亮，漆黑的夜空繁星点点："月洁心明——喜欢一个人，是什么滋味呢？"

底下的评论很快炸了锅：

"没想到女神画画也这么好，果然没有爱错人。"

"好好恋爱了吗？"

"快说是谁？想吃狗粮。"

"终于发微博啦，这么久没出现，是因为遇到了喜欢的人吗？"

"他是谁他是谁他是谁！！！一分钟内我要知道他的名字。"

"好吧，本不想占用公共资源，实在对不起隐瞒大家这么久，让好好受委屈了。我会对她负责的，请大家放心。"

"呸！楼上的不要脸！"

…………

倪好抿嘴笑。

最近，她发现……自己似乎喜欢姜除寒喜欢得有点过了头。

走路时想着他，吃饭时想着他，睡觉梦里梦外都是他。她一开始以为不过是这次生病被他紧急救治后的感激，或者，不过是上次复查时不小心扑到他怀里后的过度解读……

直到她不断地把两个人相识相遇，每次见面时的场景，他说过的话，他的语气、他的表情、他的动作……无数次在脑海里复推、上演着；把所有她喜欢的言情剧都幻想成是他和她，开始计划着关于两个人在一起后，关于他们最远的未来；她开始像个口袋里装满了糖果的小孩，做什么嘴角都带笑，藏不住的满足……才最终确认了自己的心意，这是和鲁长均在一起时，从未有过的感受和快乐。

关于姜除寒的一切，突然成为她做一切事情的动力和信念。

她似乎就这样单方面陷入了热恋。

如果……

如果真的能在一起就好了。

她想。

微信里侯丽丽突然跳出来："你是不是谈恋爱了？"

"哪有？"她吓得一个激灵，有那么明显吗？

侯丽丽："才怪，我看你微博了，赶紧从实招来。我可是什么都跟你说了。你倒好，对我守口如瓶。没良心，亏我把你当朋友。"

再不说，似乎是倪好刻意对她有所保留。

女性之间的秘密交换，是个很玄幻的事情：一定要两个人互相交换、互相倾诉足够等量的秘密，才可以让双方都觉得安全、踏实、满足、亲密。反之，会彼此间充满猜疑，我的秘密因为你的保留而成了地雷，保留方有了随时随地引爆它的主动权。

这真让人恐慌、焦虑，安全感全无。

也许会有人说，既然如此那你完全可以选择不说。可问题在于，保守秘密是多么痛苦的事情，找到合适的机会合适的场合合适的人说出来，也不是易事。

倪好犹豫很久，只得回复："好像是喜欢上一个人了，但……不确定对方的心意。"

"我认识吗？是谁是谁是谁！"八卦之魂熊熊燃烧，侯丽丽恨不得飞到她家亲自审问。

鉴于陶一然和姜除寒的关系，她有些为难，怕触到侯丽丽的伤心事，不知道要不要和盘托出。

"我认识吗？"

"见过，"她说得模棱两可，"但应该不是很认识。"

"我听出来了，"侯丽丽说，"只要不是陶一然，不，就算是陶一然，我都没关系。过去的事情已经过去了，你赶紧交代。"

她急得按了语音通话。

"到底是谁啊？别卖关子了，算我求你。"

倪好扭扭捏捏的，终于说出他的名字。

"居然是他？"侯丽丽说话很直，"老实说，倒也不是不般配，但……你不介意他离婚还有个娃吗？你这么年轻貌美，干吗想不开非要给人去当后妈。"

这样吗？

——这个问题，倪好倒是从来没想过。

既然已经交心，她厚着脸皮说："总好过他现在已婚强吧？再说，你又不是不知道，我多么喜欢小朋友。"

"嗯，这么一想……倒也是。有多喜欢他？"

"喜欢到……嗯，就是……就是……"

侯丽丽急得跺脚："怎样？"

她红着脸说："就是每天默诵着他的名字入睡的程度，恨不得每天去医院守着、只为了见他一面的程度；看到他和别的女患者说话，恨不得冲过去吼他是我的，你们不要痴心妄想的程度；他和我见面时，满脑子……满脑子都希望他能主动些，对我做点什么羞羞画面的程度。"

"我的妈呀，"侯丽丽惊呼，"都到了这种程度了？"

她的手机放在书桌上，按了免提。此刻被侯丽丽这么一嚷，羞得满面通红，双手捂着眼睛，摸到额头上渗出的密密麻麻的汗珠，心中一阵阵悸动。从未想过，让她敢于把所有心事倾诉出来的，居然会是侯丽丽。

可是，说出来，真舒服啊。

像是在地底下蛰伏了很多年的蝉，终于破土而出，慢慢爬上树，避过天敌，蜕去外壳，一步步爬上参天大树，欢快地唱出叫醒夏天的第一声。

"你打算什么时候表白？"侯丽丽比她还要激动和兴奋。

——要、要表白吗？

"如果他也喜欢我的话，应该会主动有所表示吧，是不是？"

"你怎么能这么想，万一他一直没有向你表白呢？"

她没想过。

一向都是别人追求她的。

以她的脾气秉性，如果对方一直没有表态，可能就……就一直等着，或者算了。

侯丽丽恨铁不成钢："我不是跟你说过吗，遇到喜欢的人就要大胆表白，被拒绝了也没关系，总比错过好，即便分手了也比没试过强。咱们新时代女性，"她咭咭笑着，"就是要有这种魄力，要把主动权掌控在自己手里。"

倪好被说得蠢蠢欲动。

"可是，我还是有点……"

"哎，要对自己有信心，你人美又有才，是不是？谁能拒绝得了你的追求？再说，你还微博大V呢，那么多家长视你为偶像、育儿新教育的指路灯、正面管教孩子的小仙女，到了自己头上，对自己喜欢的人怂成这样，多说不过去。你就直接发微信……你有他微信的吧？"

"……嗯，倒是有。"

"约他出来吃饭，直接问——你喜欢我吗？我们可以交往吗？我很喜欢你。要不要咱俩在一起试试？"

"这、这样吗？太、太傻，也太愣了吧。"她想象了下那

274

个场景，姜除寒八成会以为她是个神经病，"我不敢。你不知道，他会骂我的。"

"骂你倒不会，他平时脾气再暴躁，面对喜欢自己的女孩子，总是会心软的。即便拒绝，也会拒绝得礼貌一些。"

"我马上要做第二次手术了，万一被拒……多尴尬。"

"这倒是个问题，但……人家一年做多少台手术，什么大风大浪没见过，实在不行，你等术后再表白也行，之前先多约他几次，充分了解嘛，反正人家对你也是有恩。"

这话在理。

上次复查，误会已经解释清楚，约他吃饭表示下感激之情，总不至于还拒绝吧？

说约就约。

倪好给自己做了半个小时的心理建设，在侯丽丽的催促加怂恿下，发了微信：

"姜医生您好，请问您最近两天有时间吗？想请您吃饭。"

十分钟后他回复了，比起之前两个字两个字地往外蹦，相当客气："不了，谢谢你。"

她继续发："姜医生您好，我是您的患者倪·精卫填海·愚公移山·夸父逐日·好，请问这周您有时间吗？想请您吃饭。"

"下周？您喜欢什么口味？我可以去医院附近，不耽误您的时间。"

"要不然下下周？"

手机安静了几分钟后，他回："下周你要做手术，我不认为你可以出去。"

倪好沉默。

唉。

姜除寒不知道的是，也许他拒绝的只是一顿饭，但对倪好来说，是拒绝了她对他所有的主动和热情，所有关于他也许会喜欢自己的期待和幻想。

——主动追求人，真是太难了。

家长们总是抱怨，辅导作业太难了，照顾孩子太难了，教育孩子太难了……在她看来，再难，只要找到并认真学习适合孩子的管教方式，一切都可以迎刃而解。

可追求人有着太多不可控制的变数，她宁可去辅导难缠的熊孩子写作业，比如姜抗菌什么的。

姜抗菌？

她怎么把他忘记了呢。

这个重情重义、对她无比信任、沟通起来没有任何障碍的小家伙……

五分钟后，倪好以"想感谢身为我主刀大夫的你爸爸，求问他老人家的喜好，千万替我保密"为由，顺利要到了姜除寒的个人资料。

看着小家伙发来的好长一段文字她禁不住咋舌，有血型、有身高、有梦想……倪好震惊之余不由得问："你你你，这都是你自己观察得来的？没想到你心这么细。"

姜抗菌："没有，我谎称是老师留的作业，刚才一个个问出来的，又新鲜又热乎。"

倪好夸道："机智！"

这资料估计是小家伙打开了自己的同学录，按照上面的问题一个个问的——

姓名：姜除寒

绰号：钩钩

星座：狮子座

生日：8月16日

身高：182cm

血型：O型

属相：猴

梦想：成为手术"第一刀"

特长：唱歌

最喜欢的食物：猪蹄焖饭

最喜欢的动物：猪

最喜欢的颜色：蓝色

最喜欢的明星：张曼玉

最喜欢的电影/剧：《豪斯医生》

最喜欢的运动：书店闲逛

最喜欢的书：《乌合之众》

…………

倪好默默看着，怀疑这内容会不会是姜除寒糊弄小孩儿的。转念一想，家长对小孩儿的作业还是会认真对待的，问题应该不大。

只是最喜欢的运动是书店闲逛？这也算运动？

在自己的领域王般的存在，狮子座肯定的，看着就像。倪好之前就猜他要么摩羯要么狮子座。喜欢《豪斯医生》？别说，那暴脾气，跟豪斯医生倒是有点像。

他居然喜欢唱歌？真是没想到。

绰号是"钩钩"这什么来历？

她虚心请教。

小抗菌简直不要太靠谱，五分钟后回复："我爸说，他读大学时，班里只有他一个姓姜的，不是有句歇后语叫'姜太公钓鱼——愿者上钩'嘛，就给他起了个'钩钩'的昵称。"

哈！

钩钩这名字好，一下子拉近了距离，倪好对收集到的情报非常满意。

3

皮小翔上次闹事之后，又来过几次，门都没能进来。

游云找人给木工坊装上了防盗报警系统。她又叮嘱小艾，和店旁边银行的几个保安搞好人际关系，隔三岔五给人送点水果奶茶什么的，叮嘱对方万一这边有什么情况，帮忙照应着点儿，加上小艾嘴甜，人家自然满口答应。

事情已经过去一周，坐在木工坊大厅的前台旁，看着会员们做着圆凳、火车、镇纸、手机架、水果托盘……一个个专注的样子，游云的思绪又飘到了那一天。

她被皮小翔抓着衣领使劲推开，是不知何时赶来的陶一然轻轻扶着她站好。

也是他对着皮小翔怒目而视："我没听错吧？你要青春损失费？"

皮小翔见半路杀出个程咬金十分不满，朝地上吐了口痰，嚷道："哟呵，你是哪根葱？"

"看到别人像什么，是因为自己本身就是什么。"陶一然顿了顿，"你这身材和智商，确实像根葱。"

皮小翔皱了好半天的眉头，没听懂。

他又说："先跟你普下法，在我国法律里，是没有'青春损失费'这个概念的，即便分手后去法院起诉，主张要'青春损失费'也不可能得到支持。甚至，如果你未经过……游……游女士的同意擅自拿走她的东西，她都可以依据法律要求你还

278

回来。"

他叫她……游女士。

她一怔。

皮小翔结结巴巴的："主、张？什么是主张？什、什么什么效力？"

陶一然十分意外地看了看他，呵斥道："你如果再不走的话，我们就直接报警了！你这……严格追究起来，涉嫌寻衅滋事、非法入侵民宅、讹诈……"他掏出手机，"加起来，差不多能判五年八年的。"

见皮小翔一脸蒙，他直接吼道："滚！"

游云的心紧张得提到了嗓子眼，她怕皮小翔是个浑不懔，真的动起手来，不论谁受伤都不是她的本意。没想到她多虑了，人家用手恶狠狠地指了指俩人，说了句"我记住你们了"，转头就跑。

他没有认出陶一然。

她认识皮小翔那么久，那天才发现，她从未了解过他。

她和皮小翔说的话，陶一然都听到了吗？

慢慢地坐上太妃椅，总算有了些力气，只当他什么都没听到，她颤声说："谢谢你。"

他看着她的脸，眼睛眨了眨，转向她的木工坊，颓然道："谁能想到当年打败我的情敌，是那样的货色。"

她紧张地十指交叉，越发觉得没脸说什么。

"我无意间看到这里有座木工坊，于是进来随便逛逛，"他双手插在羽绒服裤兜里，"没想到会偷听到你们的谈话。我曾经无数次不甘心地，想要通过各种渠道打探你的消息，只想问一个为什么。虽然这世上所有的事，解释起来不过六个字——算了吧，何必呢。"

今天很冷，又降温了。

他的鼻孔、嘴巴里不断呼出白白的一团哈气，他搓搓手，黯然道："这么些年，我再不敢主动追求任何人。"

游云掩住脸，不敢发出一点声响。

"同你一样，我也退出了大学辩论队，甚至，再听不得任何关于辩论的消息。直到一年前，有个女孩子很喜欢我，大方、主动、热情，不像其他追求我的女生。她几乎用了她所有的力气来追求我，一如当年追求你时的我……主动追求一个人，得是多么地不要自尊，多么勇敢才能做到的事情呢。于是我就决定试一试。"

他盯着地面，像在自说自话，也像是专门讲给她听。

"……我告诉自己要尽量全身心地投入。"

夕阳西下，院子里光线渐暗，"啪"的一声，不知道谁开了院子里的灯，白晃晃的灯光照得游云睁不开眼。

"一个月前，她提出终止爱情关系，虽然有着各种不解，虽然我试图做出各种解释和承诺，她还是选择了分手。吃分手饭的那一天，她流着泪说，她还是很喜欢我，但更希望我找到那个能够点燃我爱情的人。当时的我很困惑……但现在，"他提高声音，"刚才见到你的那一刻，我突然有点醒悟，也许是你彻底把它浇灭的，除了浇灭了我的爱情，你还浇灭了我的信念、自尊，还有……骄傲。"

他在她的身边蹲下："游云，刚才那人说——你是喜欢我的，他问你，既然那么喜欢我，为什么不敢去找我。大家都是成年人，我想不明白，看在我被你折磨这么多年的分儿上，今天，请你给我，不，给几年前那个曾经百思不得其解的我一个答案——为什么呢？"

她的双肩在抖，双目通红。

"你……"他叹气，还是动了恻隐之心，不想继续逼问她，"慢慢想，我过两天再找你。"

他从她手中抢过手机："密码？"

她说了一组数字。

他拨了自己的号，又扫了她微信的二维码，通过好友后，这才把手机还给她。

…………

加了他的微信后，游云的手机似乎就成了一个定时炸弹。

任何时候有来电或者信息提醒声，她都疑心是他，像只受惊的小猫突然听到巨响，身上的毛全部爹起来。可他没有发来任何信息，电话也没打上一个。这搞得她非常烦，说不清楚是失望，还是被他遗忘了后的如愿。

直到这天晚上，他终于发消息过来——

"要不要吃夜宵？"

她忙了一整天，腰酸腿疼，哪里都不想去："不了吧，谢谢。"

"鸡脆骨、羊肉串、牛肉串、鱼肉丸、牛板筋、猪脆骨、烤土豆片……行不行？"

后院的门铃一直响，微信也弹出条消息："开门！"

开了门，没想到他竟然直接打包了烧烤过来，她默默跟在他后面，看着他把带来的报纸摊开在餐桌上铺平，将烧烤一盘盘摆好。他还拎了一打精酿啤酒，两人围着餐桌相对而坐。

她从未想过自己有朝一日可以不用躲，甚至可以和他在同一个房间里用餐。灯光下的他早已不是当年倔强地抿着嘴角凝视她的少年。时光如水，冲去了他身上所有的稚嫩与青涩，而她也不再是当年满腹心事的少女。

"我记得那时在辩论队，"他开了两瓶精酿，递给她一瓶，"大家见你就怕，别说辩论，连喝酒都没人能赢过你。队友们开玩笑，说你是孙悟空的筋斗云，不论是知识储备量、反应速度，还是辩论的角度和深度，直接秒杀任何人。我从那时就开始渴望见到你。"

她默默听着。

"我看了你之前所有辩论赛的视频，越是了解你，越渴望与你交锋……没想到……"

"没想到我会输得一败涂地是吧。"她喝了一大口精酿，又猛灌几口，忍不住夸道，"这啤酒不错，沁人心脾，清爽得很。"

他笑笑，接着说："那天那场辩论，我终生难忘。他们说，你要么是喜欢上我了，所以才故意相让，让我拿了最佳辩手。要么，你就是喜欢上我了，把其他任何人杀得片甲不留，唯独面对我方寸大乱、丢盔弃甲。"

羊肉串嫩而不腥，她多吃了两串。

他看在眼里，将羊肉串的纸盘往她的方向挪了挪。

一瓶精酿很快见了底，他又开了一瓶递给她。

也许真的是酒壮熊人胆，游云觉得，自己似乎并没那么害怕见到他。她甩甩头发，问："原因对你真的那么重要？"

他看着她："是。"

"当年……确实是我处理得不对，不论出于什么原因拒绝你，都应该客气而礼貌，而我采取了最简单、粗暴的方式。我……"她拿着酒瓶跟他碰了下，故作洒脱，"我向你道歉。"

他不作声。

"至于原因……我……"她再灌了几大口酒，"我觉得，嗯，不知道说出来，你会不会信。你太好了，我……配不上。"

他果然没能领会她的意思："你居然还打算继续敷衍我。"

她配不上？这个借口着实蹩脚。

"你不信？"她苦笑。

"你至少编个真实点儿的理由吧，就算是对我的尊重。"

如此近的距离，她甚至能看清他头顶有三根白发，她相信他亦能数清她脸上的雀斑，但两个人却是隔着千山万水。

他真的因为她的拒绝，就丢掉了关于爱情的所有信念和骄傲吗？

——可他丢掉的那些，她也并未曾捡到啊。

她过得同样不开心。

一次次欺骗自己，以为自己真的可以。

精酿的酒精度数不过十几度，除了喝下去的几分钟有点上头，后面几乎没有任何感觉，只不过她的脸颊还是微微发红。她大方而肆意地任凭自己看着他的脸，那目光仿佛长了手一般，抚过他面上的每一处毛孔。

命运弄人。

说不清楚谁会成为你的命运节点，你又成为谁的命运节点，浑浑噩噩里摸爬滚打，谁不是默默受伤，独自成长。如果确实避不过，不如在那个命运的节点来临之前……勇敢面对真实的自己，至少不留遗憾，也不影响、误导他人。

一瓶瓶啤酒下肚，她的话渐渐多起来。

"今天啊，都是说给几年前的我们听的，你得记住——不是现在。"

他温柔地点头："好，不是现在。"

窗外寒风呼啸，吹得光秃秃的树枝东摇西摆，她看了一会儿，终于可以与他剖心析肝：

"我好像，越是喜欢，就越想要后退和拒绝。离自己喜欢的事物越远，就觉得自己……越安全。

"即便成年后的我，看到妈妈站得离我近一些，都会莫名地紧张。童年的噩梦时刻上演，我害怕她撸起袖子，突然就看到她身上一道青一道紫的伤。

"为什么爸爸回到家就会冲妈妈发火？那些拳打脚踢，妈妈承受得有多痛，我就记得有多深，每一分每一毫全都刻在我的骨头里。

"我能怎么做呢，跪下求他，求求你，爸爸不要打了，然后我也跟着被打得遍体鳞伤。我躲起来会好一点吗？

"会的，他是故意的，如果我不替妈妈求饶不下跪磕头，不抓着他的胳膊哭喊着阻拦他，他就不会连我一起打。

"是选择站在妈妈这边陪她一起挨打，还是选择自保躲在柜子里好让那些拳头不会落在我身上？他的拳头和脚，一个壮年男人的力量……当时我也只不过五岁。

"妈妈怕我也被揍，每次他一回来就会找个理由把我骂走。她怕我忍不住为她求饶，跟她一起受苦……

"我发现越求饶，他打得越狠、越久。后来我终于想了个自以为是的好办法。如果每次都被他打，也许真的会被打死吧。我还小……我要好好地活下来，赚好多好多钱给妈妈花。所以我找了个小本本，记下来，这次陪妈妈挨打，下次我就跑出去或躲到柜子里，等伤口好一些了，下下次再陪着妈妈一起……

"一晃那么多年过去，我也慢慢长大了。

"真的会有人喜欢我吗？

"我凭什么配得上那么美好的东西呢？一定是我痴心妄想。

　　"如果我接受了，后面是不会有好结果的。

　　"那就不如，在得到之前，先远离它，这样就永远不会受伤了，是不是？

　　"就好像……我永远不配考一百分，偶尔考上一次，会迎接太多的怀疑和关注，这让我恐慌。接下来的考试，果然不负众望地一落千丈。考个六十分才让人心中踏实啊。

　　"如果有一个听话又蠢、好操控且绝不会对你家庭暴力的男人做男朋友就好了。就像六十来分的考卷……刚刚及格，又不会过于惹人注目。

　　"我当然知道你有多好，你那么光芒万丈，肯定好多人喜欢你的……我虽然也有一点点微光，可我也只是勉强让自己苟活而已。

　　"不想拿走、借用你的光，你最好继续你的光辉灿烂，我也继续我独自矛盾的荆天棘地。 "我……我讨厌你。

　　"你离我远点儿！

　　"我不想再见到你！"

　　她的声音低低的，低到陶一然要屏息凝神，才勉强听到——"不要走，"她说，"我……我喜欢你。"

　　那个始终无法克服卑微、敏感、内向、紧闭心门的少女当时如果能够排除万难，她说出口的，会不会是："我喜欢你，也许……也许我可以。"

　　…………

　　夜凉如水，如此哀伤的一个夜晚，如果多年前她做的是另一个决定，眼前又该是怎样一幅场景，他和她又该是怎样一副幸福、快乐、亲密的模样。

　　她含着眼泪。

"以上，说给那些年蹉跎放纵自己不断下沉的时光中，那个怎么也藏不住眼中光亮的男生听，也说给……自卑又自负、只想把自己锁在一个无人找到的柜子里的女生听。"

——当然不是现在的我们。

你我都知道，大家的人生之旅，早已各有各的方向。

4

翟娜最近身体不是很好，不知道是年纪大的问题还是平时锻炼比较少，有天半夜睡着觉突然被晕醒，天旋地转的。晕还不是一直晕，倪大骏扶她坐了一会儿就好了。可一旦躺下或者翻身又开始晕，似乎身体什么部位悄悄长了个什么东西，随着体位的变化触动了这眩晕的按钮。奇怪的地方还在于：眩晕持续的时间并不长，甚至不会超过一分钟，可那滋味着实叫人难受，整个身体失去平衡，像趴在一个疯狂旋转的转盘上，上吐下泻的，更有一种濒临死亡的窒息感。每每发作，翟娜鬼哭狼嚎地连呼"救命"，吓得倪大骏和倪好也乱了阵脚，赶紧连夜带她去医院。

最开始去的是附近的一家二甲医院，做了个全身检查，抽血、彩超、CT、核磁……折腾得翟娜又是一阵狂吐，等结果出来医生说是颈椎的问题，建议做手术，叫什么"低温等离子射频热凝术"。这医生态度极好，怕他们一家听不懂，还特意画了个图进行详细解释，说是什么C5-6之间压迫神经导致的，做这个微创手术，出了手术室就不晕。

医生说，他们医院暂时没有病房，但他刚好在某医院出诊，他可以帮助他们在那里申请做手术，设备都是一样的，那里刚好有床位，费用也不贵，大概在三万块钱。

翟娜一听便同意，既然医生能这么当机立断地做出诊断，说明医术高明，又如此为患者考虑周全，着实是医者仁心。只要不让她再眩晕，让她干什么都行。再说，这病能冶，总比是什么发病原因不明的疑难杂症强，从发病到来医院的路上她的心忽上忽下的，都开始琢磨遗嘱怎么写了。

倪大骏觉得哪里不太对，去缴费的路上给一个医生朋友打电话，对方当即介绍他去市第一医院的神经内科看看，头疼头晕很可能是脑血管出了什么问题。市第一医院是三甲综合性医院，既然需要手术，多问问总没错，千万别有差池，倪好的耳朵就是天大的教训。

于是一家三口隔天去了市第一医院的神经内科，倪大骏的朋友跟那位主任医生打了招呼，顺利加到号。只是看完前面的病人已经中午十二点半，好不容易熬到见医生，对方看了好半天的核磁，说是什么缺血性脑血管病，保守治疗效果不好，建议做什么颅内-颅外动脉吻合术，需要在颅骨上钻个孔，用极细的尼龙线将颅内、颅外的血管缝合，接通血管。

翟娜一听要在脑袋上钻孔，腿彻底软了。两个医生完全不同的说法，越发让人六神无主。偏偏第二天就是倪好做第二次手术办理住院手续的日子，一家三口两个人要做手术，怎么运气这么背。翟娜甚至开始慌里慌张地四处打电话，非要找人请个大仙来家里看看风水。

最后还是倪好看到人民医院微信公众号上骨科还有号，直接挂了个专门看颈椎病的骨科专家特需，只是那个时间段她需要去办理住院手续，不能陪同了。

倪大骏很欣慰，女儿关键时刻沉得住气，不急不乱。不论什么病既然赶上了，不要怕，当代医学昌明，找到擅长这类疾病的医生就好。

于是第二天下午，一家人兵分两路，倪好去办住院手续，倪大骏和翟娜直奔骨科特需门诊，三人约好有什么问题电话联系。

人民医院办理住院手续的窗口人满为患，好不容易排到倪好，她习以为常地掏出钱包，身份证、住院通知单都在，唯独不见了医保卡。在工作人员不耐烦地把手敲了又敲、排在后面的人不断的催促声中，她把钱包和手提包搜了个底朝天，才想起是上次复查落在了姜除寒的门诊。

打电话给他说明来意后，他似乎一点也不意外，只说刚查完病房，让她在大厅等。没几分钟，便看到他从自动扶梯上缓缓下来。他穿着白大褂戴着口罩，只露出那双狭长的眼睛。她默默站着，并没有挥手或者喊他的名字，想知道他多久可以从人群中找到她，似乎他找得越快，便隐隐觉得自己在他的心中有了些位置似的。

唉，暗恋中的女生玩的无聊游戏罢了。

他没有让她失望，只是微微转了转头，便发现了她，继而大步流星地朝着她的方向走来。他看上去有些疲惫，可是脚步轻快嘴角带笑，走向她时带着某种坚定抑或嘲讽的眼神，也许更多？但她并没有解读出来。

他将医保卡递给她，四下打量了一圈，目光又落在她的身上，问："哟，今天倒是太阳打西边出来了，怎么，一个人来的？"

她知道他在嘲讽她的公主病，她的那些事，他有什么不知道的。她装作没听出来："我爸妈有点儿事。"

"原来如此。"

他不说走，她也不好意思先离开，毕竟麻烦人家亲自送一趟，接着他站到了办理住院手续的队伍中。她一愣，赶紧站到他的后面。

他一面跟着队伍慢慢移动，一面跟她有一搭没一搭地聊天。

她想，他这是要陪着她办理住院手续？

"最近所有做手术的病人，家属都不能进入病房了。"

"哦。"她低着头，露出白皙的脖颈。

他呆了几秒，慢慢转过头，声音有点不太自然："你手术时，他们也只能送到病房门口。"

"这……这样啊。"

原来是交代住院信息的，她有些失望。

很快轮到她，他侧身让出去。

倪好把所有证件给了工作人员，对方麻利儿地办完，交代了一堆注意事项。她早轻车熟路，装好押金条和其他证件，发现他仍然没走。

——要不然，约个下午茶？

但时机不太对，她需要赶紧回到病房报到，然后还要去看看翟娜的情况。

"您是有别的什么事吗？"她索性直接问。

他点点头："确实有个问题想问……想请教你。"

"您说。"

"姜抗菌这孩子，是不是一直拉着你聊天？"

"还……还好。"她想，这孩子，该不会是……又惹什么麻烦了吧。

"你觉得，嗯，"他犹豫着，"你觉得单亲家庭是不是会不利于他的成长？"

能让他放下他的骄傲和暴躁的坏脾气，当然只有姜抗菌。

她轻轻问："是最近小抗菌有什么异常的举动，让你担心了吗？"

"也没有，就是有时觉得他太难琢磨了，有时气得我几乎吐血，有时又特别懂事，"他第一次就孩子的教育问题和别人推心置腹，"看着他稚嫩的脸，会想一切都是我的错吧，让他不得不在单亲家庭长大。"

"也许，"她斟酌着用词，"比起让孩子整日在父母争吵不断、担惊受怕的环境里成长，他更愿意在安定祥和的氛围里生活。只要……只要和他在一起生活的爸爸或者妈妈尊重他、信任他、包容他，能够给他提供完整的爱，给他高质量的陪伴，他同样会健康快乐成长。"

他好半天没说话，但困惑的神情在那一刻似有所缓解，不知道是不是回忆起父子相处时的时光，有些动情："他好像对你挺信任的，我有个不情之请，如果可以的话，你能多和他聊聊天吗？"

"行啊，没问题，我本来就很喜欢他。这孩子，很可爱的。"她满口答应。这么说着，却迅速给姜抗菌发了条信息："你这两天怎么气你爸了？"

小家伙很快回复："嘿嘿。也没啥，给他做了顿粥？要不就是用了一回苦肉计？前几天我想多玩五分钟游戏，他不肯，于是我就跑到儿童房，抱着妈妈的照片假装哭了一会儿……导致他想多了？"

倪好满脸黑线。

姜除寒并没有留意到她憋笑的表情，歪头想了一会儿："那就——谢谢你了。"

"我还要去住院部办手续，要不然，"机会难得，她决定抓住这个机会，直接发出邀请，"晚上我请您吃个饭？"

她的话音刚落，倪大骏打来电话。

他做了个请的手势，示意她接听。

"好好，你怎么样？"电话里传来倪大骏粗犷的声音，"我刚带你妈看完医生，人家说颈椎一点儿问题没有，不需要做任何手术。"

倪好诧异："真这么说？"

"就是啊，我还反复问，问得人家都烦了。医生说，开什么国际玩笑，健康得很，反正不是骨科的问题。"

"这……那我们到底听谁的？"

"医生说，他初步判断也不是脑血管的问题，倒是建议我们去耳科看看。"

"耳科？"倪好意外地看了看姜除寒，"这跟耳科有什么关系？"

"……我也这么问了，人家说很有可能是什么、什么耳石症³，说归耳科管。"

姜除寒默默听着，直接从倪好手中抢过手机："叔叔您好，我是倪好的主刀大夫姜除寒。对对对，是我，阿姨是个什么情况？……哦，还有别的症状吗？那……这样，我和倪好在住院部大厅等您二位，对，我给阿姨做个检查……好，不客气不客气。"

他把手机还给她。

他竟然愿意陪她一起等她爸妈过来，甚至主动帮她妈妈亲自做检查？

她受宠若惊。

啊，医院有人的感觉真好。

不不不，这不是重点。

他和她的关系——已经到了不用通过陶一然这个所谓的熟人介绍，就可以直接找他看病的程度了吗？

也许……也许他对自己，也是有一些情意的吧。

暗恋中的女生，卑微地四处寻找着"他也爱我"的证据。在等待倪大骏和翟娜过来的时间里，她的手心全是汗，心中说不出地喜悦。

很快，倪大骏带着翟娜到了住院部，姜除寒带着三人直奔耳鼻喉病房的检查室。

翟娜刚坐下，姜除寒问："只有体位发生改变时才晕是吗？走路晕不晕？"

"不晕。"翟娜说，"我睡觉往床上一躺，或者从床上一翻身，就一会儿晕一会儿晕的，有时候晕个几秒钟，有时候十几秒几十秒的样子，然后就好了，走路也不晕。"

"恶心吗？呕吐吗？"

"是的是的，有。"

"耳鸣吗？听力有下降吗？"

翟娜想了想："这个倒是没有。"

姜除寒站起身，指着角落里铺着一次性检查单的治疗床："坐。"

翟娜看了看倪好，不敢动。

倪好会意，轻轻扶着她坐过去。

他扶着翟娜的头，转向右侧，然后迅速扶她仰卧，整个头垂在床边，大概停留了几十秒后，又突然将她的头转向左侧，同样停留了几十秒。继而将她左翻至左侧位，扶她坐起来。他弯下腰，看着翟娜的眼睛，等了几秒，满意道："好了。"

——好、好了？

这几个动作做得太快，翟娜"哎哟哎哟"叫着，把自己吓够呛，此刻听他这么一说，整个人是蒙的："什么好了？"

他笑："您的耳石症已经治好了。"

"耳石症？"倪好诧异，"什么是耳石症？"

"耳石症，又称为良性阵发性位置性眩晕，是指头部迅速运动至某一特定头位时出现的短暂阵发性发作的眩晕和眼震。说白了，就是前庭管平衡的耳石，这个耳石每个人都有，然后，"他看着翟娜，"您的耳石呢，跑到其他地方去了。这病，一般中老年人比较多见，但年轻人如果劳累、休息不好、紧张、焦虑啊，尤其现在好多公司提倡什么'996'，工作压力特别大，休息不好也会得耳石症。"

　　倪大骏忍不住问："那您刚才是……"

　　"我刚才在通过手法进行复位，阿姨您试试，看还晕不晕。"

　　翟娜撇嘴："哈，怎么可能这两下就好。现在的年轻人，真是的，就会说大话。"

　　看着不断冲她使眼色的倪好，她反应过来，赶紧改口："不不不，我不是那个意思，你给我们家好好治病，对吧？耳科，你是大神。可我这病，医生说了，是颈椎的问题，得手术。不对，还有个医生说是脑血管的问题……你这耳科医生可看不了我颈椎和脑血管的病。"

　　倪大骏也有些尴尬，女儿还得让人家做手术呢，不能得罪，急急找补道："对对，我爱人不是那个意思，就是……她头晕，怎么可能是耳朵的问题呢，您会不会搞错了？"

　　姜除寒好脾气地解释着："我非常确认，您这个病我不知道看了多少例，还有很多外地病人，当地按脑血管病、颈椎病等治疗，花了大几万。来我们医院找我检查加复位，几百块钱就治愈了。您要不信，您重新躺下试试，翻个身，看还晕吗？"

　　如果他说是这样，那就一定不会错，倪好对他百分百地信任。她走到翟娜身边，劝道："妈，您试试。如果不晕，那肯定好了，咱欢天喜地回家。如果还晕，咱们就让姜医生帮咱们找别的大夫帮忙看看，行吗？"

在门诊，患者不信任医生，对医生的诊断不断进行质疑，是常有的事情。

尤其是医生给病人做出尽快手术的诊断时，几乎所有的患者都会问出同一个问题："大夫，可不可以不做手术？"

每每这时，姜除寒都会暴躁地想打人。

敢情患者们以为医生是跟他们是开玩笑，哪个医生、什么品德的医生，会对明明不需要手术的患者，给出必须手术的建议？还是说，并没有开玩笑，患者只是单纯地对医生不信任？觉得医生要通过做手术的方式牟取暴利？

当然，他不否认，患者对疾病的了解和诊治有着太多的知识盲点，对医生也缺乏足够的信任。更不能排除有个别的医院的风气、医生的医德医术有所欠缺，也不排除患者有不动手术可以保守治疗痊愈的侥幸心理。

可他能理解患者，谁理解他？

在一名又一名患者的质疑声中，姜除寒每次出诊都要费尽口舌，同样的话颠来倒去地说，实在火大。

换作别人，他早就没好脾气地直接开骂了。看在姜抗菌和倪好的交情上，他尽力克制着，但脸上还是不自觉流露出"不屑于解释，不信就滚、懒得废话"的神情。

倪好冲翟娜使了个眼色，翟娜点点头，试探着一点点躺下，脸上迅速露出震惊的表情，旋即慢慢翻了个身，接着坐起来又躺下，摇了摇头，又点点头。

她难以置信地看着倪大骏，眼泪流出来："老倪，真的不晕了。"

倪大骏也看呆，惊愕地盯着她："一点儿也不晕？"

她从床上下来走了几步："还有一点点，可以忽略不计。

之前那种濒临死亡的眩晕是肯定没有了。"

姜除寒表情平淡："这是正常现象，晚点儿会更好的。"

倪好张大嘴巴："妈，你确定？"

"真不晕。"

母女俩当着姜除寒的面又搂又抱，在检查室中欢呼雀跃，好一会儿才想起来要感谢他。

"啊，神医！"

"也没有，一般耳科大夫都可以……"姜除寒解释着，如此截然相反的态度，他有点儿不适应。

"您别谦虚了，我可是亲眼所见，别人讲给我听，我都不会相信的呀。"

"不可思议！"

"神医下凡，妙手回春。开了眼了。"

…………

俩人直夸到姜除寒红了脸，也没有停下来的意思。

倪好崇拜地盯着他看，再次为之倾倒。

阳光透过玻璃窗照在地板上，也照在他的身上，那么灿烂，又那么美好。

不愧是她倪好喜欢的男人！

——我们家钩钩好棒！

自从姜抗菌告诉她姜除寒的绰号后，她便喜欢在心里叫他"钩钩"。

这多亲切。

姜除寒——这个名字，难免叫人觉得有距离感。

她放任脸上的爱慕之情肆意流淌，翟娜无意中看到她的表情，冲倪大骏努努嘴。两只老狐狸彼此对视，心领神会地笑着。

倪好察觉到爹妈暧昧的样子，吓得心惊肉跳，生怕他们说出什么过分的话来，转移话题道："咳咳，妈，可以了，人家姜医生还得上班呢。"

两人这才千恩万谢地出了检查室，又叮嘱倪好一通注意事项，欢天喜地地走了。

检查室中只剩下他和她。

外面漂亮的女医生、小护士们走来走去，身材纤细，气质超然。她想起姜抗菌说的话，耳科新来了漂亮的小护士，顿时危机感重重。终于，她攥攥拳头，鼓足勇气："姜医生，晚上可以请您吃饭吗？实在是太谢谢您了。"

他语气依旧淡淡的："不了，举手之劳。"

"请您给我一次表达感谢的机会吧，我们全家多亏了……"

"不客气，晚上有事。"他看着她，"马上要手术，注意饮食清淡。"

"那……"她有些沮丧，"那我术后，请您吃饭，总行了吧？"

"真不用……"他走到洗手池旁洗手，瞥到她可怜兮兮的表情，心有些软，"行，做完手术了请我吃饭。"

"真的？"她高兴得差点儿蹦起来，"可不许食言。"

她笑起来真好看。

眼睛弯弯的，像个小孩子磨了家长很久后才得到了心仪的礼物，整个人喜气洋洋的。

他笑："这么高兴？"

"嗯！"

"好，不食言。"

他的声音又轻又温柔，像敲在她的心鼓上，一下，又一下，她的脸瞬间红透。

他注视着她，叮嘱道："去护士站报到吧，我有事先走了。"

她强作镇定："好。"

直到换好病号服躺在病床上，她整个人都飘乎乎的。

今天搜寻到的"他也喜欢她"的证据，足够她甜蜜地回味整个晚上。

5

早上六点钟护士便来抽血。

倪好简单地吃了病房订的早餐：鸡蛋、粥、咸菜、包子，便在床上刷手机玩。

这次依然是三人间，其中一个病友是六七岁的小女孩，叫妞妞。小孩儿见着倪好就"漂亮姐姐、漂亮姐姐"地叫着，着实机灵可爱。只是左耳上有个针尖大小的洞，下面有一道浅浅的疤，据小孩儿妈妈讲，之前是个囊肿，肿得厉害，疼得睡不着，已经在门诊切开引流了。这次看消炎后感染已经控制住，专门过来做耳前瘘管切除的。

另一位是个女大学生，慢性化脓性中耳炎，经常流脓、发臭，鼓膜穿孔伴听小骨破坏[4]，同样要做手术。因父母在外地，干脆只让男朋友陪着来。到了门口，除了小孩儿允许有一位大人陪床，其他一律不让进。男生提了很大一袋子零食，只得放在门口。小情侣恋恋不舍地说了好半天的话，看得倪好羡慕不已。

八点钟，医生们开始查房。

小女孩儿和女大学生的主刀大夫陆续来过，热情、和蔼、温暖如春。他们身后乌泱泱跟着好几个学生，一番问诊后又好一阵安抚。到了倪好这里果然还是只有陶一然，她难免有些失望，姜除寒果然还是不进病房。

陶一然看着她的表情，安慰道："姜老师只是很少进病房而已，但并不代表不重视病人。怎么跟你说明白呢，"他轻咳一声，"你跟他多接触就知道了，除了身体行动不便或危重级别的病人，他觉得没必要来到患者床边进行慰问。相比较来到床边进行口头问询，他更看重在检查时进行的检查啊。像你的情况，他反复叮嘱我好几遍注意事项了。而且，你没发现换药时，其他主任医生都是让值班医生换吗？只有他会在检查室亲自换，换药时更会详细和病人交流……"

原来如此。

倪好似有所悟。

这么说，是自己误会他了。

陶一然将几张检查单递给她，包括胸片、核磁、心电图……叮嘱她晚点会有专门的跑外⁵的大姐带她统一去做检查。

"等做完检查回来，你去医生办公室叫我一声，姜医生会叫你进行术前谈话。"

手术的事情交代完毕，他刚要走，她突然想起侯丽丽，多嘴问了句："听说你和丽丽分手了？"

他转过身，愣了几秒："是。她告诉你的？"

"嗯。就觉得，挺惋惜的……"

"还好吧，她不是已经又开始和她的一位新同事交往了吗？"

她讶异："什么时候的事？"

"前几天吧。"

他的表情不像开玩笑，倪好问："会不会有什么误会？"

"她打电话告诉我的，还问我介不介意。"

"你怎么说？"

"不介意啊。分手时，我们已经谈得非常透彻了，确实大家不合适。"

倪好点头："话是这么说了，既然分手肯定是各有各的原因嘛。但不论什么原因，这么快就跟其他人谈恋爱了，你心里真不觉得别扭？"

他沉吟："还真没有。大家都是普通人，又不是演偶像剧，和恋人分手后悲痛欲绝活不下去，需要几个月甚至几年的时间，去遗忘去调整……是不是？"

两人正聊着，有护士过来找他签文件，等护士走了，他回到倪好病床边，问："你看没看最新一期的《奇葩说》？"

"还没。"

"这期薛兆丰教授在里面说了一段话，大意是，大家要谈简单的恋爱，做难做的工作。千万别倒过来，否则工作、恋爱两耽误。真是振聋发聩。"

"谈简单的恋爱，做难做的工作？"倪好呆住。

"嗯。"陶一然转了转脖子，他的颈椎不太好，脖子发出咔吧咔吧的响声，"嘻，我也是最近才想明白的，简单来说，我们首先要做的，是好好地提升自我、完善自我，好好搞事业。同时也不排斥爱情，这样才配得上所有有可能遇见的适合我们的人，爱情自然水到渠成。"

她跟陶一然居然聊起了这个，想想都觉得玄幻。

"至于分手后多久开始新恋情，丽丽其实完全没必要问我介不介意，她问我，是出于对我的尊重。事实上，只要她愿意，只要她遇到合适的人，随时都可以啊。"

她觉得他说得在理。

"丽丽说了，"陶一然沉默一会儿说，"谈恋爱就跟吃饭、喝奶茶一样，这道菜不好吃，就换下一道。这杯奶茶不好喝，就喝下一杯。别想太复杂，遇到喜欢的、谈得来的人尽管试一试，不合适就拉倒。我们每天遇到那么多人，总会遇到合适的下一个。"

陶一然和侯丽丽分手后，两个人几乎没有说对方任何一句坏话，真是体面。

"那……你很快会开始下一个吗？"她问。

他大笑："以前可能不会，甚至会陷在死胡同里出不来。但是……最近发生了一些事，我决定大步朝前走，说不定很快我也会重新陷入新恋情。"

她莞尔。

手机突然在她床边闪个不停，是游云的电话。

"一切顺利吗？"她问。

倪好说："挺顺利的，别担心。"

"什么时候允许探望？"

"等出院后来我家里吧，估计到时我听力也恢复得差不多了。"

"行吧。呃……那什么，我有个事，你帮我出出主意。"

"你说。"

陶一然看到游云的名字，往她跟前站了站，微微弯了弯腰。

只听游云又说："皮小翔之前不是来店里闹过好几次，都没有占到便宜嘛。然后这两天……他刷了我的信用卡。"

几天前游云把两人已经分手的事情告诉了倪好，但没有过多透露关于陶一然的事情。此刻听到皮小翔的名字，倪好气得冒火："他竟然敢！刷了多少？"

"前前后后刷了……好几笔，我才发现，他拿走了我一张储蓄卡和一张信用卡，又取现又消费的，好几笔加一起，差不多有八万了。"

"八万！！！"倪好气得捶桌子，"这个王八蛋。"

"我现在应该怎么办？"

倪好的手机突然被陶一然抢走："游云，我是陶一然。我的建议是你直接报警。你和他之前虽然是恋爱关系，但这并不属于财务纠纷。在你不知情的情况下，以秘密盗窃手段占有你的财产，触犯了《刑法》构成盗窃罪。"

这动不动抢别人手机的习惯，倪好想，倒是跟姜除寒挺像。

听陶一然说着，倪好心中的疑惑越来越多，两个人这么熟吗？

"你不用觉得不忍心，"陶一然怒气冲冲地说，"他拿你东西时，那天揪着你的衣领差点儿把你推个跟头时，向你要一百万青春损失费时，他可没心软。"

他居然敢要一百万的青春损失费？

这什么时候的事情，游云可是一句都没有透露。

"晚上我去找你，这件事，"他的语气不容置疑，"我管定了。"

他把电话扔给倪好，全然不顾她在后面喊："哎，你跟我说清楚，你俩到底什么关系？"

"你问她去。"他头也不回地走了。

病房里还有其他人，打电话并不方便，她只得微信敲字，游云本不想说皮小翔的不是，是想多念他的好，留几分薄面。至于陶一然，是觉得一时半会儿说不清楚，想等着倪好出院，两人见面后，再慢慢说他的事。眼下游云被倪好追着问个不停，只得交代个底儿掉。

两个人在微信里说了些男人的坏话，倪好又说了自己最近的秘密，闺密情迅速升温。

6

十点半，倪好被跑外的大姐带着，陆续做完所有术前检查。刚回到住院部，就在楼道里撞到了陶一然，说是姜医生找了她好几次，病房都没让回，直接给带到了检查室。

推开门，倪好便看到姜除寒坐在凳子上，另有两名实习生张静、蔡大勇围着他坐，见他俩进来，姜除寒一边招呼陶一然坐下，一边让大家看倪好的病历，三人再分别用耳显微镜检查了她的耳朵。

接着，姜除寒突然发问："患者一个多月前已经做过一次手术，现在我问你们，有没有可能不需要做第二次手术，耳朵就自愈了呢？"

他的声音犀利，陶一然明显变得紧张。

另外两个实习生更是拘谨，如临大敌，全身绷得紧紧的。

倪好忍不住插嘴道："哎，既然可以不做第二次手术，你为什么让我住院？"

姜除寒白了她一眼："我在这里讨论学术问题，你插什么嘴？跟你有什么关系？"

大家想笑又不敢笑，憋得十分难受。

她摆出一副初生牛犊不怕虎的样子："我看你们讨论得很欢乐，我也想跟着学习学习。"

陶一然偷偷竖了个大拇指，心想：牛，真牛，谁敢和姜老师这么说话。

"你不要说话。"姜除寒瞪她一眼，又问，"第二个问题，你们认为，需要植皮吗？肚子或者大腿。"他转向倪好，"你是希望从大腿取还是从肚皮取？"

她虚心请教："您的建议是？"

"我能有什么建议，你要喜欢穿露脐装，就从腿上取。你要喜欢穿超短裙，就从肚皮上取。我又不是你，我又不知道你的习惯，能给出什么建议。"

"……你！"当着众人的面，她被噎得说不出口。

超短裙、露脐装？什么乱七八糟的。

昨天还对她那么温柔，今天这是怎么了，又开始呛人。

她憋着气，没说话。

他看在眼里，暗笑，转头接着问："第三个问题，现在你们告诉我，患者需要换人工听骨⁶吗？"

人工听骨？

她迫不及待地再次强行加入讨论："啊，要换听骨啊？人工的？好用吗？多少钱啊？贵不贵？换上听力会好吗？换上的话，稳不稳？我要是跳绳什么的，会掉出来吗？游泳呢？摇头什么的行不行？要是掉了，好安装吗？我自己能装，还是必须来医院？有多大啊？万一掉在地上不见了怎么办？需要多给我一个备用不？"她歪着头，"对了，这次手术结束了，我多久来复查？"

他看出来她是故意的，没好气地说："你要愿意，天天来都行。"

"天天来啊，"她想，她倒是愿意，"我要天天来，能百分百彻底恢复听力吗？你每天都出诊吗？"

姜除寒目不斜视："……看运气，有的人不做手术，去庙里烧香就好了。"

"真的？"她当真了，恨不得拿小本本记下来，"哪个寺庙？"

陶一然、蔡大勇、张静三人无语。

姜除寒本来想看她能胡说八道多久，见她没有停的意思，怒道："真没见过话这么多的人！"

他冲陶一然努努嘴："你们没有要看的了吧？"

三人鸡啄米似的点头。

"好，陶一然，把她带出去。"

陶一然只得站起来，对着倪好说："走吧。"

她不肯，扳着板凳挣扎着："我凭什么要走，不是术前谈话吗？你们什么都没告诉我啊，是不是？哎，哎哎哎，把话说清楚啊！喂！我不走！"

直到被陶一然拉出去，大家还是从楼道里听到了倪好的声音："搞什么嘛，我哪里知道他就是要考你们。病人一样有发言权啊。"

只听陶一然说："哎呀，求求你了祖宗，别说话了行吗？晚点儿我去找你，单独进行术前谈话。"

当着姜除寒的面，张静尽量保持着正常神色，找个机会拿着手机偷偷给蔡大勇发了条微信："你有没有觉得姜老师有点儿奇怪？"

蔡大勇："哪里奇怪？"

张静："你看他，是不是表面上在生气，其实……挺高兴。你看他的嘴角是不是偷笑？"

蔡大勇偷偷瞄了姜除寒几眼："啊，简直像发现新大陆，头一次见他这样。"

张静："所以啊，有情况，两个人肯定有问题！"

两人按着手机聊得正欢，姜除寒突然一摔病历本："聊什么呢，这么热乎！有工夫多看书，也不至于刚才我问的问题答不出来。"

两人吓得一个激灵，赶紧把手机扔到白大褂口袋里。

偏偏姜除寒的微信提示音响个不停。

他没好气地拿过手机，除了科室群的信息，有几条是倪好刚发过来的。

304

"哈哈哈，游云，我跟你说，我们家钩钩今天估计被我气个够呛，哈哈哈哈，我故意的！"

"我就要当着他学生的面，故意问他——哎，既然可以不做第二次手术，你为什么让我住院？"

"啊，要换听骨啊？人工的？好用吗？多少钱啊？贵不贵？换上听力会好吗？换上的话，稳不稳？我要是跳绳什么的，会掉出来吗？游泳呢？摇头什么的行不行……你是没见到，他的脸都被我气白了。哈哈哈哈。"

"不过，你说，他该不会看出来我喜欢他了吧？我不想现在表白啊，至少要等到手术后嘛，是不是？"

"我长得这么可爱又迷人，万一他被我迷得神魂颠倒，手术一分神，那我就惨了，耳朵做坏了可就彻底聋了。是不是？嘻嘻嘻嘻。"

"不说了，手机没电了，先充电。我憋死了，先上个大号，回来跟你聊。"

…………

五分钟后，倪好从洗手间里出来，拿起桌上充电的手机正要跟游云继续聊天，才发现信息发错了，本来发给游云的信息……全部发给了姜除寒。

她吓个半死，慌里慌张地长按对话，发现早就超过了两分钟，哪儿还有撤回键。在房间里如同热锅上的蚂蚁走了好几圈后，她终于想出来一个办法：姜除寒现在正在给实习生分析病例，肯定没有看手机上的微信信息。对对对，肯定没看，所以也不是没有办法补救——只要把他的手机偷过来，偷偷删除掉她误发的信息就好了。

时间紧、任务重，没有时间多想，她一个箭步猛冲到检查

305

室，推开门，他果然还在。

她盯着姜除寒手中的手机，急中生智道："姜医生，您……您手机真好看，可以给我看看吗？我也想买个同款。"

陶一然惊呆，这是哪一出？什么鬼？

姜除寒直接把手机塞到口袋里，似笑非笑地说："不了吧，即便你长得这么可爱又迷人，我也不想和你用情侣款手机啊。"

陶一然、蔡大勇、张静都呆愣住。

可爱？又、又迷人？！！

——这么说，他老人家已经看过了。

呜呜呜！

见众人齐刷刷地看着她，倪好恨不得假装晕过去……又担心这里是医院，万一再给她上抢救措施什么的，那就麻烦了。

急中生智，她干脆眼一闭心一横，打肿脸充胖子道："哪、哪里，您谬赞了。我刚才想了想，您的手机也就那样，还是不买同款了。"

只听姜除寒含含糊糊道："行了，不逗你玩了，刚才的微信，我就当没收到。"

他不说这话则已，一说，倪好便一股无名之火腾地烧起来，直接问道："什么意思？"

难道……她被拒绝了？

凭什么？

她不服气地走到姜除寒面前，说不清楚谁给她的勇气，豁出去道："反正你看也看到了，那我就打开天窗说亮话。姜除寒医生，是的，我经过这一段时间与您……"

她突然想，说什么您，以后都是你，说您就太客气。

"经过这段时间与你的接触，我对你的感情，由之前简单的病人对医生的感激、尊重、崇敬……逐渐变成了男女之间的爱慕之情。对，我深深地喜欢你、迷恋着你、爱着你。我过来就是问问你……"

她抠着手指，看到他瞪大的眼睛，突然有点儿气短："对，我就想问问你，问问你……明天我的手术你打算怎么做？"

包括姜除寒在内的所有人全部傻掉，被点了穴道般动弹不得。

"不不不，不是！"

不要乱，不要怕，你好好说。

倪好一边给自己做心理建设，一边谨慎地留意他的表情，虽然他慌乱中带着惊愕，但至少脸上并没有流露出厌恶的神色。当下心中有底，鼓足勇气，接着说道："我就是问问你，以后姜抗菌开家长会，你如果忙的话，我可不可以有资格作为你的家庭成员代表你去？"

陶一然差点儿从凳子上摔下来，这……是在表白？

旁边的张静和蔡大勇就比较淡定了，由最初的惊讶，迅速转为激动和兴奋，两人挤眉弄眼的，就差站起来拍手起哄高喊："答应她答应她答应她！！！"

在陶一然的印象中，这是他第一次看到姜除寒这么失态。

姜老师仿佛见到了世界上最不可能出现的医学奇迹，一副不敢相信自己的耳朵听到了什么、眼睛看到了什么的惊世骇俗的表情。

倒是倪好，那个罪魁祸首，此刻带着些窘迫和害羞，隐隐却又非常骄傲的女生，正期待地看着姜除寒。

——喜欢一个人是多么甜蜜美好的事情。

倪好，你要勇敢一些，再勇敢一些啊。

要把主动权掌控在自己手里。

做那个——主动追求爱情的勇者。

见姜除寒红着脸，仍然是一副瞠目结舌的样子，她挤挤眼睛："我知道这件事，对你来说有些突然。没关系没关系，你好好考虑下，一星期之内给我答复就行。明天的手术，就拜托你啦姜医生！你医术那么高明，千万别因为我今天的表白失了心神，一切顺利哦，加油！"

她不由分说出了检查室的门。

她算是明白了。

这主动追求他人的真谛——就是不要脸。

狠下心、张开口，不论什么羞于表达、难以启齿的话都可以说出来。而且，真的验证了那句网络流行语："只要你不尴尬，尴尬的就是别人。"

只要你不感到难为情，那么难为情的就是他姜除寒。

她带着凯旋的气势回到病房。

她无从去想自己离开后姜除寒是个什么反应。

也不想知道被迫见证了这次告白事件的陶一然以及其他实习医生会怎样对外讲述这个八卦。

趴在病房略微有些硬的棕垫床上，倪好把脸埋在蓬松的枕头里。

她想，如果将来有了小孩儿，在《写给孩子的100条人生哲理》中，一定要把这一条写在最前面：

做事一定不要马虎、大意。

尤其不要发错微信！

否则你会丢！大！脸！

切记切记！

祖祖辈辈都要把这个哲理传下去！

第二条是：

如果你不可避免、无法挽回地马虎了、大意了……没关系啊，我的孩子，那就彻底敞开心扉，做真实的自己吧。

真诚可以打败虚伪，打败套路，也可以打败你深藏在骨子里的懦弱。

病房里，隔壁床的女大学生正用平板电脑放着古诗词鉴赏的音频课：

雨打梨花深闭门，忘了青春，误了青春。

赏心乐事共谁论？花下销魂，月下销魂。

愁聚眉峰尽日颦，千点啼痕，万点啼痕。

晓看天色暮看云，行也思君，坐也思君。

那声音明朗、动人，道不尽少女对爱慕之人的思念之情，正是唐寅的《一剪梅·雨打梨花深闭门》。

倪好默默听着，刚才疯狂告白的一股子傻劲儿慢慢退去。

她边听边暗自感叹，果然还是生在现代好，爱上一个人，没有等级森严的门阀制度和封建礼教的束缚，可以通过各种交通工具与心上人见面，更有各种通信工具随时随地保持联系。她需要做的，不过是——战胜担心他不喜欢自己、担心被拒绝而不敢告白的懦弱，冲破万一被拒绝面对他的难堪和尴尬，打消掉也许他喜欢自己却因为她先表白而此后始终占她上风的顾虑……

刚才，她全部做到了。

应该奖励自己吃点儿好的。

麻辣烫、小龙虾、榴梿千层卷、大闸蟹、慕斯蛋糕……通通买起来。

享受美食在嘴巴里咀嚼的快感，就像想象中他也热情地爱着她。

美好而幸福。

【注释】

1. 慢性中耳炎：是中耳黏膜、骨膜或深达骨质的慢性化脓性炎症，常与慢性乳突炎合并存在。会引起鼓膜穿孔、听力下降，常需要通过手术治疗。

2. 颅内感染：由于中耳乳突的顶壁就是颅中窝骨质，所以中耳炎如果不能够及时、正确处理，可能会发展为颅内感染，引起颅内高压，出现剧烈的头疼、呕吐、视盘水肿等症状，甚至会有生命危险，建议患者及时到医院就诊。

3. 耳石症：即良性阵发性位置性眩晕，是指头部迅速运动至某一特定头位时出现的短暂阵发性发作的眩晕和眼震。致病因素导致内耳耳石脱落所致。有些患者无须治疗可自行缓解，也可通过手法或者仪器复位。

4. 听小骨破坏：听小骨是中耳的正常结构，包括锤骨、砧骨和镫骨。锤骨与砧骨连接，砧骨与镫骨连接，从而起到传导声音的作用。听小骨破坏常出现在后天性疾病中，包括中耳炎、中耳胆脂瘤以及中耳肿瘤，也有可能是外伤引起。一旦遭到破坏，会出现听力障碍，会出现传导性耳聋。

5. 跑外：医院中负责带领住院病人进行各种检查活动的工作人员的统称。

6. 人工听骨：替代听骨的钛合金植入体，常见的是部分听骨链替代人工听骨(PORP)和全听骨链替代人工听骨(TORP)。常用制造材料为钛合金、塑料等。

耳无尘事扰

能不能谈一场好的恋爱，对游云来说，其实无所谓。

世界上最美好的一切——离她太遥远，太虚空。

她只愿此后的自己：

是她的，争取不主动缩回手。

能争取到最好的，她也不退缩。

尽自己所能，好好取悦自己。

她一心向前。

第九章

勇者表白

1

关于倪好表白姜除寒的八卦像长了翅膀，飞遍人民医院耳科病房、诊室的各个角落。谁能想到这些医务人员虽然一个个穿着神圣、高洁的白大褂，让很多患者看一眼便心生敬畏，但八卦之心，可一点儿也不比其他行业的人们少，或者……更甚。

"听说了吗，有病人跟姜大夫表白了。"

"谁谁谁？姜老师？谁这么独具慧眼？"

"听说明天手术，16床！"

"这位侠女真是……真是……好眼力！"

"谁说不是呢，听说姜老师当时都傻了。"

"什么时候的事？"

"昨天上午，老刺激了。"

"长啥样，一起去看看去呗。"

…………

耳科诊室很久没有这么热闹过。

八卦让人热血。

八卦让人亲密。

八卦让人团结。

由医生、护士、实习生组成的人民医院耳科诊室八卦观光团，每天找各种借口往5号病房跑。以前类似的八卦，大家只能道听途说，不知道经过了几手的八卦信息在意犹未尽的添油加醋中通过想象完成传递。

这次的八卦新鲜热乎，三名目击者，当事人是大家敬而远之的姜除寒大神，另外一名当事人又在病房即将手术。如此千载难逢的好机会，谁愿意错过？

连孔成波都乐滋滋地找个借口去5号病房转了一圈。

彼时倪好正被邻床的妞妞吵得烦不胜烦。

护士来抽血，小家伙一看到针头就吓得吱哇乱叫，说什么都不肯。陪她住院的年轻女人是她的妈妈，姓牛，就叫她牛女士吧。据说家里还有个不到一岁的弟弟，因为爸爸在外地工作赶不过来，她只得狠心把弟弟留在家里，过来陪姐姐。

那女人被两个孩子折腾得本就心力交瘁，偏偏妞妞尖叫着说什么都不肯抽血，满病房转圈跑。在护士的帮助下，她费尽九牛二虎之力终于抓住妞妞，奈何小孩儿使出吃奶的劲头玩命挣扎，别说抽血，连橡胶止血带都没法固定。

牛女士只好使劲摁着她，哄骗道："一点都不疼，真的，看着吓人，根本不疼。"

护士也跟着帮腔："是的，不疼，来，妞妞乖！"

大人骗小孩儿时，一点技术含量都没有。

八九岁的孩子，怎么可能相信——抽静脉血，会一点儿不疼？

是以两人劝得满头大汗，妞妞的哭声惊天动地。

倪好实在看不下去，问："请问我可以帮忙吗？"

牛女士以为她是过来帮忙摁住小孩的身体，忙不迭地答应："哎呀，麻烦您了，您帮我使劲按住她那只手就行。"

小女孩极其恐慌。

倪好没动，看着牛女士，语气真诚："呃，我的意思是，可不可以，你们先松开她，我尽量试试……用温和的方式和她商量商量。"

牛女士困惑地看着她："温和？商量？"

也许折腾了一身汗，她有些累了，也许她找不到更好的办法，选择了相信倪好，总之，她松开了小孩儿。

护士也赶紧松开手，往后退了退。

重获自由的妞妞流着眼泪鼻涕，呆呆看着她。

倪好在她面前蹲下来："妞妞，我看到你不停地躲避着，身体被人控制住，一定害怕又愤怒吧？"

小孩儿委屈得啪嗒啪嗒掉眼泪。

"我看到你妈妈很心疼你，一边抹眼泪一边使劲儿按着你。她有些着急，想让医生赶紧治好你的病。"

其实小孩儿比大人还讲道理，妞妞哪里会不知道妈妈这么做的苦心，"哇"一声扑到妈妈怀里。

"那么粗的抽血针，刺到血管里，肯定很疼。他们说不疼，你觉得被欺骗了是吗？他们没说实话，是怕你不肯抽血，这样做是不对的。任何人都没有权力强迫你，你也有权了解真相。"

妞妞点着头，哭得更凶了。

"你需要妈妈向你道歉吗？"

她摇摇头。

倪好又说："我抽过血了，咱俩一样的针。比蚊子叮要疼一些，但又没有到那种疼得受不了的程度。"

妞妞从妈妈怀里抬起头，看着她。

"我知道对你来说，抽血很可怕。它需要非常大的勇气才能够平静面对啊，是不是？而且，你又这么小。"

倪好抓着她的手："我们等你攒了足够的勇气，再抽血，好不好？"

她看向牛女士和护士，见两人点头，又说："如果你害怕就大声哭，你妈妈一定会陪着你。"

妞妞质疑看着自己的妈妈。

牛女士赶紧说："是是是。"

"你现在可以告诉我，需要多长时间吗？"倪好做出为难的样子，"护士姐姐还要忙别的工作，她需要知道是五分钟，还是十分钟？"

妞妞犹豫着："五、五……不不不，十分钟。"

"妞妞真棒，那这样……"

楼道外突然传来一个小孩凄厉的哭喊声："我不扎我不扎！我不要扎！"

看来又是哪个小孩面临同样的难题。

或许是这哭声影响到妞妞，她突然从妈妈怀里挣脱出来，重新躺回床上，把细长的胳膊伸向护士："姐姐，我现在就可以了。"

护士目瞪口呆，反应过来时急忙站到床边，怕小姑娘反悔似的，迅速给她绑上止血带、消毒："你千万不要动哦，姐姐很快的。"

牛女士狐疑地问："需要我按着你的胳膊吗？"

小孩儿咬着嘴唇："不用。你能握着我的另外一只手吗？"

哪有不行的道理，当妈的赶紧照做。

护士重新用碘伏消毒，一手轻轻拍了拍她的胳膊，另一只手捏着针头迅速刺入，妞妞皱了下眉头，"哎呀"一声后，喃喃道："有一点儿疼，"又咧嘴笑，露出豁牙，"可又不是特别疼。"

倪好微笑："是啊，有时候我们会不自觉放大困难，放大内心的恐惧嘛。大人也会这样的，我们妞妞今天克服了内心的恐惧，真为你骄傲啊。"

她回到自己床边躺下。

在病房门口目睹了全部发生经过的孔成波频频点头，边往办公室走边笑："般配！姜除寒这个家伙，总算碰到对手了。"

跟在后面的陶一然没听清："您说什么？"

孔成波反问："你真撞见16床跟姜除寒表白了？"

陶一然嘿嘿笑着："瞧您说的，这事我吃了豹子胆也不敢胡编。"

他将倪好生病前后住院经过大致讲了一遍，听得孔成波咋舌不已："该着这两人有缘分！得了，你忙去吧。我一会儿得去接姜抗菌，他爸今天有会，估计要在办公室陪他玩一阵了。"

陶一然赶紧答应着："没事，孔老师，反正我下班也没事，您要是忙，我可以带小抗菌玩。"

"不用啦，你们年轻人，该谈恋爱谈恋爱、该玩玩去。"

孔成波是真高兴。

冷灰里爆出热栗子——怪事一桩！患者投诉最高纪录保持者姜除寒竟然会有病人追求。

那姑娘看着就好。听说在教委工作，又那么懂孩子，倒真的适合他。之前其他护士、医生们对她赞不绝口，说姑娘人美、极有气质。他听后觉得未免夸张，但刚才一见，名不虚传。

小姑娘真有两把刷子。

要说刘婕还在这边工作时，和大家关系也可以，就是客套得过分。

他边走边想，进了办公室看到姜除寒，直接在他肩膀拍了一巴掌："姑娘不错，要好好对人家。"

姜除寒被拍得有点蒙："谁？"

"16床嘛。"孔成波暧昧地笑。

他翻着白眼："您老人家怎么也跟着开玩笑，那都是别人瞎起哄。"

"你少糊弄我，我可都听说了啊。"

姜除寒做了个"停止"的手势："您别乱传了，算我求您，行不行？小女孩儿就是一时冲动，等想明白，这热情劲儿也就过去了，别污人清白。"

孔成波听出来了，眯着眼睛："怎么着，你还挑上了？听你这意思是……"

姜除寒整理着衣服，说："人家小姑娘将来要嫁人的。我一离婚带孩子的，配不上人家，对不对？别跟着大伙儿乱起哄。我得走了，记得接姜抗菌。"

"哎，怎么就配不上呢，要我说……"

姜除寒没等他说完便大步流星地走了，关门时发出"砰"的一声，像是再次表明了自己的态度似的。孔成波撇撇嘴，自言自语道："也就嘴硬，我就不信了。"

他想起病房里倪好的笑容，越发觉得这事有门。

2

倪好是早上第一台手术，前一晚护士再次给她剃了耳周4厘米的头发，这次手术要比她第一次手术时间长，还插了导尿管。那导尿管插上后十分难受，让她一直有便意。至于是否需要植皮、换人工听骨，陶一然此前传达了姜除寒的意见——一切，都要上了手术台才能知道。

一大早，翟娜和倪大骏便赶过来，手术需要禁食，水也不能喝，翟娜苦苦哀求着护士能不能让她留下照顾。病房三个人，却只有一个公共护工，多有不便。奈何疫情期间医院有规定，好话说尽，护士也没同意。无奈，倪大骏偷偷塞给病房护工两百块钱，叮嘱她多多照顾。

护工拿了钱，笑得合不拢嘴，拍着胸脯叫倪大骏尽管放心。

没多久，倪好躺上手术病人转运车，被推进了手术室。里面只有几个护士在忙碌，核对过病人信息后，便有人在她输着点滴的输液管上摆弄着什么，她只觉得胳膊一阵剧痛，喊着"啊，好痛"便人事不省。

姜除寒和陶一然进来时，倪好已经全麻完毕。

蔡大勇和张静跟在后边，他们这次是来参观学习的，并不需要上台。

手术室的氛围，今天有着微妙的不同。

姜除寒虽然比大家大不了几岁，可总是不苟言笑，冷着一副脸，平时里又特立独行，大家多半敬而远之。他这人也奇怪，你要是跟他请教工作上的事情，讨论医学方面的问题，他虽然并不热情，但一定知无不言言无不尽。可你要是跟他聊别的，那惨了，一定会被没好气地骂个半死。

只不过经历了那天倪好对他表白后，大家再看向他时，少了几分敬畏，多了几分戏谑。尤其现在躺在手术台上的，正是告白者本人，大家提着一口气的同时，隐隐又有些期待，希望姜老师能够主动聊一聊这件事。

自从盖晓娴离职后，姜除寒的手术小组缺了一员大将，再做手术，基本都是全程亲自动手了。陶一然照比已经是副主任医师的盖晓娴，自然是差着十万八千里，只能打打下手，是以姜除寒的日子很不好过。

"大圆刀。"

"牵开器。"

"电刀。"

姜除寒灵活地使用着电刀，做了一个蒂在下的肌骨膜瓣[1]，随即换成小剥离子，剥起耳道皮肤。

"两公里，听说你分手了？"他不经意地问。

陶一然打了个哆嗦："您消息真灵通。"

"被人甩了？"

张静和蔡大勇暗暗憋笑。

"呃……可能确实不合适吧，所以看在我被甩的分儿上，您少给我布置点儿工作呗。我可不像您，"陶一然一时忘形，"都有人主动追求了。"

张静偷偷竖起大拇指，小声嘀咕："牛！"

"尖刀！"姜除寒面无表情，"把耳科诊室一个月以来外耳道胆脂瘤侵犯中耳的手术汇总，结合手术的相关文献最新进展，做成PPT，三天之内交给我。"

陶一然哭丧着脸，恨不得抽自己嘴巴，祸从嘴出，大意了。

"撑开器。"

姜除寒移过显微镜："看清楚了吗？鼓膜移位。"

陶一然额头上渗着汗。

他之前看倪好的耳朵，觉得是鼓膜穿孔可以自愈，不需要做第二次手术。

"电钻！"

姜除寒磨过前上嵴[2]耳道后壁的骨质，开始开乳突。

"剥离子！"

"钩针！"

"恢复得还不错，"他吁出一口气，"看来不用植皮。听骨虽然有一定程度的破坏，但……两公里，你看。"

陶一然心中了然。自从盖晓娴走后，姜老师做手术就有个习惯，紧张时，叫他——陶一然。放松时，继续叫他"两公里"。

"姜老师您说。"

"我们就赌……不换听骨吧。"

陶一然看了再看："好像……可以的。"

"如果不行，就是患者自己倒霉，只能做第三次手术时换听骨了。"

"呃……"

陶一然听不出这到底是不是玩笑话，吃一堑长一智，哪里还敢多嘴。

姜除寒磨除耳道上壁和耳道后壁，掀起鼓膜探查听骨链[3]，再清除鼓室病变。

他看了看身后的张静和蔡大勇，突然说："患者向我告白的事情，你们不许再添油加醋，在科室、病房里胡说八道了啊。"

张静吐吐舌头："哪有添油加醋啊，姜老师，我们说的都是实情。"

姜除寒"哧"了一声："你们年轻，不懂。患者对医生产生短期的感情，是常有的事。但这可不是爱情，患者不清楚，咱们心里得明白。"

蔡大勇问："您是要拒绝她？"

"不然呢？你们仨都听好了，别让我再看到你们跟着瞎捣乱，莫非工作量少，想加班早说啊，是不是？"

"没没没，"陶一然赶紧表忠诚，"我们听您的。"

"两公里，接下来要做什么？"

陶一然熟稔于心："要取肌骨膜瓣及颞肌[4]填塞乳突腔后部，除耳甲腔部分软骨，做耳甲腔成形[5]。去耳道内再碘仿纱条一根。最后间断缝合耳后切口，术耳加压包扎。"

姜除寒赞赏道："好，不错。"

手术顺利，他非常满意。

3

木工坊的生意，因寒假来临十分火爆。

游云索性开了个冬令营班，每天早上九点开营，九点半至十二点自主学习，让小艾和小苗轮流看护辅导。中午会提供一顿午餐，下午是各种木质手工课：刨花画画、皮筋连发枪、太阳能小汽车、八音盒、木质圆盘钟表、围棋盘……她还在后院开设了一个图书角，根据倪好开的书单，购入大量不同年龄段的绘本书、儿童文学、漫画、经典名著。有小孩儿的会员们还拿来了闲置不用的玩具放在这里，深受大家欢迎。

今天没有风，又升温了，太阳照得木工坊暖洋洋的。

游云正教一位会员做黑桃木面包板，手机叮的一声，进来条短信：

【招商银行】您账户6788于12月22日11:35分在【财付通-微信转账】发生快捷支付扣款，人民币21478.00元。

她心里"咯噔"一下。

这是她第一份工作的公司统一给员工办的工资卡，开了木工坊后她换了其他银行的卡，这张卡便被她扔在抽屉里，很长时间没用，几乎忘记了。

皮小翔居然找到了这张卡？

上次他盗刷了自己的信用卡和储蓄卡八万多后，她迅速修改了密码，忍了又忍终是没报警。

她是觉得，其实皮小翔本质上并不坏。要不是她提出分手，把他逼急了……也许事情发展得不会这么糟糕。

她觉得，她亦有错。

两个人虽然对彼此各有各的利用，但即便分手，她也不忍心看他真的被判刑。

陶一然大骂她是"讨好型人格"，发生什么事情，都把错误归到自己头上，他在木工房气得哇哇乱叫，就差用手敲她的头。皮小翔已经没有底线，敲诈勒索、信用卡诈骗、盗窃……她还不采取行动，其实是在默许和纵容。

游云一方面认为陶一然说得有道理，一方面始终无法痛下决心。

她做不了坏人，仅仅是想到皮小翔被警察拘留的场面，便先有了愧疚之心。

她给皮小翔打电话，要求他把钱还回来。

皮小翔吃定了她不会报警，不但没有一丝还钱的意思，还变本加厉。

她的微信先被强制退出，紧接着手机陆续收到三条转账提醒。原来他记得她微信登录密码，用手机登录，通过她微信绑定的银行卡，分三次，将共计98012元全部转走。甚至微信钱包里的6562元，也一并转了。

大意了。

游云只改了被他拿走的信用卡和储蓄卡的密码，忘记修改微信绑定的银行卡。

这张卡被她放在另一个手提包的钱包中，她有次去合作的厂家谈合同，回来后落在了游佳越家，躲过一劫。卡虽然没被他拿走，没想到他竟然想着用这种方式……

她的手几乎是抖的，重新登录微信换了密码后，发现钱已被转空。所幸他不知道支付宝的密码，那里躲过一劫。但她这些年辛辛苦苦攒的钱，基本上被掏空了。

晚上，小艾和小苗看出她状态不佳，问要不要留下陪陪她。

她摇头。

她约了皮小翔晚上八点见面，做出报警的决定之前，她想试试用和平的方式和他谈清楚。两人当时以他半夜偷偷溜走作为关系的结束，哪怕仅仅是给曾经的美好做个分手仪式或者彻底的了断，她也想做下努力。只要见面地点在公共场合，场面应该不会失控。

就肯德基吧，他总不敢在那里动手。

她早到了十分钟，人很多，她点了两份套餐，总算在挨着卫生间的角落找到了空位。窗外就对着马路，她默默盯着自己右手中指上的一枚黑珍珠戒指出神。那珍珠在灯光的映照下，闪着莹莹的光。

不一会儿，染着绿色头发的皮小翔穿着肥肥大大的嘻哈装，晃晃悠悠在她面前坐下。看到吃的也没客气，吃完了他自己那份，见游云没动，毫不客气地拿过她那份狼吞虎咽。

游云默默看着他吃，突然有些难过，谁能想到，两人会变成现在这样？

皮小翔和她也是有过快乐时光的。

与朋友们聚餐天南海北地聊天时，两个人独处说爱你耳鬓厮磨时，生病时陪在她的身边端茶倒水时，从她这里拿钱笑得各种讨好时……她没有想过。

她一个人躺在医院手术台上做流产手术时……也没有想过。

不知道过了多久，游云终于清了清嗓子，说道："我这几年，就赚了那么点儿钱，现在都被你转走了。你看这样行不行，你……还我一半，其他的我不追究。"

倪好常说，游云谈判最弱，根本不适合做生意，上来就先把底牌亮给对方。

说来也奇怪，游云在辩论赛场叱咤风云，甚至一度让参赛者闻风丧胆，可下了辩论场，便被收去了所有斗志似的。按理说，生意场上的谈判从某个角度上讲就是辩论，没道理的。

可对游云来说，生意是一回事，辩论是另一回事。没有了辩论场上既定的规则和流程，下了辩论赛场的她并不是生意场上的高手，在对方步步紧逼的攻势下，屡屡让出自己的利益。

吃了太多亏的她，累了倦了乏了，干脆直接亮底牌。

倪好说这是毛病，得改。

她不置可否。

如果始终改不掉，那就寻找——见到她底牌后，也愿意把底牌亮给她的人吧。凭借她这股子倔牛劲儿，她竟然真的找到了有着同样脾气秉性的长期固定合作的供货商。谁都有自己的底牌，亮得迟些，亮得晚些，或许真的会改变谈判条件，她也羡慕那些把底牌留到最后取得最优谈判条件的精英人士啊。可如果自己就是做不到，那就安慰自己不要图眼前一时的利益，你在此处失去的，也许会在别处得到更多。

　　做人她从来都不贪。

　　不可能什么都得到的。

　　"哈，"只听皮小翔嗤笑一声，"你做什么梦呢？游小姐，游大小姐，你该不会以为我真的肯还你钱吧？我把话给你撂这儿——既然我有种刷你的卡，就没想过还。"

　　她沉住气问："你什么意思？"

　　"咱们在一起五年多了，你未免也太小看我了。"

　　她默默地转动着自己中指上的戒指。

　　戒指不值钱，指环是纯银的，独独那黑珍珠圆润莹亮，大方又好看。

　　皮小翔顺着她的目光也瞧了瞧，语气一如既往地亲密，仿佛两人还在一起，听不出一丝异样："新买的？倒是没看到你戴过。你喜欢，以后我买给你好不好？"他压低声音，"告诉你个秘密，我在我们卧室里，装了微型摄像头，虽然现在我们分手了，但不妨碍我欣赏你的裸照，还有我们之间的情爱视频不是？"

　　"你！"她的脑袋嗡的一声。

　　"当然啦，你可以报警，但只要我进去，你信不信，那些裸照和视频就会有人帮我发出去。到时你就出名啦，打开手机、电脑、平板电脑……哪儿哪儿都能看到你，开不开心？"

她咬着牙："无耻！"

他一点儿也不生气，笑眯眯道："现在恨不得杀了我吧？唉，太暴躁了不好。只要你付给我100万青春损失费，咱就一笔勾销。我也不是不讲理的人是不是？"

"我没有钱。"她咬着牙，"因为我跟你分手，就这么恨我？"

"话说得别那么难听，我怎么可能恨你呢，我是爱你啊。"他猛灌了几口可乐，"一日夫妻百日恩，可你竟然一点儿恩情都不讲，骗我说你那死爸爸破产了呢？这也太过分了。"

她不吭声。

他突然捏住她的下巴："没想到啊没想到，我怕连累连夜跑了，结果呢？你得了所有的遗产，彻底成为小富婆了，你骗我，只是为了甩掉我。咱们在一起那么久，我都不知道你这么有心机呢！"

他加大了手的力度，游云想挣脱，却被他狠狠地控制着，动弹不得。

有邻桌的客人看到，冲着这边指指点点着。皮小翔大骂一声："看你多啊，找死呢？"

多一事不如少一事，众人噤声。

"你要是想解决这件事呢，"他松开她的下巴，搓了搓手，"有两条路：第一条，给我一百万，咱们就当没认识过，我滚得远远的。这第二条路呢，咱俩结婚，你把房子给我爸买了，咱俩恩恩爱爱，这事就当没发生过。"

一股说不出的恶心涌上心头，游云捂着嘴，强忍着没有吐出来。

她居然曾经有那么一瞬间，以为二人还可以友好沟通，把事情说开，以为他肯还她钱。

他喝完最后一口可乐，仍旧笑嘻嘻的："哦，我懂我懂。你是不是忘不了那个人？没事，只要你愿意，哥们儿今天就去改名叫一然。我还可以去整形医院整成他那张脸，哥们儿爱你吧？"

再看他一眼，再听他说一句话，甚至和他呼吸着同一个空间的空气，她都觉得恶心。

她站起来便要走，没想到被他一把抓住夹在腋下，还一口亲在她脸上："走，媳妇儿，咱们回家。"

她大惊失色，使劲挣扎着，奈何没有他力气大，身体牢牢地被他控制着，她又踢又踹，依然被他半拖着走。

邻桌的一对情侣站起来刚要阻拦，皮小翔恶狠狠地瞪着他们："没见过夫妻吵架？滚！"

情侣中的男生见女生要报警，阻止道："哎呀，人家是夫妻啊，我们报警不好的吧。警察来了，回头这女的说夫妻闹着玩的，警察会怪我们故意寻衅滋事，浪费警力资源的啊。"

女生犹豫着。

游云急得流泪，苦苦哀求着："我们不是夫妻，求求你帮我报警，求求你。"

说时迟那时快皮小翔扬手对着她的脸便是一巴掌，扇得她眼冒金星，继而吼道："臭婊子，别不识抬举。"

有店员闻声赶过来，皮小翔疯了似的咆哮道："滚，谁管得了我打媳妇儿？"

那店员看上去是个刚毕业没多久的大学生，被他吼得接连倒退了几步。

没有人看到具体发生了什么，突然不知从哪里传来一道异常刺耳的至少120分贝以上的蜂鸣报警声，接着，"救命啊，帮我打110！救命啊，帮我打120"的语音循环呼救声响彻耳际。众人只依稀看到游云的手在皮小翔的脸上挥了挥，然后便听到一声杀猪般的号叫，皮小翔应声倒地，疼得满地打滚，两只手紧捂着脸，有鲜血从他的指缝间流出，惨不忍睹。

报警声、呼救声、皮小翔的喊叫声混在一起，人群一片混乱。

此时，从卫生间的门出来的陶一然，看到的便是这个场景。

说来也巧，蔡大勇今天是来相亲的，女方是妈妈同事的女儿。蔡大勇本不想见，挨不过妈妈没完没了打电话，只得央求着陶一然陪他打个马虎眼。本来想让陶一然找个借口说医院有事，两人便去影院看电影。没想到女孩放了他鸽子，发了短信，说是被亲妈所逼迫，不如谎称见过，说二人不合适。

这正合蔡大勇的意，俩人正要走，陶一然突然肚子疼，在卫生间里蹲了好半天才出来。

见游云蓬头垢面的样子，以及在地上滚来滚去的皮小翔，陶一然有些费解。

但眼下并不是说话的时机，他默默站到游云身后："需要我做点什么？"

声音太吵。

游云感激地看着他，贴向他的耳朵，简单做了解释："他又来敲诈我……我忍无可忍，刚才用防身戒指划伤了他的脸。"

她冲他扬了扬手上的戒指，那枚黑珍珠早已不知去向，原本嵌着黑珍珠的地方居然是个硕大的粗而锋利的针头，旋转拧下黑珍珠便是防身的利器，装上便成了美丽的饰品。

"哦，我还启动了智能防身报警器。"她从口袋里掏出一个粉色的类似钥匙扣般的小猪头，将手里的拉环重新插上，报警声终于停了。

"我的实时位置已发送，倪好作为我的紧急联系人，应该已经报警了。你看，刚才绿灯闪烁，显示报警成功。"她居然还有心情开玩笑，"就算倪好没报警，我估计已经有别的客人或者店员，报过警了。"

话音刚落，倪好的电话过来，她简单和倪好解释了几句，匆匆挂上电话。

"一会儿警察来，可能需要带我去派出所录口供，"她看着陶一然，"你愿意陪我去一趟吗？"

陶一然点点头。

他大大低估了游云。此前他一直担心她会被皮小翔吃得死死的，没想到关键时刻，她那么勇敢，做得那么好。

蔡大勇挤过来，在他耳边将事情的经过大致讲了一遍，听得他怒从心头起，走过去直接将皮小翔的手反扣，又在屁股上补了几脚。皮小翔脸上伤得不轻，那针头看着不长，但极锋利，血流了满脸，几乎露出骨头。

这依然没叫他的嘴巴变老实，一直破口大骂着：

"行啊，臭婊子，没想到你还玩这一手。报警？你想好了后果，只要你敢报警，我就敢叫人四处发你的裸照。"

游云没想到皮小翔会在大庭广众之下直接威胁，更没想到是在陶一然面前如此羞辱她。换作以前，她可能会选择继续隐忍下去吧。只是，那个外表看似坚强，内里懦弱得一塌糊涂的自己早已经脱胎换骨。

这种感觉真好。

她往他的方向迈了几步，额前的一缕头发垂下来，于是边整理着头发边走，她还能笑出来。

真好。

"如果你发出去，"她怒视着他，没有一丝惧怕，"刚好多判你几年。我怕什么，我又不是当了小姐做了嫖客。我不过是眼睛瞎了，被前男友偷录了视频，我有什么错？"

她在他身边蹲下，陶一然紧张地拉住她的胳膊，却被她挣脱掉，继而摆摆手，又道："再说，姐姐我长得这么漂亮，身材也好，如果不小心被将来的男朋友看到，他和我分手，那我得谢谢你，帮我把他淘汰了。一个真正爱我的男人，在遇到他之前我和别的男人谈恋爱，比起无性，他一定更希望我曾经快活地享受到了性爱。这样才不辜负青春，不辜负老天给我的这副年轻而美好的肉体。是不是？"

皮小翔被她笃定、从容的样子震惊到，目瞪口呆，甚至忘记了挣扎。

人群中先是默然。

继而有个女生突然开始鼓掌，接着大喊："太牛了！姐姐好棒！"

其他人也跟着鼓掌。

"我们帮你做证，他先打你的。"

"对，一起去派出所！"

"不能叫恶人得逞。"

…………

五分钟后，两名警察赶到，问了缘由，当事人和愿意做证的目击证人全都得去派出所录口供。警察给皮小翔的伤口简单进行了包扎，把他塞进警车。

从派出所出来时，已经夜里十点半。

皮小翔因涉嫌多项罪名，盗窃罪、敲诈勒索罪、信用卡诈骗罪等，直接被拘留，等待着他的将是法律的严惩。

游云属于正当防卫，录完口供签好字就可以走了。陶一然见她神情疲惫，执意送她回木工坊，又陪她洗漱。直到躺在床上，她的脸色仍然有些苍白。

　　经历了这么一场闹剧，仿佛耗尽了她所有的力气。

　　他在她床边坐下，慢慢握住她的手："不用担心照片的事情，警察叔叔——"他故意拉长声音，"刚才打电话了，说根本没有什么照片、视频，他不过是想用这个控制你，胡编出来的。"

　　她似完全不在意这件事。

　　"你……真让我刮目相看。"他笑得露出洁白的牙齿，"简直像个女侠。是，即便流传出去又怎样？之前你们正常恋爱，享受性生活不是很正常的事情吗？你们交往五年却一直无性，那多悲哀！你……今天你所做的一切，让我发现，你仍是我多年前爱慕的那个闪闪发光的女神啊。"

　　她不答。

　　一切像是在做梦。

　　她从未想过自己今天可以那么勇敢。

　　也从未想过她和陶一然可以谈如此私密的话题。

　　他似看穿她的心思，握紧她的手："不论发生任何事情，我们都应该先考虑自己的感受，人总要先爱自己，才能爱别人。除此之外，其他人的任何意见、感受，都是狗屁，管他是谁？"

　　她知道他在安慰她，怕她多想。

　　她当然不会。

　　自从那个晚上和陶一然把所有事情摊开说清楚后，积攒多年的情绪垃圾仿佛也随之彻底清理干净，她终于蜕茧成蝶，带着美丽的翅膀，也带着睿智和果敢。

女人当然要靠自己。

工作、生活、恋爱……始终要保持着精神和经济的独立，永远不能把希望全部寄托在他人身上。

之前是她过于麻痹大意，以为经济独立，必然也就实现了精神的独立。

这是不对的。

早就应该并驾齐驱……甚至，精神独立了，才能更好地实现经济独立。

她自小到大有攒钱的习惯，压岁钱、勤工俭学的钱、卖废品的钱……大一时她便在郊区买了个小院子。虽然离市区远点，但毕竟是自己的。虽然后来父亲给了她现在四合院的使用权，她依然没有卖掉之前的院子。她想的是，万一木工坊被收回去，至少她可以换个地方重新开始，还可以把亲妈接过去养老。

这事除了倪好知道，连游佳越都被蒙在鼓里。

与皮小翔分手后，她网购了防身戒指、报警器、防狼喷雾、小电棍、录音笔、摄像头……所有能够防身的用得上用不上的她买了好几套。

游佳越希望游云可以任性、自由、独立、没有任何顾忌地好好谈场恋爱。

她说她的女儿值得世界上最美好的一切。

她希望自己的女儿，不要总想着怎么证明自己，该争取的不争取，总是退而求其次。

她恨铁不成钢，抱怨游云太自卑，太敏感，又太自负。

——能不能谈一场好的恋爱，对游云来说，其实无所谓。

世界上最美好的一切——离她太遥远，太虚空。

她只愿此后的自己：

是她的，争取不主动缩回手。

能争取到最好的，她也不退缩。

尽自己所能，好好取悦自己。

她一心向前。

陶一然说得对，凡事先考虑自己的感受。

这么想着，她笑笑，调侃道："其他人的任何意见、感受，都是狗屁。你也是狗屁吗？"

"我……我……"他语塞，真是搬起石头砸了自己的脚，"对，我任何带有偏见、不尊重你感受和尊严的意见，都是狗屁。其他人也是。"

虽然皮小翔被抓在他看来大快人心，但他知道她心里并不好受。

他问："你之前不愿意报警，是因为做不了坏人，可做个烂好人更让人厌恶啊。你觉得是自己突然和他分手害了他？不是，每个人心中都有恶，只不过你们分手，把他的恶激出来而已。如果没有你，也会有别人。"

他把她的胳膊放下来，轻轻拍着，像哄小孩子睡觉。

"每个人做选择时，都会在心中算好需要付出的代价，不能因为无法承受代价，就去触犯法律。"

她慢慢消化着他说的话："是，所以，怎么能因为他曾经对我好，而一再原谅他触碰我的底线呢。"

他终于放心。

"可不可以，等我睡着了再走？"

"好。"他笑着答应。

今晚的他着实温柔，而她也有一点点贪恋。

"我们……还有……还有机会吗？"他终于能问出这句话。

她的睫毛又长又翘，颤啊颤的，他有点儿慌："我其实一直等你说这句话。之前你伤我真是太深，"他吁出一口气，"我曾经暗暗告诉自己，我们之间的僵局必须由你打破，只有当你主动向我走来时，我才有重新朝你走来的勇气和魄力啊。"

她弯了弯嘴角，没说话。

"但现在我不这么想了，这次，还是请让我继续主动吧，因为……为你做任何事，我都心甘情愿啊。"他轻轻拍着她的手，"我们重新慢慢了解彼此，好不好？"

她仍闭着眼，可是自眼角滚落大颗大颗的泪珠，他听到她轻轻说了一声："好。"

4

护工拿了钱，很尽职尽责，对倪好格外关注。严遵医嘱，麻药劲儿还没过，护工一边守着昏昏沉沉的她千万别睡着，又紧盯着点滴的滴液及时通知护士拔针，喂水、倒尿袋一刻都没闲着，等到下午拔了尿管，倪好已经可以下地自由活动。

倪好跟倪大骏和翟娜视频聊了会儿天，因为插管的缘故，嗓子有些疼，晚餐将就吃了点儿小米粥。正百无聊赖，门口露出一个小和尚头。

姜抗菌穿着青绿色的校服，小跑着扑过来："姐姐，你好点儿了吗？"

开心果来了，倪好自然高兴，一边招呼着，一边从床头的柜子里拿出来一堆好吃的：苹果、香蕉、橘子、开心果、薯片、虾条、奶茶、辣条……小孩儿也不见外，搬把板凳坐下，就一袋袋撕开了吃。

倪好悄悄问："你爸呢？"

小孩儿鼓着腮帮子："有个手术还没做完，孔叔叔接的我。"

倪好正要问，门口处又有几位穿着白大褂的医务人员冲着她的方向指指点点的。

不用说，又是八卦观光团的。

她由最开始的有点儿蒙，到后来的习惯，再到后来干脆热情打着招呼，经历了非常大的一个思想转变：怪难为情的——算了，来啊来的也就习惯了——喜欢那么优秀的人，有什么害羞的？主动追求爱情的人都是勇者！

这帮人既然是来见她这个勇士的，那得招待招待。

她干脆主动出击，跟他们打招呼，倒把他们搞得有些不好意思了，叽叽喳喳地四散跑开。

姜抗菌有些奇怪，问："姐姐，这是干吗的？"

她本来就想把这两天发生的事情告诉他，刚好病房里其他病友出去散步，她给他拆开一包话梅，小声道："我想跟你坦白个事。"

"你说。"小家伙把虾片咬得嘎嘎响。

"嗯，我要是说，我喜欢你爸，你会怎么看？"

"喜欢呗，这有啥。"他满不在乎地又吃了颗话梅。

"嗯，我的意思是，"她斟酌着用词，"我前几天，向你爸表白了。"

"表白？哦，我知道了，"小家伙把手里的话梅袋往床上一扔，一副十分受伤的样子，"你是因为喜欢我爸，才对我这么好的？原来，你是在利用我！"

她没想到小孩儿这么想，赶紧解释："哎，这话说得，不不不不，怎么可能。我是单纯地喜欢你，跟你爸才没关系呢。"

"哦，所以你是先喜欢的我，后来喜欢我爸，这个叫什么来

335

着，哦哦哦哦，"小孩儿歪头想了好半天，"爱屋及乌。"

她觉得好像还是没说清楚。

"是这样，小抗菌，我的意思是，我在找你爸爸治病的过程中，发现了他的个人魅力，觉得爱上了他。然后你，作为我的好朋友，以及他的儿子，我觉得不论是出于尊重还是信任，都应该告诉你。但不是因为你，才喜欢的你爸爸，我不知道我说清楚了没有。"

小孩儿眨巴着眼睛，这下听懂了，当即脱口而出道："你想当我后妈！"

倪好呆愣住。

她以后可不敢对外说，擅长和小孩儿打交道了。

"呃，这个……也不能这么说。"她支支吾吾的。

"如果不想当我后妈，那就是只想谈恋爱！我听大人们说，一切不以结婚为目的的谈恋爱，都是耍流氓。姐姐，原来你只是想玩玩我爸爸？"他恍然大悟，愤恨道，"你这个渣女，我果然看错你了！"

这熊孩子到底有着什么样的脑回路！

她紧张地拿起水杯喝了口水，重新组织好语言："呃，我的意思是，我只是单方面向你爸爸表达了爱慕之情，你知道的，谈恋爱这件事，得两个人都同意才行啊。你爸爸他……"她红着脸，"还没有回复我。没说同意，也没说不同意。"

小孩摇摇头，很是费解，似乎有些沮丧，有些遗憾。

倪好暗笑，冲杯奶茶递给他。热腾腾的奶茶满室飘香，小家伙握在手里，暖烘烘的，又不能喝，太烫了，急得吹了又吹。

他的表情捉摸不定，一时眉头紧皱，一时舒展微笑，继而有些难过，忽而又仰着头像什么奸计得逞，看得倪好越发困惑。

终于，他跺跺脚，极为惋惜地说："我本来是想，将来我长大后跟你结婚的。但我长大了，你肯定老了，白头发还长皱纹什么的，唉，到时也不般配啊。算了，我还是找个同龄人吧。你就留给我爸。"

这个决定做得十分艰难，他恨恨地说："与其让别的男人得到你，不如就我爸好了。他这个人，虽然没什么优点，但我会监督他，多学习多进步的。我同意你们的婚事！"接着他突然改口，"妈！妈妈！请你好好爱我啊以后！"

倪好完全没想到剧情会朝着这个方向发展，正值陶一然抱着束鲜花进了病房，这脆生生的"妈"喊得他差点儿丢了魂儿。

她羞得满面通红，结结巴巴不知该做何解释。

陶一然咳嗽两声，将一袋子外卖和鲜花放在桌上："游云给的。"

"哦，谢谢。"她把鲜花抱在怀里，到底是游云了解她，住院的日子太过无聊，闻着沁人心脾的花香，让人心情大好。

旁边的姜抗菌突然打了个喷嚏。

倪好想起来："啊，我忘记你对花粉过敏了。"拿起花便要往床对面的柜子里放。

小抗菌疑惑道："我对花粉过敏？谁说的？"

"你爸啊。"

上次她找姜除寒复查，有位患者送了他一束非常昂贵的花，他说姜抗菌过敏，转送了她。

那小藤筐装着的鲜花，她特意从网上查了价格，至少在三百块钱以上。那么好看的公主香、桃红玫瑰、洋甘菊……她放了半个多月都没枯萎。

"哪有，谁造谣？我才不过敏呢。是有点儿鼻炎，刚才鼻子有点痒。"

她心中一动。

如此说来……那天，他是找个借口把花送给她的？

正暗喜，见陶一然狐疑地盯着她，赶紧转移话题："游云是我最好的朋友，最近我生病都顾不上她了，你可得好好对她！"

陶一然似有些感慨，好久才回："我们还在重新了解中。"

接下来两人沉默很久，空气中的氛围非常诡异。

倪好想说，你别听姜抗菌乱喊，但又觉得也许人家没放在心上，她一解释，倒是此地无银。

姜抗菌就不一样了。

姜除寒有时忙，科室里的几个人经常自告奋勇帮他接孩子，姜抗菌跟谁都混得熟，尤其是陶一然，坦克游戏打得比他好太多，简直不要太崇拜。小家伙嘻嘻笑着，把薯片递给陶一然："哎，给你正式介绍下，这是我妈妈。嗯，你可以叫她——师娘！"

倪好吓得咳嗽不止："没有没有，没有的事。姜抗菌你不要胡说。"

"我怎么胡说了，都是实情。对了，"他拍拍手，从口袋里掏出个漂亮的小发卡递给她，"这是我用积分在班里专门给你换的，喜欢吗？在班里表现好，比如站队直、举手回答问题、打扫卫生干净，才能各得两分，我可是用了50积分呢。"

说完，邀功似的等着倪好夸奖。

那小发卡是一朵怒放的玫瑰花，镶满了亮闪闪的水钻，倪好别在刘海上，转了转头："好可爱！好看吗？"

小孩儿满足极了："好看！妈妈你好好休息，我去我爸办公室写作业了。"说完一溜烟跑了。

这贼孩子叫"妈妈"怎么会叫得这么顺口？

倪好一脸黑线。

陶一然的面部表情非常丰富，多亏了他有事没事往病房跑，否则这天大的秘密情报不可能被他率先知道。

现在倪好的身份，并不仅仅是游云的闺密，而是——"师娘"！必须对师娘多关心多尊重一些啊，想到这里，他赶紧问："怎么样，有哪里不舒服吗？"

她摇摇头。

"那好，那——明早姜老师给你换药。"

"刚才的事情，不是你想象的那样，"她赶紧解释，"小孩儿跟我闹着玩。"

陶一然一边嘴里客气地说着"是是是"，一边往外走，心中不以为然。

"那什么，你有什么事，随时吩咐。"

倪好大惊失色："真不是，你听我说……"

"哎，有什么事，师娘尽管吩咐。姜老师那里，您一定多多美言啊，最近写报告写得我快吐了。"

这事越发说不清楚，她泪流满面。

陶一然想：姜老师果然隐藏极深。

手术台上说什么不许大家添油加醋，说什么"患者对医生产生短期的感情，是常有的事，可不是爱情"……

原来不过是嘴上否定，想搞地下情。

姜……果然是老的辣啊。

5

早上八点，大夫们挨个查房，呼啦啦一帮人进来，倪好的两位病友相继得到了主刀大夫以及身后的实习生热情的慰问。唯独她等到快九点，才由隔壁的一位病友在门口（想来也是姜除寒的患者）过来喊了一声："16床，去检查室！"

她半个头被纱布包着，像《黑猫警长》中的一只耳似的。听到有人叫她，急匆匆到卫生间整理了头发、衣服，抹上口红，又觉得不合适，太刻意了，手忙脚乱地擦掉，因此耽搁了几分钟。等到了检查室，姜除寒已是一副极其不耐烦的样子。

"姜大夫早！"

他"哼"了一声："坐吧！"

她赶紧坐下。

他手中拿着酒精棉，解开她头上的纱布，慢慢地沿着耳后消毒，又夹出堵在耳洞的棉球。

她目视前方，眼神游离。

"你很幸运，我们打开以后，"他轻轻擦着，"发现不需要植皮，听骨也没有太明显的破坏，可以达到继续使用的水平，所以也就不换人工听骨了。"

她鼓起勇气说："遇到你以后，我一直很幸运。"

她明显感觉到他的手在空中一顿，忍不住低了低头。

一根冰凉的手指挑着她的下巴，他不满道："别动。"

"哦。"

她不敢再乱动，心如小鹿乱撞，要问问他……怎么想的吗？检查室中只有他们俩，那帮实习生没在，倒是个好时机。

正纠结着，他扶着她的头，重新缠了几圈纱布，说："我们不合适。"

她气呼呼地转过头盯着他："哪儿不合适？"

他似有些慌乱，直到将头部包扎好，打了个结，才说："很多地方。你看的不过是事情的表面，我在你人生中最潦倒、昏暗、绝望、孤独的时刻，为你做了手术，你所说的喜欢我，其实是移情。"他将换下来的沾血的纱布倒入垃圾桶，"移情你懂的吧，多出现在心理医生和患者身上。你因为这场病身心遭遇了极大的痛苦，这种短暂的心理现象基本在你出院后就烟消云散了。"

不但被拒绝，还被否定了她对他的真情，她恼羞成怒道："你、你凭什么这么断定？"

"在这个人生节点，"他打断她，"你只是需要一场爱情，而不是真的遇见了爱情。好了，帮我去6号病房喊下19床！"

她紧紧盯着他，想从他的神情中捕捉些细节以反驳他刚才的话，检查室的门却在这时候开了，陶一然、张静、蔡大勇陆续进来。见到倪好，三人你看看我，我看看你，末了在陶一然点头的暗示下，齐刷刷往边上站了站，异口同声道：

"师娘好！！"

——这声"师娘好"震耳欲聋，听得姜除寒虎躯一震。

倪好又羞又气，看到张静对她挤眉弄眼的，只好定定神，微笑道："你们好！我跟姜医生聊天耽误你们工作了吧，不好意思，我这就走。"

她走到门口，余光中瞥见姜除寒一副被气昏了头的表情，突然一计生上心头。她看着张静，无比热情地说："哎呀，这位女医生，你可真好看，又美又有气质。"说完凑到张静耳边，嘀嘀咕咕不知道说了什么，只听得张静瞪大眼睛，不住点头。

姜除寒待倪好走后，眯着眼睛问张静："她说什么了？"

张静看看陶一然，又看看蔡大勇，犹豫着："在这儿说？"

"说。"

当然在这里说，他姜除寒行得正坐得端，有什么话是需要背着人的？

只听张静说："哦，刚才师娘说，你平时工作太忙了，怕你不能按时吃饭，让我照顾着点儿。"

陶一然得意之情溢于言表，都好到这程度了，还骗他说不是他想的那样。还好关键时刻他冷静睿智，赶在昨天先拍了师娘的马屁。

姜除寒见解释不清了，气得把手中的病例一摔："是不是没完了？八字没一撇的事这样好吗？"他本想说已经拒绝了倪好，又觉得这样未免太伤人自尊。

蔡大勇怯怯地举了举手："姜老师，我知道，您想玩地下情，可您对我们来说，亦师亦友的，我们又都是见证人，不该这么见外。"

"谁说我要搞地下情了？"

陶一然挠了挠头："啊，不是地下情，那是要公开？我就说嘛，人家姜抗菌昨天直接在病房叫'妈妈'了，还怎么搞地下情。"

……原来是姜抗菌干的好事。

"姜抗菌的问题，我回头找他。"他头疼不止，"你们要是不想写报告，就别被我听到你们再在这件事上推波助澜。听到了吗？"

三人吐吐舌头。

"姜老师我们不敢了。"

"是是是，我们错了。"

"都听您的。"

唯有陶一然暗自腹诽：姜老师真纯情，被大家多说了几句，还不好意思了。

转念一想，这离过婚的男人，怎么可能纯情呢，想来人家是刻意想和实习医生保持距离。唉，还以为自己跟他那么熟了，没想到是单方面的热情，真叫人心灰意冷。

6

翟娜和倪大骏虽然进不了病房，每天还是会带着大包小包的东西到护士站，隔着门口看管的护士，草草与女儿见上一面。碍着有外人在，也不好直接问，只能回家了在微信上聊上几句。

可怜天下父母心，夫妻俩惦记着女儿的病，也惦记着女儿的心挂在了谁身上。

自从翟娜被姜除寒治好了耳石症，便对姜除寒赞不绝口。

倪好不知道该怎么回复，想了很久才说，还没确定心意，再观察观察。她总不能说自己表白被拒，回头两人又多想，还是不告诉他们的好。

对倪好来说，这一周过得不好不坏。

每天姜除寒都会亲自给她换药，有时她故意将头偏一偏，他的手指便会抬着她的下巴调整角度。那个动作姜除寒做得太性感，每每弄得她脸红心跳，回到病房恨不得一辈子不洗脸，脑海中无数次重放着他挑自己下巴时的情景，幻想着他是影视剧中的男主角，与她上演了一场浪漫又美好的情感大剧。

倪好曾经在微信倾诉衷肠，反复强调自己绝不是一时兴起，更不是移情。她是成年人，不过是尊重自己的感受，勇敢表达罢了。

他都没有回。

她第一次追求人，也不知道有什么其他诀窍，感到十分受挫，只能偶尔分别和游云、侯丽丽吐槽。这俩人给出的建议完全不一样，游云觉得既然对方拒绝了，那就应该就此打住，再执着追求，未免太跌份儿。倪好如此优秀，什么样的人找不到？

侯丽丽觉得，这俩人有门儿，好男怕缠女，什么"短暂的迷恋、移情"——这明明是在鼓励，希望倪好可以坚持得久一些。

倪好晕乎乎的，不知道应该听谁的。

出院当天，给他换药的却是陶一然。

她有点儿失落，陶一然自然知道她在想什么，好心解释着："姜老师今天有事，得九点多才能过来。你先回去收拾行李吧，等他来了，让他看看你的伤口。"

她高兴地答应了。回到病房，收拾好行李，等了快两个小时，十点半了，才从楼道里听到姜除寒那识别性极强的声音。想着马上就要离开这里，不由得心中一阵酸楚，她提上行李箱，慢慢走到护士站，见他正和护士说话，便耐心地在一边等。

他看了她一眼，斜倚着护士站的桌子，继续和护士闲聊。

大概过了几分钟，见她一直没走，他终于忍不住问："你不是今天出院吗？怎么还不走？"

她意外地看着他："我在等你看我的伤口。"

"我不看。"

他果断干脆地说了这三个字，转过头继续跟护士聊天。

不看？

他为什么就不能好好说话？

她只得说："你看看呗，我都等了俩小时了。"

他站起身，奇怪地看着她："我又没让你等。"

她尴尬地看向陶一然，希望他能帮她说句话，没想到该死的他捂着额头，都不敢看她。看来是他出于好心，擅自做主请她留下来等，没想到姜除寒如此不留情面。

她又不好说是陶一然让等的，当着大家的面。反正她马上就要出院了，过了这个村没有这个店，既然他让她难堪，既然他不回她的微信，她眼一闭心一横，决心逼他当面表态：“姜抗菌说他根本就没有对花粉过敏，那天你为什么把花送给我？”

鲜花？

姜除寒没想到她突然说到这个，有点儿愣住。

“那么贵的花，你谎称姜抗菌对花粉过敏送给我，姜医生，我很难说服自己，你当时的举动，不是因为喜欢我。”

“我……”他的眼神是躲闪的，“我不知道花的价格。”

“哦，你不知道花的价格，”她抓住他的漏洞，“这个我能接受。那为什么要谎称姜抗菌对花粉过敏？”

他语塞。

最近他连加了几天的班，只能拜托同事帮忙把姜抗菌接到办公室，小家伙只要来医院，就跑去找倪好聊天。任凭他百般解释，小抗菌不知道是装的还是故意的，就是不明白为什么不可以叫倪好“妈妈”，于是，在他每天“妈妈、妈妈”的叫声中，整个科室没有人相信他和倪好的关系止于医生和患者。

这贼孩子给予了倪好远甚于他的高度信任。

凭借倪好帮忙起早的《父子同居协议》，在父子相处的过程中，贼孩子屡屡牵制着姜除寒，让他十分恼火。郁闷的是，他恼火的原因不在于倪好的帮忙，而在于——那份协议，确实很有道理。

唯有充分尊重孩子、给予足够自由和足够包容的爱，小孩儿才能形成完整的人格。

绝大多数的家长却没有意识到。

姜除寒意识到这一点时，多次想调整自己的言行，想要占据主动，但贼孩子熟练运用协议，屡屡赢了他。

对她——他又气又佩服。

这些日子，姜抗菌有了显著的变化，父子虽有争吵，可他学习更主动了，话也多了起来，不再沉迷于游戏。倪好给姜抗菌开的书单，他认真读了大半，连上厕所都要带着书，养成了阅读的好习惯。亲子关系更和谐，两人开始真的像父子，彼此有了挂念和良性的沟通，有事一起商量，家也更像一个家。而姜除寒，也越来越像一个从不及格线慢慢跑过60分，又继续向上爬，想要获得优秀、卓越成绩的爸爸。

她讲座时的样子可真迷人，在漫漫育儿路上艰难行走的一位位家长，用看偶像的目光看着她，眼神里充满了渴望和信服。她笑的时候那么甜美，让他的心情也跟着变好，出门诊时对患者都少了些刻薄，连孔成波都惊讶于这段时间关于他的投诉少了三分之二。

她对姜抗菌那么有耐心，完全把他看成独立的有思想的个体，而这正是他从未曾正视过的。她被劈腿，以及被差点儿成为她老公的那个人百般羞辱时，仍保持着很好的涵养和风度。她喜欢他，她害羞时脸烧得通红，却有着连很多男士都不曾有的飒爽和勇敢，当着实习生的面向他大胆表白。

她是那么纯粹、清澈、美丽、睿智、高贵、大方。

在育儿甚至很多其他的事情上，她是他的老师。

除非他是块木头，才会面对这样的女生不动心。

他找了个最荒谬的借口把那束花送给她。

不是没看到她的惊喜和慌乱，因为闪进电梯的他，比她更手足无措。

可，他凭什么……

凭什么得到她的爱呢?

与刘婕离婚后，周遭张罗着给他介绍对象的大有人在，介绍人拍着胸脯打包票，说什么不像离婚女人会被戴上有色眼镜看，离异的男人很吃香，经历了一次失败的婚姻后更知道如何疼老婆，哪怕带着孩子也大受欢迎。

介绍人越是这样说，他越是保持着警醒。

科室里有个离了三次婚，上周刚又新婚的1977年出生的男医生，新娘子是个"90"后的小姑娘，长得甜美不说，性格温和、大方，来医院发喜糖时很是引起一阵轰动。他当时正和陶一然说话，听到旁边的护士长胡媛叹口气，说: "这个世界，对女人真是不公平。凭什么你们'70'后的离异男人可以轻松找到比他小很多甚至是'90'后的老婆? 而女人却只能往上找，'70'后的女人只能找'60'后、'50'后的老男人?"

他无心地说了句: "也不见得吧，毕竟还是少数。"

"怎么会是少数，"胡媛瞥了他一眼，"我最近正给女儿张罗相亲呢，进了个相亲群，你是不知道，男方但凡有房有车，不，甚至没房没车的，都挑剔得不得了。我女儿1988年的，一个1979年的离异男，硬是嫌我女儿岁数大。呸! 我还没嫌他老呢。"

姜除寒一时不知道怎么接话，她又说: "那个离异男，还带着个孩子。干吗呢? 我女儿嫁进门就当后妈? 还要求女生孝顺、懂得持家，您是娶媳妇呢，还是请免费保姆呢? 真会算计。"

她正说着，旁边的小护士捅了捅她的胳膊，瞟了眼姜除寒，冲她使了个眼色。好一会儿她才反应过来，当即脸色苍

347

白，对着姜除寒不住地摆手："姜主任，我不是说您。真不是说您。"

姜除寒其实还真没往自己这块儿想，护士长一解释，才似有所悟。

不能否认，她说的确是实情。

当今社会存在着大量对女性的偏见和不公，职场、婚恋市场、家庭、育儿……每个方向展开，都够说上几天几夜的。

他当时还摇头，信誓旦旦说："我可不是那样的人，我偏要找个离异的、比我大的女性。"

他说的并不是玩笑话。

年轻漂亮的小姑娘当然好，恋爱结婚自然是你情我愿，可对人家真的公平吗？

年龄、阅历、智识相当，灵魂碰撞击出的火花，这对姜除寒来说更为重要。当然也不是说年轻漂亮的小姑娘就不能和他碰撞出火花。

也许正是那一刻，他才开始认真思考起关于他和倪好两个人在一起的可能性。

有个鼻科大夫就曾经跟病人闪婚，婚姻生活持续不到一个月，离了。没多久又和另外一个病人爱得死去活来……这次持续得久了些，仨月。该大夫每次都激情澎湃，嚷着："真爱啊！"爱时有多奋不顾身、惊天动地，结束时就有多灰头土脸、狼狈不堪。

那时他便坚定地认为，所有医生和患者之间的感情，都是移情罢了。

所以，他拒绝倪好的主要原因，确实是他内心最真实的想法——治病救人不过是医生的本职工作，他不想贪功。

此外，她正年经，有着大好的前程，不论事业上的，还是未

348

来的感情、婚姻生活，他相信，她一定会继续大放异彩。

而不是受困于大上她足足八岁、还有个熊孩子的、离异的他。

　　…………

　　"你倒是解释啊！"见姜除寒久久不说话，倪好干脆上前一步，两人不过一拳的距离，他后面便是护士站的弧形柜子，逼得他的脚直抵在柜子上。

　　他转过头不敢看她，却与旁边的陶一然来了个对视，正愁没地儿发泄情绪，怒道："这么闲？"

　　陶一然吓得赶紧闪进隔壁病房。

　　柜台后的两名护士彼此对视一眼，乐不可支地等着看好戏。

　　远远地，孔成波朝这个方向走来，待看清他旁边的人是倪好时，还加快了步子。

　　姜除寒不想被孔成波当倪好的面打趣，一时情急，说出了可能是他这辈子说过的最后悔的话："我……我当时给你花，是……是看你可怜，生病又被退婚，想给你些鼓励。对，给你些鼓励。"

　　说完他就后悔了。

　　倪好适才亮闪闪的眼睛瞬间失色，像被他亲自按了off键，面如死灰。

　　他装作没看到，敲了敲桌子："记得下周复查，我有事先走了。"

　　他转身便往办公室走，电光石火间，他的胳膊突然被她抓住，她一个箭步上前，踮起脚，双手捧住他的头，他一个趔趄，没有任何防备地低了低头，待反应过来时，他的唇已经紧紧贴住她的唇。

她的唇又薄又柔又软，像带着晨露的水晶樱桃般甜蜜滋润，他惊骇得眼睛要掉出来，原本告诉自己面对她时一定要坚决地拒绝，顷刻间之前的努力化为乌有，全部融在这温暖的一吻中。作为一个离过婚的男人，此刻的他却像个不谙世事的少年，连挣脱她的力气都没有，望着她眼中满是藏不住的得意和骄傲，心脏某个柔软处被狠狠击中，鬼使神差般，他的两手不受控制地想要抚上她的双肩，想要把她紧紧搂在怀里……

然而沉迷只是刹那，余光中瞥见越走越近的孔成波，他慢慢缩回了手。

可即便这样，他仍做不到主动推开她。

不知道过了多久，一秒？三秒？十秒？也许更多。

她终于松开他，但眼睛仍直视着他，没有任何畏惧地、真诚地说："我刚才确认过了，不是移情，不是短暂的心理现象。我一门心思地喜欢着你。"她抓住他的手晃了晃，"你现在可以想一想，对我，到底是同情，还是……喜欢？如果你还拒绝我……那我就真的放弃了。"

他怔住。

在她如此真诚、大方、勇敢的告白中选择当众坚持拒绝她，是他有生以来做出的最难的选择。

但也可能，他默念着，也可能是他做出的对她最好的选择。

"对不起。"

——还是没有等来自己想要的答案。

她忍住眼泪，再抬头时，已经重新扬起一张笑脸，大方地冲围观的、包括孔成波在内的几位医务人员点点头，拖着拉杆箱，慢慢走进电梯。

居然还能笑出来。

电梯右侧的小镜子中，倪好默默看着镜中的自己，像在看一个陌生人。

镜子里的她面容忧伤，像个失去最珍贵礼物的小女孩。

从小到大，爸妈宠着她，她要任何东西，不，甚至她都还没有开口，只是目光在上面多停留了几秒，只要不涉及大原则问题，爸妈尤其是倪大骏会想尽一切办法满足她。

漂亮的公主裙。

芭比娃娃。

带蝴蝶结的毛茸茸的靴子。

有着宝石般眼睛的布偶猫。

…………

唯独有一次，那时她才五岁，爸妈带她去成都大熊猫繁育研究基地，看刚出生的大熊猫幼崽时，她突发奇想，吵着闹着要爸爸妈妈买一只熊猫宝宝带回家。奈何倪大骏、翟娜好话说尽，承诺给她买一堆熊猫公仔，讲了一堆道理，她仍又哭又闹。最后，倪大骏两口子的好脾气被耗尽，倪大骏直接抱她出基地，甚至没有买一只玩具公仔。

那是她头一次遭到不容任何商量的无情拒绝。

也是她第一次明白，原来有些东西，不是你努力争取，不是你多么激烈地表达想要，就一定可以得到。

比如大熊猫。

比如渴望心仪的人也喜欢她，渴望那个人对自己也有着同样炽烈的爱。

作家贾平凹说，追求一个人的秘诀，就是胆大心细不要脸，恋爱时谁还要脸呢？同姜除寒表白时，她默默念着这句话。比起两个人在一起时的幸福，不要脸又算得了什么。如果亲吻能让他心动，开始正视她的告白，让他改变心意，同意与她交往，是最好不过。

如果不，反正手术已经做完，大不了就换家医院复查，以后永不相见——他长那么帅医术那么高，能亲到他也不亏。

她闭上眼，苦笑着。他说"对不起"，看来以后确实只能换家医院复查了。

7

人民医院门诊楼。

有两个戴着黑色墨镜、穿着肥大长袖T恤和宽松短裤的男人走进来。

两人留的都是小平头，个子稍高的也长得胖一些，白头发也多，看上去有四十来岁，稍微年长些。他的右手紧紧插在裤兜里，肥大的袖口鼓鼓囊囊的，似藏了什么东西。

较瘦的神情有些紧张，一边擦着额头的汗，一边紧跟在胖男人身后。他的左手也同样插在裤兜，好几次撞到别人、踩到别人的脚，医院里都是些前来看病的病人，要么是家属，撞到、踩到了也没什么人在意，每个人都行色匆匆。

只听那瘦子说："大哥，我、我有点儿怕。"

"怕什么！"胖子不满地瞪了他一眼，"你想想，咱爸是怎么惨死的？你想想那鉴定书上是怎么写的？老爷子连个遗嘱都没留。再想想爸是怎么疼你的？没有爸，你那房子买得起吗？你娶得上媳妇儿吗？你儿子能上那么好的学校？"

瘦子不吭声了。

胖子又说："瑞大耳鼻喉当初接诊时多热情，还让助理加我们微信，天天嘘寒问暖的。现在呢？人死了，没见一个人出来，谁都躲着。都该死。"

"大哥，可……咱们杀人，可是……会判刑的……"

"小点儿声！"胖子气得扇瘦子的肩膀，"怎么叫杀人呢，我们就是教训教训他们。判刑？"他冷笑一声，"你个尿包。到时我先动手，你看着办。老子既然来了，就没想着活着出去。"

要上电梯了，人挤人的，瘦子怯怯地看了胖子一眼，不说话了。

电梯到了三楼。

两人出了电梯，胖子眼尖，一眼瞧见紧挨着护士站的16诊室，冲瘦子努努嘴。

瘦子点点头，鼻尖上密密麻麻的汗。

两人走至16诊室门口，已是上午十一点半，病人看得七七八八，在等候椅上等待的人并不多，只剩下那么七八位。门诊的门紧关着，门口一个电子显示屏，"主任医师：姜除寒"几个大字异常显眼。两人对视几秒，胖子刚要敲门，姜除寒却从里面出来了，他直接走到对面另一位大夫的诊室，对着电脑说了几句，又往16诊室走。

在他正要进去的刹那，胖子一把拽住他的胳膊："你是姜除寒？"

这来者不善的架势，姜除寒想也没想便要挣脱，却发现这男人暗暗使着劲儿，甩了两次竟然都没成功。

"刘婕是你老婆吧？"

男人放在裤兜里的手一直没有拿出来，看着那鼓鼓囊囊的裤兜和男人凶神恶煞的表情，姜除寒心中一惊，警觉地倒退两步，继而使劲挣脱掉胖子的手，转身便往楼道方向跑。边跑边冲护士站大喊："报警！叫保安！"

但太迟了。

胖子把手从裤兜掏出来，他的手中竟握着把锋利的短刀，

353

追上去照着姜除寒的头便是一刀，姜除寒下意识地双手护头，肩膀、手掌又相继挨了两刀。

鲜血从姜除寒的头上、肩膀、手掌汩汩流出，瞬间变成一个血人。

紧随其后的瘦子见胖子杀红了眼，大吼一声，对着姜除寒的屁股便是狠狠一刀，一时鲜血喷涌，瘦子的腿抖成筛糠，手中的刀掉在地上。

"窝囊废！"胖子狠狠地骂了句，正要追，却被瘦子一把抱住："哥，再砍就没命了。"

胖子已经杀红眼，哪里听得进去劝，一脚将瘦子踹翻在地："滚！"

【注释】

1. 肌骨膜瓣：某些耳科手术时由肌肉骨膜形成的瓣状组织，可用于填塞手术空腔用。

2. 前上嵴：外耳道前上方隆起的骨质结构。

3. 听骨链：由锤骨、砧骨和镫骨组织的结构。

4. 颞肌：位于颞窝部的皮下，为扇形阔肌。像一个大的扇贝形肌肉，覆盖在头侧面耳的前、上和后方。

5. 耳甲腔成形：乳突手术的其中一个手术步骤，可以扩大外耳道口，方便分泌物的排出和清理。

耳元琐事扰

「我们的游戏是这样玩的，第一个人，要对他后面的人说：我喜欢你。

然后后面的人要问：「你喜欢我什么呢？」

我们旨在通过这样的一个互动，

鼓励大家能够勇敢地向自己喜欢的人、向自己欣赏的人表达自己的喜欢和欣赏之情。

提倡大家不要吝啬表达，不要吝啬赞美。」

主持人站在了第一个位置，率先做了示范：「我喜欢你。」

排在第二位的是一名女观众，她配合地问：「你喜欢我什么呢？」

「我喜欢你刚才勇敢地举起了手，并勇敢地站在舞台上参与我们的互动。」

第十章

波折后的彩虹

1

倪好名下共有两套房产，都是她上大学时倪大骏早早买下的。

她独住的小三居与娘家的房子隔着两条街，除此之外，在郊区还有个小别墅。当初倪大骏买时，是看到新闻说要在周边建个大学城，更有国际学校，从幼儿园、小学到初高中，一步到位。这些年，大学城、国际学校陆续建起来，房价也一涨再涨，倪大骏十分得意。

反正他和翟娜已经退休，他本想倪好出院后，全家都搬到郊区住上一阵子，等养好了再重新搬回市区，奈何女儿有自己的想法。

倪好坚持回自己的小三居。

自从她去了人民医院做手术，这还是第一次回这个家。两次手术后，她的身体多少有些虚弱，常常有气无力的，尤其大姨妈非常混乱，十天来一次，每次来两三天。和爸妈一起住，饮食起居有人照顾确实方便，但二位对她过度关心，过度期待，过度唠叨……完全没有自己的独立空间，尤其是对她工作以及与姜除寒关系的关注……都让她压力重重。

她不想在精神上增加多余的损耗，再说，又不是做了什么大手术生活不能自理，她的耳朵早在出院时就拆了线，不像之前包了半个头，看上去一副开了脑做了极其惊险手术的样子。除了在手术刀口的位置贴了纱布，能看出她还是个病人，其他跟正常人没有任何区别。她的右耳不疼也不耳鸣了，吞咽时没了异常的响声，听力也有明显的提升。

翟娜不情不愿的，但倪大骏多想了，他以为姜除寒和女儿已经郎情妾意，老是来家里，约会什么的，自然是不方便的。

做父母的得是多糊涂，居然不知道要给情侣制造条件？年轻人嘛，当然要有自己的私密空间。他轻易便说服了翟娜，俩人眉开眼笑地叮嘱女儿叫小时工过来打扫、做饭，就放心离开了。

倪好不明白为什么翟娜态度立转，但也没什么精力去细究。也许是怕她想起伤心事，家中的沙发、被罩、床单、桌布……翟娜连窗帘都给她换了。看着焕然一新的家，她百感交集，不过是几个月的时间，对她来说，却像是体验了不同的人生。

鲁长均和师佑佑消停了一段时间后，开始隔三岔五在班级群里晒恩爱。

他们去美国了。

她怀孕了。

他给她浮肿的身体按摩。

她孕吐，他心疼地流泪。

…………

鲁长均的人缘一向不错，他发什么，总有人热情回应着。她开始还觉得刺眼，慢慢心如止水，不声不响退了群。

真正让她时不时觉得心中一阵抽痛的，是姜除寒。

她虽然愿意放弃所有自尊跑向他，但一而再再而三地被拒绝，是朝她的方向抛来的一枚枚铁钉。

扎脚，也扎着她的心。

义无反顾、坚持不懈、奋不顾身、飞蛾扑火……是情窦初开的中学生笃信不疑的事情，对每日为了艰辛生活摸爬滚打的成人来说，他们已经懂得再澎湃的感情，没有双向的靠近，不如早些放弃的好。

好在，她只是伤心——伤口还是日益见好的，此后她终于可以彻底康复来到阳光明媚的人间，这畅快活着没有任何病痛的感觉实在太好了。

只是夜深人静的时刻，每当无法抑制住对他的思念，她还是会忍不住偷偷看他的朋友圈，虽然他很少发。她会忍不住摸自己的耳朵，想象着手术台上的他做手术时两手在她的耳朵上是如何精神高度集中专注地操作着。偶会还会打开人民医院的微信公众号，点击查看他的预约号，看到出诊信息依旧时，便知他没有离开这座城市出差或者休假，依然与她生活在同一片天空下。

如果她去医院的耳科诊室晃上一晃，便有可能会遇到他——这一切，极大地抚慰了她曾被他狠狠拒绝的心，让她觉得，他其实离自己并不遥远，也从未曾失去，只要她愿意，她总是可以见到他的。

这卑微的不敢让任何人察觉的隐秘的小心思，她希望自己有朝一日，可以慢慢戒掉。

两周没出新视频，打开微博，果不其然看到好几百封求助私信。有位网友，同样内容的求助信连发了十几遍，看样子很是急迫：

"倪好小姐姐，请教：我儿子六岁，即将上小学。在小区里玩时，有个八九岁的孩子老打他怎么办？玩着玩着，那孩子不知道从哪里蹿出来，照着我儿子的屁股给上一脚，要么突然从后面给上一拳，还有一次是突然抓起把沙子全扬我儿子身上……气死我了。他每次打完就跑，从没看到家长，我骂了几句也没用，想动手打他吧，警察肯定会拘留我，不打不去震慑下他的话，怕是那孩子会得寸进尺，而我儿子已经有了心理阴影，出门时探头探脑的，十分没有安全感。"

最近几年，因为孩子间争吵打闹而上升至成人间的肢体冲突事件频发，甚至双方监护人混战直打到派出所，情绪失控时，袭警也是有的。

倪好曾看过一篇报道，有位单身妈妈，因袭警被刑事拘留。事件的起因，竟然是一个小女孩不小心摔倒，绊倒了她四岁的女儿。在媒体放出的视频里，那位妈妈一眼瞄见女儿被绊倒，扔掉手中的包上去就一脚踢在另外一个五六岁女孩的身上。对方家长哪里肯干，干脆直接效仿，冲着她的女儿也是一脚。两个女人就这样厮打在一起，而两个小女孩完全不明白发生了什么，目睹自己的妈妈和别人的妈妈互殴，直到围观群众打了110。警察赶至现场，一方偃旗息鼓，另一方情绪彻底失控，还扇了警察的耳光。

新闻的最后，记者义正词严道："等待这位单身妈妈的，将是法律的严惩。"

倪好不知道那个小女孩接下来会被寄养在哪位亲戚的家中，过上什么样的生活，有谁能够很好地向她解释，为什么妈妈被警察抓走。网上一片骂声，全部都是对那个妈妈的痛骂、谴责和挖苦。

袭警被刑拘当然咎由自取，网友也一边倒地叫好，倪好不敢公开表达对那个单身妈妈的同情。

但她会忍不住想：单身独自带娃，她有产后抑郁症吗？她的原生家庭导致了她处事极端、情绪不够稳定吗？她一直没有安全感，整日里疑神疑鬼害怕女儿会受伤才引起那么大的反应吗？是什么原因有着怎样的故事，让她选择了做单身妈妈呢？得知袭警要被刑事拘留后，与女儿分离的那一刻，她有没有后悔呢？

世上没有后悔药，所有的一切也无从知道答案。

原本完全不需要成人介入的事情，视频中的两个小女孩在摔倒时甚至各自迅速爬了起来，却莫名其妙演变成这样的悲剧。

这封求助私信，让她想起那个被刑事拘留的可怜的女人。

她简单涂了点护肤液，口红都没涂，直接素颜出镜，镜头中的她有些清瘦，可她很满意自己现在的状态。

"大家好，我是倪好。虽然我一直提倡让孩子独立解决问题，家长不要过多介入到孩子的纷争中，但今天收到的这封求助信，我认为家长是非常有必要介入的。一是因为两个孩子有年龄上的差距，力量悬殊。其次，是因为年龄大的孩子，家长一直没在场，如果我们再不积极主动介入，对小孩子不公平，除了会让他有心理阴影没有安全感外，也可能会让事件失控。那怎样是比较好的方式呢？"

倪好正录着视频，静音的手机屏幕一亮，弹出条新闻。

她没在意，面对着摄像头，娓娓道来："如果换作我，我会拦住那个大孩子，同时抓住他的手，不让他离开。我会温和而坚定地鼓励我的孩子——这个大哥哥没有权利伤害你，你有权利要求他向你道歉。如果你不知道怎么说，可以跟我重复。"

她减慢语速，扮作那个被欺负的孩子："你这样打我，我很疼，很愤怒，你没有权利打我，请你向我道歉！"

奇怪，她很少分神，今天是怎么了，心脏的某个部位突然隐隐作痛。

她顿了顿："对方道歉后，这件事就解决完了吗？不是的。我们要告诉孩子，你可以选择不原谅，或者——原谅。如果打人者道歉了，但态度不够真诚、态度敷衍、语气满不在乎，那么……可以鼓励孩子说，我觉得你道歉不够真诚，我需要你继续道歉，如此反复，直到对方真诚地道歉为止。"

这点很重要，倪好曾经接触过很多孩子，以为做错任何事，只要说一句"对不起"就可以了。担责的代价太低，于是继续犯错，继续打人，反正只要道歉就可以了嘛。

想到这里，她提醒道："必须注意的是，这个分寸要拿捏好，我们成年人，绝对不可以动手打别人的孩子——否则会承担法律责任，更有可能被行政拘留或者刑事拘留。在处理问题的过程中，如果大孩子情绪特别激动，我们可以平静温和地请他联系家长，陈述事实，不评价、不指责，让对方了解我们的感受，千万不要采取痛斥、辱骂的方式将矛盾升级。如果实在找不到家长，那么，报警也是可以考虑的。"

手机屏幕不停地闪，腾讯、网易、搜狐……陆续弹出新闻。

她终于忍不住看了一眼：

"突发：人民医院发生暴力伤医事件，耳科医生姜除寒身中数刀，目前正全力抢救中。"

2

倪好和游云赶至人民医院时，门口已经围满了闻讯而来的本地媒体记者，陶一然带着她俩穿过拥挤的人群，东转西转，总算到了急诊的手术室外。

姜抗菌看到倪好，便从孔成波身边站起来，直扑到她的怀里。

小孩儿哭得泪眼婆娑，肩膀一耸一耸的："倪好姐姐，我是不是要没有爸爸了？"

倪好红着眼圈，哽咽得说不出话来。

孔成波揉着小孩儿的头发，似是说给孩子听，也似是说给她听："刚才孔伯伯不是告诉你啦，不会的，爸爸虽然受了重伤，但咱们人民医院最牛的大神都在手术室，神经外科、骨科、手外科、麻醉科……连院长萧亮萧伯伯也在里面。萧伯伯你是知道的，你信不过我，总会信得过他吧？"

小孩儿抹了把泪，点点头："我信萧伯伯的。"

倪好感激地冲孔成波点点头，把姜抗菌紧紧搂在怀里。这小小的人儿双手使劲环着她的腰，似乎自己用的力气越大，就能帮助医生们把爸爸的命抢救回来似的。

孔成波看了陶一然一眼。

陶一然会意，找借口把小孩儿带到一个角落，游云和倪好对视几秒，也跟着过去了。

孔成波这才说："有个不情之请。"

"您说。"

"这几天，能拜托你照顾下姜抗菌吗？姜医生的伤还是……有些重，目前正在全力抢救。我们联系了他父母，两位老人在飞机上，再过三个小时就到了。刚才我问了小家伙的意见，比起爷爷奶奶，他更愿意选择你。"

　　她没想到孔成波会提出这个请求，一时愣住。

　　"他的头、肩膀、手、臀部……"孔成波艰难开口，"各中了一刀，万幸的是保安及时赶到，应该……应该不会有事，吉人自有天相，他一向……"

　　他说不下去了。

　　她看着他，语气平静："好，您放心，我会照顾好姜抗菌。但是请……让我和孩子待到他出手术室。"

　　"好，好，好。"他忙不迭地答应着，有些惊讶。他原以为她会和姜抗菌一样哭得上气不接下气，没想到竟如此冷静。

　　"那这里先交给你，我先去见下记者。"

　　他径直走向被保安拦在门外的记者们。

　　隔着那道玻璃门，倪好清晰地听到记者在问：

　　"请问，贵院姜除寒医生是因为医术不精，将患者的病治得越来越严重，才被砍伤的吗？"

　　"我查过医生点评网，关于姜医生的评价，85%以上都是差评。大家一致认为他脾气暴躁、缺乏责任心，请问这是患者被激怒，砍伤他的主要原因吗？"

　　"有位不愿透露姓名的女患者说，她曾经找姜大夫看病，没想到他竟然对她性骚扰，还报了警，苦于诊室内没有摄像头没有证据只得作罢，请问这个事情属实吗？"

　　"有位患者说，他曾经住院等姜医生做手术，术前谈话时，姜医生竟然要十万块钱红包，气得连夜出院。请问贵院有接到关于他的投诉吗？"

"这次事件发生后，对于贵院医风医德的重建，有没有更好的改进措施？"

…………

几家媒体的话筒几乎要杵到孔成波的脸上，倪好听得火冒三丈，冲上去撕了那帮记者的心都有。

"我非常痛心。"

孔成波一开口，现场安静下来。

"第一个痛心的原因是，就在我身后的手术室内，正在抢救我们全院、甚至是全国耳科最好的医生之一，他被嫌犯砍中，身中四刀，刀刀致命。这么多年的从医生涯中，他救死扶伤无数。而今天，你们来了这么多人，问了这么多的问题，却没有一个人关心一下——他的伤势如何。请问你们的良心何在？道德何在？公理何在？你们作为舆论喉舌的良知何在？"

记者们个个面红耳赤，举着话筒的手微微有些发抖，但并没有人回应他。

他怒目而视："我第二痛心的原因是，你们的工作单位，在本市乃至国内都有着非常大的影响力，身为记者，你们的领导、学校、老师，没教过你们报道新闻要真实、客观、公正吗？一个个道听途说、颠倒是非，这是对重伤的医生及家属严重的二次伤害。"

有个二十多岁的男记者打断他的话："怎么没有客观、真实了？难道网上的评论，都是我们自己编出来的吗？您自己随时都可以上网看看患者们给姜除寒医生的差评。"他拿出手机，一条条评论翻给孔成波看，"这就是事实，这就是公正。"

孔成波额头上的青筋乍起："请问，这些人，姓甚名谁，身份证号有吗？来我们医院就诊的病历号是多少，哪年、哪月、哪日，因为什么病，做了什么检查，有详细的检查单吗？前后事件的真相始末，到底是怎么回事？他的人证是谁？物证有什么？有录音吗？有视频吗？谁能保证他们说的全部都是客观事实？这些，可以作为呈堂证供直接把姜医生判刑吗？除了单方面泼脏水，你有找其他相关人员进行采访吗？你有尝试过做出哪怕一丁点儿去了解、还原整个事件的努力吗？"

"这……"记者红了脸，支支吾吾说不出话，"我……"

孔成波鄙夷地看了他一眼，语重心长："由于种种原因，当前医患关系紧张，不可否认，姜除寒医生确实性格上有点儿小问题，刀子嘴豆腐心，但一切都是为了患者好，我会督促他改正的。请大家不要被别有用心的医闹带歪了节奏。我孔成波以人格担保，姜除寒大夫是位医德高尚、医术精湛的好医生，他的医术，在全省乃至全国……都是赫赫有名。培养这样一位优秀、不可替代的医生，可能需要十五年甚至二十年以上的时间。嫌犯做出如此令人发指的行为，不仅伤害了一名好医生，更伤害了本该在这位好医生手下及时得到诊治的患者。"

——这是医学界的损失，更是成千上万个耳病患者的损失。

孔成波后退一步，看着所有的记者："相信大家也看到了瑞城公安发出的警情通报，犯罪嫌疑人已经被抓获，有关本次事件的详情我们不会再做回应，一切以警方通报为准。"

倪好听到他说"确实性格上有点儿小问题"时，感觉有些不妥。

果不其然，刚才的男记者突然上前一步："请问您能具体说说，姜除寒医生有什么性格上的问题吗？"

"您的意思是，因为姜除寒医生的性格问题，才导致了这次的医闹事件吗？"

"医生仗着自己医术高，仗着患者在医学常识方面有着大量的知识盲点，就可以没有基本的医德，对患者肆意宰割吗？"

……………

孔成波黑着脸转头便走。

记者们拦着他想继续采访，均被保安拦住。

再和他们多说一句话，孔成波都觉得恶心。

他不想再应付这些丧尽天良的记者了，眼下，他只希望同事们可以从死神手中抢回姜除寒一条命。从目前了解的情况来看，他的手受了那么重的一刀，即便性命无忧，只怕此后再也做不了手术。

手术室的门依然紧闭，上方"手术中"的红灯亮着，既肃穆又让人觉得有些许温暖。孔成波从未像现在这样期待着手术赶紧结束，期待着医生从里面走出来，又期待着可以一直这样紧闭着不要有任何人出来才好。

倪好迎上去："呃，孔……孔老师是吧，刚才那几个记者，"她咬着嘴唇，"似乎有点儿来历不明，像是冒充的。瑞城那几家跑社会新闻的记者，有好几个也跑文教，我跟他们有认识的。"

孔成波愣了几秒："真的？"

"开始还不太确定，我微信问了几位记者老师，说是事发突然，他们的同事还在路上。"她将手机放到他面前，"您看，《瑞城晚报》《瑞城都市报》，还有瑞城电视台、瑞城卫视……都跟我确认了。"

"难怪总觉得他们来者不善，所有的问题都充满恶意，这，该不会……"

"就怕他们把您的话断章取义，恶意剪辑。"

孔成波鼻尖上开始冒汗："这……可怎么办？"

倪好正要分析其中利害，却见他厌烦地一拳击在墙上："先不管这个了，我们行得正、走得直，我就不信他们能颠倒黑白！"

保安狼狈地跑过来："孔书记，又有几位刚刚赶到的记者说要采访，我们快拦不住了。"

"拦不住就多派几个保安过来，再拦不住就报警，"孔成波的耐心被耗尽，"告诉他们，我们不会再回应，让他们有问题，直接找警察。"他气吼吼地坐在手术室对面的长椅上，烦躁地捶起腿来。

倪好不知道自己该以什么身份和立场说话，欲言又止，只得看着保安慌里慌张地拿着对讲机离开。

不知过了多久，医护专用的楼道外，突然传来一阵急促的脚步声，倪好顺着声音转过头，见一对五十多岁的夫妻正焦急地往这边走。

那位身穿咖啡色亚麻裤、宝蓝色的羽绒服的女士，正是姜除寒的母亲徐梅，她几乎是被身边的男人搀扶着走。那男人叫姜解表，是姜除寒的父亲，老头满头白发，愁眉不展，一边扶着徐梅，一边紧张地四下寻找着什么。

孔成波早已迎上去，紧紧握住姜解表的手："姜老师，徐老师，我……我没照顾好除寒，"他的声音哽咽，好一会儿才接着说，"我对不住你们。"

姜抗菌也扑过去："爷爷，奶奶！"

徐梅的眼泪像断了线的珠子不断滚落："呜呜，我……可怜的孙子！"

姜抗菌把头埋在奶奶怀里，号了好一会儿，问："奶奶，他们说爸爸被人砍伤了，他们为什么要这么做？爸爸做了什么

367

坏事吗？”

"不许胡说！"徐梅捂住他的嘴，"你爸爸是个好大夫。"

小孩眨着眼睛，仍是不懂："那为什么……"

"所以，不是爸爸的错，是坏人的问题。知道了吗？"她泣不成声，"奶奶问你，一会儿，爸爸就要……爸爸肯定能，肯定能从……手术室出来，爸爸的手被砍伤了……要是他没办法用筷子吃饭了，你喂他吃饭好不好？奶奶……"

她抹了把脸："奶奶最烦他了，那么大的人，还挑食，你可不许学他。"

小孩儿从她怀里钻出来，表情肃穆："我乖，奶奶，我一定乖乖的。我不跟他抢，他爱吃的，奶奶，"他伸着脖子在她满是皱纹的脸上轻轻亲了一口，"我都让给他吃，我会让着他的。"

祖孙俩哭成一团。

姜解表看了看手术室的门，直接拉过孔成波："还要多久？"

"不确定，正要进去问呢。"

两人正说着，手术室的门开了，一位穿着手术服的医生走出来。

大家全都围拢过去。

唯独倪好不敢动，远远站着，手心里全是汗。

只听那医生说："孔书记，手术非常顺利，还得观察半小时。院长说虽没必要，但还是先送ICU观察24小时后再转普通病房。"

孔成波激动地抱住姜解表："姜老师，我就说，他福大命大，肯定会转危为安的。"

姜解表之前见徐梅哭得失魂落魄的，心里早乱成一团，又怕自己哭老太太更受不住，忍了又忍，此刻得知儿子的命抢了回来，老泪纵横，嘴里呢喃着："好，是是是，没事了，没事了。"

倪好整个人瘫坐在地上，又哭又笑的："我知道他一定会化险为夷的，我知道。"

游云知道她的心意，半蹲着把她搂在怀里，像哄小孩儿："好了好了，姜医生福大命大，这不是没危险了嘛。"

唯独姜抗菌愣了好一会儿，才小心翼翼地拽了拽孔成波的袖子："伯伯，我爸爸不会死了是吗？"

孔成波一把把他抱起来举过头顶，让姜抗菌整个人骑在他的脖子上，兴高采烈地说："你爸爸可是齐天大圣孙悟空，阎王殿都差点儿被他拆了，哪里会死？"

小孩儿听懂了，高喊着："嗷嗷嗷嗷嗷，我爸爸好着呢，不会死啦。"

等到孔成波把姜抗菌放下来，他看了看倪好，又看了看姜解表和徐梅，像想起什么似的，笑嘻嘻走到徐梅身边："爷爷奶奶，我给你们介绍个人。"

爸爸没事了，小孩儿想，可是倪好和爷爷奶奶却是第一次见，这帮大人，也没人帮忙介绍下，真是让他操不完的心。

倪好心说不妙。

"奶奶，那个姐姐，"果不其然，小孩儿朝着她的方向指了指，"是我的新妈妈。"

姜解表和徐梅正沉浸在喜悦中，听姜抗菌这么一说，彻底蒙了。

"哦，用新妈妈这个词不太对，书面语叫什么来着？继母，对，继母。"小孩儿冲着倪好挥挥手，"妈，你过来呀！"

见倪好装作没听到似的别过头不敢看他，小孩儿愣了愣，不知道想起了哪部电视剧里男主角带着女主角见自己爸妈的桥段，干脆坐到徐梅腿上，冲倪好努努嘴："别这么不懂事，赶紧过来拜见下公公、婆婆。"

孔成波看得瞠目结舌，真是耳听为虚，眼见为实。

游云和陶一然也看傻了，尤其是游云，甚至开始怀疑自己的闺密是不是跟她没有一句实话。倪好不是说姜除寒一直拒绝她吗？怎么都叫妈了，这……都直接丑媳妇见公婆了。

小孩儿叫倪好时，她正瘫坐在地上，适才因为哭泣鼻涕流得太多，又没带纸巾，这时候谁能顾上个人形象，还很狼狈地用袖子抹了几下。此刻看着姜解表和徐梅盯着她满脸的问号，赶紧站起来。

小抗菌冲她挤挤眼，挥着小手："来啊！到公公婆婆这里来。"

她只得尴尬地整理下头发，急急解释道："公公、婆婆，不是那么回事，您别听小抗菌乱说。"

孔成波、游云、陶一然想笑又不敢笑。

姜解表和徐梅则一脸问号。

3

陶一然报名参加了一档国内某影响力巨大的辩论节目，该节目请了在青年群体中极有影响力的哲学教授、艺人和主持人做导师，旨在"寻找观点独特、口才出众的'最会说话的人'"。节目已经办了好几季，有着不少优秀的辩手们通过独特的观点和识别性极强的辩论风格，被大众所熟知，火得一塌糊涂。每期节目的辩题，更是频繁上热搜，引起全民讨论。

他鼓动游云要不要一起试一试。

她拒绝了。

当一个优秀的辩手确实是她年少时的梦，那时的她是真热爱。但眼下，经营好这家木工坊，用各种工具打造出自己想要的木作，让更多的成年人、小孩也爱上它们——其间，大家得以飞速提升专注力、动手能力、创造力……这更让她热血澎湃。

这是她现在想要继续坚持并一直享受着的梦想，但她同样为陶一然的选择拍手叫好。

当初的他，为她而放弃了辩论，她很高兴他愿意重新拾起。

那档节目对选手的选拔极其严格，所有参赛者需要先录制一段小视频，面试就面了三次，每次都会随机抽签选对手，再抽辩题直接开辩……陶一然似被剥了一层皮，过五关斩六将，终于从上万人的报名者中脱颖而出，进入全国48强。

游云真心为他骄傲，只要店里不忙，便帮他一起准备辩词。他俩仿若回到青春美好的大学时光，翻书查资料、看视频，分析其他辩手的辩论风格，讨论着选择什么样的辩论角度，如何在最后的结辩里上价值……在一杯杯滚烫的咖啡中，在一次次的欢声笑语中，在无数个默默无言的对视中，两颗心靠得越来越近。

游佳越早就听说过陶一然的大名，听游云讲起他们的重逢时还有些惊愕，但看着女儿和陶一然在一起与皮小翔全然不同的状态时，终于明白了她的选择。

有些事情虽然来得晚了些，但该来的始终会来。

游佳越肯定是忍了再忍，才终于问出那句："现在你们的关系是……"

"暧昧期。"

游云笑着回答她。

是的，暧昧期，爱情里最美好的阶段。

彼此都中意对方，在意对方的每一个偷偷摸摸又恨不得大张旗鼓的小心思，心脏无数次狂跳着；那些时不时被放大着的喜欢，那些被对方深深吸引着的意乱情迷，那些想要展示自己更多美好、想要变得更好，也想要探索关于他美好一切的暧昧时刻啊……

还能继续恋爱真好。

还能如此享受恋爱真好。

她多次鼓励游佳越也多谈恋爱，事到如今，她终于想通——人生所有问题的答案不过是朝前走。

游佳越笑而不语。

但游云发现她手机响个不停，聊天时也心不在焉地看着桌上的手机，有新消息提醒时，抿嘴笑得像个恋爱中的少女。

游云没有多问，即便那个人是自己的亲妈，也要懂得尊重彼此的界限。

也许游佳越愿意讲时，会主动同她讲的吧。

皮小翔的案子开庭前几天，皮大奎带着皮大翔和皮二翔来过一次，父子三人搬着块不知从哪里找来的大石头砸了店里的玻璃，痛骂游云，语言极其肮脏、粗鲁、下流，更威胁要和她共归于尽。

据说皮小翔从游云那里偷走的钱，一分没剩全给了皮大奎。皮大奎去拘留所见皮小翔时，法律援助律师告诉他，只要把钱还给游云，求得谅解，肯定可以轻判。

皮大奎哪里肯，只说自己全都花光了。

但毕竟也是自己辛苦养大的儿子，他不希望自己过于决绝，于是好言好语安慰皮小翔："顶多坐几年牢，为了你爹，为了你俩哥哥，你忍忍，反正几年很快就过去了。"

——几年很快就过去了？

皮小翔没说话，只是冷笑了两声，目送着自己的至亲们一步步离去。

他不怪他们。

只怪自己投错胎，怪自己耳根子软，怪自己被猪油蒙了心……一切都是他咎由自取，一步步酿成大错。

他对不起游云。

他是怎么一步步对游云恨起来，开始下毒手的呢？

他们……曾经有过的美好时光，都是真的吗？还是，只是一场梦？

他怎么就让自己沦落到现在这般田地呢？

她……一点点，都没有爱过他吗？

皮小翔的这些怨愤，皮大奎并不懂，也无暇顾及。

皮大奎只觉得愤怒。

那个游云，又不是没有钱，为什么不肯给他家皮小三钱呢？

那些钱，对游云来说还不是九牛一毛！

他家皮小三这么些年，白白让她睡了？

让她掏点儿精神损失费怎么了？

她如果痛快把钱给了皮小三，他们的新房子早就盖起来了，皮大翔和皮二翔肯定也娶上了媳妇儿，哪里会有后来进监狱的事？这个歹毒的女人，为什么非要把他的宝贝儿子弄到监狱里面去？这对她有什么好处？整个皮家可都被她毁了。

这个恶毒的女人，都快要三十岁的老女人了，就不信以后还有谁敢要她！

皮大奎最恼火的，还是皮小三，这孩子太不懂事了，皮大奎想不通，他居然还想着把钱要回去。

他怎么能这么自私？

为什么他从来不为自己的父亲和哥哥考虑？

他是不是忘记了，当初父子三人是如何省吃俭用给他攒齐的学费？

盛怒之下，当然，主要是在皮大翔和皮二翔的挑唆下，皮大奎探视完皮小翔，便带着俩儿子找到了木工坊。他们决定先"给这娘们儿一个下马威"，于是找了个几十斤的石头砸了木工坊的玻璃。

游云没客气，直接报警，父子三人涉嫌"寻衅滋事"，被行政拘留了十天，至此再没出现过。

就在皮大奎父子从拘留所出来后的一个星期，皮小翔的案子判了。

一审以盗窃罪判处有期徒刑五年，以敲诈勒索罪（未遂）判处有期徒刑五年，数罪并罚，决定执行有期徒刑八年，并处罚金人民币一万元，责令退赔所有赃款。

皮大奎一口咬定摆件卖了，钱都花完了，游云不得不认栽，只当是真的赔给皮小翔的青春损失费，可偏偏……

拿到钱的并不是皮小翔啊。

在听说皮大奎对皮小翔的态度后，游云有了些恻隐之心，犹豫很久才下决心申请探视，没想到被拒绝了。

他不想见她。

那就……不见了吧。

也许这是对彼此最好的选择。

4

让倪好担心的事情，终于还是发生了。

有几家自媒体，想来是被倪好认出的那几个假冒记者，把孔成波的采访颠倒顺序，断章取义，恶意剪辑后发了出来，传播极广。

在那条视频里，记者问："您的意思是，因为姜除寒医生的性格问题，导致了这次的医闹事件？"

孔成波："当前医患关系紧张，我，孔成波，以我的人格担保，姜除寒医生确实性格上有点儿小问题，我非常痛心。"

记者问："请问，是因为贵院姜除寒医生医术不精，导致患者的病越治越严重，才将他砍伤的吗？"

孔成波："我会督促他改正的。培养这样一位优秀、不可替代的医生，可能需要十五年甚至二十年以上的时间，有关本次事件的详情我们不会再做回应，一切以警方通报为准。"

这些话，确实是孔成波说的。

可经过这样的剪辑后，原本维护姜除寒、驳斥对方的话，变成了避重就轻，几乎是承认一切都是姜除寒的错。

医患信息的不对称，一向是造成医患关系紧张的重要原因之一。可如果连医院党支部书记都承认是自己医院医生的问题，才导致病人家属行凶，那——这位叫姜除寒的医生，得是犯了多大的过错！

实在死有余辜。

一时舆论哗然，该视频被频频转发，迅速在网上发酵，关于"姜除寒滚出医学界""吊销姜除寒执业医师证"的呼声也越来越高，还有人发起投票要求对嫌犯从轻处理，更有甚者直接对姜除寒进行人肉搜索，将他的身份姓名、家庭住址公布于众，姜除寒家中已经堆满了不明真相的网暴者寄去的花圈……事情闹得越来越大，瑞城卫健委迅速表态，说"已经收到大家关于该事件的投诉和呼声，会联合警方，尽快查清真相，向大家公布"。

倪好联系了《瑞城都市报》《瑞城晚报》，还有瑞城电视台、瑞城卫视这几家瑞城影响力最大的媒体记者，发了几篇相对客观、公正的报道，也许是瑞城公安并未透露太多的内容，也许是大众对医闹伤医事件早已麻木，也许是——"恶的传播更有力量"，总之，辟谣新闻如同一潭死水，没掀起半点儿涟漪。

人民医院的VIP病房内，倪好默默看着姜除寒的身影。

自从孔成波告诉姜除寒，卫健委领导正在对他展开详细调查后，他便有点儿心不在焉。

给他主刀的萧院长从手术室出来时，曾兴奋地表示："超乎寻常地成功，有惊无险，也许那只手依然可以做手术。"但这话，倪好想，也许并没有安慰到姜除寒。

他转到普通病房后，姜解表和徐梅来过两次，没多久，说是徐梅在老家的表弟出了车祸，需要赶回去看看，临行前徐梅给倪好打电话，拜托她一定帮忙照顾好姜家父子俩。

倪好听不出徐梅有一丝一毫弟弟车祸受伤后的焦急之情，像是两位老人为了撮合他俩故意为之，她虽然心中窃喜，却觉得自己过去照顾并不合适，可老太太似乎怕她回绝似的，急匆匆挂了电话。

反正她还在休病假，虽然并不能确定姜除寒是不是期待见到她，但能有这样一个光明正大的机会得以每天见到他、接近他，她哪还里有理智拒绝。

第一天去时他很意外，也有些高兴，不但心安理得地接受了她的照顾，也没问"为什么是你"，也许徐梅和姜解表向他解释过了吧。

偶尔赶上心情好，他还会找碴儿跟她闹一闹。

唯独今天，孔成波走后，他很久都没说话。

倪好有些心疼，却找不到合适的话安慰他，看到桌上的苹果，拿起最大的一个去洗手间洗了又洗，苹果上还带着水，直接递给他。

他嫌弃地看了两眼，并没有伸手接："是不是应该削皮，切成小块，用牙签插好？"

"这苹果是有机的，"她解释，"可以带皮吃。"

他的拒绝干脆利落："我不喜欢吃皮。"

倪好暗暗"喊"了一声，姜抗菌现在都比他懂事。

这样想着，又觉得不合适，毕竟他经历了这么大的事情，险些丧命。只要他还愿意沟通，就是好的。

住院部是提供一日三餐的，但姜除寒嫌弃太难吃。

倪好是这么计划的，早餐就让姜除寒订住院部的，不外乎白粥、包子、豆浆和牛奶，也难吃不到哪里去。她管午饭和晚饭就好了。每天早上她送小抗菌坐上校车后，便在家里处理工作。之后做饭、煲汤，搞个两荤一素送到医院。等他吃完午饭，便回家休息，晚上做好饭，去游云那里接上姜抗菌再一起来医院，直到他出院。

但其实她只做了一次饭。

因为姜除寒喝了一口汤，全吐出来了，其他的菜一口都不肯吃。

"我还以为你是来报恩的。"彼时的他躺在病床上，翻了个白眼，"没想到，你是来报仇的。"

有时他又像个赌气的小孩儿，不知道是不是她的错觉，他其实心情不错，尤其在每次她进房间以后，还会不自觉地欢乐地抖腿。

她哪里会做饭，一向都是爸妈、阿姨或者鲁长均伺候的。那顿饭，还是她找视频现学的，味道虽然不敢保证，但肯定熟了。

　　要怪就怪姜除寒这人性格古怪，又挑食，着实难伺候。

　　那天以后她一直给他叫外卖。

　　这倒甚合他的心意，她也省事，二十来天的时间俩人几乎把周边所有叫得上名字的大小餐馆吃了个遍。

　　"喂！"

　　她正想着，突然听到姜除寒说："苹果，切块啊。"

　　"哦，好。"

　　孔成波书记说，没有人能了解这件事给他带来的心理阴影有多大，请她委屈下，这段时间务必多多照顾他的心情。她懂，换成自己，恐怕见到有人进房间都会形成条件反射，担心那个人是不是带着把刀。她常想，如果那个杀人犯在他给她做手术之前砍伤他，恐怕她现在早已颅内感染，小命还在不在都得另说。从某种意义上说，她的命几乎都是他救来的，即便有再多的麻烦，有什么不能忍的呢？

　　她冲他挤出一个宠溺的笑，看得姜除寒有片刻的愣神，接着开开心心拿水果刀，笨拙地切起小块来。那苹果表皮很滑，果肉极其结实，一次性纸盘切着也不太敢使大劲儿，好几次她险些切到手，横切竖切总算切完了，再插上牙签，这才递到他的嘴边。

　　没想到等人伺候的姜大人向后躲闪了下，她的手递了个空。

　　"又怎么了？"

　　他嫌弃地盯着盘子中大小不一、形状不一的苹果碎块，神情悲哀："太难看，不想吃。"

　　他是多么爱吃苹果的人啊，可那一盘被她切成块的苹果，哪里是苹果，更像是被大卸八块后进行分尸，用斧子胡乱剁了剁，妄图冲到马桶里进行毁尸灭迹的残块。

她无奈地把盘子放在桌上，像个受气的小媳妇儿："哦，我……只会这么切，抱歉啊。"

他嘴角掩饰不住得意。

这几天他就是故意的，他喜欢看她气鼓鼓的样子。她生气的时候眉头紧皱，甚至有点像姜抗菌小时候。

他刘海的头发有些长了，遮到眼睛，她几次想帮他剪，都被他婉言谢绝。今天她又问："我手艺不错的，我保证，而且你看，"她扬了扬带过来的碎发剪，"这剪刀是专门用来打理刘海的牙剪刀头，保证不会剪难看的，就打薄，弄短点儿。"

"不了不了，倪大美发师，"他像不相信她的厨艺一样不相信她的美发技术，"敬谢不敏。"

她只得把剪刀放下。

吃过护士送来的药，他沉沉睡去。不知道过了多久，依稀察觉有人在说话，还用手抓着他的头发。

"谢谢你活下来。"

抽泣的声音。

"我很高兴可以来照顾你。"

这声音温柔似水，听得他心中一阵阵悸动。

他微微眯起眼，只见倪好一手拿着那把碎发剪，一手抓着他额前的刘海，小心翼翼地剪着，剪完便把手中的碎发扔到一旁早就铺好的报纸上。看着她大气都不敢喘的样子，他止住了自己想要突然高喊一声吓她一跳的冲动。

"那天听说你受伤后，我哭了一路。"她小声说着，"到了医院，怕大家笑话，只好忍住不哭。"

突然，她眉头紧皱，紧盯着他一动不动。他吓一跳，以为

379

她发现自己在装睡，没几秒，她却轻轻伸出手，将两根掉在他脖子上的碎发捡走。

"不管将来你能不能继续当医生做手术，"她坐到凳子上，轻轻握住他的手，"我都会陪在你身边，不论你做什么，我都会在。我保证。"

她含着眼泪，声音颤抖。

今天她穿了一件及膝的红色收腰V领礼服裙，那裙子的领口别具一格地有三颗镂空的"心"，袖口上白色珍珠闪着莹莹的光。他突然发觉，似乎……似乎他住院后，她便一直穿各种款式、质地的红色衣服。

衬衫、裤子、大衣、毛衣、围巾、披肩……无一例外都是红色。

这是——为了，图个喜庆？希望他尽快恢复？

他暗笑，没想到她居然如此迷信。

笑完又暗暗赞赏，红色的确很适合她。她的皮肤白皙，红色衬得她越发明艳动人，连带着整个房间也暖意融融。她离他那么近，近到他的心跳突然加快，全身燥热，眼皮也止不住地动了几下。

她没有察觉，轻轻地在他脸上亲了一口，满足地笑笑，阳光照着她乌黑的长发，他看得痴了。

很久，他才深吸口气，假装做梦似的嘟囔了几句，装作刚醒过来的样子，摸着被剪短剪薄的刘海，想起刚才那个吻，红着脸装模作样地发了一通脾气。

"你……什么时候醒的？"她怀疑地问。

"刚才啊。为什么问这个？"

她没说话，歪头看了他一会儿，在床边坐下来，语气诚恳："我知道你心烦两件事。"

他扬扬眉。

"第一，这医闹的俩人虽然是因为找不到刘婕，才拿你泄愤，但现在外界都在质疑你的医术，认为是你把病人治死了，病人家属才砍伤了你。这有可能成为你的终身污点，对你来说，比砍在你身上的伤，还要让你痛苦。"

他坐起来，默默看着她。

"第二，你虽然表面上装出满不在乎的样子，但其实你比任何人都期待着知道，那只手到底还能不能恢复，能不能继续你的职业生涯，能不能继续做手术。"

她问他："我说得对吗？"

她说到"职业生涯"四个字时，他脸色煞白，没想到她全部说中。

"第二个问题，我确实解决不了，但我听说，坚持做复健，全部恢复的可能性还是很大的。我……我……向你承诺，"她的脸红了，"如果你愿意，每次去复健时，我都会陪着你。"

他摇摇头："不了。"

那样的画面似乎并不美好，他不愿她看到自己面对伤痛无能为力。

倪好感受到他内心的悲愤，强挤出笑容："第一个问题，其实身正不怕影子斜，你曾经救治过那么多病人，群众的眼睛是雪亮的，谎言终究是谎言，邪不压正。"

他皱着眉，从纸盘里拿出已经氧化变色的碎苹果块，带着大义凛然、英勇就义的表情吃了一口。

她又好气又好笑。

这安慰过于无力，换成她，也不会相信的吧。

她没有在病房停留太久，等到晚上六点半，把姜抗菌接过来，三人在病房里吃了顿东北菜。

姜抗菌曾经嗷嗷喊着要亲自喂爸爸吃饭，喂了几口后，被他叫停了。姜除寒被砍伤的是右手，左手还是勉强可以用勺子吃，虽然还有点不顺手，万一……右手没办法恢复，还要多仰仗自己的左手，他总要多加练习，慢慢适应。

吃完饭，姜除寒有一搭没一搭地看着电视，过了很久才发现姜抗菌正麻利地收拾着餐桌，他先是把吃剩的菜倒到一个垃圾袋中，再把所有餐盒放到另外一个垃圾袋中，两个袋子拎好，做好垃圾分类后，再扔到外面走廊的垃圾桶。回到房间，又用湿纸巾从左至右从上至下擦了两遍桌子。

小家伙的动作非常娴熟，看得姜除寒惊愕地张大嘴巴。

——这小子，什么时候学会这些了？

在家里，哪次不是他伺候少爷？

虽然倪好写的《父子同居协议》，上面规定少爷要帮忙分担家务，但绝大多数时间，都需要他不停地催促，少爷才不情不愿地去做。

少爷擦完桌子，又开始拖地。拖完地，隔着透明的全景式开放卫生间，姜除寒清晰地看到——姜抗菌居然在……居然在洗他换下来的内裤。

姜解表和徐梅离开时，老两口想得很周到，倪好过来照顾姜除寒的话，可能会不方便，便给他买了两打一次性内裤，嘱咐他穿完就扔。那内裤姜除寒穿了两次，大小不合适不说，料子也不够透气，便偷偷委托陶一然帮忙买了几条纯棉的内裤带过来。他的手不方便，本打算过几天出院时拿回家再洗，更偷偷把换下的内裤塞到柜子的角落里，还用一个购物袋挡住，没想到依然被倪好发现了。

不知道她怎么说服的贼孩子，居然做出如此大的牺牲——

给他洗内裤。

他何德何能，在现在的"高龄"享受到如此高的待遇。

看着小家伙一下一下地使劲搓着他的内裤，他的眼圈居然不争气地红了。

很久，他才颤声问："你……教的？"

她继续整理着她带来的书籍，回了句："嗯。"

他沉浸在巨大的震惊中，直到姜抗菌洗完所有内裤，挨个晾到阳台上。

小家伙依然没闲着，颠颠儿跑过来坐在床边："爸爸，需要按摩吗？我手法可好了。还是我给你读书？要不然你拿手机听书也行。嗯，要是你愿意听的话，我可以给你讲讲我们学校好玩的事？我那帮同学，可淘气了。"

姜除寒的心中有股暖流缓缓流动着，看着姜抗菌真诚的小脸，他抓过小孩儿的手："你和倪好姐姐在她家里过得怎么样？"

"挺好的啊，"小孩儿满头的汗，鼻尖上也亮晶晶的，"爸爸，你出院后，也要搬到倪好姐姐家吗？"

"啊，不，为什么？"这话太突然，他没搞太懂。

"一家人是要住在一起的啊，总不能你出院了，我们还分居吧。你别又逼我做选择啊，我要是选了倪好姐姐，唉，为什么现在不能叫妈妈呢？她严肃地跟我谈了好几次了，只能叫姐姐。你们大人可真是烦。"

小孩儿说得没头没尾的，但姜除寒知道他的心思。

"你，那么喜欢她？"

"嗯，就像爸爸喜欢她一样。"

背对着爷俩站着的倪好身体一僵。

姜除寒急得在小家伙的肩上拍了一拳："别胡说。"

"我怎么胡说了啊，"小家伙有些生气，直接站起来，皱着眉头，"孔伯伯说你太虚伪，每次看到倪好姐姐眼睛亮得跟夜明珠似的，却偏偏假装不喜欢她。你手术醒来时，还喃喃叫着她的名字，我还没跟你算账呢。你为什么醒过来时，不第一个叫我的名字？难道我不是亲生的吗，还是你有了相好的，我就没地位了？天哪，我还这么小，将来还能继续指望你对我好吗？"

　　"这……"姜除寒被他连珠炮似的发言说得完全插不上嘴，抬头看到倪好瘦削的身影，只觉说不出地欢喜，心中涌上无限柔情。

　　他……已经表现得那么明显了吗？

　　那眼神被贼孩子迅速捕捉到，尖叫一声："哎，就是这个表情！你每次看到倪好姐姐都是这样的。"

　　连小孩儿都隐隐看出来姜除寒对自己的态度有所改变，想来一切并不是她的错觉。倪好的心一阵狂跳，走也不是，留下也不是，恰好手机响，她咳嗽了两声，慌乱地抓着手机往外走。

　　没承想姜抗菌一把拉住她："姐姐，你别走，今天咱们就把事情挑明了！"他转向姜除寒，"你少跟她玩欲擒故纵的把戏。爸爸，倪姐姐这么漂亮，人又好，傻子才欲擒故纵呢。真正的聪明人，遇到喜欢的人，得当机立断、主动争取。你要是再这样下去，她会被别人追走的。"

　　这都跟哪儿学的？

　　姜除寒哭笑不得中又带着股莫名其妙的畅快。

　　这孩子，没白疼他。

　　知道爸爸是什么样的心思。

　　曾几何时，看着倪好默默地坐在沙发上一边陪他一边用手机处理工作，看着她和姜抗菌两个人偎依在一起看书，两人手拉着手蹦蹦跳跳进病房的门，她当着他的面强颜欢笑却趁他睡着时伏在床边哭，她说"谢谢你活下来"……

　　所有那些他经过缜密的分析后认为自己应该拒绝她、远离她的理由，不应该、不可以、不能够——被层层击退，云消雾散。他自己都无法解释的憧憬一遍遍在脑海里上演着：如果真的能在一起，就好了。

　　就在倪好觉得脸滚烫，挣脱掉姜抗菌的手往外走时，依稀听到姜除寒低低说了一句："好，爸爸……听你的，确实不能再这样下去了。"

5

　　瑞城卫健委展开了对姜除寒被砍伤事件的全面调查。

　　前前后后来了三拨人，一次次找姜除寒谈当天事情的详细过程。警察在当天就调了医院的监控，事后也找了他，并给所有目击者录了口供。这次又来了两位警察，说需要针对一些细节进行详细了解，他配合着又是签字又是按手印的，表面上客客气气，心中烦躁得很。

　　倪好今天没过来。

　　说是有事，她没忘记中午给他订外卖，是他爱吃的蒸排骨，一盘沙拉，还有个蔬菜汤。

　　他食之无味，胡乱塞了几口就气呼呼地睡了，直到陶一然激动地冲进病房："姜老师，你看了没？"

　　他丈二和尚摸不着头脑："看什么？"

　　陶一然把自己的手机递给他："你自己看。"

　　他坐起来，狐疑地接过，手机里打开的，正是倪好的微博在半个小时前发布的视频。

转发十万，评论七万，点赞十六万。

视频中的倪好穿着立领半开襟的A型裙摆连衣裙，松紧腰，腰间褶皱更添了几分文艺范儿。低尾内卷的马尾辫极衬脸型，他喜欢她的空气刘海，有种邻家少女的灵动甜美。

"各位网友、各位新老朋友，你们好，我是新教育讲师、原创视频博主倪好。同以往与大家分享的育儿类视频不一样，今天，我想作为见证者，和大家讲述下，关于两周前，发生在人民医院耳科诊室的暴力伤医事件。"

姜除寒默默看着。

"两周前，耳科医生姜除寒被医闹砍伤，做了极其凶险的手术，多亏人民医院的医生们全力抢救，才转危为安。关于整个事件的起因，瑞城公安已经发布了详细的警情通报，但这件事，却被医闹利用，联合不良媒体颠倒黑白，进行恶意剪辑，给他泼脏水，力图塑造一个只认钱、没有医术、医德败坏的庸医形象。更煽动网友，对姜医生进行人肉搜索，给他带来非常大的二次伤害。这对一个救死扶伤无数的好医生来说，是极大的不公平。我侥幸从一位朋友处拿到未经剪辑的原版视频，大家可以重新看一下，到底哪里出了问题。"

陶一然握着拳头，激动地说："才半个小时，就上了热搜，姜老师，还有几十家媒体全都转了。"

姜除寒不满地看了他一眼："别说话，等我看完。"

陶一然吐吐舌头："是是是。"

没有经过任何剪辑的视频放完后，倪好接着说："我认识姜大夫，是在几个月以前。我因耳痛，去了瑞城几家医院，均没有得到正确的及时的治疗，甚至在瑞大耳鼻喉这家以赚钱为主完全不顾病人死活的莆田系医院就诊后，越治越严重，疼得死去活来，完全没有办法正常生活。有印象的网友可能记得，我在微博上消失了一段时间。正是那段时间，我为了活下来而四处求医。"

她面对着镜头，平静地讲述着。

"我就是在那时，遇见了姜除寒医生。是他，见我病得严重，紧急收我住院，并在经过一系列的检查后决定亲自为我做手术。而他之前，本来是要休假的，却为了我，在隔日单独申请加了一台手术。据说姜医生打开我的耳朵时，原本只是外耳道的问题，经过了一个多月莆田系医院的治疗后，迅速发展至中耳，甚至有往颅内发展的倾向。是姜医生，救了我的命。"

夸张了夸张了，医生的本分而已。

姜除寒颔首，再说，她的病……哪有那么凶险。

他有留意，她刻意没提刘健，想来是为了姜抗菌，不希望这孩子的心目中，妈妈的形象大打折扣。

"我妈曾经担心医生不给好好做手术，偷偷跑去送红包，还被姜医生开玩笑说'低于十万就免谈'，并轰出了办公室。"倪好笑着，像是在讲述别人的故事，"姜医生是'国家人工耳蜗救助项目'在人民医院临床医学技术的指导专家，曾经给几十个贫困聋儿做手术植入人工耳蜗，成功帮助他们听到这个世界的声音。他为人正直、善良，医德高尚、医术精湛，救死扶伤无数。我联系了几位患者，他们也非常愿意站出来，说说心里话。"

镜头一转，是球球一家三口。

姜除寒抿嘴微笑，他很久没见到这个小家伙了。

戴着人工耳蜗的球球正在专注地搭着乐高，球球妈妈突然出现在镜头里："姜大夫您还好吗？非常感谢您为我们家球球做了人工耳蜗植入手术，您是他听到这个世界声音的参与者，也是见证人。听说您被医闹砍伤了，我们全家都很震惊和愤怒。很抱歉没有去看望您，祝您早日恢复健康。"

球球爸爸在背后憨厚地笑着，等球球妈妈说完，见她期待地看着自己，难为情地补了一句："祝您早日康复，救治更多的耳病患者，球球，到你了。"

球球抬起头，小家伙长胖了，水汪汪的大眼睛看着镜头："姜叔叔，你要、要、乖乖吃饭。妈妈说，会带我、去看、去看你的。"

小家伙说话还有些不流利，个别字词甚至有些发音不准，但是，比起术前，这已经是天大的进步。

姜除寒咧着嘴角，鼻子微微有些发酸。

接下来出现在镜头里的，居然是程女士和她的儿子郑翔。

"姜医生您好，不知道您还记得我吗？我之前因为和儿子有矛盾，过于焦虑，彻夜失眠，耳朵突然就听不到声音了，当时的我特别害怕自己一辈子就这样了。多亏了您，妙手回春，现在我的耳朵已经彻底好了。您不但治愈了我的病，还利用您的私人关系，帮我找教委的老师，教我如何用正确的方式和孩子沟通，学习管教孩子的技巧，我们全家都感激您。祝您早日康复！"

她身后的小男孩儿郑翔冲着镜头吐吐舌头，挥了挥手。

接下来是位老态龙钟的爷爷，老人虽然头发花白，但精神矍铄，声音如雷。

"姜大夫你好啊，我孙子上次多亏了你。我们去别的医院检查，非要我们住院，说是交一万多的住院费，做全麻手术才行。我们听说你厉害，带着试试看的心态挂你的号，没想到只用了十分钟，就把东西都掏出来了，才花了七十二块钱。你是神医啊！"

米米也来了。

她骄傲地展示着自己的耳朵："姜伯伯，谢谢您为我做了耳朵的整形手术，现在同学们再也没有用异样的眼光看我了。爱您哦！"小姑娘做了个爱心的动作。

　　连翟娜都出镜了。

　　"我因为头晕去做检查，有的医生说是脑血管的问题，有的说是颈椎的问题，都说要做手术，还说要在我的颅骨上钻个孔，用尼龙线将颅内、颅外的血管缝合……没想到姜大夫诊断为耳石症，直接用手法啪啪几下帮我治好了，前后不过几分钟的时间。姜大夫，您仁心仁术，简直就是华佗再世。"

　　…………

　　亲妈都派出来了，姜除寒耸然动容。

　　翟娜之后，倪好重新入镜，她眼神真诚，语气铿锵有力："近几年，暴力伤医事件时有发生，总有人混淆视听、歪曲事实，认为一切都是医患关系、医疗纠纷的问题。在此，首先，我们强烈谴责曾经将刀挥向医生的刑事犯，他们必须从重、从严惩处！唯有如此，才能安慰伤者和家属，才能震慑其他潜在的行凶者，才能让所有的医护人员有尊严地继续在岗位上工作。其次我们要还姜除寒医生一个清白，希望网友朋友们不要以讹传讹，也拜托大家多转发、评论、点赞，希望像姜除寒这样的好医生，被越来越多的人也知道，他们也的确配得上——芳垂万世。"

　　她怎么可以……如此有力量。

　　姜除寒的耳朵嗡嗡作响，再听不到任何声音，他感觉自己的身体越来越轻，似灵魂脱壳飘到半空，神志全无。他看到陶一然在他耳边说话，却听不清说了什么。他看到视频中倪好的眼睛，如黑珍珠般闪闪发光。他看到那些他曾经诊治过的患者，他的同事孔成波、陶一然、护士长，甚至麻醉师都出现在镜头中……没多久，他看到在他头顶的正前方，倪好也飘飘忽忽升至半空，她被金光笼罩着，温暖的、可爱的、开朗的、睿智的、包容的、美丽的、善良的……被他反复拒绝后依然愿意走向他的倪好，朝他微笑着。

他一向小看了她的心意，小看了她的能量，也小看了她的智识。

良久，他慢慢飘回地面，差点儿流下热泪。

视频的最后，倪好扬了扬下巴，说道："清代的叶天士在《临证指南医案·华序》中说：'良医处世，不矜名，不计利，此其立德也；挽回造化，立起沉疴，此其立功也。'医者仁心，而我们，绝不可以让医生寒了心，让别有用心的医闹、不良媒体逍遥法外，罔顾事实，肆意践踏、侮辱医生的医德、尊严、和名誉。网友朋友们，让我们携手，让真相战胜谣言，让善意、光明、正向的力量战胜恶意、黑暗、龌龊的力量！让我们共同努力，为白衣天使们创造更安全更有尊严的职业环境贡献自己微薄的力量！"

6

倪好当天发的视频直到第二天依然处于微博热搜第一名的位置。全国各地的媒体，包括报纸、电台、电视、官方微信公众号均进行了详细报道，更有数不清的各个领域的自媒体，成千上万个陌生的网友进行声援。

在接下来的几天里，人民医院官方微博发文对医闹进行强烈谴责，同时表示将在医院所有门口增加安检设施，保障所有医护人员的人身安全。

紧接着，瑞城人民检察院发布消息，经依法审查，对在人民医院耳科诊室内行凶的犯罪嫌疑人刘江某和其弟刘河某以涉嫌故意伤害罪、聚众扰乱公共场所秩序罪批准逮捕，依法提起公诉。

微博管理员发微博，称已将对视频进行恶意剪辑、恶意中伤姜除寒医生的自媒体"瑞城之光""芮城人讲瑞城事儿""八卦瑞城"等账号依据法律法规要求关闭。

连有关职能部门也出面接受记者采访，对发生在瑞城人民医院的暴力伤医事件，表示"非常痛心、非常愤怒，对任何形式的伤医事件坚决零容忍"。

与此同时，"平安瑞城"微信公众号发布了《关于公开征集瑞大耳鼻喉专科医院违法犯罪线索的通告》，向社会征集该医院医护人员的违法犯罪线索，同时"喊话"参与医院违法犯罪活动人员主动投案自首。

大家这才知晓——原来，刘婕涉及的那起关于老人去世的医疗纠纷，不过是瑞大耳鼻喉专科医院诸多问题的冰山一角。

警方通报中称，目前已查出瑞大耳鼻喉专科医院在经营活动中涉嫌违法犯罪，包括违法医疗广告、诱导消费、夸大病情、篡改医疗数据等非法经营活动，更有敲诈勒索、强迫交易等涉嫌犯罪行为。警方抓获了瑞大耳鼻喉专科医院法人于红尉，涉嫌多次实施违法犯罪行为的犯罪嫌疑人刘桂双、臧建植等十五人，经瑞城人民检察院批准，已依法执行逮捕。

…………

医院住院部后面的小花园中，倪好和姜除寒坐在长椅上，看着游云发来的一条条新闻，她微笑着，递给他看。

他一条条翻看着，轻声说："没想到你的影响力这么大。"

"其实，是事件本身，偏离真理、真相的轨道太远了。我不过轻轻推了一下，遇到更多有正义感的人也愿意帮忙推它罢了。"她沉吟片刻，"嗯，小抗菌的妈妈，你们有联系吗？她怎么样？"

警方的通报中并未详细提及刘婕，只说刘某，一句话简单带过。

"一直关机，联系不上。这件事情，"姜除寒也充满了疑惑，"刘婕确实存在很大的问题，她有义务告诉患者所有的治疗选择，包括手术治疗、保守治疗，以及相应的获益和风险。但获益和风险对每个病人来说不是绝对的，不同治疗方案的获益和风险也会有变化……所以，这又涉及一个大夫的个人倾向和患者自己选择的问题。"

曾经，在人民医院工作时的刘婕，是懂这个道理的。

他拉了拉病号服褶皱的袖口，继续说："身为一名合格的医生，不论遇到什么样的患者，我们会推荐一个最适合他们的选择。说白了，怎么推荐这个选择，靠的是医生的良心。"

"那，她……嗯……"倪好支支吾吾的，不知道怎么表达才不会被他误解。

"你是想问，她该承担什么责任？"他看了她一眼，"我咨询过律师，涉及不到什么法律责任，毕竟患者本人和家属也确实表达了不想做手术，想保守治疗的意愿。所以，只能在道德层面上予以谴责。"

她靠在椅背上，不方便说更多。刘婕也曾经是她的主治医生，若不是不幸中的万幸，及时去了人民医院遇到他……只怕她的情况也难免凶险。

"小抗菌那里，他什么都不知道的。"他知道她是在替小家伙担心。

她点着头："哦。"

一阵微风吹过，带着股喷香的炒菜味儿。

她吸了吸鼻子："熘肝尖！"

他也使劲儿嗅了嗅："是不是还有醋熘白菜？"

"酸菜鱼吧？不像醋熘白菜。"

他笑："那中午就吃这个了。"

"行。"

不远处的草地上，一个三四岁的小男孩儿跑来跑去，不知道他做了什么手术，头用纱布包着，有个女人紧张地在他身后追着。

倪好默默看着，担心小孩儿会摔倒。

她看小孩儿，姜除寒便呆呆地看她。

她可真好看。

为什么他现在才发觉？

以前的他瞎了吗？

"我可以，"她顿了顿，"问件事吗？"

他一怔："你说。"

"你为什么总是喜欢训病人呢？嗯，比如，病人说什么，你总是没好气，孔书记也说你的投诉率最高，见我的时候也没好脸色。为什么……"她嗫嚅问，"就不能好好和患者沟通呢？当然了，这只是我的困惑，如果冒犯了你，或者你不想回答，可以拒绝的。"

他没想到会是这样一个问题，歪头想了好半天，反问道："你觉得，医生是属于服务行业，还是属于专业技术人员？"

"属于……嗯，应该，应该是服务业吧。"她有点儿拿不准。

这个答案显然在他的意料范围之内，他笑笑："这就是问题所在。依据《中华人民共和国劳动法》规定，国家确定职业分类，对规定的职业制定职业技能标准，实行职业资格证书制度编制。在中国劳动社会保障出版社出版的《中华人民共和国职业分类大典》中，第二大类：专业技术人员2-05（GBM1-9）卫生专业技术人员，指的是，从事医疗、预防、康复、保健以及相关工作的专业技术人员，其下的分类，有西医医师、中医医师、中西医结合医师、药剂师、护理人员……"连珠炮似的说完，他放慢语速，"也就是说，医生是绝对的专业技术人员。"

她怔住。

"但在普通大众中，大家都认为，医生是服务业，理应热情、周到，碰上一些脾气不好的患者，甚至要任劳任怨、任打任骂。有个网友曾提出一个观点，说政府把医院医务人员当技术业管理，但百姓却当服务业看病。"

他站起来，尝试着伸了伸懒腰，受伤那边的肩膀并不敢抬高，伸到一半，咧着嘴又慢慢放下。

"我很欣赏一个叫'阿卡波糖'的网友同行写的一篇文章里提出的疑问——他说如果医生是服务业，那么开个饭馆都能拒绝吃饭不给钱或碰瓷的客人，为什么医生没有权利拒绝病人？医生也是有血有肉的普通人啊。"

他看着自己包得严严实实的手掌，继续说着："一名医学生毕业后工作，要挨个科室进行学习和实习，临床医学本科毕业五年、硕士毕业三年后才可以去考主治医师，主治医师证取得后五年，才可以获得资格考副主任医师，获得副主任医师五年，可以有资格考取主任医师……"

都说十年寒窗苦，长路漫漫，医生又何止十年！

"当大家严格按照服务行业标准要求他们时，却忽略了，他们也要养家糊口，也有着人生的各种烦恼，喜怒哀乐……他们已经尽最大能力让自己上手术台时，保持着绝对的冷静和平稳。在医生和患者因为种种原因无法建立足够的信任时，在患者对医生充满了种种猜忌时，在日复一日、年复一年无休止的高强度工作的压力下，在付出和酬劳不成正比的无力的现实下，他们偶尔也想要找个出口，发泄发泄他们的苦闷和不甘啊。"

倪好长叹一声，想了想，却只能回上一句："你……说得对。对不起，我无意冒犯。"

似乎话说得有些重了，他也有些不安，顿了顿："不过确实也有我的原因，那段时间，各种事情堆在一起，整个人比较暴躁。以后……以后……"

他想说，以后不一样了。

因为有了你。

但他忍住了，眼下似乎并不是一个倾诉衷肠的好时机。

除了以上说的原因，多多少少，也和他的童年生活有关系吧。

那时姜除寒还在读小学，姜解表在村里卫生所接诊了一个孕妇，当时情况很不好，胎位不正，孕妇血压亦不稳，他当即建议转县医院。没想到对方家属磨磨蹭蹭，也许是怕花钱，也许是愚昧，非要他再试试。最后在他的坚持下，好说歹说这家人终于去了县医院，没想到还是去得太晚，一尸两命。

那个可怜女人的老公死了老婆和孩子，坚持认为是姜解表害得他家破人亡，从那时起，隔三岔五便要到姜除寒家门口骂街。从他读小学二年级开始，一直骂到他离开家乡读大学。

那个男人脸上有颗醒目的痣，剃了光头，见到老人骂，见到小孩儿也骂，喝多了酒时骂得最叫姜除寒害怕，整个人躺在姜除寒家门前，烂醉如泥、人事不省。

下雨时来，刮风时来，日头暴晒时也来。

每每出门，可怜的小姜除寒总要给自己做心理建设，东张西望，进出自己的家门时时刻刻像个贼。

他早已忘记姜解表当年是如何向他解释这男人来堵门骂的原因，但那男人的样子，他永远记得。

后来的后来，了解他这段童年生活的朋友曾经问他："经历了这样的事情，你怎么会选择也当一名医生？"

他是怎么回答的来着？

"虽然经常被那个可怜又可恨的医闹骂，但我就是喜欢学医啊。这……好像也是没办法的事情。"

工作后，看的病人多了，他开始深刻领悟：手术成功，你治好患者的病，他会感激你。但如果手术失败，患者死亡——难免有家属悲愤之下对医生恨之入骨。

只不过，在他看来这是不对的。不管治好你还是没治好你，都应该感谢医生，他们……尽力了。

所有的患者都希望医生是神医，开点儿药，或者做个手术，就彻底把疾病治愈。但对医生来说，很多患者的病，他们也不过是摸着石头过河，积累前人经验的同时，慢慢排错摸索。

这是从医生的角度谈这个话题，他不寄希望于倪好会懂。

病人看得多了，发现他们千篇一律：医生问诊时，要么答非所问，什么都不懂却偏偏要问个底朝天，要么就根本不相信你，质疑你的医术、人品，甚至觉得你黑心、拿回扣，分分秒秒黑他的血汗钱。每次出门诊时，他嘴皮子都磨破了。

加上那段时间和刘婕离婚，心情也烦躁……索性破罐子破摔，看病嘛，没谁不行呢？

看着不发一言的倪好，他苦笑："是，我脾气是暴躁了些，可能也有些赌气，爱看不看。再者，你作为一名患者，去医院是去看病的，还是去看谁微笑服务的？想看微笑服务？去海底捞啊！去收费站啊！去美发店啊！对不对……我就姜太公钓鱼，愿者上钩，谁爱来谁来吧。"

对，你绰号叫"钩钩"嘛。她想。

"身份不同，立场不同，看待问题当然也不同。我以前，确实从未从医生的角度考虑过这些问题。"

她就是在此刻突然理解他的吧。

他知道她懂了，心中说不出地高兴，只是站得有些累，在她旁边缓缓坐下。

"我忘记看哪本书了，"她突然想起来，"有位老大夫有着跟你一样的困扰，他想了个好办法，成功摆脱烦恼，你猜是什么？"

他怔怔地看着她出神，直到她红着脸走到他身后，才察觉到自己的失态，缓缓问道："是什么？"

"嗯，他把患者有可能问到的问题，关于疾病的症状、吃药注意事项、手术原理……全部打印出来，裁成一张张小纸条，放在不同的袋子里。每次出诊时，就放在桌子上，问诊结束，就把对应的纸条发给患者，白纸黑字写得清清楚楚，很方便。"

倪好说着，将耳边的头发捺到耳后："最关键的是，医生不用重复啰唆，省心省力。"

她是真的很认真地为他考虑。

他侧头想想："妙。有机会我也试试。"

她忍不住笑："你也觉得可效仿？我以为又得讲我，比如说等我当了医生倒是可以试试之类的。"

"我哪有那么刻薄？"

她笑，心想，你比这个可是刻薄多了。

夕阳西下，晚霞映得云朵紫澄澄一片，靠近太阳的地方更是黄紫相接，层次分明，带着股由远及近的动态感，像是你抓紧时间多走几步，就能和它们融为一体，进入它们的世界似的。

她温柔地看着那片云，只觉心中澄明一片，想起首诗，一时兴起，大声念道："终日草堂间，清风常往还。耳无尘事扰，心有玩云闲。对酒惟思月，餐松不厌山。时时吟内景，自合驻童颜。"

姜除寒听得入神，问："唐代吴子来？这道士倒是个奇人，《全唐诗》仅收录两首，关于他的资料又少。"

她的眼神中充满惊喜："你也知道他？我最喜欢这句，'耳无尘事扰，心有玩云闲'，太羡慕这种状态了，这人生在世，要真的没任何烦心事就好了。"

他忍不住说："不可能。"

她白他一眼："扫兴。"

"生而为人，怎么可能没有任何烦恼，只能提醒自己遇事积极、乐观、冷静，不以执着心，面对无常事。"

她想了想，失望地回："你说得对。"

起风了，她将领口的拉链往上拉了拉，刚想说回病房，却见他放下二郎腿，坐得端正了些，凝视着她："谢谢你为我做了那么多的事情。如果……嗯，如果可能的话，我也希望可以为你做些什么。"

她的心一跳。

"你……有什么愿望吗，我能帮你实现的？"他问。

他向来不会搞什么惊喜，也不知道如何讨女孩子欢心，索性直接问了。

被他看得全身都在发烫,她移过目光。

这个人是真傻,还是装作不明白?

她有什么心愿,他不清楚吗?

亏他还信誓旦旦和姜抗菌说"爸爸……听你的,确实不能再这样下去了",害得她接连好几天等他表白,以为两人会互相倾诉衷肠,迅速确立恋爱关系。没想到却不过是在今天问她有什么愿望。

眼前的晚霞,似乎又有了新变化,近处的云成为稀散的大块头,远处的则密集成团,原来的黄色慢慢退去,统一成整片绚烂的紫。

她红着脸,不出声。

他若无其事地掏出手机:"为了庆祝我明天出院,朋友送了我四张话剧票,要不要叫上游云、陶一然,一起去?"

"话剧?"虽然有些失望,而且还四个人,但这也算是他第一次主动约她,她痛快答应,"好。"

7

那是一个小型剧场,大概容纳300来人的样子。

座位是第一排的正中心,紧挨着舞台。

倪好一行四人在剧场附近吃了顿饭,便走路直奔剧场,到达时有些早,反正也没别的事,索性提前进去了。没多久有位工作人员拿着个小竹篓过来,将一张裁好的小纸条和一支笔递给坐在最外面的姜除寒。

"先生您好,请您在这张纸上随便写点儿句子,届时演员表演时,会把它作为台词直接念出来。"

倪好讶异:"还有这种表演形式?"

399

工作人员微笑着解释："是的，我们的主题叫Fun现场，没有剧本，也没进行过排练，甚至都没有道具，台上的演员想演什么，完全由台下的观众说了算。我们的演员会根据观众提供的关键词，随机进行场景演出。"

倪好和游云都很感兴趣，两个人叽叽喳喳讨论着写点儿什么好。

陶一然隔天要进演播大厅录12进8的辩论赛，正全力备战，此时自然没心情写什么台词。游云拍了拍他的肩膀，眼中的心疼转瞬即逝，反正带他看演出也不过是让他出来放松的，大家随意好了。

倪好看到姜除寒写完，凑过去想看看他写的什么，却见他侧身一躲，还用手使劲遮着，接着飞快地叠好交给工作人员，生怕她偷看似的。

她不高兴地"喊"了一声。

他用极认真的口吻说："万一你抄袭我怎么办。"

听听这语气，跟小学生似的，两个人的关系明明是近了一些的，怎么偏偏他像个幼稚鬼似的？

本来今天她就有点儿生气。

她有预感今晚和姜除寒的关系也许会更进一步，就看他选择什么时机。

这等待备受煎熬，简直度日如年，偏偏又让人热血沸腾、充满期待，仅仅是想想，便让她心脏咚咚咚狂跳不止。

是看完话剧后在他的车里？

还是在他送她回家后，在她家的单元楼下？

更或者，看完话剧再去吃夜宵，他会当面倾诉衷肠？

如果不是四个人的话，时时刻刻都是好时机啊。

她朝游云的位置坐过去一些，两人头挨着头说着悄悄话。

没多久，演出正式开始了。

上来的是一男一女两名演员，直接问观众："大家觉得我们两个是什么关系？"

台下观众大喊："父女！"

男演员留了小胡子，相比较之下，女演员确实更年轻貌美，听到此话，她朝着观众抱了抱拳。男演员故作夸张地生气，惹得大家一通哄笑。

倪好身边的姜除寒突然大喊："爷孙儿！"

"谁？谁说的？你给我站出来！"男演员气得满剧场找人。

倪好笑得停不下来。

姜除寒也笑得前仰后合："没想到你的笑点在这儿。"

爷爷和孙女，就是比父女更好笑嘛。倪好想，这关系——可是递进了一层。

"师父和徒弟！"

"人贩子和警察！"

游云一时兴起，叫着："GAY蜜！"

众人马上起哄，齐喊："GAY蜜！GAY蜜！GAY蜜！"

"好，既然大家的呼声这么高，"男演员说，"那从现在开始，我……就是她的闺密了。"

女演员接着发问："地点呢？我和GAY蜜在哪里好呢？"

观众席里回答踊跃：

"床上！"

男演员手捂着脸："你们是不是太邪恶了？换一个换一个，这没法播……"

"海边！"

"游乐场！"

401

女演员一锤定音："就海边吧！"

两个人迅速入戏，早有工作人员将适才观众写的纸条扔在了俩人脚下。

男演员趴在地上："快帮我涂防晒啦！"他嗲里嗲气的，"我跟你讲哦，今天我出门，我们小区的保安居然冲我抛媚眼。"

"是吗？"女演员做挤防晒霜状，随后在男演员的身上抹着，"他对你说什么啦？"

男演员迅速从地板上抓了张纸条，念道："他对我说——保护嗓子，请用金嗓子喉宝。"

台下的观众笑得东倒西歪。

不用说，肯定是哪位调皮观众的杰作。

倪好"咦"了一声，原来是这样。

姜除寒笑得拍手，一边笑还一边别有深意地看着她，那目光看得她十分不自在，她不得不装作很热的样子用手扇着风。

女演员则继续往男演员身上"抹"着防晒霜："你们小区保安真不错，知道你是个演员，还提醒你注意保护好嗓子。"

剧情还能衔接上？

这就很考验演员的随机应变能力了。

"谁说不是呢，"男演员翻了个面，娘里娘气的，"这面也帮我抹抹。"

"好嘞。"女演员痛快答应，"我刚才上洗手间的路上，有位男士一直冲我抛媚眼。我出来时，他就在外面等我，他对我说……"

她迅速从地板上捡起另外一张观众写的纸条，念道："倪好，很抱歉，我此时此刻才发现自己深深……爱着你。"

男演员愣了几秒，很快意识到这是一张告白纸条，随即回道："啊，是啊，我的好闺密倪好……那，你答应她了吗？"

女演员停下手里的动作，做为难状，又接着抹防晒霜，好一会儿才狞笑着，粗着大嗓门："我当时就对着那位男士喊——哈哈哈，死鬼，你发现得是不是有点儿太晚了！"

观众们爆笑。

倪好双颊绯红。

在大家的哄笑声中，有只大手借着剧场昏暗灯光的掩护，悄悄抓住了她的手。

那人的手掌温热，她不知道自己是不是激动、紧张得发了昏，竟隐隐感觉连带着他的体温都在两人紧握的手中徐徐往她的体内传递着。

她另一侧的游云并未发现两人的异常，还起哄"嗷嗷"地叫着，末了凑在她耳边说："看不出嘛，姜医生还会玩这一手。你放心，一会儿节目结束了我们就撤，决不当你俩的电灯泡。"

大家挨得这么近，她羞得只顾担心这话会不会被旁边的姜除寒听到，没想到他迅速在她手心挠了两下，接着手掌再次摊开，与她五指紧扣，吓得她魂飞魄散，更不敢挣脱。

直到演员们表演结束，主持人上台，他的手也没有松开。

只听主持人说："接下来我们要和大家做最后一次互动，请愿意互动的观众举手示意！"他的话音刚落，姜除寒已经高高地举起了自己和倪好紧握着的手，她惊得还没明白怎么回事，主持人当即点了他俩："有请。"毕竟在第一排，很是显眼。

她就这样稀里糊涂地被姜除寒带上了舞台。

除此之外，还有之前上台表演的五位演员，和另外愿意上台的三位观众。

"我们的游戏是这样玩的，第一个人，要对他后面的人说：'我喜欢你。'然后后面的人要问：'你喜欢我什么呢？'我们旨在通过这样的一个互动，鼓励大家能够勇敢地向自己喜欢的、欣赏的人表达自己的喜欢和欣赏。提倡大家不要吝啬表达，不要吝啬赞美。"

　　主持人站在第一个位置，旋即转身给大家做示范，对站在自己身后的女观众说："我喜欢你。"

　　女观众配合地问："你喜欢我什么呢？"

　　"我喜欢你刚才勇敢地举起了手，并勇敢地站在了舞台上参与我们的互动。"

　　女观众随即转过身，向站在她后面的男演员说："我喜欢你。"

　　男演员问："你喜欢我什么呢？"

　　女观众托腮想了一会儿："我喜欢你畅快淋漓的表演，给我带来了很大的欢乐。"

　　男演员双手合十以示谢意，随即转过身。

　　他的后面，是姜除寒。

　　"我喜欢你。"男演员说。

　　虽然这场景，有点搞笑，姜除寒还是忍着笑，认真地问："你喜欢我什么呢？"

　　"我喜欢你……嗯……"男演员吸吸鼻子，"我喜欢你身上一股好闻的消毒水的味道。"

　　姜除寒微笑着表示谢意，接着转过身，深情地凝视着倪好："我喜欢你！"

　　"你……"倪好被他看得神魂颠倒，整个人都要化了，紧张地咽了咽口水，却没出息地把自己呛着，咳嗽了好几声后，才颤声问，"你喜欢我什么呢？"

他的眼睛，真叫人过目不忘。

倪好想。

那么清澈、明亮，甚至现在的她如此近距离地与他对视，时时刻刻都要担心自己会被整个吸进去似的。

她想起两个人第一次见面，是在第三小学的讲堂上。

他问她："请问，三年级的讲座是在这里吗？"

他见着她便竹筒倒豆子："这主题谁想出来的？一看就没有生活。如何跟孩子理智地对话，这就是屁话！"

谁能想到之后的两人，会有着如此奇妙的缘分。

她微笑着，勇敢地迎上他的目光。

他的身体站得笔直，沉郁但依然帅气逼人的脸上充满深情，只听他大声说道："我喜欢你如此真挚、持久、无畏、勇敢、热情地喜欢着我，我喜欢你给我时间和机会，让我看清自己的心，原来是如此地……"

他上前抓过她的双手："我也想要真挚、持久、无畏、勇敢、热情地喜欢着你。"

互动变成了表白，以游云为首的观众们开始嗷嗷叫着起哄：

"亲一个！"

"亲一个！"

"亲一个！"

…………

唯独陶一然一个激灵，从睡梦中醒来，揉了好半天眼睛，看看舞台又看看游云旁边的两个空位，纳闷之际，困惑地问道："什么情况？"

游云见姜除寒和倪好在观众和演员们的起哄声中终于拥抱在一起，姜除寒更对着倪好的额头忘情地亲了又亲，接着是脸颊、耳朵、嘴……这才满足地坐下，冲他说道："没什么，在做'向喜欢的人，表达喜欢'的练习。"

向喜欢的人，表达喜欢——的练习？

陶一然没听懂。

游云笑。

没关系，他很快会懂的。

希望天下所有曾经在爱情或婚姻的长河里迷茫、困惑、艰难跋涉的有情人，也都能懂。

番外

谢谢你爱我

1

倪好的耳朵在做手术后耳道有些大。

这天，她照着镜子看了又看，惋惜道："唉，不知道别人看起来会不会觉得可怕。"

姜抗菌放下手里的作业，特意走过来瞧了又瞧："几乎没什么差别啊，反正不细看，我是看不出来的。"

倪好叹气："所以如果细看，还是很明显。"

"别人会不会觉得可怕，我不敢保证，"小家伙眯着眼，"但你男朋友肯定不会那么觉得。"

她语塞，问："他，不会吗？"

她以为姜抗菌会说，对嘛，情人眼里出西施，我爸才不会嫌弃你呢。

正脸红等着他说，却见他撇撇嘴："他一向自恋的，肯定会看着你的耳朵说，啧啧，多么完美，你看看这漂亮的缝线，你看这漂亮的刀口。"

晚上，倪好见了姜除寒："你觉得我手术的耳道大不大，看上去，会不会有点儿可怕？"

彼时的姜除寒正在看书，转过头漫不经心地看了看，说道："过来，我仔细看看。"

她颠儿颠儿地凑过去。

没想到他象征性地用手扒拉两下，用手做遮掩，嘴却贴上去，不老实地亲了又亲。她的耳朵痒极，又羞又气，当着姜抗菌的面，被他暗暗用了力，躲也没法躲，喊又不敢喊。

直到他看到她羞得满面通红，小抗菌也隐隐发现有什么不对劲儿跑过来看个究竟时，才松开她。

自那以后，"过来，让我检查下耳朵"便成了姜除寒和她的暗语。

直到两人看到姜抗菌写的日记：

"倪好妈妈哪里都好，就是耳朵不好，每天爸爸都要给她检查耳朵。不过也许是我爸医术不太好，否则怎么天天检查耳朵呢？等我去医院见到孔伯伯时间问他，给倪好妈妈推荐个好的耳科医生。"

姜除寒长叹一声，含泪做了个决定：为了自己的一世英名，以后还是只在卧室检查耳朵好了。

2

自姜除寒与倪好两人确立了恋爱关系，倪好便对自己主动追求他那么久才得到回应耿耿于怀。

尤其想起之前姜除寒把患者送的花转送给她，被她质问时，居然说什么是看她可怜，"生病又被退婚，想给你些鼓励"……天知道她当时听了这话后，有多痛苦。

这天两人逛街，倪好无意中瞥到路边的花店，开始秋后算账。

"我再给你最后一次机会，你当时为什么送我花？"

姜除寒看看花，又看看眼前的人，决定用美男计，奈何他又是做可怜状，又是深情凝视，又是霸道总裁壁咚强吻……都未果。

她叉着腰做泼妇骂街状："你倒是说啊！"

姜除寒只得做小伏低："好吧好吧我招了，其实是我当时喜欢你喜欢得被理智冲昏了头，不敢正视自己的心意。其实我对你的爱意极其澎湃，要是电梯再不来，我可能就控制不住，主动向你告白了。"

没想到倪好听完沉思了几秒，接着审道："你为什么要控制着不喜欢我，不接受我的告白？"

姜除寒语塞，正发愁怎么组织语言，只听倪好叹气："我听孔书记说，你是因为自己离婚带孩子，觉得配不上我，怕耽误我，才拒绝我的。我一直以为是自己不好，没想到你是自卑。"

这个老孔，又四处瞎咧咧，他咋那么闲？嘴就没有把门的，什么都敢说。

"男人，你明明这么优秀，为什么如此自卑？"她凑过来用手勾着他的下巴，"当然了，我也理解你，可能是我太优秀了吧。唉，小可怜，当你和我继续相处下去，发现我越来越多的优点时，可怎么活呢？"

他气得牙根痒痒，正要对她大刑伺候，脑筋一转，决定以退为进，哭丧着脸："是，我喜欢上你之后，就深深自卑了。尤其是我的手，还不知道能不能好。要是不能做手术……我……"

他一提自己的手，倪好就彻底缴械投降，身体里所有的柔情全部被调动出来，甚至不可控制地母爱泛滥，对他温柔体贴、百依百顺，端茶倒水、捶肩揉腿也是有的。

直到她有次去医院接他下班，碰到陶一然，无意中提起，陶一然说，姜老师早就继续做手术了，且每台手术都非常成功。

"何止成功，简直完美。"

她忍着一肚子气回到家，质问他："你为什么不告诉我，你可以继续做手术了？"

他做沉痛状："我怕不稳定嘛，万一今天可以，明天不行呢。"

也有道理。

只听他又说："不过最近观察下来，确实稳定了，甚至比以前手指更灵活。而且，"他坏笑着往她跟前凑，"在别的地方我也可以更灵活。"

于是，当天晚上小抗菌睡着后，她彻底体验了一把什么叫"更灵活"。

3

秋后算账还包括——

"我加你微信，你为什么不通过？"倪好十分委屈，"我还得拜托姜抗菌偷偷拿你手机操作。"

没想到他一脸茫然："谁说的，就是我自己通过的，干姜抗菌什么事？"

他说这话时，语气极其真诚、自然，倪好不禁开始犯嘀咕：难道是姜抗菌那孩子没说实话？

她去问姜抗菌时，话说出口就后悔了。

果不其然，姜抗菌眼泪巴巴的："你居然不相信我！你辜负了我对你的心意。"

搞得倪好方寸大乱，姜抗菌还拉着倪好找姜除寒对质。

强大压力之下，姜除寒只得承认事实。

"我……我是……是欲擒故纵……对……其实我本来想过几天就通过的……对，即便你不加我，我也会主动加的。我还每天刷你微博呢，真的，我天天刷！"

为什么不通过微信呢？

其实她主动申请加他微信时，他是高兴的。

说来说去，可能也是怕自己加了微信后，控制不住自己的情感，有了更多的牵绊。

"要是你一直介意，"他提出自己的解决方案，"干脆你删了我，然后我主动加你好友，你就是不通过我，行不行？"

小男生的把戏，这有什么意思。

倪好并不觉得这样做，能够弥补自己受伤的心灵。

还是小抗菌贴心。

他喝着倪好榨的果汁，坏笑着："不如这样吧，你去医院接我爸，到了科室，你就喊他小名——钩钩！他还不能装没听到，得笑眯眯答应着，怎么样？"

倪好大笑："可行可行。"

让他科室的同事们都知道他的小名，仅仅是想一想，就无比开心。

意识到自己养了一只白眼狼的姜除寒，觉得大丈夫应该能屈能伸，主动包揽了一个月的家务。

4

两人同居了一段时间后，请了固定的小时工，做饭会叫外

411

卖或请小时工。但偶尔看到烹饪类节目或者小时工休假时，倪好和姜除寒也会蠢蠢欲动。

俩人的厨艺，除了煮方便面还算好吃，其他都惨不忍睹。

导致姜抗菌每每见到他们要亲自下厨时，都会哆嗦。

这天三人吃了辣白菜辛拉面，一番石头剪刀布后，输了的倪好负责洗碗。

姜除寒得意扬扬地在旁边观察，心中十分欣慰。

只见倪好刚把碗筷放到洗碗池中，突然声音柔柔地喊："小抗菌，我需要你的帮助！"

小家伙屁颠儿颠儿过去了。

"这个碗，好油啊，我都不知道怎么洗。你能教教我吗？"

"很简单啊，"小抗菌当即撸起袖子，"第一得用热水，第二，得用这个牌子的洗涤灵。当然了，这个洗碗布也很关键……"

"哇，我们家小抗菌好厉害！"

"天哪，这个碗洗得也太干净了吧。"

"原来是这样，这简直是我见过的洗得最干净的碗了。"

就这样，熊孩子在倪好持续不断的赞美声中把所有碗洗干净了。

姜除寒瞠目结舌——居然还可以这样！

隔天，轮到姜除寒洗碗时，他照搬了倪好的做法，没想到直接被识破。

"爸爸，你自己洗，我才不上当。"

熊孩子跑到客厅看书去了。

他只得自己洗碗，一边洗一边不甘心地问倪好："我哪儿做得不好，被他看出来了？"

"嗯，"她看着他笑，"可能确实有些困难。"

他当即卑躬屈膝，虚心请教："不论多么大的困难我都可以克服。"

她一本正经道："其实小抗菌是个很有责任感的孩子，当我示弱时，就把他的责任感激发出来了。你主要是，示弱时不够真诚。"

她笑得肚子疼："也是，让一个男人向自己的儿子示弱，着实有点儿困难，要不然你考虑下……穿我的连衣裙试试？反正你刚才说了嘛，多么大的困难你也可以克服。"

这样的次数着实太多，姜除寒甚至怀疑姜抗菌那小子是倪好带过来的亲生子，他几次想要忍辱负重，穿上倪好的连衣裙试试，在心中无数次默念"算了算了"后，总算放弃了执念。

算了，让她赢好了。

5

倪好看到一则新闻，一位家长在辅导孩子作业时，因孩子迟迟不能理解，极度愤怒之下，扇了小男孩儿一耳光，耳朵当时就流了血，听力也有所下降。第四天去医院就诊时，经过耳科医生的检查，发现鼓膜已经穿孔。

她把这条新闻分享给姜除寒。没想到姜除寒说，这在他们科室很常见，几乎每隔一两周就有因为爸爸妈妈辅导作业，盛怒之下掌掴孩子，把孩子耳朵打伤，引发耳鸣、鼓膜穿孔的病例。

倪好听完痛心不已，决定在晚上的直播里和网友们聊聊这个话题，除了呼吁家长理解孩子，有更多耐心之外，更希望家长们能够重视——让孩子发展自己的内在控制。

小抗菌听说后，表示想出镜。

倪好干脆邀请父子俩一起参与，没想到姜除寒红着脸，说什么都不肯。好说歹说，还是姜抗菌从地下室找来儿童节文艺汇演时的几个面具，他半推半就总算同意了。

于是视频中出现了这样一幕——

倪好站在屏幕前，平静温和："各位网友，大家好，今天想和大家聊聊关于家长辅导作业那些事。不久前，在深圳，有一位陈先生因为辅导孩子作业……"

镜头一转，戴着猪八戒面具的姜除寒问：9乘以9等于多少？

戴着孙悟空面具的小抗菌回答：39！

猪八戒大怒，扬起手，假装对姜抗菌扇嘴巴，实际上手并没有挨着。

姜抗菌配合得很，头夸张地扭来扭去，嘴里还凄惨地怪叫："啊！啊！啊！啊！我的耳朵！啊！流血了！啊！我鼓膜破了！"

他甚至还在墙角蹲下"默默哭泣"，竟然真的抹出了几滴眼泪。

面对着彻底放飞自我，完全不按剧本来的熊孩子，姜除寒也放飞自我，开始边扇自己嘴巴边做痛哭流涕状："我不该对孩子实施暴力行为，这对他是严重的伤害。如果我打的是陌生人，已经违法，涉嫌寻衅滋事；如果对方鼓膜穿孔，经伤情鉴定是轻伤，就构成了故意伤害罪，会追究我的法律责任，会判刑。怎么能因为是我的孩子，就可以随便打他呢？这伤害了孩子的身心健康，也伤害了父子感情。"

姜抗菌这时已经站起来，走到姜除寒身边，默默看着他。

姜除寒"抽噎"着，继续说："我们现在敢对孩子动手，是因为他弱小吗，还是因为我们无能呢？或者，是你把工作生活中的情绪发泄到他身上？如果他是身材高大的成年人，而我们是头发花白的老父亲呢？他屈服的是你的淫威，还是他力量的弱小呢？"

末了，父子俩"抱头痛哭"。

倪好原本的设定是爸爸深刻认识到自己的错误，并向孩子道歉，保证下不为例。同时，大家一起探讨如何可以提高学习效率，如何培养孩子的学习习惯，如何尊重、平等地与孩子沟通，甚至讨论父母辅导孩子作业是否合适，如果父母不擅长，是不是可以采取其他的方式……

眼下画风彻底被带偏，她只得草草结束。

没想到这次直播非常受欢迎，除了两个人的真情流露，还有憨态可掬的面具的功劳，轻松有趣之余，又普及了些许对孩子的正面管教。除了最开始大家纷纷询问两个出镜的人是谁之外，慢慢有大量的家长给倪好留言，开始反思自己曾经对孩子的暴力行为。

父子俩得意至极，每天晚上聚在一起看评论，开始争论起谁的功劳更大一些。

"你演技浮夸。"

"你台词空洞！"

"全靠我一人力挽狂澜，征服网友的心。"

"还不是我随机应变能力强！"

…………

两个无聊小男生。

倪好想。

下次还是不要带他们好了。

只是这对父子似乎上了瘾，整日里摩拳擦掌，都要求单独和倪好再录个小视频，看看大家更喜欢谁。为了让她同意，两人不惜允下重诺，姜抗菌连压岁钱都交出来了。

姜除寒激动之余——给出了银行卡，顺便求了个婚。

倪好压抑着自己的激动之情，假装不情愿地答应了。

6

婚礼定在了来年的春天。

四月草长莺飞，万物复苏，是倪好最喜欢的季节。

翟娜和倪大骏早早准备了一张银行卡递给二人，说是嫁妆。

姜除寒不肯收，也不敢收。

翟娜取笑道："怎么，你嫌少？放心，肯定不止十万。"

她在取笑姜除寒第一次给倪好做手术时，她去送红包，被他从办公室赶出来，还扬言"如果低于十万块钱，那就免谈"。

他面红耳赤。

早知道当时被他痛斥，还讽刺送红包低于十万块钱就免谈的女人有朝一日会成为自己的丈母娘，就算是借他十个胆子，他也不敢啊。

7

两个人决定领证之前，倪好把《在说"我愿意"之前必须要问的100个问题》那本书中的100个问题，打印了两份。

她提出的注意事项有：第一，两人分开作答，不能一口气答完，尽量控制在一周内。第二，要找个没有人打扰的地方和时间，专注作答。第三，想清楚自己真实的想法，不要为了讨好对方而回答。最后，答完后，针对犹豫、不确定，以及不同的答案进行讨论。

没多久，经过讨论，针对以下几个问题，两人略略有些分歧：

一、我们要不要孩子？如果要，主要由谁负责？

姜除寒尊重倪好的看法。

如果不想要——他举双手支持，生孩子给女性带来了太多的改变：个人成长、事业、专注力的破坏、身材的走形……尤其对女性的工作，冲击性极强。当然不是说他不会分担作为父亲和丈夫的责任，只是不论他怎么努力，妈妈在育儿过程中因为女性自身的特点，在育儿投入上，还是会多一些。

如果想要——他同样支持。姜抗菌的成长他缺席太多，他一定会吸取教训，会尽自己最大可能，和她一起见证小生命的成长，相信小抗菌也会很高兴家庭里有新成员。

倪好没有想好，但她很开心姜除寒能够首先考虑她的感受和处境。

二、我们真的能倾听对方诉说，并公平对待对方的想法和抱怨吗？

姜除寒吸取了前车之鉴，他愿意倾听和陪伴，绝不评价，除非倪好主动提出让他给意见，他才会给。

亲密关系中有着太多的注意事项，关于两个人的边界，关于沟通、依赖、冲突、修复……倪好不认为自己可以公平地完美地处理。姜除寒支持她第一时间说出自己的感受，如果他不舒服了，他也会这么做。

三、我们有没有自然坦诚地说出自己的性需求、性偏好及恐惧？我们打算采取怎样的避孕方式？

第一个问题属于姜除寒和倪好的秘密，他们希望有更多的情侣们愿意在婚前探讨这个话题，最好在婚前同居一段时间，不要出于顾虑而羞于提及，这样也许会避免很多悲剧。

第二个问题，姜除寒选择由他来做结扎。

在欧美国家，男性结扎是已婚夫妇主要的避孕方式，而中国男性结扎的数量却只有3.5%。避孕绝不应该成为女人的责任。身为医生，姜除寒想让更多的年轻伴侣了解：男性结扎手术对男性功能造成的影响非常小，并且相对于女性输卵管结扎来说，操作简便、疼痛少、失败率低、恢复快。

爱她、保护好她，就请选择主动由男性做结扎避孕。

四、婚后打算改变伴侣的性格或生活习惯吗？

倪好想，也许目前不会，但如果相处的过程中发现他有自己绝不能忍受的缺点，比如过于邋遢、武断、酗酒、熬夜……她会干涉的。

姜除寒觉得不论倪好有什么缺点，或者性格、生活习惯他不喜欢，他都选择尊重。

倪好说：呸！少装！少演！你就是现在处于热恋期，说的比唱的好听。谁知道你以后会什么样！

他只得点头：是是是，我改改改。

倪好又生气：那你以后是要干涉我的生活习惯吗？

姜除寒说：不不不，不敢。

倪好叹气：你看，我说什么来着，你刚才就是装。

姜除寒欲哭无泪。

末了，倪好放过了他。

不论相处多久的亲密伴侣，尊重始终是最基本的前提。原则问题不让步，其他就彼此睁只眼闭只眼吧。

五、我们怎么来分配家庭事务？

两人本打算结婚后辞掉小时工，共同体验一起分担家务的快乐。倪好下班早，所以她提议一三五姜除寒做家务，二四六日轮到她。而一旦总结了家务细则，扫地、拖地、整理书架、做饭、洗碗、除尘、亲子时间……两人很快发现每天下了班，并没有多余的精力应付家务，于是只留下了周六日两天不请小时工。

厨艺总需要慢慢提高，各种短视频饭菜教程频出，能做难吃也不是很容易。

倪好的厨艺提高很快，但始终追不上姜除寒。

有天姜除寒下班回来，讲起女同事去婆家，害怕将来要一直做饭和做家务，故意把饭菜做得难吃，笨手笨脚摔了不少碗碟，吓得老公和公婆再不敢让她进厨房。

无独有偶，这位女同事的话被科室里另外一位男实习生听到，决定第一次去未来的丈母娘家时，如此照搬。

姜抗菌听完吓得脸色苍白：你们成人的世界，好可怕。

做家务、洗碗碟都要这般算计，伴侣间最基本的坦诚都没有，人生路起起伏伏，又谈何彼此扶持、共伴此生，只怕之后是每一步路，都越走越心凉吧。

家务可以不做的——总有解决的方式，比如征得伴侣同意的情况下，别的事情你承担更多，或者付费请保洁、小时工。

家务是如此，其他亦如是。

步入职场后在不同的场合遇见那么多的人，姜除寒和倪好均清晰地了解到，人心有多么叵测。

还是给两个人共同建立的新家庭一方净土吧，那本该是最让人放松和感觉最温暖的港湾。

8

倪好刷微博，看到甘肃的一位患者给医护人员写了封信，说"我只是你匆匆过客，你却是我人生转折"，当下心中一动。

她与他，何尝不是呢？

想起两人认识的种种，他如何收治她住院，如何破例为她加了一台手术，不禁感慨万千。

于是一时兴起，借助那位先生的句子，稍微改动了下，发微信给姜除寒：

"我之前不过是你职业生涯中的匆匆过客，而你却是我整个人生的重大转折。愿此后携手，共同开启独属于我们两个人的幸福和快乐。"

她想，他看到后一定很感动吧，还这么押韵。

想着想着，都忍不住流泪。

十分钟后，姜先生发来了三个字：

"知道了。"

她气呼呼地准备回家兴师问罪，没多久他又回了一条：

"你之于我，从来不是匆匆过客，你同样是我人生的重大转折。"

"倪好，谢谢你爱我。"

（正文完）

后记

写完这本小说时，已经是2021年的春天。

距离我理想的交稿时间，晚了整整一年。

之于其他作者，可能真的很慢很慢了，但对我这样想参与孩子每个成长瞬间的二胎妈妈来说，真的不是件容易的事情。

从2018年生下小阔后，我自己周围发生了很多事情。

可能会有人会问，为什么会想写这样一本男主角是耳科医生的小说，在这里解答下，是因为我曾经罹患文中提到的外耳道胆脂瘤继发感染，疼痛难忍，其痛苦真是难以用文字形容。在北京曾辗转数家大医院就诊求治，最终在北京大学第三医院耳鼻喉科得以治愈。

在治愈疾病的同时，住院期间我也了解了很多关于耳科常见的疑难杂病。说来也奇怪，体检时，耳鼻喉——尤其是耳朵，经常是体检中最被大家所忽视，甚至会被删掉的项目。但有很多耳疾，疼起来却简直要了命，男主角是耳科医生大神——这样的设定是希望这本书可以引起大家对耳朵疾病的重视。

女主角，是位主讲儿童教育的原创视频博主，这样的设定，其实是出于：越来越多的人开始意识到，父母对孩子的管教已经成为全社会关注的重要问题。我们这一代，受各种条件限制，普遍接受的是简单而粗暴的教养方式。而时代在进步，越来越多的家长开始意识到原生家庭对自己的影响，以及专制、强权、严厉的父母有多么大的弊端。他们开始通过各种途径，想要学习更好的、真正适合孩子的、以人为本的管教技巧：报父母培训班、看书、听书、看育儿类电视节目，甚至会主动进行心理咨询……

我通过这样的人物设定，通过这样的故事，和大家分享我自己在漫长而艰难，有痛苦有快乐，有迷茫也有坚定的育儿生活中，在看了大量的育儿书籍后，积累的些许育儿经验。

我家小朋友幼儿园读的是蒙氏教育理念为背景的幼儿园，我和孩子均受益颇多——所谓蒙氏教育，指的是以意大利的女性教育家玛丽亚·蒙台梭利的名字命名的一种教育方法。它重视儿童早期教育，蒙台梭利认为："儿童具有巨大的潜能，他们生命的发展是走向独立。通过具体的练习如生活基本能力练习、五官感觉练习、智能练习（语言、数学、科学）等形式，形成健全人格的基础。"书中关于蒙氏教育理念提及不多，但我想，女主角在我的笔下，是受其影响的。

关于书中的育儿理念，大部分是我在陪伴孩子成长过程中与孩子共同学习、摸爬滚打后得出的经验、教训与心得，也有借鉴文中提及的马歇尔·卢森堡博士的《非暴力沟通》（华夏出版社，2016年1月），托马斯·戈登的《P.E.T.父母效能训练》（天津社会科学院出版社，2009年6月）这两本书。这两本书实操性很强，再次向广大读者朋友们推荐。

文中女主角的爸爸倪大骏送给倪好的书，为苏珊·皮维尔的《在说"我愿意"之前必须要问的100个问题》，中国青年出版社在2003年引进，在书中和番外有两处进行了摘录。这本书虽然个别观点现在看来有点过时，但并不影响它作为婚前必读神书的地位。如果你并不清楚，要不要与眼前的这个人携手步入婚姻殿堂；如果你对你们的未来充满迷茫；如果你并不确定，自己是否会热爱和他共同成立的独立的家庭，强烈你建议做做这100道题。在做题的过程中，在你们彼此讨论和磨合的过程中，也许，你会慢慢有一个清晰的答案。

创作这本书的过程中，得到很多朋友们的帮助，在此郑重感谢——

北京大学第三医院耳鼻口科的宋为明医生、汪敏医生、辛颖医生、王宇医生、白铭宇医生。还要感谢护士李引引，我当初住院时是那么喜欢每天都笑盈盈地进病房的她啊，她的笑容，是我苦闷住院生涯时的一道光。

北京电力医院耳鼻喉科的赵亮医生（强烈推荐@耳科赵医生的新浪微博，他发布的取外耳道胆脂瘤和耵聍的视频，看得人欲罢不能）。

八大处整形医院的曹玉娇医生。

北京301医院耳鼻咽喉头颈外科刘日渊医生。

——以及其他不愿意透露姓名的医生朋友。

特别提一下，北京大学第三医院耳鼻口科的宋为明医生，是我生病住院时的主刀医生，在我心中，他是大神级的耳科医生。感谢他让我的右耳再次清晰地听到了《最炫民族风》、夜晚的蛐蛐儿叫以及邻居骂孩子的声音（各位家长，小孩有任何问题，请平静、温和但坚定地沟通）。

文中所有涉及耳科疾病的内容，是我多次采访耳科医生后收集了众多耳疾患者的故事得来，除了请教以上各位医生朋友，还参考了《显微镜与儿科学显微外科起源》（人生卫生出版社，2014年7月），《耳显微镜手术》（人民卫生出版社，2010年4月），《耳鼻咽喉科学》（人民卫生出版社，2001年9月），《耳显微外科》（上海科学技术文献出版社，1989年9月）等书籍。

本书经北京301医院耳鼻咽喉头颈外科副主任医师刘日渊对部分耳科疾病的专业术语进行注释，全文进行审核反复修改后，最终定稿。虽然做了大量的相关工作，但难免有纰漏和错误，请多多批评、指正。小说有戏剧夸张成分，请不要对号入座、按图索骥。如果一定要这么做，请不要告诉我，哈哈哈哈哈（不是，请一定去正规医院及时就医）。

文中男主角姜除寒向女主角倪好表白时，约在了剧场，此处情节是朋友玲玲约我在北京的开心麻花A33剧场看《麻花喜剧Fun现场》时得来的灵感。

感谢我的好朋友王丫米提出要对耳科疾病知识进行注释，这宝贵的建议——有可能对耳科疾病知识进行很好的推广，并引起大家的重视。

感谢我的出版人沈含颖女士和编辑杨雪春女士，谢谢你们喜欢这部稿子，对我而言，它是很重要的一本书，哈哈哈，我呕心沥血，你们也加油！

感谢安迪斯晨风老师和我交流他读完试读本的读后感，并分享了很多资源。

感谢陶翠老师与我分享的读文感受，并提出了宝贵意见。

感谢周行文同学，你真的给了我很大的精神鼓舞。

感谢我的爸爸妈妈那么辛苦帮我带小朋友：爱你们!

还是那句话：谢谢你读我的书。如果我的书，哪怕有一句话给你带来反思，哪怕一句话让你微笑，我想，我就会很欣慰吧。

朋友们，下本书见啦!

PS：在这本书下印前，我没想到我的外耳道胆脂瘤复发了，因此又做了一次手术。唉，因为之前恢复得太好，就忘记了复查，大意了。

在此特别提醒：外耳道胆脂瘤患者需要终身复查，一定记得和医生约好每次的复查时间。

苏小懒

2021年7月

日常护耳小常识 🦻

　　2021年3月2日，世卫组织发布《世界听力报告》："目前全球五分之一的人听力受损，听力损失影响全球超过15亿人。4.66亿人患有残疾性听力损失，其中儿童3400万，60%的儿童听力损失源于可预防的原因。11亿年轻人由于娱乐环境中的噪音而面临听力损失的风险。65岁以上的老年人中，约有三分之一的人患有残疾性听力损失。到2050年，预计四分之一的人有听力问题，近25亿人将患有某种程度的听力损失，其中至少7亿人将需要康复服务。近80%的听力受损者生活在中低收入国家，大多数听力受损者无法获得干预治疗。"

　　日常生活中，提醒大家在保护视力的同时，也加强我们对听力的保护。

1、不建议掏耳：很多人习惯使用挖耳勺或棉签清理耳屎，事实上，耳道具有一定的自清洁能力，90%以上的人终身不用刻意清理耳朵。用耳勺清理耳屎，过深有可能导致鼓膜穿孔。

2、防噪声：平时接打电话、看电视、听音响等都要把音量调到适中，远离鞭炮，避免噪声危害。如果要在强噪声下工作，尽量佩戴防噪声耳塞或者防护耳机。听演唱会或去KTV时，在声音比较大的环境下，尽量缩短时间，否则容易引起听力下降、引发耳鸣。

3、合理使用耳机：不要长时间戴耳机大声听音乐，避免在外界声音很嘈杂的情况下使用插入式耳机，注意一小时左右就要注意休息一下。

4、避免耳朵进水：在游泳、洗澡、洗头时，若不小心进水，不需要特别处理，人的体温可以将进入耳内的水蒸发，如果过于担心，可轻轻使用干棉签清理。若有鼓膜穿孔、中耳炎等疾病，不宜游泳，以防疾病复发。

5、打耳洞：不鼓励在耳郭处打耳洞，相比较耳垂，耳软骨的抗感染功能会弱一些，如果引起化脓性软骨膜炎，有可能导致耳郭畸形。

6、谨慎用药：使用药物前仔细阅读说明书避免过敏成分。听觉的产生和耳内有一个叫耳蜗的结构密切相关，耳蜗结构中有一种毛细胞，起到将声波转化为电信号的作用，这些毛细胞非常娇弱，许多药物对它们都会造成伤害，像氨基糖甙类消炎药（庆大霉素、卡那霉素等）会损伤毛细胞，这些药物引起的耳聋被称为药物性耳聋。

7、感冒后耳朵不适或坐飞机后耳朵疼痛：这种情况要警惕分泌性中耳炎或航空性中耳炎的发生，需要及时到医院进行查体及听力检查。航空性中耳炎与其他渗出性中耳炎一样，只是诱因不同，指的是飞机在上升或者降落过程中，因外界气压变化明显，咽管功能较差导致的中耳气压损伤，常见的症状有听力下降、耳鸣、耳痛、耳闷堵等。

8、警惕突发性耳聋：是一种急症，突然出现听力下降要尽快到医院进行听力检查。突聋的黄金治疗时间是发病一周左右，总体来说，静脉输液的效果比口服的药物要好。

9、警惕儿童往耳内塞异物：耳科诊室常见儿童将纽扣、树枝、闪亮"钻石"等细小物件塞入耳朵中。当遇到这些情况时，应立即就医。家长也要教导儿童不要乱塞东西入耳，也不能自己尝试将异物挖出，以免引起外耳道炎或鼓膜穿孔。

10、不要用力擤鼻涕：当有鼻炎或者是上呼吸道感染的症状时，鼻腔内会有大量的鼻涕，用力擤鼻涕时，炎症有可能通过咽鼓管蔓延到耳朵内，导致中耳炎，严重者会导致鼓膜穿孔，形成化脓性中耳炎。擤鼻涕正确的方法是：按住一侧鼻孔擤出另一侧鼻涕，再交换擤另一侧。

耳朵是人类五官非常重要的器官之一，它除了掌管听觉外，也有着保持身体平衡的机能。任何一部分受损，都可能带来严重后果，甚至会造成失聪，带来极大的不便。

需要警惕的是，听力下降的表现形式，相比较视力、嗅觉和味觉不一样，比较不容易被人察觉，甚至听力的下降常常被忽视。原因在于：耳听八方，当一只耳朵出现听力下降时，另一只耳朵依然可以正常"工作"。此外，耳朵的感染、炎症、血供应不足……都可以在短时间内影响听觉，在耳朵有任何不适时，提醒大家一定及时就医。

总之，大家一定好好保护我们的耳朵哦。

图书在版编目（CIP）数据

耳无尘事扰：全2册 / 苏小懒著 . —— 南京：江苏
凤凰文艺出版社，2021.8
ISBN 978-7-5594-6072-1

Ⅰ . ①耳… Ⅱ . ①苏… Ⅲ . ①长篇小说 – 中国 – 当代
Ⅳ . ① I247.5

中国版本图书馆 CIP 数据核字 (2021) 第 120899 号

耳无尘事扰（全2册）

苏小懒　著

特约策划	暖　暖
特约编辑	王　婷
责任编辑	白　涵
营销编辑	杨　迎
封面设计	80 零·小贾
封面绘图	周佳怡
内文绘图	阿　星
版式设计	段文婷
出版发行	江苏凤凰文艺出版社
	南京市中央路 165 号，邮编：210009
网　　址	http://www.jswenyi.com
印　　刷	环球东方（北京）印务有限公司
开　　本	880mm×1230mm 1/32
印　　张	13.5
字　　数	300 千字
版　　次	2021 年 8 月第 1 版
印　　次	2021 年 8 月第 1 次印刷
书　　号	ISBN 978 - 7 - 5594 - 6072 - 1
定　　价	65.00 元（全二册）